소설 토정비결

小說

제1부 ── 토정이지함

이재운 著

소설
토정비결

1

해냄

제1부
토정이지함

소설

토정비결2

| 차례 |

제1부
토정이지함

소설 토정비결 1

| 차례 |

첨단 과학의 시대라는 21세기에 들어섰는데도
『토정비결』은 여전히 사랑을 받고 있다.
토정 이지함은 아마 그의 저서가 21세기가 되도록
베스트셀러가 되리라고는 상상도 하지 못했을 것이다.
그것은 조선시대 중기의 험난한 사회상이 아직도 고쳐지지
않았다는 뜻이다. 국민을 분열시키고, 사회를 파탄시키고,
민족의 미래를 어지럽히는 모리배들이 정권을 잡고 있는 한
『토정비결』은 더욱더 끈질기게 살아남을 것이다.
『토정비결』이 이 땅에서 사라지는 그날은,
법과 원칙과 상식과 정의가 통할 때일 것이다.

1. 사즉생 생즉사(死卽生 生卽死)

 기나긴 여름 해가 기울고 열흘 동안 그의 유일한 동행이던 긴 그림자가 희미한 어둠 속으로 잠기고 있었다.

 정휴는 느긋한 걸음을 재촉하지 않고 휘적휘적 산길을 걸었다. 땅거미는 정휴를 쫓아 산꼭대기로 달려오는 듯 눈에 띄게 짙어갔다. 사람 한 명이 간신히 지날 만한 소로길만 뱀처럼 허리를 꼰 채 희미하게 빛나고 있었다.

 걸을 때마다 낡은 가사자락이 메마른 나뭇잎을 스치는 소리가 규칙적으로 들려왔다. 여름밤이면 지칠 줄 모르고 울어대는 부엉이조차 아직 울음을 시작하지 않았다. 아름드리 소나무 숲에서는 독한 송진 냄새가 천년 묵은 여우처럼 사람을 홀릴 듯 진하게 풍겨왔다.

 다리만 슬며시 움직일 뿐 몸을 전혀 움직이지 않아서 아주 느릴 것 같은 정휴의 걸음은 매우 빨랐다. 초저녁 산속이라고는 하지만 아직 한낮의 열기가 식지 않은 여름철, 내처 걸어와 가사가 흥건히 젖을 법도 하건만 정휴의 이마에는 땀방울 하나 솟지 않았다.

산등성이를 넘어서자 멀리 아스라한 불빛이 꿈처럼 아련히 떠올랐다. 아산이다.

세상의 이치를 다 깨달았다는 토정(土亭)이 이런 자그마한 고을에서 현감 노릇이나 하고 있는 속뜻을 정휴는 아직도 헤아릴 수 없었다. 세상을 구하겠다는, 도탄에 빠진 백성을 구제하겠다는 원대한 꿈으로 동분서주하던 그가 이렇게 작은 고을의 일개 현감을 자원하여 정사를 맡은 것은 도대체 어떤 속내가 있어서일까.

금강산 깊은 암자에 틀어박혀 있던 정휴가 오랜만에 세상나들이를 하게 된 건 토정 때문이었다.

어쩌다 금강산의 깊숙한 암자까지 흘러들어오는 풍문에 따르면, 토정은 이제 미래의 일까지 손금 보듯 훤히 들여다보는 모양이었다. 그 경지에는 못 미치더라도 정휴 역시 시시각각 움직이고 있는 이 세상 한 끄트머리의 작은 변화쯤은 웬만큼 내다볼 수 있었다.

그러나 어쩌랴. 세상일을 아무리 정확히 꿰뚫을 수 있더라도 죽음을 막아낼 장사는 아무도 없는 것을. 토정도 천문을 읽을 줄 아니 정휴가 본 그 구곡성(九斛星)을 그냥 지나치지는 않았으리라.

인간의 몸을 빌어 태어난 이상 누구라도 흙으로 돌아가는 자연의 섭리를 거역할 수는 없는 법. 게다가 정휴보다 여섯이 위니 토정의 나이 이제 예순둘, 그만하면 천수를 누린 셈이다. 그 나이에야 죽음이 대수로운 일은 아닐 터였다. 정휴가 구태여 토정의 마지막을 보고자, 버리고 떠났던 세상으로 다시 나올 필요는 없었다. 그런데도 토정의 죽음을 예감한 순간, 정휴는 임종을 놓칠세라 입고 있던 옷차림 그대로 먼 길을 달려온 것이다.

토정은 이미 죽음 따위는 초월했음에 틀림없겠지만, 그렇다고 해서 정휴 역시 초탈한 심정으로 토정을 보낼 수는 없었다. 정휴는 토정의 죽음을 앞에 둔 것이 자신의 죽음과 맞닥뜨린 것보다 더 고통스러웠다. 정휴의 토정이 죽어가기 때문이었다. 정휴의 마음속에서 항상 등불이 되고, 나침반이 되었던 스승 토정이 떠나가는 것이다. 그것은 토정과는 아무런 상관도 없는 일이다. 정휴 자신의 문제, 절실한 정휴 자신의 문제였던 것이다.

정휴는 잠시 고갯마루에 앉아 한숨을 길게 내쉬었다.

토정, 그는 누구인가? 스승인가? 도반인가? 친구인가? 토정은 왜 끊임없이 내 앞에 나타나는 것인가? 왜 나는 토정을 떠나지 못하고 있는 것인가?

근본도 모르던 정휴에게 어느날 갑자기 나타나 친구가 되고, 형이 되고, 스승이 되었던 토정. 종이라는 좌절감, 그래서 아무런 희망도 없이 막연히 길을 떠난 정휴에게 운명처럼 나타났던 토정.

정휴는 그로 인하여 비로소 인간으로서 새 삶을 살기 시작했고, 그를 통해 삶의 의미를 찾아낼 수 있었다. 찬찬히 살펴보면 정휴의 인생살이에서 토정과 연관되지 않은 것은 거의 없었다.

"그래, 내 죽음이나 마찬가지지. 토정에 의지해 꾸려왔던 내 삶이 죽어가고 있는 거야. 토정이 죽고 나야 비로소 내가 나로서 새로이 태어나는 거야. 사즉생 생즉사이리라."

정휴의 나이도 쉰이 훨씬 넘었건만 정휴 자신은 제 나이를 느끼지 못하고 살아왔다. 그저 토정의 이마에 서린 주름을 보며 토정이 나이를 들어가는가 보다 했을 뿐, 정휴 자신의 볼에 깊이 패이는 세월은 들여다보질 못했다. 언제나 토정의 제자, 토정의 아우라는 생각만 했지, 따로 떨어져 살아야겠다든가, 자신도 스스로 늙어가고 있다든가 하는 생각은 갖지 못했다.

정휴는 쓸쓸하게 웃었다.

이윽고, 자리를 털고 일어난 정휴는 이내 발을 재게 놀려 아산현에 도착했다. 작은 현이라서 그런지 관아라고 해도 보잘것없이 작고 초라했다. 관아 돌담을 지나 후문에 이르자 기다렸다는 듯이 관노 한 명이 허리를 굽히고 앞으로 나섰다.

"어서 오십시오. 현감 어른이 기다리고 계십니다. 안으로 드시지요."

제법 총명한 기색이 엿보이는 젊은 관노다. 정휴보다 한 발 앞서 성큼성큼 걸음을 옮기는 관노의 자세에는 예사 관노와 달리 비굴한 구석이 전혀 없었다. 행동거지가 절도 있고 단정했다.

문득 정휴의 얼굴에 차디찬 냉소가 흘렀다.

관노가 뭐라고 했는가? 현감 어른이 기다리고 계시다고? 내가 누군지도 모를 터인데?

"저를 따라오십시오."

정휴는 젊은이의 얼굴을 애써 외면하며, 서늘한 기운이 서린 동헌 앞마당을 지나 내당으로 들어갔다.

"손님 오셨습니다."

낭랑한 목소리로 안을 향해 외친 젊은 관노는 정휴를 향해 깊숙이 허리를 숙인 다음 발소리를 죽여 공손히 물러났다.

정휴는 나지막하게 한숨을 내쉰 뒤 방문을 열었다.

"어서 오시게. 뭣하러 이 먼 길을 달려오셨나. 어차피 한곳에서 만나게 될 것을……"

토정은 창백한 얼굴을 한 채 꼿꼿한 자세로 앉아 있었다.

정휴는 등에 진 바랑을 내려놓고 절집에서 하는 법도대로 토정에게 큰절을 올렸다. 토정의 얼굴에 보일 듯 말 듯 희미한 미소가 서렸다. 침침한 방 안에 기괴하리만큼 거대한 두 사람의 그림자가 춤을 추듯 일렁거렸다.

"용우를 보셨나?"

미동도 없이 앉아 있는 정휴를 보자 토정은 창백한 얼굴 가득 화사한 웃음을 띠웠다.

토정은 정휴가 오리라는 것을 알고 있었다. 금강산에서 떠난 때는 물론 아산 관아에 다다르는 시각까지 미리 내다보고 있었다. 그래서 토정은 정휴가 아산현에 도착하는 시각에 맞추어 용우라는 관노를 내보냈던 것이다.

"자네를 맞이한 젊은이 말일세. 생각나는 게 없던가?"

정휴는 여전히 꼼짝 않고 눈만 들어 토정을 바라보았다.

토정은 이미 떠날 준비를 다 한 듯 마음이 평화로운 모양이었다. 의관도 깨끗이 차려입었고 병석을 다 치워놓고 있었다.

"대물림으로 내려오는 관노일세. 어미도 아비도 이곳 현에 딸린 노비지."

한일자로 짙은 정휴의 눈썹이 꿈틀거렸다. 정휴의 심중에 이는 동요를 모를 리 없건만 토정은 천연덕스럽게 말을 이었다.

"그 아이의 범상치 않은 기운을 자네도 읽었을 터……. 어떤가? 저 아이를 데려가지 않으려나?"

관노를 데려가라는 것은 무슨 뜻인가? 정휴는 마음이 편치 않았다. 그 젊은 관노를 보는 순간 먼 옛날의 자기 자신을 대하는 것 같기 때문이었다.

정휴가 토정을 만난 지 어언 삼십여 성상(星霜), 행주좌와(行走坐臥)의 연결 고리가 다 토정에 얽혀 있었다. 토정은 정휴를 정휴로만 보고 만난 것이 아니었다. 힘없는 한 백성, 그래서 토정이 구제해야할 대상이었다. 그 이상 아무것도 아니었다. 정휴는 자신이 다른 누구보다 더 토정과 가깝게 살아왔다고 믿지만, 토정이 처음에 가졌던 생각이 바뀌지 않았음도 잘 알고 있었다.

임종을 눈앞에 두었으니 내게 할 말이 오죽 많을 것인가. 그런데 먼 길을 달려온 사람에게 기껏 관노 이야기나 하는 이유는 무엇인가. 너도 한때는 종이었으니, 그 뜻인가?

"진작 면천시키려 했으나 꾹 참고 오늘을 기다렸다네. 저 녀석에게 아우님만 한 스승이 어디 있겠나."

정휴는 눈을 질끈 감았다. 이렇게 하여 면천한 종 하나가 다시 종살이보다 더 힘든 기나긴 구도의 삶을 시작하게 되는 것인가.

그때였다. 문밖에서 여인의 나지막한 기침 소리가 들리더니 조용히 문이 열렸다. 마흔댓쯤 되었을까. 이마에 굵은 주름이 가로 새겨져 험하게 살아온 과거를 여실히 드러내고 있었다. 그런데도 표정은 깊은 물 속처럼 고요해 보이는 여인이었다.

여인은 약사발을 두 손으로 곱게 받쳐들고 있었다. 여인은 낯선 손님인 정휴에게 보일 듯 말 듯 고개 숙여 인사하고는 토정에게 다가가 조심스럽고 예의 바르게 약사발을 올렸다. 토정이 다 마시기를 다소곳하게 기다리고 있는 여인은 어느 모로 보나 관아의 노비 같지 않았다.

"아우님, 해사에 갔던 일, 기억나는가?"

해사? 화담과 토정이 여행하던 중에 지났다는 곳, 훗날 정휴도 토정을 따라 그곳에 잠시 들렀었다. 기묘한 풍속이 있는 고을이었으나 정휴는 별로 마음에 두지 않았다.

"얼핏 생각이 납니다. 여지껏 그런 걸 다 마음에 붙들어놓고 계시는군요. 형님답지 않습니다."

토정은 잔잔한 미소를 지으면서 약사발을 가지고 들어온 여인을 그윽히 바라보았다.

"어찌 그곳을 잊겠는가. 벌써 삼십 년이 가까워오는 까마득한 옛날의 일. 그날 밤의 묘한 경험이 아직까지도 진득하니 남아 있다네."

이 엄숙한 임종의 시각에 토정이 왜 이런 시답지 않은 이야기를 꺼내는지 정휴는 알 수 없었다.

토정이 비운 약사발을 내려놓자 여인은 두 손으로 집어들고 뒷걸음으로 방을 물러나갔다.

"형님, 한 말씀 해주십시오."

정휴가 침묵을 뚫고 한마디 던졌다.

토정은 대답은 하지 않고 나지막이 웃었다. 토정의 낮은 웃음소리가 들기름 등잔불이 희미하게 빛나는 방 안에 깊은 산중의 메아리처럼 울렸다.

정휴는 머리가 혼란스러웠다. 토정이 자신의 죽음을 모르진 않을 텐데, 죽음을 앞둔 사람치곤 너무 일상적인 말만 하기 때문이었다. 정휴는 자신이 도대체 무엇을 기대하고 그 머나먼 길을 달려왔는지 난감한 기분이었다.

의미를 알 수 없는 미소를 한동안 물고 있던 토정이 갑자기 입술을 깨물었다. 그러고는 광풍에 꺼져가는 불길처럼 쇠잔한 목소리로 말을 이었다.

"그만 건너가보시게. 생각해야 할 게 많다네. 이 세상과 맺은 인연도 이제 다해 가는구만. 한때는 온 세상을 손아귀에 넣은 것 같더니, 이제 돌이켜보니 다 어리석은 자만일 뿐이었네. 물이 흘러 바다가 되듯, 계절이 쉼없이 바뀌듯 나는 그저 왔다 가는 나그네인 모양일세.

부처가 왔다 가도 세상은 아무런 변함없이 흐르고 또 흐르듯이.

나 같은 범상한 인간이 살다 가는 데 뭐가 이리 헤아릴 게 많은지, 사람 하나한테 딸려 있는 세속 잡사가 무에 이다지도 많단 말인가. 한 갑자를 겨우 넘기고 떠나는 몸, 나 하나 떠나간다고 세상에 무슨 변화가 일겠는가. 그저 한 인간이 왔다 가는 것일 뿐. 내 발자국을 보고 후세 사람들이 뭐라 한들 그게 나와 무슨 상관이 있단 말인가. 왜 이리 적막한지 알 수가 없네. 고승들처럼 허허 웃으며 홀가분하게 떠나지 못하는 이유가 뭔지……."

정휴는 그 이유를 가늠해 보았다. 언제나 백성, 백성 하면서 살아온 그이기 때문일 것이라고. 그러나 함부로 단정할 수는 없었다. 토정, 그의 깊은 심중을 정휴의 짧은 자(尺)로써는 감히 잴 수 없었다.

토정의 목소리가 조용히 잦아들고 다시 무거운 침묵이 내려앉았다. 지그시 눈을 감은 채 꼿꼿하게 버티고 앉아 있는 토정의 얼굴에서 정휴는 아무것도 읽을 수 없었다.

정휴의 입에서 짧은 한숨이 새어나왔다. 토정의 침묵과 마주하니, 금강산에서 아산까지 오는 동안 가슴속에서 소용돌이치던 수많은 의문과 고민을 감히 토해 낼 수 없었다. 대답을 듣지도 못한 의문들이 가슴속에 앙금이 되어 가라앉고 있었다.

토정의 입에서는 건너가란 말도, 더 있으란 말도 나오지 않았다. 토정은 그저 석상처럼 앉아서 잠자코 시간의 흐름에 따르고 있을 뿐이었다.

정휴는 조용히 몸을 일으켰다. 갑자기, 묵은 피로가 한꺼번에 밀어닥쳤다. 몸이 천근만근이나 되는 듯 무거워졌다.

정휴는 비틀거리면서 토정의 방을 나섰다.

밤하늘에는 어느새 광활한 우주를 뒤덮을 듯 무수한 별이 돋아나 있었다. 정휴는 마루 기둥을 붙잡고 하늘을 가로질러 흐르는 젖빛 은하수를 우러러보았다. 또 어느 목숨이 죽어가는 것일까. 별똥별이 길게 꼬리를 그으며 떨어지고 있었다.

"스님, 이리 오시지요."

용우라는 그 관노였다.

정휴는 별빛을 받아 윤곽이 또렷하게 드러나는 용우의 얼굴을 유심히 들여다보았다. 구릿빛으로 그을린 얼굴에 검은 두 눈이 반짝였다. 이제 열여섯이나 되었을까. 제 손으로 밥을 떠먹기 시작하면서부터 종노릇을 했을 용우의 몸은 탄탄하고 건장했다.

오랫동안 자신을 뜯어보는데도 용우는 당황하는 기색 없이 밝게 웃어 보였다. 자기를 이모저모 살펴볼 만한 시간을 충분히 준 다음 용우는 앞장서서 화원을 가로질러 걸었다.

용우가 안내한 곳은 사랑채도 행랑채도 아니었다. 내당과 담이 이어졌으나 관아에는 없는 별채였다. 새로 지은 듯 소나무 향기가 아직도 그윽히 풍기는 넓은 방이 있었다. 방 안쪽에는 걸인인 듯 남루한 옷을 걸친 초라한 중늙은이 십수 명이, 몇은 모여 앉아 이야기를 하고 몇은 누워서 자고 있었다.

정휴가 방 안을 휘 둘러본 후 눈길을 돌리자 용우는 송구스러운 웃음을 지으며 뒷머리를 긁적였다.

"현감 어른이 이리로 모시라고 분부하셨습니다."

어디든 가릴 건 없다. 매섭게 몰아치는 비바람만 거적대기로 간신히 가린 산중의 그의 거처에 비하면 여기는 아방궁과 다를 바 없다.

정휴는 바닥이 다 닳은 짚신을 벗고 방으로 들어갔다. 한여름밤이지만 활짝 열린 뒷문으로 선선한 바람이 불어와 방 안이 서늘했다.

"스님, 공양은요? 안 드셨다면 차려 올리겠습니다."

"괜찮네."

어차피 사람들의 적선이 아니면 굶어 죽을 걸승의 몸이다. 금강산에서 아산까지 오는 동안 한양을 지나면서부터는 굶고 있는 사람투성이라 정휴 역시 끼니 한번 변변히 챙겨 먹지 못했다. 그런데도 정휴는 별로 허기를 느끼지 않았다.

괜찮다는데도 용우는 미적거리며 자리를 얼른 뜨지 않았다.

"저…… 스님, 언제 떠나십니까?"

벽을 향해 가부좌를 틀다 말고 정휴는 용우를 돌아보았다. 용우는 형형한 눈빛으로 정휴를 보고 있었다. 기이하게 사람을 빨아들이는 눈빛이었다.

"그건 왜 묻나?"

정휴의 물음에 용우는 사내답지 않게 긴 목을 살짝 숙이며 수줍게 웃었다.

"저를 데려가실 것 아닙니까? 저도 준비를 해야지요."

"어르신이 그렇게 말씀하시던가?"

"예, 조금 있으면 제 스승이 오실 거라고. 스님이 오시면 따라가라고 하셨습니다."

"그게 우리 인연인 모양이군. 더 기다릴 게 뭐 있겠나. 운명하시면 바로 떠나도록 하세."

정휴는 용우를 등진 채 천천히 가부좌를 틀고 염주를 돌리기 시작했다.

"예? 운명이라뇨? 무슨 말씀이십니까?"

"…… 그만 쉬겠네."

더 이상 말을 건네지 말라는 듯 정휴는 냉랭하게 말했다.

용우는 한참 망설이다가 돌아서서 조심스럽게 발걸음을 떼어놓았다.

"이보게. 잠깐만. 이 방은 뭐 하는 덴가?"

정휴가 면벽을 한 채 용우에게 물었다.

"걸인들이 쉬었다 가는 걸인청입니다. 현감께서 이곳에 부임하자마자 지으신 건물이지요. 이곳을 지나는 걸인이면 아무나 여기서 먹이고 재우고 기술을 가르쳐줍니다. 그래서 제각기 기술을 익히고 적으나마 살림 밑천을 마련하면 양민이 되어서 이곳을 떠납니다. 그동안 이곳을 거쳐간 사람이 무수히 많습니다. 덕분에 이곳 아산의 걸인과 유랑민은 다 없어졌지만, 소문을 듣고 방방곡곡에서 걸인들이 찾아오는 바람에 이곳은 언제나 북적거립니다. 현감 어르신은 이곳에서 걸인, 유랑민들과 함께 진지를 잡수시고 일도 같이 하십니다. 현감 어르신이 오신 덕택에 이곳 아산은 태평성대지요. 고을 사람들은 지금이 바로 요순시절이라고 모두 한입처럼 말합니다."

"알겠네."

대륙의 한 끄트머리, 그중에서도 한가운데 이 조그만 아산땅에 태평성대를 이루기 위해 토정은 이곳으로 왔는가. 그런들 무엇이 달라진단 말인가. 그의 말대로 부처가 다녀갔어도 이 세상이 변하지 않았는데, 토정이라고 해서 대수가 있을 것인가.

가부좌를 하고 있는 정휴의 눈가가 파르르 떨렸다.

오늘 밤, 토정은 이 밤을 넘기면 이승을 떠나가리라. 대체 토정은 무슨 생각을 하길래 시원한 말 한 마디 하지 않고 걸인들의 방으로 정휴를 보낸 것인가. 끊임없이 변하고 흘러가는 이 세상의 이치를 깨달았으면서도 토정은 왜 세상에 대한 애착을 버리지 않는 것인가. 정휴는 도무지 이해할 수가 없었다.

사위는 적막했으나 간간이 걸인들이 코를 고는 소리가 정휴의 생각을 가로막았다.

　용우……. 이건 또 무슨 놈의 끈인가. 세상에 대한 집착을 모두 버리고자 산으로 들어간 정휴에게 토정은 세속의 질긴 연을 다시 맺어주려는 것인가.

　정휴는 눈을 꼭 감았다. 감은 눈앞으로 자신의 어린 시절, 용우보다 몇 살 위였던 젊은 시절의 모습이 생생히 떠올랐다. 토정과 길고 질긴 연이 맺어지기 시작한 것도 바로 그때였다.

2. 면천(免賤)

벌써 절기로는 입춘이건만 북쪽에서 불어오는 바람은 아직도 살을 에는 듯 차가웠다. 심 대감 댁을 떠나올 때 하인들은 심 대감이 쓴 입춘방을 기둥마다 붙이고, 대문에도 붙이느라고 분주했다.

'입춘대길(立春大吉)', '수복(壽福)'.

이 모두 양반들이나 기원하고 누릴 수 있는 것, 종으로서는 상상도 할 수 없는 것들이다. 학이시습지 불역열호(學而時習之 不亦說乎)가 종에게 가당키나 한 말이냐고, 이따금 몰래 숨어서 책을 읽는 정휴를 볼 때마다 어머니는 깊은 한숨을 쉬며 말했다.

너덜너덜하게 해져 군데군데 속살이 내비치는 홑저고리 차림으로 정휴는 이웃마을 홍주목(지금의 홍성)을 향해 부지런히 발을 놀렸다.

오늘 아침, 길을 떠나려 하자 심 대감은 솜을 두둑이 넣은 깨끗한 겹옷 한 벌을 내주었다. 그러나 정휴는 새옷은 괴나리 봇짐 속에 쑤셔넣고, 입고 있던 차림 그대로 도망치듯 심 대감 댁을 빠져나왔다.

평소엔 입어보지 못한 겹옷을 입는다는 게 마음에 영 편찮기 때문이었다.

뛰다시피 걷고 있는데도 한기는 좀체 가시지 않았다. 아래윗니가 맞부딪치며 다닥거렸다. 그러나 추위보다 더 정휴의 몸을 움추러들게 하는 것은 암담하기만 한 앞날이었다.

어제 아침 식전 댓바람에 정휴는 주인인 심충익 대감의 부름을 받고 마당을 쓸다 말고 달려갔다. 비록 종과 주인의 관계지만 심충익은 정휴의 유일한 스승이자 벗이기도 했다.

철이 들 무렵부터 정휴는 글 읽기를 좋아했다. 심충익의 아들을 따라다니며 말동무를 해주다가, 등 너머로 문자를 배우기 시작했다. 덕분에 한두 자씩 익히게 된 정휴는 새로운 것을 배우는 재미에 일을 하다가도 연장을 내팽개친 채 마당 한 켠에 앉아 땅바닥에다 글씨를 쓰기 일쑤였다. 그러나 정휴의 어머니는 정휴가 글을 읽고 쓰는 것을 끔찍이 싫어했다. 『천자문』을 외울 때만 해도 흐뭇한 눈으로 총명한 아들을 바라보던 어머니가 『통감』으로 『소학』으로 책을 올려잡자 불안한 기색을 감추지 못하더니, 급기야 글 읽는 것을 극구 말리기에 이르렀다. 그래도 정휴가 학문에 대한 호기심을 버리지 않자 어머니는 아들이 글을 읽을 때마다 회초리를 들었다.

"종놈이 문자 배워 어디다 쓰겠느냐. 신세 망칠 일밖에 없느니라. 사람이란 제 분수껏 살아야 하는 법이거늘. 너 하나 남아 있는 씨를 아예 말려버릴 작정이냐."

정휴의 나이 이제 열여덟. 그러나 그때의 상처는 아물지 않고 남아 아직도 꿈틀거리고 있었다. 매를 들던 어머니는 이미 저세상으로 가고 없건만, 한바탕 매타작을 하고 난 밤이면 새벽이 밝아올 때까지 들려오던 어머니의 숨죽인 울음소리는 여전히 가슴속을 후벼 팠다.

어머니까지 말리던 공부를 주인 대감 심충익이 나서서 가르쳐주게 된 것은 정휴가 열셋 나던 해였다. 근 한 달이나 계속된 설 손님을 맞느라 밤잠을 못 자고 일하던 어머니가 급작스레 쓰러져 영영 세상을 저버리고 며칠 지난 뒤의 일이었다.

정월 보름은 아니지만 2월 보름달도 그에 못지않게 휘영청 밝았다. 어디선가 어머니의 다듬이질 소리가 들려오는 것 같아 좀처럼 잠을 이루지 못하던 정휴는 자리를 박차고 나와 냉기 그득한 뜨락에 섰다. 달빛이 온누리에 부서지듯 내리쏟아지고 있는 정경을 보고 있다가 정휴는 무심코 『금강경』 귀절을 외웠다.

무릇 눈에 보이는 것으로서
허망하지 않은 것이 없으니
이런 모든 현상이 다 거짓임을 깨우치면
그때 비로소 부처를 만나리라
(凡所有相 皆是虛妄 若見 諸相非相 卽見如來)

그때였다.

"어느 하 세월에 네 녀석이 깨우친단 말이냐? 아주 제법이긴 하다만 종놈으로는 꿈이 너무 크구나."

농기 어린 나무람에 소스라치게 놀란 정휴가 뒤를 돌아보자 역시 달빛에 잠을 설쳐서 나온 것일까, 심충익이 단정한 의관을 하고 서 있었다. 기척도 없이 나타난 것이다.

정휴는 얼른 허리를 구부려 예를 갖췄다.

"네 이름이 뭔고?"

"정휴입니다."

종놈의 입에서 가당치도 않은 시 구절이 흘러나왔으니 불호령이라도 떨어질 줄 알았는데, 뜻밖에도 심충익의 목소리는 부드러웠다.

"네 부모가 누군고?"

정휴의 말문이 콱 막혔다. 아버지의 얼굴은커녕 이름도 출신도 모른다. 어머니가 핏덩이인 자신을 안고 이 집 종으로 들어왔다는 사실이 그가 아는 이력의 전부다. 철이 들면서 제 핏줄이 궁금해 아무리 캐물어도 어머니는 원망 가득한 얼굴로 고개만 내저을 뿐 대답이 없었다.

"얼마 전에 세상을 뜬 행랑어멈의 아들인가?"

"예, 그러하옵니다."

아흔아홉 칸 심충익의 집안에는 노비만 해도 수십 명이다. 임금인 중종 이역의 척신으로 조정 대신들에게 호령깨나 하다가 나이가 들어 낙향한 심충익은 보령에서도 그 위세가 대단했다.

그의 집에서 십수 년을 살아오면서 정휴는 심충익이 하인들에게 말을 거는 모습을 본 적이 거의 없었다. 하긴 아들에게도 워낙 말이 없는 심충익이었다. 정휴가 행랑어멈의 아들임을 아는 것이 오히려 이상할 정도였다.

"공부가 하고 싶거든 내일부터 내 방으로 오너라."

순간 정휴는 제 귀를 의심했다. 공부를 하러 방으로 찾아오라니.

꿈인지 생신지 몰라 정휴가 어리둥절해 있는 사이 어느새 심충익은 조용한 성품 그대로 소리없이 사라지고 없었다.

그러나 그로부터 몇 날이 지나고도 정휴는 심충익의 사랑방에 선뜻 들어서지 못했다. 대감이 혹 잠결에 한 소리라면, 혹 취중이었다면……. 정휴는 자신이 없었다. 염치 좋게 사랑방에 들어갔다가 뭔가 잘못되기라도 한다면……. 갖가지 생각이 떠올라 정휴의 발걸음을 붙잡았다.

정휴는 이따금 심 대감이 하인들을 시켜 종의 볼기를 치고 주리를 트는 것을 본 적이 있었다. 그렇게 엄한 심 대감이 예기치 않게 자신을 부드럽게 대해준 의중을 짐작할 수가 없었다.

그러나 꼭 그런 이유에서만도 아니었다. 심 대감이 진정으로 한 말이라면 한 번 더 말이 나올 것이라는 기대도 있었다. 아니, 인연이 한번 닿았으면 다시 이어질 때가 있을 것, 지금 당장은 아니어도 언젠가는 사랑방에 자연스럽게 들어가게 되는 날이 있을 것이리라는 확신이 들었다.

언제부터인가 정휴는 그런 운명을 믿고 있었다. 운명이 이미 그렇게 정해져 있는 것이라면 제 스스로 달려올 것이라고 믿었다. 그래서 인연이 저절로 다시 닿을 때까지 정휴는 더 기다리기로 했다.

그러나 인연은 거기서 끊어지고 만 듯, 정휴가 사랑에 들어갈 기회는 좀처럼 나지 않았다. 하루가 가고 열흘이 가고 한 달이 가고 또 달이 여러 번 지나도 심 대감은 정휴를 부르지 않았다.

그해 가을이 저물어 가을걷이가 다 끝났을 때였다. 그날도 공기가 차디찬 보름밤이었다. 심충익의 사랑에 불이 환히 밝혀져 있었다. 달빛 아래서 서성이던 정휴의 발길이 불빛을 본 나방처럼 저절로 사랑으로 옮겨졌다.

"이제야 공부를 하러 오는 게냐."

멀리서 다가오는 정휴의 모습을 확인도 하지 않고 심충익이 나지막하다 못해 졸린 듯한 음성으로 물었다.

"흠, 들어오너라."

몸서리가 쳐질 만큼 밤바람이 찬데도 심충익은 문을 활짝 열어놓고 연못 위로 부서져 내리는 달빛을 보고 있었다.

무엇에 홀린 듯 정휴는 거침없이 사랑으로 올라갔다.

"달빛이 좋지 않느냐?"

심충익은 나직하게 시를 읊었다.

원만 구족한 보름달이
한 줄기 광음을 힘차게 놓으니
일천 강이 모두 다 일천 월일세.
공맹아, 이 달빛을 보았느냐.

그러자 정휴도 지지 않고 시 한 수를 붙였다. 어디에서 그런 용기가 났는지 정휴 자신도 알 수 없었다.

일천 강 일천 월은 다 어디 가고
내 하늘엔 어찌하여 그믐달뿐이런가.
깃들지도 못하고 깃들 것도 없으니
무광천지에 홀로 숨어 있으리.

교교하게 밤을 밝힌 달빛 탓일까, 정휴는 제가 중인 것도 잊어버리고 글줄깨나 읽은 한량처럼 심충익의 말을 받고 있었다.

심충익의 위엄 있는 얼굴 위로 미소가 잠시 스쳐갔다.

"그래, 등 너머로 어디까지 배웠더냐?"

"『통감』, 『소학』까지는 겨우 읽었습니다."

"이웃 홍주에 퍽 재주가 많은 젊은이가 있다는 소문이 있던데 너도 그에 못지 않구나. 그럼 『사서삼경』을 시작해 볼까?"

그렇게 정휴의 공부는 시작되었다. 낮이면 심충익과 정휴는 하늘과 땅 사이인 주인과 종의 신분이고, 다른 노비들이 곤한 잠에 떨어진 밤이면 두 사람은 스승과 제자로, 나이를 뛰어넘어 글 친구로 다시 만났다.

글을 읽을 때면 정휴는 아무 생각도 떠오르지 않았다. 글을 읽어서 무엇을 할 것인지, 종인 자기가 더 이상 무엇이 될 수 있을 것인지도 생각해 보지 않았다. 그저 글 속에 숨어 있는 새로운 세상을 만나는 것이 신기롭고 경이로울 따름이었다.

그러나 뼈 빠지게 일해야 하는 낮이면 늘 어머니의 회초리가 생각났다. 종놈이 문자 배워 어디다 쓸 것이냐던. 그러나 그러한 고민도 공부를 하고 싶은 정휴의 열망을 막지는 못했다.

밤이면 글 배우는 학생으로, 낮에는 종으로 살아온 지 그럭저럭 다섯 해가 지나고 있었다. 어느새 『사기』, 『근사록』, 『춘추』, 『예기』를 다 읽어내어 글 읽는 모양새는 대충 갖춘 셈이었다. 그리고 어제 아침 다섯 해 만에 처음으로 밝은 아침에 심충익의 부름을 받고 무슨 일인지 몰라 어리둥절한 채 달려갔던 것이다.

육십 줄에 들어선 심충익은 잔병치레가 부쩍 잦았다. 그렇지 않아도 바싹 마르고 하얀 얼굴에 푸르스름한 핏줄이 도드라져 더욱 날카로워 보였다.

심충익은 아무 말 없이 누런 종이 한 장을 건넸다.

"네 종 문서니라."

종이를 받아든 정휴의 손끝이 파르르 떨렸다.

"너를 보낼 때가 된 것 같구나. 면천을 했다고 해봐야 종 신세나 다를 바 없는 가난한 양민일 텐데…… . 네 재주로 무엇을 할 수 있을지는 나도 모르겠다. 하늘이 무심치 않다면 길이 열리겠지. 그만 물러가보거라. 피곤하구나."

유난히 툭 불거진 이마의 핏줄이 툭툭 힘겹게 튀는 모습이 훤히 들여다보였다. 그간 많이 늙으셨구나 하는 생각이 들었다.

정휴는 큰절을 올리고 사랑을 물러나왔다.

정휴는 마치 안개 낀 숲속에 서 있는 것처럼 막막했다. 찬바람이 옷깃을 파고들자, 그제야 정휴는 자신의 손에 쥐어진 종이 한 장이 무엇을 의미하는지 깨닫고는 가슴이 마구 뛰었다.

정휴는 곧바로 어머니 무덤으로 달려갔다.

"어머니, 이게 무엇인지 아십니까?"

정휴는 종 문서를 펼쳐 어머니 무덤에 보였다. 그리고 하늘을 올려다보았다. 파란 하늘에 구름이 몇 점 한가로이 노닐고 있었다. 하늘은 늘 보던 대로였다. 어제와도 같고 그제와도 같은 하늘이었다. 하늘은 분명 그 하늘이건만 종 문서를 받아쥔 정휴에게는 전혀 다른 하늘인 것 같았다.

그러나 정휴는 딱히 갈 곳이 없었다. 게다가 종 문서를 받아 쥐었다고 해서 기다렸다는 듯이 심 대감 집 문을 박차고 나간다는 것도 도리가 아니라는 생각이 들었다. 그래서 정휴는 전과 마찬가지로 늘상 하던 일을 계속했다.

이튿날 이런 정휴를 심 대감이 다시 호출했다.

"왜 떠나지 않았느냐?"

심 대감의 목소리엔 노한 기운이 서려 있었다.

"곧 농사철이고 일손이 바쁘기에……."

"이 집은 이제 네가 있을 곳이 아니니라. 자, 이걸 갖고 떠나거라."

심 대감은 솜옷 한 벌을 내주었다.

"이 옷으로 갈아입거라. 그리고 오늘 안으로 떠나거라."

말을 마친 심 대감은 사랑문을 닫아버렸다.

정휴는 머뭇거리다가 심충익이 마루 끝으로 밀어놓은 솜옷을 집어들었다.

정휴는 댓돌에 엎드려 큰절을 올린 뒤 방으로 돌아가 봇짐을 꾸렸다. 짐이래야 갈아입을 낡은 베옷 한 벌, 그리고 조금 전에 심 대감이 준 솜옷 한 벌, 그리고 짚신 몇 짝뿐이었다.

어디로 간다?

막막했다. 갑자기 받아든 자유를 어떻게 처리해야 할지 그저 막막하기만 했다.

그때, 정휴에게는 심 대감이 언젠가 친구와 나누었던 말이 생각났다. 사랑에서 책을 읽고 있을 때, 홍주에 산다는 심 대감의 친구가 찾아온 적이 있었다. 그때 심 대감이 무슨 대화 끝엔가 불쑥 이런 질문을 했다.

"홍주에 재주 있는 젊은이가 있다던데 도대체 어떤 아이인가?"

홍주에서 왔다는 심 대감의 친구는 껄껄 웃으면서 대답했다.

"벌써 예까지 소문이 났는가? 하여튼 보통 젊은이는 아닌 것 같으이. 성은 이씨고, 이름은 지함(之菡)이라던가 하는데, 어려서부터 재주가 뛰어나 인근에서는 모르는 사람이 없을 정도라네. 어머니가 일찍 돌아가셔서 장사를 지내는데, 글쎄 이 아이가 갑자기 어머니 묘소 앞에 조수(潮水)를 막을 방죽을 쌓아야 한다며 제 형을 졸라대더라는구면."

"바닷가였던 게로구면."

"아닐세. 나도 그 소문을 듣고 그런가 보다 했는데 그렇지 않았다네. 바다에서는 이십 리도 더 떨어진 곳이라네. 그러니 그 형이란 사람이 그 말을 들어줄 리가 있겠나? 아, 그런데 이 아이가 무슨 요령이 났는지 바다를 막아놓고 소금을 구워내어 그걸 판 돈으로 방죽을 쌓았다네. 여기까지는 그저 우스갯소리로 넘기겠는데 그 아이가 방죽을 쌓은 지 두 해 만에 큰 해일이 일어 바로 그곳까지 바닷물이 들어왔다네. 그 아이의 어머니 무덤만 무사하고 근처의 논이고 밭이고 싹 쓸고 지나갔다네. 이것 참 기가 찰 노릇 아닌가."

"어린아이가 대단하군."

정휴는 바로 그 이지함이라는 젊은이를 찾아가보기로 했다. 어쩐지 그가 오래전부터 알고 있던 사람처럼 마음에 와 닿은 것이다.

3. 앞날을 읽는 사람

　정휴는 점심때가 조금 지나 홍주목에 도착했다.

　정휴는 몸을 쉴 곳도 마련하기 전에 이지함이라는 젊은이를 먼저 만나보아야겠다고 생각했다. 그래서 보령을 떠나던 차림 그대로 이지함의 집을 찾아 나섰다.

　지함의 집은 쉽게 찾을 수 있었다. 애나 어른이나 지함을 모르는 이가 없었다. 하긴 이웃 보령까지 소문이 퍼질 정도이니 근동에서야 당연한 일일 터였다.

　지함의 집을 찾아가는 동안 정휴는 지함에 관한 소문을 여러 가지 더 들었다. 소문이라는 것이 본래 옮겨지는 동안 한두 켜씩 말이 덧붙여지기 마련이지만, 아무리 그래도 바로 한 고을 사람의 이야기인데도 곧이곧대로 믿기에는 너무 허황한 얘기가 많았다.

　지함은 지체 있는 양반집 자제인데도 신분 간에 격의를 두지 않는다, 농부들과 술잔을 들기도 하고 들에 나와 올해는 이 작물을 심어라 저 작물을 심어라 하고 조언을 하기도 한다, 그리하여 지함의 말을 들은 농민들이 큰 이익을 봤다. 여기까지는 에누리 없이 그대로 믿어준다고 해도 지함이 앞날을 읽어 방죽을 쌓았다는 얘기는 너무 허무맹랑하다 싶었다.

지함의 가문은 홍주목에서는 유서 깊은 양반가이지만 지함은 어려서 부모를 다 잃고 형의 손에서 큰 모양이었다. 그런데 우연히 바다가 바라보이는 야트막한 동산에 어머니 묘를 썼다고 한다. 물론 지함이 어려서의 일이지만 지함이 제법 나이가 들자 어느 날 갑자기 돈을 벌어오겠다며 집을 나갔다가 몇 달 만에 그야말로 큰돈을 벌어 왔다. 그러고는 뜬금없이 인부들을 사서 어머니 묘 앞에 방죽을 쌓았다는 것이다. 후일 무덤까지 바다가 될 터인데 어머니의 무덤이 물에 잠겨서는 안 된다는 효심의 발로였다는 것이다. 방죽을 쌓은 것이야 물증이 분명히 있는 이상 사실일 테지만, 나머지는 정휴로서는 믿기지 않는 얘기였다.

어쨌거나 공사를 하고 남은 돈을 모두 가난한 사람들에게 나누어 주었다거나, 지함이 신분에 연연해하는 사람이 아니라는 것은 정휴로서는 매우 다행스런 일이었다. 종이라면 맞상대도 하지 않는 것이 세도당당한 양반의 일반적인 세태인 세상임에야.

지함이란 사람이 대체 어떤 인물인지 궁금해 정휴는 조바심치며 단숨에 지함의 집까지 달려갔다. 그런 정휴를 웅장한 솟을대문이 가로막고 섰다.

그제야 정휴는 남루한 자신의 행색을 돌아보았다. 이 행색을 보고 지함이 어떤 반응을 보일지 궁금했다. 자신을 어떻게 대하는지 그것으로 미루어 이지함의 인격을 평하리라 마음먹으면서 정휴는 기세 좋게 문을 두드렸다. 곧 이어 하인의 부산한 발걸음 소리가 들리더니 육중한 대문이 삐그덕 소리를 내며 열렸다.

"뉘십니……."

허리를 깍듯이 숙이던 하인이 정휴의 다 닳은 짚신짝을 보더니 고개를 벌떡 쳐들었다. 어디로 보나 천출임이 틀림없는 작자라는 표정이었다. 하인의 언성이 대뜸 높아졌다.

"나는 또 도련님 찾아온 어르신인 줄 알았네. 무슨 일이오?"

"가서 이르시오. 보령 청라동에 사는 정휴라는 사람이 세상을 구할 지혜를 논하러 왔다고……."

하인의 눈꼬리가 사납게 치켜 올라갔다.

"여보시오, 이 집이 뉘 집인 줄 알기나 하시오? 행색을 보아하니 나와 별다를 바 없는 처지인 것 같은데 감히 누굴 만나겠다는 것이오? 제기랄, 세상을 구할 지혜 좋아하네. 세상은 됐다 구하고 옷 한 벌 구할 꾀부터 내야 할 형편에……."

하인은 더 이상 시비도 없이 누런 이빨 사이로 침을 퉤 하고 내뱉으며 바지춤을 추켜올렸다.

"경전이나 교리에 얽힘이 없다는 주인 밑에서 배운 것이 고작 그 정도요? 냉큼 가서 내 말을 이르기나 하시오."

해진 옷소매 사이로 맨살이 내비치는 초라한 행색이건만 정휴의 말에는 조금도 비굴함이나 동요가 없었다.

정휴의 나이 열여덟. 몸집은 큰 편이 아니나 얼굴에서 제법 나이깨나 먹은 어른 티가 났다. 약간 왜소하다 싶게 갸날픈 몸집, 희고 깨끗한 피부는 남루한 옷차림과 묘한 대조를 이루어 보는 사람으로 하여금 왠지 모르게 비장한 느낌이 들게 했다.

"아따, 이 사람 까마귀도 안 돌아볼 행색을 하고는 목소리는 호적(胡笛)일세. 우리 도련님이 없는 놈들한테 인심을 쓴 뒤로는 개나 걸이나 쥐뿔도 없는 것들이 이렇게 꼬여든다니까."

그때였다. 대문을 마주 보고 있는 사랑문이 열리면서 스물네댓이
나 되었을까, 갓도 쓰지 않고 의관조차 제대로 갖추지 않은 젊은이
가 얼굴을 빼꼼 내밀었다. 정휴는 그가 이지함임을 단박에 알아차릴
수 있었다.

"뉘신데 나를 찾소?"

지함의 말이 떨어지기가 무섭게 정휴는 성큼 집 안으로 발을 들여
놓았다.

"저는 이웃 보령에 사는 정휴라고 합니다. 이 선비의 고명을 듣고
달려왔습니다. 가르침을 받고자 합니다."

"하하하. 저같이 미숙하고 어리석은 사람에게 무엇을 배우시겠단
말이오? 그나저나 어서 안으로 드시지요."

하인도 한눈에 알아본 정휴의 행색이 지함의 눈이라고 보이지 않
을 리 없건만 그는 꼬박꼬박 공대를 했다. 항간에 나도는 소문이 근
거 없는 뜬소문만은 아닌 모양이었다.

사랑에는 이지함 혼자가 아니었다. 의관을 절도 있게 차려 입은
같은 또래의 선비 한 사람이 지함과 마주 앉아 있었다.

"여기 술상을 다시 차려주게나."

정휴에게 세상 구할 지혜보다 옷 구할 꾀나 먼저 내보라던 하인이
못마땅한 얼굴로 뜸을 들이며 서 있다가 물러났다.

한동안 침묵을 지키던 지함은 술상이 나오자 비로소 웃는 얼굴로
술을 권했다.

"자, 한잔 드시지요."

정휴는 어려운 스승 앞에 선 제자처럼 무릎을 꿇고 앉아 머리를 조
아렸다. 대문 앞을 버티고 선 하인에게 큰소리를 탕탕 치기는 했지

만, 정휴는 사실 몸가짐을 어떻게 해야 할지 몰라 난감하기만 했다.

"편히 앉으시지요."

지함이 다시 정휴에게 말했다.

"인사나 나누시지요. 이쪽은 이번에 춘추관의 사관으로 뽑혀 한양으로 떠나게 된 안명세(安名世)란 친구요. 저와는 죽마고우지요. 마침 이별주를 나누던 중입니다."

"저는 보령 청라동에서 온 정휴라고 합니다. 행색을 보셨으니 아시겠지만 보령 심충익 대감 댁의 종이었습니다. 대감께서는 보잘것없는 제 글재주를 어여삐 여기시고 종살이에서 풀어주셨지요."

세 사람은 그제사 가볍게 허리를 숙여 인사를 나누었다.

안명세도 천출과 인사를 나누는 데 별 거부감을 나타내지 않았다. 그 동작이나 표정이 늘 그래 왔던 것처럼 자연스러웠다.

"이 친구 집은 대대로 사관을 지냈다오. 이 친구, 생전 벼슬길에는 오르지 않을 것처럼 초연한 체하더니만 내게 한 약조를 어기고 저혼자 달아나는 중이라오."

"생원시, 진사시는 먼저 다 따놓고 뜸을 들이면서 내 흉을 보는 겐가?"

지함의 말이 끝나자마자 안명세가 퉁명스럽게 말을 받았다. 그러자 지함이 껄껄 웃으면서 술잔을 들었다.

"이왕 역사 얘기를 하던 중이었으니 우리 함께 계속해 봅시다."

정휴가 오기 직전까지 제법 논의가 뜨거웠던 모양이다. 정휴는 두 사람의 이야기에 저도 모르게 빨려들어갔다.

먼저 안명세가 이야기를 이어갔다.

"고려 왕조를 무너뜨리고 왕씨의 씨를 말린 날부터 이 나라에는 망조가 든 거나 다름이 없네. 보게나. 역사는 역사를 먹고 자란다네.

태종 이방원이 아버지를 본받아 혁명을 하고, 세조 이유가 그러했고 중종 이역이 그러했잖은가. 앞으로 또 왕위 찬탈전이 얼마나 많이 벌어질지 알 수 없다네. 이 병든 왕조를 누가 치료할 수 있겠는가?"

안명세는 어딘지 심충익을 연상케 하는 생김새였다. 파리한 얼굴색도 그렇고, 병약해 보이면서도 강단 있어 뵈는 몸집도 그러했다. 지함이 생김새부터 느긋하고 소탈한 반면 안명세는 깐깐하고 고집스러운 선비의 모습 그대로였다.

안명세의 입을 통해 흘러나오는 말은 정휴에게는 대단한 충격이었다.

조선 왕조가 들어선 지 백여 년, 입에서 입으로 역성(易姓) 혁명의 뒷얘기가 흘러다니고는 있었지만 조선 왕조는 이제 튼튼하게 뿌리를 내려가고 있었다. 특히나 세도를 누리고 있는 양반이라면 모두 이성계를 도와 조선을 건국한 신흥 사대부이거나 적어도 고려의 멸망을 좌시한 사람들이었다. 안명세나 이지함의 집안 내력도 그들과 크게 다를 바 없을 터였다. 그런 사람들의 입에서 조선 왕조에 대한 비판이 거침없이 흘러나오고 있는 것이다. 두 사람은 늘 해온 얘기인 듯 별 거리낌이 없었다.

"자네는 과거를 사는 사람이군. 이미 지나가버린 과거를 어쩌겠는가. 언제나 현실이 중요한 법이지. 미래는 더욱 중요하고. 『경국대전』으로 시험을 치른 친구가 옛날이야기로 금조를 마구 힐난하는가? 과거(科擧) 보더니 과거(過去)에 아예 묶여버렸구먼."

지함이 빙긋이 웃으며 안명세의 말을 농으로 받았다.

"무슨 말인가. 과거 없이 어떻게 오늘이 있을 수 있는가. 과거와 현재와 미래는 결코 분리될 수 없는 한 몸일세. 과거를 버리고 현재만을 보는 눈이 더 위험한 걸세."

"바로 그걸세. 고려 왕조는 망해도 고려 백성은 이렇게 살아가고 있네. 조선 백성으로 이름만 바뀌었을 뿐. 다스리는 자가 망한다고 백성까지 망하라는 법은 없으니까. 역사란 그런 백성을 위해 과거의 지혜를 남겨주려는 것 아니겠는가?

이성계가 왕위에 오르기 전에 지리산에서 보록(寶籙)이 한 권 발견되었다네. 거기에는 목자(木子) 곧 이(李) 씨가 왕이 되고 삼존삼읍(三尊三邑), 곧 세 사람의 정(鄭) 씨가 그 왕을 보필한다고 돼 있다네. 또 단군조선 때의 선인(仙人) 신지(神誌)가 지은 『신지비사(神誌秘詞)』와 신라 때의 고승 도선(道詵)이 지은 『도선답산가(道詵踏山歌)』에도 한양 길지설(吉地說)이 적혀 있다는군. 오행으로 보자면 신라는 금덕(金德)에 해당하고, 고려는 수덕(水德)에 해당된다네. 금생수(金生水), 즉 금이 수를 도와 고려가 있으니 다음에는 당연히 수생목(水生木)하여 목이 나타나는 거지."

"자넨 어려서부터 주역을 꽤나 좋아하더니 기서(奇書), 참서(讖書)에도 밝구면. 그러나 그따위 잡서는 창칼이 일어설 때마다 그 창칼을 손에 쥔 자들이 민심을 수습하려고 일부러 퍼뜨린 속임수에 지나지 않네. 국운이 그러하니 어쩔 수 없는 것, 하늘이 다 알아서 정하는 이치대로 살아가는 게 순리라는 그런 숙명론에 난 승복할 수 없네. 조선이 일어난 것은 하늘이 시킨 것도 아니요, 참서가 요술을 부린 것도 아닐세. 이성계가 칼로 쳐서 세운 것일 뿐, 다른 말은 다 거짓이네. 역사는 오직 진실만을 추구해야 하네. 그런 맹랑한 얘기에 현혹되어서는 안 되는 것이지. 역사는 사람이 짓는 것이지, 하늘이 짓는 것도 귀신이 짓는 것도 아니라네."

분위기가 점차 격앙되어 가고 있었다.

지함과 안명세는 침울한 표정으로 술잔을 들이켰다. 그러고 나서 지함은 안명세의 고조된 감정을 누그러뜨리려는 듯이 다시 이야기를 시작했다.

"정휴. 사관으로 떠나는 내 벗을 위하여 한 말씀 안 하시겠소?"

정휴는 토정의 갑작스러운 제안에 어리둥절했으나, 달아오른 분위기를 바꾸려면 무슨 말이든 한마디는 해야겠다고 생각했다.

"『사기』에서 사마천이, 공자가 『춘추』를 짓게 된 동기를 이렇게 밝혔습니다. 『춘추』를 지을 당시 공자는 노나라의 사구 노릇을 하고 있었답니다. 사구라면 법을 펴고 지키는 형조판서쯤 되는 자리인데 제후나 대신들이 공자를 중상하고 방해하여 일이 제대로 되는 게 없었답니다."

정휴는 말을 하면서도 두 사람의 눈치를 살폈다. 두 사람 모두 잠자코 듣고만 있었다. 거기까지는 그들에게도 상식이다.

"공자는 자신의 주장이 채용되지도 않고 도를 행할 수도 없다고 느끼자 그로부터 22년 동안 하상주(夏商周) 삼대의 역사를 썼습니다. 거기서 공자는 옳지 않은 것은 옳지 않다고 하고, 현자를 현명하다고 하고, 불초한 자를 불초하다고 썼습니다. 공자가 말하기를, '추상적인 말로 가르치는 것보다는 구체적인 실례로써 표현하는 것이 훨씬 더 절실하며 명백하기 때문에' 『춘추』를 직접 썼다는 것입니다. 이로써 공자는 멸망한 나라를 부흥시키고 단절된 전통을 재생시키고, 폐단을 보충하고 황폐한 것을 다시 일으켰습니다. 이러한 일로 볼 때 역사를 적는 사관의 임무는 실로 막중하다고 생각합니다."

안명세가 무릎을 탁 치면서 말을 받았다.

"바로 그렇소. 단절된 역사를 이어주는 것, 죽은 역사를 살려내는 것이 바로 사관이 해야 할 일이오. 불의를 불의라 하고, 정의를 정의라고 말하는 사람은 당대에는 오직 사관뿐일 것이오."

정휴는 안명세의 응답에 용기를 얻어 다음 말을 이어나갔다. 이렇게 마음껏 제 속마음을 이야기해 보기는 처음이었다. 그것도 벌써 사관이 되어 한양으로 떠난다는 선비와 그 유명한 신동 이지함을 앞에 놓고서.

"사관은 오직 붓 그 자체입니다. 보는 대로 듣는 대로 사실대로 적는 것입니다. 천년을 살아가는 바위처럼 흔들림 없이."

그렇게 말을 하면서도 정휴는 어느 순간부터 자신을 잃었다. 『사기』나 『춘추』쯤은 벌써 몇 번씩 읽어본 것이다. 그러나 지함이나 안명세는 정식으로 배운 사람들이므로 자기 견해가 그들 앞에서 그다지 신선한 의견이 되지 못할 것은 뻔했다. 뿐만 아니라 두 사람의 얘기는 이미 자신의 생각을 몇 단계 넘어 있는 것 같았다. 그런데도 안명세가 응답을 해주고 지함이 경청을 해주는 것이 고마우면서도, 한편으로는 괜시리 열등감이 척추를 타고 올라오는 듯했다.

지함은 정휴의 답에 가타부타 말이 없었다.

침울한 얼굴로 술잔을 들이키던 지함은 한참 후에야 취기가 도는지 흔들리는 목소리로 말을 이었다.

"내 마음이 왜 이렇게 불안한지 모르겠네. 이 사람, 명세. 자네는 너무 곧은 사람이야. 조정에는 눈에 보이지 않는 이권 다툼으로 늘 회오리바람이 불고 있다네. 미친 바람이지. 꼿꼿하기만 한 자네가 그 바람을 피해 갈 수 있겠는가?"

"꺾여야 할 때 꺾이는 것이 자연의 이치 아닌가? 초야에 묻혀서 자네와 세월을 논하느니보다 나는 광풍이 휘몰아치는 조정을 택하겠네. 우리가 눈 감는다고 해서 사라질 환영이 아닌 다음에야 누구든 그 더러운 물에 뛰어들어 맑혀야 하지 않겠나. 지함, 자네는 어쩔 셈인가? 앞으로도 이곳 농부들의 일이나 봐주면서 살아가려나? 대과는 언제 볼 것인가?"

지함은 눈을 지그시 감았다. 술잔을 기울이는 사람은 정휴뿐이었다.

술기운으로 온몸의 피가 더워져도 정휴의 머릿속은 차갑게 식어
갔다. 눈을 내리뜬 채 말이 없는 지함이나, 그런 지함을 이글거리는
눈빛으로 쏘아보고 있는 안명세나, 정휴로서는 이 두 사람이 부럽기
만 했다.

두 사람은 가슴속에 세상을 담고 있었다. 그러나 정휴의 가슴속에
는 비굴한 열등감만이 꿈틀거리고 있을 뿐이다.

조정…… 과거…….

정휴는 거칠게 술잔을 내려놓고 뜨거운 숨을 몰아쉬었다. 미래를
자유롭게 선택할 수 있는 사람은 얼마나 행복할까. 정휴는 지함과
명세의 고뇌까지도 한없이 부러웠다. 그들이 넓은 가슴으로 국가의
미래와 백성의 운명을 고민할 때 정휴는 한낱 끼니 걱정으로 일생을
보내야 하는 신세인 것이다.

세상을 논한다구? 제 옷 한 벌 구할 걱정부터 해야 될 처지 같구
만…….

문을 열어주던 하인의 비웃음이 비수가 되어 정휴의 가슴에 박혀
있었다.

정휴가 보령 심충익 대감 댁을 떠나 천민이 아닌 양인으로 하루를
보낸 다음 날, 안명세는 아침 일찍 한양길을 서둘렀다.

정휴와 안명세는 뜨겁게 손을 마주 쥐었다. 만난 지 만 하루도 지
나지 않은 사이지만 하룻밤에 만리장성을 쌓는다는 것이 남녀 사이
만을 두고 하는 얘기만은 아닌 모양이었다. 훗날을 기약하며 아쉽게
손을 놓은 두 사람은 그것이 처음이자 마지막 만남이 될 줄은 상상

도 하지 못하고 있었다.

"형님. 부디 곧은 사관이 되십시오."

"아우님도 잘 계시게나. 지함이 옳은 스승이 돼줄지는 모르겠네만 옆에 있어 해될 일은 없을 걸세."

"이 사람 이거, 벼슬길에 먼저 나간다고 말이 너무 심한걸."

지함은 너털웃음을 터뜨리며 한양으로 떠나가는 친구의 등을 두드렸다. 대문 밖까지만 배웅한다는 것이 어느새 마을 어귀까지 당도했다.

"그만 들어가보게."

마을 어귀 성황당에 걸린 붉은색 깃발이 희뿌연 여명을 받으며 음산하게 펄럭이고 있었다.

걸음을 재촉하던 안명세가 몇 걸음 걷다가 뒤돌아섰다.

"이보게, 친구. 내가 가고 나면 섭섭하겠네. 우리 집을 맘대로 드나들지 못해서 자칫하면 속병 나겠구만. 허허허. 내가 넌지시 말이라도 건네줌세. 잘 있게나."

무슨 뜻인지 모를 말을 남기고 안명세는 어딘지 쓸쓸한 여운이 있는 웃음을 뿌리면서 휘적휘적 길을 갔다.

안명세의 말에 지함은 웬일인지 허둥지둥 당황한 기색을 감추지 못하고 있었다.

"예끼, 이 못된 친구. 알았으면 진작 좀 나서줄 일이지."

가물가물 사라져가는 안명세의 등 뒤에 대고 지함은 버럭 고함을 질렀다.

안명세의 자그마한 체구가 시야에서 완전히 사라지자 지함이 좋은 생각이 떠올랐다는 듯 무릎을 치며 정휴를 돌아보았다.

"이보게, 아우님. 이왕 세상 얘기로 밤을 샌 김에 우리 새벽 바다나 보지 않겠나? 날이 흐릴 것 같기는 하네만 같이 한번 보고 오세."

바닷가라면 지함이 방죽을 쌓았다는 그곳일까.

호기심이 발동한 정휴는 밤을 꼬박 샌 피곤함도 잊고 설레는 마음으로 지함을 따라나섰다. 하기사 홍주목에 들어서면서부터, 아니 그제 아침부터는 꿈같은 일만 벌어지고 있었다.

꿈에서도 속박이 되었던 종 문서를 받아 쥐어 어엿한 평민이 되었고, 소문으로만 듣던 재주 많고 총명한 젊은 선비 이지함을 만났다. 그리고 사관이 되어 벼슬길에 오르는 안명세도 만나 셋이서 잠 한숨 안 자고 토론했다. 종이었다면, 아니 이틀 전이었더라면 상상조차 할 수 없던 일이다.

모든 게 꿈만 같이 이루어지고 있었다. 그러니 바다를 가자는데 마다할 이유가 없었다. 바다가 아니라도, 세상 그 어디라고 해도 그곳은 정휴에게는 새로운 세계인 것이다.

정휴는 모든 것이 궁금했다. 그리고 이제야 사람다운 인생이 시작된다는 생각이 들었다.

사실 정휴는 지금까지 단 한 번도 바다를 본 적이 없었다. 보령현에서 홍주목까지 고작 하루면 닿을 거리지만 남의 집에 매인 신세였으니 한나절 제 몸을 제 마음대로 움직이는 것도 구속되었던 까닭이었다. 책 속에서만 태산을 보고 장강을 보고 바다를 보았을 뿐 정휴는 이때껏 청라동 밖의 세상에 나와본 적이 없었다. 더구나 책 속에서 읽은 지리는 중국의 지리뿐이었다. 책 속에는 조선의 산천이 나오질 않았다. 천문도 중국에서 본 하늘일 뿐 조선의 것이 아니고, 나오는 이 중국 사람이고, 중국 산이고, 중국 강이었다. 중국의 옷을 입지 않고는 학문조차 이루어지지 않았다. 그러니 바다인들 조선의 바다를 알 리가 없었다.

바다. 끝이 보이지 않는다는 바다. 정휴는 새로운 흥분으로 가슴이 더워오고 있었다.

그러나 바다가 지척에 있는 것은 아니었다. 제법 술을 많이 마신데다 밤까지 샌 두 사람은 어둠이 걷히는 새벽 바다를 볼 기대로 부지런히 발을 놀렸지만 반도 가지 않아 날이 부옇게 밝아오고 있었다. 햇살도 없는 아침이었다.

날이 밝고서도 반 시진은 족히 걸었을 성싶었다. 자그마한 둔덕을 옆으로 끼고 돌자 불쑥 꿈결처럼 망망한 바다가 나타났다. 그때 흐린 하늘이 기적처럼 순식간에 걷히면서 투명한 햇살이 바다로 쏟아졌다.

"아!"

탄성이 절로 터져 나왔다.

저것이 바다인가.

한겨울의 추위에도 푸르름을 잃지 않는 보리밭처럼 깊이가 없이 짙은 푸르름, 끝이 없는 막막함. 끊임없이 밀려왔다 부서지는 파도……. 바다는 멈추어 있는 듯하면서도 쉼없이 꿈틀거렸다.

정휴는 너무도 감동스러워 그 자리에서 혼절할 것만 같았다.

"자네를 반기는 것 같구만. 오늘 따라 물결도 잔잔하고 구름까지 걷히지 않는가. 썰물 때가 되면 저 앞의 섬까지 물이 빠진다네. 그러면 저 푸르른 바다가 품고 있으리라고는 상상도 할 수 없는, 검고 질퍽이는 갯벌이 드러나지. 글줄깨나 읽은 선비들은 세상을 제 손아귀에 쥔 것처럼 큰소리를 쳐대지만, 나는 모르겠네. 저 광활한 바다가 어디에서 비롯되고 어디에서 끝나는지. 왜 저렇게 끊임없이 일렁이는 것인지. 눈앞에 보이는 자연의 이치 하나 꿰뚫지 못하는 것이 인간인가.

여기에 올 때마다 나는 저 바다로 배를 띄우고 싶다네. 그리고 가
보고 싶네. 바다의 끝, 거기엔 또 무엇이 있는지 내 눈으로 확인해 보
고 싶다네. 여기에 올 때마다 느끼는 것은 자연, 그건 인간보다 높이
존재하는 힘이라는 게 틀림없다는 것이네. 인간사 다 부질없어지고,
어떤 때에는 삼강이니 오륜이니 하는 말이 우스워지기조차 한다네."

지함의 말은, 정휴에게는 그다지 귀를 세우고 들을 만한 내용이
아니었다. 인간되기가 소원이던 그가 이제야 이틀째 종이 아닌 인간
으로서 살고 있는데, 그 기쁨을 다 누리려면 아직도 멀었는데 인간
위의 존재를 논하고 있다니…….

지함은 눈도 부시지 않은지 은빛으로 부서지는 바다를 똑바로 응
시하고 있었다.

냉기를 머금은 햇살 한 줄기가 지함의 머리 바로 위로 내리꽂혔
다. 지함이 갑자기 수천 수만 갈래의 빛으로 변했다. 강렬한 그 빛
때문에 정휴가 눈을 질끈 감았다가 다시 떴을 때, 조금 전에 신비롭
게 내리꽂힌 광채는 어느 틈에 사라지고 지함은 수평선 저 멀리 바
라보며 가슴을 활짝 열고 심호흡을 하고 있었다.

아직 이른 아침이어서인가 주위에는 사람의 그림자 하나 보이지
않았다. 둥그스름하게 휜 아득한 수평선, 은빛으로 퍼덕이는 푸른
바다, 그리고 온 바다를 뒤덮을 듯 낮게 내려앉은 하늘만이 정휴의
눈에 가득 들어왔다.

그 모습을 보고 있노라니 지금까지 정휴를 괴롭혀왔던 고뇌와 고
통이 모두 씻은 듯 스러졌다. 엊저녁에 그토록 정휴를 휘어잡던 열
띤 논의도, 그때 느낀 열등감도 이제는 정휴의 가슴에서 사라지고
없었다. 그저 막막한 두려움만이 밀려들 뿐이었다. 그러면서도 한
가지 뚜렷하게 정휴의 뇌리에 파고드는 건, 자신이 더 이상 종이 아

니라는 사실이었다.

"그만 가보세. 지금쯤 집에선 나를 찾느라 야단일 걸세."

정휴는 바다를 처음 본 강렬한 감동에서 벗어나지 못한 채 아쉬운 심정으로 돌아섰다.

나지막한 오르막길을 타던 정휴의 눈에 왼편 저만치에 무언가 반짝이는 것이 보였다. 제법 넓은 땅이 거울처럼 반짝이고 있었다.

"형님, 저게 뭡니까?"

"소금일세."

"아, 그럼 저게 염전입니까?"

"염전은 아닐세. 바다를 막았더니 시간이 지나 저절로 물이 말라서 소금이 드러난 게지."

전날 들었던 소문이 정휴의 머릿속에 퍼뜩 떠올랐다.

"혹시 저게 형님이 막았다는 방죽입니까?"

"그렇다네."

"소문이 사실입니까?"

"무슨 소문 말인가? 내가 앞날을 읽는다는 소문 말인가?"

말끝에 지함은 짧은 웃음을 흘렸다.

"소문이란 두 사람만 건너도 몇 배로 부풀려지기 마련일세. 자네도 그 소문을 믿었던 겐가?"

"그건 아닙니다만, 어쨌든 방죽을 쌓은 거야 사실 아닙니까? 소문이 본시 허황한 것이긴 해도 아니 땐 굴뚝에 연기 나겠습니까?"

"쓸데없는 짓이었네. 우리 어머니의 무덤이라고 수천 년을 고이 남을 수 있는 것도 아닌데……. 사람이란 가고 나면 그만인 것을, 어리석은 욕심이었어."

"앞날을 읽긴 읽으신 거군요."

"글쎄, 그것도 앞날을 읽은 거라 할 수 있겠는가. 서해 바다는 조수 간만의 차가 커서 나가고 들어오는 물의 높이가 많을 때는 30척이나 된다네. 그래서 이곳만 해도 썰물 때 드러난 갯벌을 보면 수십만 평도 더 된다네. 그게 썰물 때는 드러났다가 밀물 때는 완전히 잠겨버린다네. 그러니 어머니 무덤인들 안전할 리가 있겠는가. 해일이라도 들이닥치면 수백 척이나 물이 높이 들어오고, 그런 때면 바닷물에 잠기지 않던 논밭까지도 휩쓸리고 만다네. 그런데 내가 가만히 관찰하니 해마다 밀물의 높이가 높아졌다네. 어머니의 무덤이 있는 산 바로 앞 바닷가에 자그마한 바위가 하나 있는데, 비록 아주 조금이긴 하지만 해마다 바닷물이 조금씩 높아져 바위를 삼켜오고 있었지. 그래봐야 십 년 동안에 어린애 새끼손가락 한 마디쯤 잠겼을까. 그러나 백 년이 지나고 천 년이 지나면 어떻게 되겠는가. 사실을 보고 미루어 짐작했을 뿐 앞날을 읽는다는 말은 얼토당토하지 않네."

십 년 동안에 새끼손가락 한 마디쯤 변한 것을 지함은 어떻게 안 것일까? 사람이란 흔히 보는 것은 무심코 지나치기 마련이다. 그러나 지함은 사소한 것 하나도 그냥 스쳐가지 않는 듯했다. 바닷가의 바위 하나를 허투루 보지 않는데 사람이야 오죽할 것인가.

"그 얘기는 그만 하세. 어린 시절의 치기였네. 그 뒤 오래지 않아 해일이 들어 어머니의 무덤께까지 바닷물이 들긴 했지만 내가 그걸 미리 알고서 방죽을 쌓았다는 것은 거짓말일세. 괜히 신동 하나 만들어보려고 말 많은 선비들이 지어낸 것일 뿐. 그나저나 자네는 어찌할 텐가?"

대답하기 막막한 물음이다. 바다를 본 충격이 어쨌건 정휴에게 당장 급한 건 한 끼 밥과 잠자리다.

정휴가 대답할 엄두도 내지 못해 머뭇거리고 있는데 앞에서 마주

오던 노인네가 지함을 보더니 깊숙하게 허리를 숙였다.

"또 바다를 보러 오신 게구만요."

양반 앞인데도 노인네의 태도나 말씨는 손주를 대하듯 거리낌 없고 다정했다.

"예. 아침 바다를 보면 가슴속까지 시원해진답니다."

그러고 보니 누구에게나 공대를 하는 것이 지함의 습성인 모양이었다.

"참, 도련님두. 우리네 못사는 백성들은 그저 배부르고 등 따스하면 족한데, 그런 걱정 하나도 없을 양반가 도련님께서 늘 가슴속이 답답하다고 하시니 그것 참 알다가도 모를 일입니다. 참, 도련님. 방죽 안을 보셨지요? 그새 또 소금이 몇 가마는 족히 나올 것 같습니다. 그걸 어쩔까요?"

"하던 대로 하십시오. 앞으로는 제게 묻지 마시고 동네 어르신들끼리 의논해서 하십시오. 일간 한번 들르겠습니다. 올 농사 의논이나 해봐야지요."

지함은 노인을 향해 깊숙이 고개를 숙여 보이고는 정휴를 돌아보았다.

"아직 생각해 둔 게 없다면 이 동네에 잠시 머무는 게 어떻겠는가. 여기 우리 땅이 조금 있다네. 거처야 혼자 몸이니 동네 어르신들한테 부탁을 하면 될 테고. 늘 바다도 볼 수 있고 좋지 않은가. 보아하니 바다에 푹 빠지신 모양인데……. 한번 겪어보시게. 농사일이 없을 땐 어선도 탈 수 있을 걸세. 바라보는 바다와는 또 다르지."

"그렇게 배려해 주시니 고맙습니다. 농사철도 다가오니, 거처가 마련되는 대로 바로 농사 준비를 해야겠군요."

"알겠네. 내가 알아봄세."

지함은 그날로 정휴가 기거할 방을 마련해 주었다. 지함의 집에서 그리 멀지 않은 곳이었다.

　정휴와 지함의 오랜 인연은 그렇게 시작되었다. 자주 찾아갈 수 없는 정휴의 처지를 알아준 것인지, 지함이 주로 정휴의 거처로 찾아왔다. 세상 밖으로 처음 나온 정휴에게야 지함이 유일한 지기였지만, 안명세를 한양으로 떠나보낸 지함에게도 정휴는 단 하나뿐인 말상대였다.
　정휴의 처소로 올 때마다 지함은 정휴에게 줄 책을 하인의 손에 한 보따리씩 들려 왔다. 정작 본인은 책을 아예 손에서 뗀 모양이었다.
　"책을 읽으면 읽을수록 왜 이리 답답해지는지 모르겠네. 밑바닥도 보이지 않는 미궁 속으로 빠져드는 느낌이야. 마치 뻘밭처럼 말일세. 집안에서는 대과를 치르라 하고 나는 마음이 뒤숭숭하기만 하니, 걱정일세."
　그러나 아직도 정휴에게는 책이 유일한 구원이었다. 특히 정휴는 『금강경』을 늘 끼고 살았다. 계급도 없고, 그래서 귀천도 없는 세계가 장엄하게 펼쳐진 경전이었으므로 정휴는 늘 위안삼아 『금강경』을 들여다보곤 했다.
　이미 그 버릇은 심충익의 집에서 종으로 살 때부터 그랬다.
　정휴가 『금강경』을 손에 쥐게 된 것은 심 대감 댁에 시주를 받으러 들렀던 걸승과 우연히 마주친 덕분이었다.
　정휴가 들일을 끝내고 막 돌아오는데 웬 걸승이 대문 앞에서 목탁을 두드리며 시주를 청하고 있었다. 정휴가 문에 들어서자 이 걸승은 정휴에게 절을 하면서 경을 외웠다.
　정휴는 자기가 종인 줄도 모르고 절을 해대면서 시주를 구걸하는 걸승에게 쏘아붙이다시피 냅다 한마디 던졌다.

"종한테서까지 시주를 얻습니까?"

시주승은 절을 한 번 더 하면서 차분하게 말했다.

"신분에 무슨 귀천이 있습니까? 중이나 종이나 다 같은 천민이지만 소승은 한 번도 저 자신이 천하다고 생각해 본 적이 없습니다. 스스로 천하다고 하면 천민이지만, 내가 천하지 않다는데 누가 감히 천하다고 하겠소이까? 제가 비록 유림들을 만나면 두들겨 맞고, 서당 꼬마들까지 '중 봐라, 중 봐라' 하면서 돌을 던져 쫓겨다니고는 있지만 제 불심(佛心)만은 한 번도 맞은 적도 없고, 쫓긴 적도 없소이다."

"그런다고 천민이 양반이라도 되는 겁니까?"

"허허허, 참 젊은이도. 한번 마음 돌리면 부처가 되는데 양반이 대체 무슨 소용이고, 천민이 대체 어떻다는 말입니까? 선종(禪宗)의 마지막 조사(祖師)이신 육조 혜능(慧能) 선사도 원래는 중국 사람들이라면 모두 다 업신여기고 깔보는 남만 오랑캐였습니다. 땔나무나 하면서 어렵게 살던 그분이 어느 날 『금강경』 한 귀절을 얻어듣고 발심(發心)하여 국왕도 오르지 못하는 대선사가 되셨고, 큰 깨달음을 이루셨습니다. 그런 분 앞에서는 국왕도 머리를 조아립니다. 마음이 문제일 뿐 계급도 재산도 외모도 아무 걸림이 되지 않습니다."

그러면서 걸승은 시주 보따리에서 『금강경』 한 권을 꺼내 정휴에게 건네주었다.

"이걸 틈틈이 읽으면 확연하게 떠오르는 글귀가 있을 거외다. 그 말을 꼭 붙잡고 의심해 보십시오. 『금강경』에서 말하기를, 누가 부처님을 찾을 때 생김새로 찾으려 하거나, 목소리로 찾으려 하는 사람이 있다면 그런 사람은 부처님을 만날 수 없다고 돼 있소. 이 세상 모든 것이 꿈이요, 환상이요, 물거품에 비친 그림자 같은 것입니다.

날이 새면 말라 없어지는 이슬 같기도 하고 금세 사라져버리는 번개 같기도 한 것이니 마땅히 마음을 보아야 할 것이오. 내 겉모양을 보고 중도 종처럼 똑같은 천민이라고만 생각했다면 참으로 불쌍한 생각이오."

그때 정휴는 그 걸승에게 고맙다는 말도 하지 못했다. 겨우 입에서 떨어진 말이라고는 어느 절에서 왔느냐는 질문뿐이었다.

"그거야말로 상(相)에 매인 말이오. 사람이 어느 절에 있고, 어떤 집에 살고, 어떤 가문이라는 것은 중요한 것이 아니오. 그러나 물으셨으니 말씀은 해드리지요. 소승은 계룡산 고청봉에서 왔습니다."

"어찌 그리 먼 데서?"

"백성이 모두 헐벗고 굶주리는데, 한곳에 편히 앉아 시주를 받는다면 도적이지, 그게 어디 중이겠소? 이보시오, 젊은이. 이제 그대의 과거는 흘러갔고, 미래는 아직 오지 않았소. 지금 젊은이가 여기에 있을 뿐이오. 소승은 물러가오."

그러고 걸승은 떠나갔다.

그 뒤로 정휴는 걸승이 주고 간 『금강경』을 틈틈이 읽었다. 무슨 뜻인지 몰라 막혀도 자꾸 읽기만 했다. 그러다가 한두 마디 문리가 트이면 기뻐서 하루 종일 그 귀절을 콧노래마냥 흥얼거리며 일을 하기도 했다.

지함이 있건 없건 정휴의 허름한 방에서는 밤새도록 희미한 불빛이 새어나왔다. 책을 읽어서 어쩔 것인지 따위의 고민은 뒷전이었다. 정휴는 무궁무진한 학문의 세계로 미친 듯 빨려들고 있었다. 아니, 학문에 대한 열정이 고민을 뒤로 미루게 한 것이 아니라, 자신으로서도 어찌할 수 없는 신분의 벽에 대한 절망이 반사적으로 책에 매달리게 한 것인지도 모른다.

　그러나 굶주린 사람처럼 아무리 미친 듯이 책을 파고들어도 빛은 보이지 않았다. 머릿속에 지식이 쌓여갈수록 지함의 말처럼 밑도 끝도 없는 미궁으로 자꾸 빠져드는 느낌이었다.

4. 색즉시공 공즉시색(色卽是空 空卽是色)

정휴는 지함이 내준 땅을 거두면서 하루하루를 보냈다. 낮이면 괭이를 들고 밭으로 나가고, 밤이 되면 등잔을 밝히고 지함이 가져다준 책을 읽었다.

심 대감 댁에서 농사일을 해보긴 했으나, 이제는 자기 스스로 일일이 생각하고 계획해야 하기 때문에 그것만도 여간 복잡하지 않았다. 어떤 밭에 어떤 씨앗을 뿌리는 게 좋을까, 또 언제 뿌려야 잘 자랄 것인가 등 이것저것 생각하고 궁리하다 보면 하루가 후딱 지나가곤 했다.

정휴는 몸에 배다시피 한 농사일이 새삼 어렵다는 생각이 들었다. 그저 뿌리고 가꾸고 거두면 그만이려니 했는데, 이따금 지함이 일러주는 방식만 해도 전혀 생각지도 않던 것들이고, 그렇게 복잡하게 생장하는 작물의 오묘함에 더 놀랐다. 심 대감 댁에서야 이걸 저 밭에 뿌려라 하고 시키면 그대로 하면 되고, 김을 매라 하면 매면 되고, 가을걷이할 때면 그저 들에 나가서 남들 하는 대로 거두면 되던 것이 이제는 일일이 생각과 계산을 깊이 해야만 되었던 것이다.

게다가 지함은 때때로 찾아와 이런저런 말로 농사짓기를 더 어렵게 만들었다.

"여보게, 정휴. 농부는 임금의 마음을 가지고 있어야 하네. 저 수수 한 그루, 호박 한 포기, 오이나 가지가 다 백성이라고 생각하게. 매운 백성도 있고 신 백성도 있고 단 백성도 있다네. 모래를 좋아하는 백성도 있고, 진흙을 좋아하는 백성도 있다네. 이렇게 백성이 원하는 게 제각기 다르다네. 그렇지만 이들은 알맞은 땅에 뿌리박게 한 뒤 그저 물을 듬뿍 주고 거름만 충분히 주면 저희들끼리 알아서 잘 자란다네.

내가 생각하기로 임금도 농부의 마음으로 백성의 마음밭을 갈아간다면 태평성대가 저절로 이루어질 걸세. 사화(士禍) 같은 큰 바람만 몰아치지 않는다면 곡식이야 무럭무럭 잘 자라겠지. 자넨 이 밭 저 밭, 경상도밭 전라도밭, 보리 백성 밀 백성 두루두루 잘 다스리게. 자넨 임금이란 말일세, 허허허."

그러니 정휴는 농사를 지으면서도 생각할 것이 많아진 것이다. 책을 읽어나가는 것만으로도 복잡한데, 농사지으면서 백성을 다스리려니 여간 어려운 것이 아니었다.

지함은 지함대로 따로 만든 농사 책력을 베껴다가 정휴에게 주었다. 벌써 홍주에서는 글을 읽을 줄 아는 농부들이 지함이 준 책력을 바람벽에 붙여놓고 농사철을 따진다는 것이었다. 입춘에서 대한까지 24절기 동안 언제 씨를 뿌리고 거름을 내며 논에서 물을 빼어야 하는지 등이 자세하게 나와 있었다. 이는 토정이 10년 동안 홍주의 기후와 날씨를 살펴 적어둔 기록을 통계내어 작성한 것이라고 했다.

해 뜨고 지는 시각이며, 조수 간만, 태풍이 불어오는 때까지 빠짐없이 들어 있었다.

"농사를 지으려면 이 정도는 생각해야 할 걸세. 뭘 하든지 깊이 파고들어가다 보면 곧 도에 이르는 것 아니겠나?"

지함은 직접 농사를 짓지는 않지만 공부하는 틈틈이 들에 나가 작물이 자라는 모습을 세밀히 관찰하곤 했다. 쓱 지나가다가도 농부들에게 말을 걸어 한두 마디 농사 지식을 일러주곤 했다. 그런 그가 정휴에게 오면 잔소리가 많아질 것은 뻔한 이치였다.

"여보게, 정휴. 이 밭은 인분을 너무 많이 주었네. 내년에는 퇴비만 내게나. 그리고 저 밭에는 무를 심지 말게. 무하고 서로 땅이 맞지 않네. 곡식과 땅에도 다 궁합이 있는 법일세. 농사를 잘 짓고 못 짓고도 그렇지만 곡식도 제 땅을 만나야만 잘 자라는 것일세. 땅이 안 맞으면 아무리 거름을 내고 기음을 매고 가꾸어도 잎이 비실비실 자라다가 꽃이 한두 송이 피기 무섭게 지고, 설혹 열매가 맺혀도 시름시름 앓다가 낙과하고 말지."

정휴는 심 대감 댁에서는 생각지도 못했던 걸 계산하면서 농사를 지어야 했다. 그렇지만 지함의 말대로 이것저것 따져나가면서 논밭을 관리하다 보니 소출이 전보다 훨씬 많아졌다.

임금이 된 마음으로 농사를 지어라, 지함은 늘 이렇게 말했다.

세월은 빨리도 지나갔다.

정휴가 홍주에 와서 농사철을 몇 번 보내고 난 늦가을, 보령 심충익 대감 댁에서 전갈이 왔다. 대감이 위독하니 급히 오라는 연락이었다.

정휴는 소식을 받자마자 내처 뛰다시피 걸어 심 대감 댁으로 갔다. 임종을 앞두고 자신을 부르는 이유를 정휴는 알 수 없었다. 옛적에 종으로 있을 때의 습성대로 주인이 오라는 것이니 그저 달려왔을 뿐 깊이 헤아릴 염이 나질 않았다.

정휴가 내당으로 달려가 기침을 하자 문이 열렸다. 방에 들어가보니 심 대감 댁 식구들이 다 모여 있었다.

심 대감은 얼굴이 창백했다. 눈을 감고 있던 심 대감이 정휴가 온 걸 알았는지 눈을 뜨고는 손을 들어 좌우로 저었다. 가족들이 모두 일어나 밖으로 나갔다.

문이 닫히자 심충익은 정휴에게 가까이 오라고 손짓했다. 정휴가 심충익에게 가까이 다가가 무릎을 꿇자, 심충익이 곧 넘어갈 듯한 목소리로 나직하게 분부했다.

"네게는…… 밖에 막내를 들어오라고 하게. 내가 너희 둘에게 이를 말이 있으니……."

정휴는 밖으로 나가서 심충익의 막내딸을 들어오라고 알렸다. 열다섯된 심충익의 막내딸이 울먹이는 얼굴로 들어왔다. 그동안 한집에 살면서도 정휴는 얼굴 한 번 똑바로 쳐다보지 못한 막내딸이었다.

"아버님……."

막내딸이 심충익의 손을 잡았다.

"아니? 어머니. 어머니."

막내딸이 깜짝 놀라면서 밖에 나가 있던 심충익의 부인을 불렀다. 심충익이 운명한 것이다.

정휴는 방에서 나갔다.

심 대감의 식솔이 우르르 방 안으로 몰려 들어가더니 곧 곡성이 집안에 울려퍼졌다.

정휴는 장례가 끝나는 대로 홍주로 돌아왔다. 심충익이 운명 직전에 왜 자신을 불렀는지, 또 막내딸을 왜 함께 불러 앉혔는지 정휴는 알 수가 없었다. 심충익은 분명 무슨 말인가 긴한 얘기를 할 듯한 표정이었다. 그런데 말을 꺼내기도 전에 죽음이 찾아오고 말았다.

막내딸에게 하고 싶은 말이 따로 있었겠지. 그렇지만, 네게는…… 하고 말을 하다 말고 막내딸을 불렀지 않은가? 그건 또 무슨 까닭이었을까?

정휴는 제대로 책을 읽을 수가 없었다. 자꾸만 심충익의 얼굴이 눈앞에 어른거렸다.

심충익 대감이 하려고 한 말은 무엇이었을까? 왜 막내딸을 들어오라고 했을까? 의문이 꼬리에 꼬리를 물지만 말을 해주려던 사람이 죽었기 때문에 어디에 더 알아볼 방도가 없었다.

정휴는 머리를 세게 흔들어 자꾸 떠오르는 의문을 떨쳐버렸다. 그래, 나는 나일 뿐이야. 심 대감이 어떤 말을 한다고 해서 정휴가 아닌 다른 사람이 될 수는 없어. 나는 그저 내 인생을 살아가면 돼.

정휴는 『금강경』을 펼쳐 들었다.

지함을 만난 지 삼 년쯤 되어가는 대한이었다. 잔뜩 흐려 있던 하늘이 정오가 지나면서 마침내 함박눈을 쏟아 붓기 시작했다. 눈송이가 어찌나 큰지 바로 마당 한가운데 서 있는 감나무마저 보이지 않을 지경이었다. 『금강경』을 읽고 있던 정휴는 책을 내던지고 바다로 달려나갔다.

바람 한 점 없어 눈은 휘날리지도 않고 수직으로 떨어져 소리없이 바다로 녹아들고 있었다. 하늘도 바다도 온통 은빛이었다.

바다란 어쩌면 이렇게 변화무쌍한지 오로지 감탄스러울 뿐이었다. 삼 년 동안 쭉 바다를 살펴온 정휴는 비록 지함에는 미치지 못하지만 조수가 들락거리는 시각쯤은 대충 알 수 있을 정도로 바다와 친근해졌다.

바다는 마치 살아 있는 것처럼 매일매일 얼굴이 달랐다. 어느 날은 온 세상을 집어삼킬 듯 요동치며 집채만 한 몸뚱이로 밀어닥치는가 하면, 바로 다음 날은 막 잠이 든 갓난아기의 얼굴처럼 더없이 평화롭기도 했다.

눈이 내리는 바다는 또 다른 빛깔이었다. 그것도 눈보라가 휘몰아치는 날과 함박눈이 소리 없이 쌓이는 날이 또 달랐다. 눈보라가 휘몰아치는 날은 바다가 하늘을 향해 거센 항거의 몸짓을 보이는 듯했으나, 오늘처럼 함박눈이 오는 날은 바다가 제 몸을 열어 하늘을 그대로 받아들여 점점 하늘로 변해 가는 느낌이었다. 혼연일체, 바로 그대로였다.

날마다 바다의 빛깔이 그리워 바다로 달려오면서도 정휴는 바다가 두려웠다. 그를 받아들여주지 않는 이 세상처럼.

"그럴 줄 알았네. 여기 있을 성싶어서 집에도 들르지 않고 곧장 오는 길일세. 오늘은 자네가 그리워서 온 것이 아닐세. 눈이, 바다가 날 부르더군."

인기척도 없이 지함이 다가와 곁에 섰다. 웬일인지 지함의 얼굴은 핼쑥하게 여위어 있었다.

그러고 보니 지함도 바다와 비슷했다. 종잡을 수 없는 바다처럼 지함의 표정도 도무지 예측할 수가 없었다. 어느 때는 흡족한 촌부의 얼굴이다가 어느 때는 세상 다 산 노인처럼 초연한 얼굴이기도 하고, 어느 때는 광풍이 몰아치는 바다처럼 격정으로 들끓는 젊은 선비의 얼굴이다가 어느 때는 수줍은 소년의 얼굴이기도 했다.

오늘 지함의 표정은 어떤가? 초연함과는 다른 얼굴이었다. 얼마 안 되는 밥을 닥닥 긁어 먹고 아쉽게 밑바닥을 살피는 어린아이 같다고나 할까. 아니, 그보다는 장날 냉이 한 소쿠리를 캐 와서는 해가 기울어갈 때까지 마수걸이도 못하고 있는 노파처럼 초조해 보이기도 했다.

"공부는 잘돼가나? 무엇이 잡히던가?"

정휴는 고개를 설레설레 흔들었다.

"요즘은 뭘 읽고 있나?"

"『금강경』을 읽고 있습니다."

"아마도 자네는 거기서 길을 찾게 될 것이야. 헌데 나는 어디서 길을 찾는다?"

가끔씩 지함은 뚱딴지 같은 말을 던져 궁금증을 잔뜩 부풀려놓고는 뒷말을 싹 삼켜버리곤 했다. 지금도 그런 식이다. 그러나 한번 입을 닫으면 아무리 물어도 다시 입을 여는 법이 없는 지함인지라 정휴는 궁금증을 혼자 삭여야 했다.

"자, 나는 가네. 바다를 보고 나면 그리움이 풀릴 줄 알았더니 그도 아닌 모양이야. 그토록 책을 읽고도 내 그리움의 정체 하나 알아맞히지 못하고 있다네."

지함은 엉뚱한 말을 남겨놓고는 훌쩍 떠나가버렸다.

그 이후로 오랫동안 발길이 뜸하던 지함은 농사가 막 시작되어 정신없이 바쁜 어느 날 가는비를 맞으며 나타났다. 『금강경』을 다 읽고 난 정휴는 이래저래 할 말이 많았다.

"그래, 길을 찾았는가?"

"이미 길에 들어섰는데 길을 찾았느냐니요? 지금도 길에 있고 전에도 길에 있었고, 앞으로도 길에 있을 것입니다. 사람은 누구나 길 위에 있어야 합니다."

"자네는 이제 세상을 달관한 소리만 하는군.『금강경』의 효험이 나타나고 있구먼. 하여튼 나는 세상으로 나가네."

"벌써요? 하긴 벌써가 아니지요. 이런 날이 올 줄은 알았지만 이렇게 빨리 올 줄은 미처 몰랐습니다."

"사람 사는 데는 항상 매듭이 있다네. 이때다 싶을 때 변화시키지 않으면 썩고 만다네. 나는 썩고 싶지 않네. 자네도『금강경』만 읽고 있다가는 썩고 말 걸세."

"아닙니다.『금강경』이 사람을 썩게 하는 것이 아니라, 만일 썩게 된다면 사람 스스로 썩어가는 것입니다."

정휴가 단호하게 말하자 지함이 껄껄 웃으면서 말을 받았다.

"색불이공 공불이색(色不異空 空不異色), 색즉시공 공즉시색(色卽 是空 空卽是色)을 논하자는 게로군. 색은 공과 다르지 않고, 공은 색과 다르지 않다. 색은 공이고, 공이 색이다. 이게 도대체 무슨 궤변인가? 이것도 저것이고 저것도 이것이고, 도대체 분명한 게 하나도 없지 않은가?"

"공하다는 것은 세상을 부정하는 것이 아닙니다. 제게는 오히려 세상이 더 가깝게 다가옵니다."

늘 꿈을 꾸는 것 같던 정휴의 얼굴에 묘한 광채가 서려 있었다. 낮이면 남들과 같이 하루 종일 뙤약볕 아래서 일을 해 얼굴은 검게 탔지만 총명한 기운은 조금도 가시지 않았다.

"그렇다면 겨울이 되어 빈 밭을 공이라 하고, 여름이 되어 곡식으로 꽉 들어찬 밭을 색이라고 하면 되는가. 밭은 밭일 뿐 여름이어도 겨울이어도 변함이 없으니 들어맞는 말 아닌가?"

"세상 만물이 다 온전하게 있는 듯해도 언젠가는 없어지고, 또 아무것도 없는 듯하여도 언젠가는 다시 꽉 들어차는 이치를 말하는 것입니다."

"무슨 뜻인지 알겠네. 이 말씀이 우리끼리 쉽게 비평해 버리고 말 만큼 허무한 말은 아니라고 나도 생각하고 있었네. 살다 보면 언젠가 그 깊은 뜻이 저절로 우리에게 와 닿을 날이 있을 거란 생각이 드네. 아무래도 지금 우리에게는 너무 이른 듯하이."

지함의 말에 정휴는 언짢은 기색을 보였다. 그러자 지함이 다정하게 말을 이었다.

"『금강경』 자체를 두고 하는 얘기가 아닐세. 자네가 왜『금강경』에서 길을 찾았는지 곰곰이 생각해 보게나. 내가 없이, 내 처지와 내 시각이 없이는 학문도 진리도 없다네. 자네는 늘 그것을 잊고 있더군. 내가 없는 진리란 없는 법일세. 그야말로 헛되고 헛된 것이야."

정휴는 입을 다물었다. 지함의 말이 정휴의 묵은 상처를 예리하게 들쑤신 것이다. 정휴의 얼굴이 창백해졌다.

"제 처지라니요? 중요한 건 사람 그 자체라고 말씀하신 분이 바로 형님이 아니시던가요?"

"너는 종놈 출신이니 네게는 학문이 아무짝에도 쓸모없다고 하는 얘기는 물론 아닐세."

지함은 잠시 뜸을 들이다가 말을 계속했다.

"사람의 생각이란 제 처지와 조건에 구애를 받게 마련이야. 그것마저 깨고 나와야 된다는 얘길세. 자네가『금강경』을 그다지 애지중지하는 이유가 무언가? 양반도 양반이 아니고, 종도 종이 아니고, 양반이 종이고, 종이 양반이라는 말 때문인가? 학문을 하는 데 사(邪)가 끼면 안 되는 것이라네. 어쨌든 이만 하세. 이 얘길랑 나중에 다시 하기로 하세."

할 말이 많은 듯 입이 반쯤 열린 정휴를 보면서 지함은 잘라 말했다.

잠시 말이 끊겼다.

정휴는 자신은 이제 종이 아니노라고 외치고 싶었다. 그러나 그런 말을 한들 무슨 소용이 있으랴. 어차피 종의 자식으로 태어나 종으로 살아온 과거가 있는 것을.

그렇지만 이미 과거는 흘러가고, 미래는 아직 오지 않았다. 지금은 현재, 정휴는 면천을 하여 양민이 되어 있다.

막 잎이 돋기 시작한 나뭇잎에 가랑비 적시는 소리가 사각사각 들려왔다. 한동안 입을 다물고 있던 정휴가 마음에도 없이 불만 가득한 말을 내뱉었다.

"형님도 어쩔 수 없이 저를 비천한 종놈으로 보고 계시는군요."

문살 가운데 낸 유리문으로 봄비에 젖어가는 바깥을 내다보던 지함이 잔잔한 얼굴로 정휴를 돌아보았다. 정이 듬뿍 담긴 따스한 눈길이었다.

그 눈길이 정휴의 가슴에 촉촉하게 젖어들었다. 정휴의 눈에 물기가 번져 나갔다.

정휴는 실상 자신의 처지에서 자유롭지 못한 것이 사실이었다. 목에 걸린 생선가시처럼 신분이 비천했었다는 사실이 늘 정휴를 괴롭히고 있었다. 그러나 그것 때문에 진리를 제대로 보지 못하고 있다는 지함의 말은 지나친 우려였다. 그렇다고 하더라도 지난 1년간 그를 제자처럼, 친동생처럼 돌봐준 지함에게 투정을 부린 자신의 행동 또한 너무 지나친 것이기도 했다.

정휴가 『금강경』을 그토록 좋아하는 이유, 그것은 지함의 말대로였다. 정휴는 그렇지 않다고 말할 자신이 없었다. 시주승이 마음 한

번 잘 돌려쓰면 누구나 부처가 될 수 있다고 말했을 때, 그리고 육조 혜능이라는 선사가 원래는 오랑캐였다는 말을 들었을 때 정휴는 머릿속에서 번쩍 하고 섬광이 이는 것을 느꼈었다.

"……."

지함은 아무런 대꾸도 하지 않았다.

그뿐이었다. 묘한 섭섭함이, 아니 그보다는 지금까지 하나라고 믿어온 지함과 자신이 너무나 분명하게 다른 것으로 떨어져나가는 아픔이 정휴의 목을 메이게 했다.

정휴는 눈물인지 슬픔인지 목구멍으로 치밀어오르는 후끈한 덩어리를 간신히 삼켰다.

지함이 홍주를 떠난다?

정휴는 떠나가는 지함을 앞에 두고 자신의 처지를 생각해 보았다.

정휴도 농사만 지으며 자리를 굳히고 싶은 생각은 없었다. 기왕 세상에 나왔으니 더 넓은 곳으로 나아가 더 많은 공부를 하고 싶었다.

그렇다면 어디로 가야 할까?

갈 곳이 마땅치 않았다. 그가 아는 곳은 보령, 홍주뿐이다. 그리고 한양이 있다는 것을 남의 말을 통해 알 정도였다. 정휴는 자신의 가슴속에서 떠나고 싶은 충동이 강렬히 이는 것을 느낄 수 있었다.

지함이 떠나기 전에 말을 해두는 것이 좋겠다고 정휴는 생각했다. 그때 정휴의 머릿속으로 번쩍 하고 스쳐가는 것이 있었다.

"저어, 저도 이곳을 떠나갈까 하고 있습니다."

"그래? 어디로 떠날 셈인가?"

"계룡산 고청봉(孤靑峰)에 아는 스님이 한 분 계십니다. 그리로 가 볼까 합니다."

"입산하겠다는 말인가?"

"꼭 그런 생각은 없습니다. 공부나 좀 더 하고……."

지함은 더 이상 묻지 않았다.

정휴는 아직 입산하는 것은 생각도 해보지 않았다. 다만 그 걸승이 갑자기 생각난 것뿐이었다.

정휴는 잠시 입을 다물었다가 지함에게 물었다.

"형님, 세상으로 나가신다니 그건 무슨 말씀입니까?"

"한양으로 가볼까 하네. 생원시, 진사시는 다 합격했지만 대과에 급제하려면 한양에 가서 정식으로 공부를 더 해야 할 것일세. 그러나 아직은 나도 잘 모르겠네. 그리움을 찾아가는 것인지, 세상을 향해 나가는 것인지……."

그리움이라니, 지난번에도 지함은 똑같은 말을 했었다. 진리에 대한 욕망을 그리움이라고 말하는 것인지, 아니면 다른 어떤 대상이 있다는 것인지 정휴는 잘 알아들을 수가 없었다.

"형님이 식구를 모두 한양으로 불러 올렸네. 그렇다고 해서 올라가는 이유가 딱히 그것 때문만은 아니네만……. 여하튼 며칠 안에 떠날 것일세."

지함은 그윽한 눈길로 정휴를 바라보았다.

"자네 덕분에 지난 몇 년 외롭지 않았네. 고마우이."

정휴가 하고 싶은 소리였다. 지함이 아니었다면 지금쯤 어디서 무엇을 하고 있을지 알 수 없는 정휴였다.

"저야말로……."

"자네가 찾은 길을 열심히 가보게. 생각 같아선 이별주나 한 잔 나누고 싶지만 붙잡는 것이 많아서 술을 마시기 시작하면 영영 떠날 수 없을 것 같구만."

지난 삼 년간 나누어온 정에 비하면 너무나 싱거운 이별사였다.

지함은 말을 마치고 벌떡 일어났다.

"아직 비가 오는데, 비라도 그치시면……."

뭔가 해야 할 말이 남아 있는 것 같아서 정휴는 지함을 붙들었다. 그러나 이미 지함은 댓돌 위의 신발을 꿰차고 있었다. 그러고는 언제 다시 만나자는 기약도 없이 가는비 사이로 나서서 성큼성큼 걸었다.

마당 한귀퉁이에 서 있는 묵은 살구나무꽃이 비를 이기지 못하고 한 잎씩 부서져 내렸다. 지함의 등 뒤로 살구꽃 몇 송이가 사뿐히 내려앉았다.

정휴와 지함이 다시 만난 것은 그로부터 몇 해가 지난 후였다. 똑같은 시간이 흘러갔지만 두 사람이 각기 겪은 세월은 너무도 달랐다. 누구나 자기가 겪은 세월이 가장 절실한 법이지만 정휴에게는 특히 그랬다.

정휴는 그동안 공주 계룡산 고청봉에 있는 용화사에 뿌리를 박고 살았다.

정휴가 물어물어 고청봉의 그 걸승을 찾아간 것은 지함이 한양으로 올라간 직후였다. 보령 심 대감 집에서 대면했을 때는 한없이 초라하고 힘없어 보이던 그 걸승이 기실은 용화사 선원(禪院)의 서슬 퍼런 방장(方丈)이었다.

용화사는 한때 청안 납자(靑眼 衲者)들이 몰려들어 연일 죽비 소리가 끊이지 않던 절이었다는데, 정휴가 찾아갔을 때에는 선승이 열 명밖에 없었다. 그래도 예전의 선풍이 그대로 살아 있어 방장의 기개는 시퍼렇게 살아 있었다.

방장의 법명은 명초(明草). 그 명초는 정휴의 입문을 그리 달가워하지 않았다.

"법란(法亂)이 심할 때에는 신심이 금강 같은 수좌가 아니고는 이겨낼 수 없다. 중 생활이라는 게 무슨 벼슬하는 것도 아니요, 잘 먹고 잘사는 것도 아니다. 단지 마음 공부 한번 해보자는 것 아닌가. 날이면 날마다 관헌이 찾아들어 부역을 나오라고 하질 않나 군사로 빼어가질 않나 세금을 내라고 하지 않나, 여간 해서는 견디기 어려운 노릇이라네."

"알고 있습니다."

"중은 종이나 마찬가지야. 너는 면천했다면서 굳이 종으로 돌아가려 하느냐?"

"……."

"쯧쯧쯧. 중 노릇이 종 노릇보다 더 힘드느니라. 우선 나무 하고 물 긷는 일부터 돕거라."

명초는 일단 정휴를 행자로 받아들였다. 말이 좋아서 행자이지 땔나무를 마련해다가 선방이고 승방이고 차례로 불을 넣고, 세 때 공양 시각이 되면 밥을 지어야 하는 불목하니였다. 그래서 정휴는 낮에는 계속 다른 수좌들 뒷바라지만 하다가 밤이 되어 일이 다 끝나서야 겨우 참선을 잠시 할 수 있었다.

나라 안 여기저기서 사찰에 대한 탄압이 심해질수록 정휴가 해야 할 일도 그만큼 늘어났다. 사전(寺田)을 모두 압류당하고 나서부터는 탁발을 해 오는 것도 큰 일거리가 되었다. 마을에 내려가도 시주승을 보면 학동들까지 달려와 매질을 하려 했고, 부녀자들은 무슨 돌림병 환자라도 보듯이 모습을 감추었다. 게다가 정휴는 아직 행자여서 머리를 깎지 못하고 승복만 입고 다녔으므로 다른 스님들보다 매질을 더 많이 당했다.

여름철에는 내내 부역을 나가 관헌이 시키는 대로 일을 했다. 부역에 나가면 징글징글하게 일만 하고 살던 옛 기억이 한꺼번에 몰려들어 다시 종이 된 것 같은 기분이 들었다. 양반가에서도 더러 부역을 나오는 경우가 있지만, 양반이 직접 나오는 일은 없고 하인들이 대신 했다. 아니면 가난한 농부나 천민들이 주로 부역에 끌려나왔다. 그들과 섞여서 관헌의 감시를 받으며 일을 하다 보면 종으로 살던 보령 시절이 자꾸만 머리에 떠올라 정휴를 괴롭혔다. 이렇게 힘든 여름이 지나고 선선한 가을이 되어야 다시 절에 돌아갈 수 있었다.

절 생활이라고 해서 부역 때와 다를 바 없었다. 여전히 불목하니로 고생을 해야 했다. 그러나 정휴는 그것을 불평하지 않고, 명초 역시 정휴를 두고 고생한다느니 하는 위로 한 마디 해주는 법이 없었다. 그럴 때마다 정휴는 그를 따뜻하게 대해주던 이지함을 그리워하곤 했다.

입산한 지 두 해가 되자, 정휴와 함께 산에 들어와 행자 생활을 하던 도반 두 명이 비구계를 받고 정식으로 스님이 되었다. 그러나 정휴에게는 비구계가 내려지지 않았다.

정휴는 그 까닭을 이해할 수 없었다. 정휴가 다른 행자들하고 다른 점은 한 가지뿐이었다. 정휴는 천출이고 두 사람은 양민 출신이라는 것이었다.

비구계를 받지 못한 정휴는 자신보다 늦게 입산한 행자들과 함께 다른 스님들의 뒷바라지를 계속해야 했다. 이른 새벽에 법당에 올라가 정수를 올리고 아침 예불 준비를 하는 것도 정휴의 몫이었다. 그동안 같이 허드렛일을 돕던 행자들은 어엿한 스님이 되어 제 시각에 법당에 나와 염불만 하면 되었다.

참다못한 정휴는 방장으로 명초를 찾아갔다. 그리고 득도식을 치러 달라고 청했다. 물 긷고 밥 짓고 부역 나가는 일쯤은 나면서부터 시작한 종살이로 할 만큼 한 정휴였다.

"큰스님, 이제 중으로 만들어주십시오. 행자로 들어온 지 두 해가 넘었습니다."

방장 명초는 정휴를 노려보며 주장자를 번쩍 치켜들었다. 깜짝 놀란 정휴가 뒤로 물러서자 명초가 꽥 하고 소리를 질렀다.

"이런 밥버러지 같은 놈, 『초발심(初發心)』도 안 읽은 녀석이 무슨 중이 되겠다는 거냐? 이렇게 뻔뻔한 놈이 다 있나!."

"큰스님, 제가 읽지 않은 것이 아니라 읽을 새가 없었습니다. 부역 질에는 제가 도맡아 나갔지요, 땔감이다 탁발이다 하고 나돌아다닌 것도 저였지요. 참선할 시간도 없었고, 『초발심자경문(初發心自警文)』 한 줄 읽을 시간도 없었습니다. 아침 저녁 예불도 제가 도맡아 모시다 보니 아는 것은 계향(戒香) 정향(定香) 혜향(慧香) 예불문(禮佛文)에 『천수경(千手經)』, 『반야심경(般若心經)』이 고작입니다. 저는 가르침이 필요합니다. 가르침을 주십시오."

"이런 무지한 놈, 아직 멀었으니 물러가거라."

"저하고 행자 생활을 같이 했던 도반들도 초발심을 못 읽은 처지는 마찬가지입니다. 그들에게는 계를 주고 제게는 계를 주시지 않는 까닭이 무엇입니까? 그들은 양민 출신이고, 저는 종 출신이기 때문입니까?"

"옳거니, 네놈이 그걸 따지러 온 게로구나. 못난 녀석, 너는 계 받을 자격이 없느니라."

명초는 정휴를 엄하게 꾸짖고는 그대로 돌아앉았다. 정휴는 할 수 없이 방장을 나왔다.

어쩔 도리가 없었다. 억울하기는 하지만 더 기다려보는 수밖에. 그렇게 해서라도 다른 스님들처럼 『금강경』 강의다, 『능엄경』 강의

다 하면서 강원으로 돌아다니거나, 하안거니 동안거니 하는 화려한 말 속에 파묻혀보고 싶었다. 그렇지 않고서는 그 지긋지긋한 종살이의 기억을 완전히 떨쳐낼 수가 없기 때문이었다.

정휴는 행자 생활을 계속했다.

뜨거운 여름 햇살 속에서 관아 보수 공사를 하고, 절에 돌아와서는 겨울철에 쓸 장작을 패다 쌓아놓느라 이마에서 땀이 식을 새가 없었다. 참선 한번 제대로 할 시간이 없었다. 밤마다 참선을 하려고 다리를 틀고 앉아보기는 하지만 졸음이 밀려와 아무 진전도 보지 못했다.

다시 행자 생활 두 해를 넘겼다. 그러나 정휴는 스님이 되지 못했다. 그보다 늦게 행자가 된 사람은 계를 받았는데도.

다른 행자는 한두 해만 불목하니로 일해도 머리를 깎아주는 명초. 그런데 유독 정휴만은 아직 득도할 때가 아니라며 계를 내려주지 않았던 것이다.

정휴는 또 방장문을 두드렸다.

"스님, 저는 종이 아닙니다. 면천을 하고는 사람으로 살고 싶었는데, 이건 중이 아니라 영락없는 종입니다. 불법을 가르쳐주십시오."

"네가 아직도 스스로 종으로 생각하고 있구나. 바보 같은 녀석. 내가 너 같은 녀석을 여태껏 밥 먹이며 데리고 있었다니……."

"제 밥은 제가 탁발해다 먹었습니다. 제 손으로 나무를 베어다가 제 손으로 밥을 지어 먹었습니다."

정휴는 선원이 떠나가라 하고 소리쳤다.

방장 명초는 겨우 알아들을 만큼 작은 소리로 말했다.

"그 승복은 누가 입혀주었더냐?"

"차라리 입산을 안 했으면 공부를 더 많이 했을 것입니다. 흑흑흑."

정휴의 눈에서 눈물이 주르르 흘러내렸다.

명초는 주장자를 들어 정휴의 등줄기를 철썩 내리쳤다.

"네게는 불법이 아니라 매가 필요하구나."

정휴는 주장자를 맞고도 꿈쩍하지 않았다. 정휴는 어느새 울음도 삼키고 있었다.

"못난 것. 옛다, 떠나가거라. 네 녀석 심지가 그렇게 얕은 줄 내 진작 알고 있었느니라."

방장이 정휴에게 뭔가 툭 던졌다.

"도첩(度牒)이니라."

"예?"

"네가 비록 아직 행자를 면하지 못했으나 혹여 딴 데를 가더라도 못된 유림에게 붙들려 다시 종이 되거나 맞아 죽기라도 할까 봐서 내가 만들어두었느니라. 법명은 자성(慈性), 알고만 있고 절대로 쓰지는 말거라. 너는 법명을 쓸 자격이 없느니라. 너는 아직 중이 아니니라."

정휴는 할 말을 찾지 못했다. 이것이 스승의 배려인지, 아니면 모욕인지 분간할 수 없었다.

명초는 정휴가 떠나리라는 걸 이미 알고 있었다. 그래서 도첩까지 미리 준비해 두었다가 내준 것이다. 그런 스승 명초의 깊은 속을 정휴는 헤아리지 못한 것이다.

"어디로 갈 작정이냐?"

"아직 정하지 못했습니다."

"못난 것. 네 마음이 지금 한양에 가 있는 줄 내가 알고 있다. 네 부처는 계룡산에 있는 것이 아니라 한양에 있구나."

정휴는 가슴이 덜컥 내려앉는 것 같았다. '네 부처는 한양에 있다'

니. 명초가 이지함을 알고 있었단 말인가.

정휴는 명초의 일갈을 듣고 나서야 자신이 왜 용화사를 떠나려 하는지 알 수 있었다. 뚜렷한 이유도 없이 무작정 한양에 가려던 생각이 간절했던 까닭, 그 진짜 이유를 그제야 알아차린 것이다.

그랬다. 명초의 말은 사실이었다. 정휴는 지함이 그리웠다. 양천(良賤)을 가리지 않고 사람을 사람으로 보아주는 이지함. 정휴에게 길이 되어주고 등불이 되어주었던 이지함.

여기까지 생각이 미치자, 정휴는 자신이 아직도 지함의 그늘 속에 있음을 알 수 있었다. 그 속에서 벗어나고자 입산했고, 고된 행자 노릇을 하며 몇 해를 보냈으나 여전히 지함을 잊지 못하고 있었다. 정휴는 왜 자신이 지함을 그리워하는지, 왜 그 그늘 속에서 벗어나지 못하는지 알 수 없었다.

지함, 그는 정휴에게 처음으로 생명을 준 사람이기는 했다. 그렇지만 그는 대단한 성리학자도 아니요, 큰 소식 얻은 선승도 아니다. 그는 정휴의 스승도 아니고, 그렇다고 친구도 아니었다. 이렇게 따지고 보면 지함은 정휴에게 어느 무엇도 아니었다.

지함은 지함일 뿐이었다. 지함이 정휴의 인생을 대신 살아주는 것은 아니었다. 그렇지만 정휴의 머릿속엔 항상 지함이 자리를 잡고 앉아 있었다.

"금강산으로 가거라. 금강산에 가면 네놈에게 따끔한 말침을 놓아줄 스승이 한 분 계시느니라. 법호는 서암(瑞巖). 이곳 용화사는 머지않아 중 머리 보기도 힘들어질 것인즉 어서 떠나가거라."

정휴는 용화사를 떠났다. 그는 불목하니로 보낸 세월이 진저리나도록 싫었다. 용화사 행자 생활이 종살이 열여덟 해를 애써 잊어가던 그에게 옛 기억을 생생하게, 한 올 한 올 되살려주었기 때문이다.

그러나 정휴는 가사를 벗지 않았다. 스님이 제대로 되지도 못했으면서, 법명을 받되 쓰지는 말라는 스승의 꾸지람을 듣고서도 가사를 벗지 않았다.

용화사를 떠나 한양길에 오른 정휴는, 지함이 홍주를 떠나 한양으로 가면서 마지막으로 던진 말을 머릿속에서 더듬었다.

"자네가 왜 『금강경』에서 길을 찾았는지 생각해 보게."

정휴에게는 그 말이 바로 화두인 셈이었다.

신분, 『금강경』, 심충익, 『금강경』, 이지함, 색즉시공.

공허한 상념이 머릿속에 가득 찼다.

찬바람이 불어올 때마다 가사자락이 펄럭였다. 정휴는 고행하는 수도승인 양 쉬지 않고 부지런히 발걸음을 놓았다.

용화사를 떠난 지 근 한 달여 만에 정휴는 한양에 도착했다. 길을 가는 동안 탁발을 하여 남의 집 추녀 밑에서 허기를 때우고, 그곳에서 새우잠을 잤다. 어떤 때에는 유림이 많이 사는 동네나 서원이 있는 곳은 일부러 빙 돌아서 가기도 했다.

그럴 때마다 정휴는 가사를 벗어버리고 싶었지만 쉽사리 해내지 못했다. 스스로 생각해 보아도 답답한 노릇이었다. 가사만 벗어버리면 간단히 풀릴 문제인데, 정휴는 그 속박을 벗어던지지 못하고 입고 다닌 것이다.

도첩만 받았지 스승한테서 진짜 스님으로 인정받지 못했으면서도 가사를 시원히 벗어던지지 못하는 이유는 무엇일까?

정휴 자신도 알 수가 없었다.

5. 기방에서 찾은 법열(法悅)

정휴는 물어 물어 지함의 맏형인 지번(之蕃)의 가회동 집을 찾아
갔다.

열네 살에 아버지 치(穉)를 잃고 열여섯 살에 어머니 김씨를 잃은
지함은 맏형 지번을 부모처럼 따랐다. 학문도 그에게서 배우고 신변
대소사도 모두 지번과 의논했다.

정휴는 지번의 집이 커다란 양반가일 거라고 상상했으나, 이조에
출입하는 정3품 부제조의 집치곤 그리 큰 편이 아니었다.

정휴는 문을 두드려 지함을 찾았다. 그러나 안에서는 지금 계시지
않다는 대답만 들려올 뿐 문이 열리지 않았다.

그래서 정휴는 다시 문을 두드리면서 큰소리로 외쳤다.

"이보시오. 나는 홍주에서 지함 도련님과 알고 지내던 사람이오.
지금 안 계시다면 말씀이라도 전해 주시오."

그러자 대문이 열리면서 하인이 얼굴을 내밀었다.

"뉘신가 했더니……."

문을 여는 하인은 옛적 홍주에서부터 낯이 익은 얼굴이었다. 정휴가 홍주 지함의 집을 처음 찾았을 때 문전박대했던 바로 그 하인이었다.

"그래 어디를 가셨다는 건가요? 어째 이리 집안이 조용한가요?"

"소식을 전혀 듣지 못하셨군요. 지금 제 목숨이 붙어 있는 것만도 천행이올시다."

"어서 말해 보시오. 도대체 무슨 일이 있었단 말인가요?"

하인은 대문을 얼른 닫아걸고는 내당으로 걸어 들어갔다. 그러고는 주위를 두리번두리번 휘둘러보고는 입을 열었다.

"이 집안이 지금 풍비박산 났습니다."

"뭐라고요?"

"안명세 도련님 아시지요? 우리 도련님하고 만날 붙어다니던 그 도련님 말이우."

"알고말고요."

"그이가 참수를 당했습니다."

"예에?"

"그뿐만 아니라 그 댁 사람들은 모조리 주륙을 당했습니다. 내당 마님과 민이 아가씨만 간신히 목숨을 건졌는데, 어디론가 노비로 끌려갔답니다. 무슨 일인지는 몰라도 우리 큰서방님도 금부도사가 들이닥쳐 잡아갔습지요. 그러더니 벼슬도 빼앗기고 몇 달이나 집 안에 갇혀 있다가 얼마 전에야 자유로운 몸이 되었습니다. 또 무슨 화가 미칠지 몰라서 큰서방님은 마님과 산해 아드님을 데리고 고향 홍주로 내려가셨습니다."

"지함 형님은요?"

"혼사를 눈앞에 두고 친구 잃고 혼약한 아가씨마저 잃었으니 정신이 온전할 리가 있나요. 연일 술타령이랍니다."

"그래, 지금 어디 계십니까?"

하인은 대문을 성큼 나서며 정휴에게 따라오라고 했다.

한참 길을 가던 하인이 문득 정휴를 돌아보면서 아래위를 찬찬히 뜯어보았다. 그제사 솜옷 속에 승복을 숨겨 입은 정휴의 차림이 눈에 들어오는 모양이었다. 승복을 입고는 한양에 들어올 수 없어 솜옷을 겉에 입었지만, 눈썰미 있는 하인은 속에 입은 승복을 알아보았다.

"그동안 어디 계셨길래 이 엄청난 소식도 듣지 못했단 말씀이오?"

"산중에 있었소."

"하필 이런 어수선한 세상에 출가를 하시다니. 하기야 어수선하니까 출가한다지만, 지나가는 중 붙잡아 흠씬 때려줘도 나무랄 사람 하나 없는 세상에 하필 그 천한 중 노릇을."

하기사 하인들도 알 만큼 승려의 지위는 형편없었다. 정휴는 하인의 말에 아무 대꾸도 하지 못했다.

지번 집의 하인과 함께 들어선 청진동 골목길에는 어느새 땅거미가 내려앉고 있었다. 어디선가 애조 띤 가야금 소리가 흘러나왔다. 간혹 젊은 처녀들의 간드러진 노랫가락이 담을 넘어 길까지 흘러나왔다.

"안 선비님이 끔찍하게 돌아가시고 나서 도련님이 완전히 달라지셨다오. 게다가 민이 아가씨마저 어디서 어떤 수모를 받으며 종살이를 하고 계신지 모르니 오죽하실려구요. 벌써 몇 달째 기방에서 살다시피 하신다오."

정휴가 붙잡을 새도 없이 하인은 어느 집 대문으로 불쑥 들어가버렸다.

정휴는 문간에 멈칫 섰다. 그 집에서 처녀들의 간들간들한 웃음소리가 흘러나오기 때문이었다.

잠시 후 안으로 들어갔던 하인이 다시 나왔다.

"들어오시랍니다."

그 말만을 남기고 하인은 담장 너머로 들려오는 온갖 감미로운 소리를 음미하듯 천천히 어둠 속으로 사라져갔다.

한동안 망설이던 정휴는 이윽고 대문을 힘껏 밀치고 들어섰다.

술상을 내가던 여인네가 정휴를 돌아보았다. 곱게 분칠하여 희디흰 얼굴, 동백기름을 발라 반듯하게 쪽찐 머리, 잘록하게 들어간 허리 아래로 둥그스름하게 부풀어오른 엉덩이.

정휴는 자기도 모르게 큰 숨을 들이마셨다.

"이 선비, 어디 계시오?"

"이 선비라니요? 어느 이 선비를 말씀하시는지요? 여기는 방마다이 선비님이랍니다, 스님."

여인의 가느다란 눈썹이 춤을 추듯 움직였다.

그때 방문이 하나 열리면서 기생인 듯한 여인이 나왔다.

"이쪽으로 드십시오."

여인은 정휴를 기다리기나 하고 있었던 듯 자연스레 맞이했다.

처음 보았던 여인은 마루에 술상을 내려놓고 치맛자락을 살큼 추켜올리더니 엉덩이를 흔들며 마당을 가로질러 걸었다.

정휴는 여인이 열어주는 대로 방 안에 들어섰다.

지함이 거기 있었다.

정휴를 안내한 여인은 지함의 옆자리로 가서 다소곳이 앉았다.

지함은 한참만에야 고개를 들어 서 있는 정휴를 바라보았다.

"앉게나."

정휴를 바라보는 지함의 눈이 축축하게 젖어 있었다. 술에 취한 것 같기도 하고 절망에 젖은 눈빛 같기도 했다.

"역시 입산했던 게로군. 그래 금맥이라도 찾아냈나, 아니면 은맥이라도 잡은 겐가?"

"아직 아무것도 보지 못했습니다. 형님은 무엇을 찾으셨습니까?"

"나? 무엇을 찾았느냐고?"

느닷없이 지함은 정휴를 안내한 여인을 부둥켜안고 웃어대기 시작했다.

지함은 한동안 웃음을 그치지 않았다. 공허한 웃음소리만 방을 울릴 뿐, 지함의 눈도 입도 일그러져 있었다.

웃음이 서서히 잦아들면서 지함은 여인을 안았던 손을 풀었다.

"찾긴 찾았지. 바로 이 여자 선화를 찾았네. 이래 봬도 선화는 기쁨 덩어리라네. 언제나 나를 기쁨의 세상으로 인도하는 안내자지. 어떤가? 자네가 찾은 길보다 나은 셈이 아닌가. 자네의 길이래야 뼈를 깎는 고통과 수도와 절제만이 있었을 테니까 말일세."

"그 대신 법열(法悅)의 기쁨이 있습니다. 그것은 이 세상의 어떤 쾌락보다도 더 큰 것이지요. 형님의 기쁨은 밤이 지나면 사라지는 어둠과 같지 않습니까?"

법열, 정휴는 이 고상한 말의 진짜 뜻을 한번도 느껴본 적이 없었다. 느낄 만한 자격도 갖지 못한 행자 아닌가. 정휴는 말을 해놓고는 속으로 헛웃음을 지었다.

"밤의 쾌락을 아는가? 자네는 숫총각이 아니던가?"

지함은 짓궂은 눈초리로 정휴를 탐색하듯 건네다 보았다.

"이 세상에 있는 것을 샅샅이 겪어보아야만 진리를 깨우칠 수 있

76

는 것은 아니지요."

지함은 빙긋이 웃었다. 그리고 선화라는 기생의 손을 잡아끌면서 입가의 미소를 거두었다.

"선화야. 네 안의 세계를 펼쳐 보이거라."

선화는 자목련 빛깔의 저고리 앞섶을 만지작거리며 지함을 쳐다 보았다. 별로 놀란 기색은 아니었다. 그렇다고 지함의 말을 거부하는 눈빛도 아니었다. 진심으로 내린 분부인지 몰라서 미적거리는 표정이었다.

놀란 건 정휴였다. 도대체 지함은 안명세의 일로 얼마나 변했기에 이러는 것일까?

홍주목에 있을 때 두 사람 사이에서 여자 얘기가 나온 적은 단 한 번도 없었다. 그런데 지금 지함은 여자를 앞에 두고 기쁨을 찾았노라고 자신 있게 얘기하고 있다. 게다가 아무리 기생이라지만 정휴가 있는 앞에서 옷을 벗으라고 명령하고 있는 것이다.

저 여인은 또 어떻게 된 것인가? 기생이라 한들 남자 앞에서 옷을 벗는 일이 어디 예삿일인가? 수치스럽지 않겠는가. 하물며 사랑하는 이 혼자 있는 것도 아니고 다른 남자까지 함께 한 자리임에야.

그제야 정휴는 지함의 곁에 바싹 붙어 앉은 선화라는 여자의 생김 새를 자세하게 뜯어보았다. 빨아들일 듯한 눈빛, 착 감겨들 것만 같은 몸매, 무엇보다 남자의 피를 끓게 하는 색기가 흘렀다.

"듣지 못했느냐? 내 말을 알아듣지 못한 게냐?"

꽃봉오리가 살짝 벌어지듯 기생 선화의 입에서 웃음이 살포시 피어났다. 황홀한 웃음이었다.

선화는 천천히 자리에서 일어났다. 정휴를 쳐다보고 있는 것 같기도 하고 정휴 너머의 무언가를 보는 것 같기도 한 묘한 시선을 하고 선화는 서서히 옷고름을 잡아당겼다.

소리도 없이 저고리 앞자락이 스르르 벌어졌다.

선화는 다시 꽉 동여맨 치마말기를 풀어 내렸다. 그러자 꾹꾹 눌려 있던 젖가슴이 터질 듯이 부풀어오르는 모습이 하얀 속치마 아래에 드러났다.

정휴는 자기도 모르는 사이에 눈을 질끈 감았다. 몸 어디에선가 급히 불끈 움직이는 기운이 느껴졌다. 온몸의 피가 마구 달려가듯 거세게 흐르고 있었다.

"눈을 뜨게. 자네와 다를 것 없는 인간의 몸일세. 자네는 왜 진실 앞에서 눈을 감는 겐가?"

이것이 진실이라구?

정휴의 가슴속에서 불덩이가 치솟았다. 지함에 대한 반발 때문인지 선화의 터질 듯한 젖가슴 때문인지 알 수 없었다.

"눈을 뜨라니까!"

지함의 고함에 정휴는 눈을 번쩍 떴다.

바로 눈앞에 실오라기 하나 걸치지 않은 선화가 서 있었다. 아무도 없는 빈방인 것처럼 선화의 얼굴에는 일말의 부끄러움도 거리낌도 없었다. 정휴의 얼굴만 화로를 뒤집어쓴 듯 화끈거릴 뿐이었다.

연한 복사빛이 자르르 흐르는 살결. 가슴 위로 봉긋 솟아오른 젖무덤. 툭 터져나올 것 같은 유방 한가운데에 젖꼭지가 오만하게 머리를 쳐들고 있었다. 탱탱하면서도 한편으로는 한없이 부드러워 보였다.

이 세상에 이토록 가슴 떨리게 하는 것도 있었던가. 처음 대하는 것이지만, 오래전부터 보아온 것처럼 다정하고, 아름답기만 했다.

정휴의 시선은 차츰 아래로 향했다.

가슴에서 허리 쪽으로 굽어드는 선이 물결보다 더 부드러웠다.

정휴의 시선은 저절로 더 밑으로 떨어져갔다.

꿀꺽. 정휴가 마른침 삼키는 소리가 정적을 깨뜨렸다.

정휴의 눈길은 곧바로 거뭇한 음부에 닿았다. 그리고 그것이 아름다운 것인지 어떤 것인지 생각을 하기도 전에 정휴는 시선을 더 내렸다.

허리에서 물이 흐르듯 흘러내린 다리하며 쭉 빠진 종아리선이 아름다웠다.

그보다도 더 정휴의 시선을 끄는 것이 있었다. 눈길이 자꾸 그리로 향했다.

윤기 있는 털빛, 그 갈라진 사이로 내보이는 속살이 촉촉하게 빛나고 있었다.

몸 어느 구석에 이런 힘이 숨어 있던 것일까. 정휴는 자신의 남성이 힘차게 일어나는 것을 느꼈다. 그리고 온몸이 맹수를 만난 사냥꾼처럼, 아니 백척간두에 서서 한 걸음 내딛을 것처럼 긴장되었다. 도저히 참을 수 없는 힘의 축적이었다.

"이보게, 정휴. 여체를 누가 고뇌의 덩어리라고 했던가. 아닐세. 기쁨의 덩어리일세. 한번 손을 대어 만져보게나."

정휴는 이를 악물었다. 더 이상 참을 수 없다고 생각한 순간 무언가 맹렬한 기세로 자신의 몸을 빠져나가고 있었다. 그것이 무엇인지를 깨달은 순간 정휴는 이미 그 방을 박차고 나와 길거리로 내달리고 있었다.

후끈하게 달아오른 몸은 차디찬 겨울바람에도 좀처럼 식지 않았다.

"관세음보살, 관세음보살……."

염불이 정휴의 입에서 끊임없이 흘러나왔다.

차디찬 알갱이가 얼굴에 와 부딪쳤다. 눈발이었다.

눈이 녹는 것인지, 아니면 눈물이 흐르는 것인지 눈께가 축축히 젖어들었다.

골목길에는 가야금 소리가 흘러나오기도 하고, 기생들의 교성이 넘실대기도 했다.

눈이 하염없이 내렸다. 머릿속이 정리되지 않았다. 정휴는 어느 집 담벼락에 머리를 찧었다. 그래도 선화의 나체가 춤을 추고 있는 환영이 머릿속에서 지워지지 않았다.

눈은 계속 내렸다.

떠나야 한다. 이런 미혹에 사로잡혀서는 안 된다. 떠나야 한다.

그러나 정휴는 그곳을 떠날 용기를 내지 못했다. 무언가 강한 힘이 정휴의 뒷덜미를 잡아당겼다.

정휴는 어깨를 축 늘어뜨리고 발길을 되돌렸다.

여기에서 물러나는 것은 지함의 말을 인정한다는 의미다. 실제로 지함의 유혹 앞에서 정휴는 무릎을 꿇고 만 것이나 다름없다. 여자의 몸을 지함은 인간의 몸이라고 했다. 그러나 정휴는 인간이기 이전에 여자로 보았고, 한 마리 수컷이 되어 처참하게 무너져버렸다.

지함의 말대로 그것이 단지 인간의 몸일 뿐일 수도 있다. 지고한 진실을 상징하는 것인지도 알 수 없다. 그러나 정휴의 눈에는 그렇게 보이지 않은 것이다.

두 해 동안 산사에 있으면서 정휴는 세상의 모든 미련과 미망으로부터 벗어나려고 불목하니 노릇을 묵묵히 해왔다. 산중에 있을 때는 그까짓 속세의 미망쯤은 거의 다 벗어났다고 믿었다. 끊을 수 없는 구도자의 고뇌에 비한다면야 그까짓 세속의 일, 여색 같은 것쯤은 문제될 것도 없다고 여겼다.

그런데 자기의 몸속 어느 구석에 그렇게 강렬한 욕망이 남아 있던 것일까. 온전히 자기의 것이라고 믿었던 몸과 마음이 처음 대하는 타인처럼 낯설기 짝이 없었다.

눈발이 점점 거세지기 시작했다. 어둠에 잠긴 남산이 눈을 맞자 희끄무레하게 되살아났다.

눈을 허옇게 뒤집어쓴 정휴가 다시 지함이 있는 방을 찾았을 때, 지함은 아까의 자세 그대로 술을 들이키는 중이었다. 그러나 옆에 여자는 없었다.

정휴는 말없이 지함의 앞으로 가 앉았다.

지함 역시 말없이 술잔을 내밀었다.

잠시 머뭇거리던 정휴는 술상 앞으로 바싹 다가앉아 지함이 건네는 술잔을 받았다.

단 한마디 말도 없이 얼마나 술잔을 주고 받았을까? 취기가 오르기 시작했다. 술잔도 지함도 사방의 벽도 빙빙 돌고 있었다.

지함이 자리에서 일어났다.

지함이 흔들리는 것인지 정휴의 눈이 흔들리는 것인지, 지함은 비틀거리며 밖으로 나갔다.

정휴는 벽에 몸을 기대고 스르르 무너졌다. 졸음이 몰려왔다.

사르륵. 사르륵.

눈 내리는 소리일까? 아니 아까 그 선화라는 기생이 옷 벗는 소리 같기도 했다.

눈을 떠야지, 눈을 떠야지.

정휴는 점점 더 깊은 잠 속으로 빠져들어갔다.

타는 듯한 갈증에 정휴는 눈을 번쩍 떴다. 눈을 뜨면 기다렸다는 듯 들려와야 할 방장 스님의 기침소리가 들려오지 않았다. 용화사에서는 늘 방장 옆방에서 시자 노릇까지 도맡아 했기 때문에 한밤중에도 잠을 깊이 잘 수가 없었다.

그런데 지금은 언제 어떻게 잠이 들었는지 전혀 기억이 나질 않았다. 뒤통수가 빠개질 듯 아팠다.

자리끼를 찾으려고 팔을 움직이던 정휴는 소스라치게 놀라 자리에서 벌떡 일어났다. 웬 여인이 옆에서 곤히 잠들어 있었다. 매끄러운 맨어깨가 이불 밖으로 삐죽이 나와 있었다.

정휴는 방을 휘 둘러보았다. '그대 보지 못했는가, 황하의 물이 하늘에서 와 바다로 쏟아져 흘러 들어오지 않는 것을'이라는 이태백의 시구가 적힌 병풍이 한쪽 벽을 가리고 있었고, 원앙금침같이 물색 고운 이불이 방 한가운데에 깔려 있고, 그 안에 여인이 누워 자고 있었다.

그제야 정휴는 엊저녁, 지함과 함께 한 술자리가 머릿속에 떠올랐다. 지함이 밖으로 나간 후 벽에 몸을 기댔던 것만이 어슴푸레 기억났다. 그리고 눈 내리는 듯한 소리가 들렸었다. 선화가 옷 벗는 소리 같다고도 생각했는데 꿈이 아니었던 모양이다.

싸한 냉기가 등줄기를 훑어내렸다. 어깨가 흠칫 떨렸다. 그러고 보니 자신도 솜옷과 가사를 모조리 벗고 있었다. 정휴는 부산하게 옷을 챙겨 입었다.

정휴는 여인의 옆에 가부좌를 틀고 앉아 여인의 하얀 어깨를 가만히 들여다보았다. 대체 이 여인과 밤 사이에 무슨 일이 있었던 것일까?

아무것도 떠오르지 않았다. 그저 꿈도 없이 깊은 잠이 들었을 뿐이다. 그렇지만 자신도 모르는 사이에 정휴는 난생처음 여인의 몸을 취했는지도 모를 일이다.

지함이 보낸 여인임에 틀림없었다.

지함은 무얼 기대하는 것일까? 화두에 맞서 도를 구하듯 여체에 맞서보라는 뜻인가. 도대체 무얼 얻으라는 것인가. 그는 그렇게 해서 무얼 얻었단 말인가?

여인이 어깨를 파르르 떨었다. 하얀 어깨와 팔에 소름이 돋았다.

정휴는 떨리는 손으로 여인의 어깨를 조심스럽게 쓰다듬었다. 그러자 여인이 가녀린 손으로 정휴의 손을 감쌌다. 여인의 손이 따뜻하고 부드러웠다.

여인이 가만히 눈을 떴다. 그리고 그윽한 눈길로 정휴를 올려다보며 정휴의 손을 이불 속으로 끌어당겼다. 부드럽고 따뜻한 여인의 살이 거기에 있었다.

여인은 정휴의 손을 잡고 제 몸을 어루만지게 했다. 불룩한 젖무덤이 한손에 들어왔다. 오똑 선 유두가 느껴졌다. 매끄러운 허리를 지나 푸근한 배 위에 손이 닿자, 여인은 거기에서 정휴의 손을 놓았다.

이번엔 정휴의 손이 저절로 움직였다.

두툼한 불두덩, 그리고 까실까실한 거웃.

정휴의 숨결은 걷잡을 수 없이 거칠어졌다. 아랫도리가 힘차게 일어났다. 폭풍처럼, 번개처럼.

정휴는 어디에서 그런 힘이 솟아나는지 알 수 없었다. 진리를 깨쳐보겠다는 분발심(奮發心), 아마 그것도 지금 정휴의 몸에 솟구치는 욕망보다 더 강렬하지는 못하리라.

여인은 정휴의 옷고름을 한 손으로 풀었다. 그리고 이불을 쳐들고 정휴의 몸을 잡아끌었다.

정휴는 여인이 이끄는 대로 이불 속으로 들어갔다. 그리고 여인의 몸속으로 파고들어갔다.

법열(法悅), 그런 것이 있다면 아마도 이런 느낌이리라. 생사를 뛰어넘는 희열, 바로 이런 것이리라.

정휴는 그대로 여인의 몸속으로 함몰해 들어갔다. 자신의 온몸이 여인의 몸속으로 녹아드는 느낌이었다.

여인의 몸 위에서 몸부림을 치며, 생과 사를 넘나들며 모든 기력을 쏟아 부은 정휴는 몸을 축 늘어뜨린 채 여인의 젖무덤에 머리를 묻었다.

여인은 어린 아기를 보듬듯 한참 동안 정휴의 머리를 쓰다듬어주었다. 그러고는 팔을 떨어뜨린 채 어느새 다시 잠이 들어버렸다.

정휴는 잠든 여인을 보며 조용히 옷을 챙겨 입었다. 그리고 방문을 열었다.

바깥은 온통 은색이었다. 그가 처음으로 여자를 접한 밤 사이 눈은 끊임없이 내린 것이다.

겨울 새벽의 짙은 어둠과 그 어둠을 감싸 안은 하얀 눈이 절묘하게 조화를 이룬 세상은 더없이 고즈넉했다.

정휴는 아직 어느 누구도 지나간 흔적이 없는 눈을 밟으며 마당을 거닐었다. 가지 많은 매화나무로 둘러싸인 작은 연못이 눈을 뒤집어 쓴 채 정휴를 맞이했다.

그런데 웬일일까. 걷잡을 수 없이 밀려드는 이 허탈감은. 그리고 패배감은.

여인의 몸을 취하는 동안에는 그것이 이 세상 모든 것처럼 느껴졌었는데, 여인과 떨어져 있는 지금은 허무하기만 했다. 스산한 바람이 가슴속을 훑고 지나갔다.

정휴는 다시 방으로 들어갔다.

여인은 어느새 일어나 자리를 치우고 한쪽 구석에 앉아 있었다.

전혀 무게가 느껴지지 않을 만큼 가벼운 동작으로 여인은 정휴에게 다소곳이 인사를 올렸다.

정휴는 민망함을 무릅쓰고 여인을 뚫어지게 쳐다보았다. 선화처럼 강한 인상은 아니지만 자그마하면서도 선이 고운 여자였다. 미처 단장하지 못한 맨얼굴이 친근하게 느껴졌다.

그 시각, 지함은 눈을 뜨고 앉아 있었다.

정휴가 반드시 무슨 일을 벌이기를 기대한 것은 아니었다. 그저 자신의 괴로움으로 정휴까지 적시고 싶은 짓궂은 생각으로 그리 했을 뿐.

만취한 정휴에게 기생을 넣어준 지함은 옆방에서 잠을 청했다. 그러나 종일 술을 마셨는데도 공부를 하다 밤을 꼬박 새운 새벽처럼 정신은 외려 맑았다. 요즘 들어 좀체 없던 일이었다.

허허. 내 괴로움으로 정휴를 적신 게 아니라 정휴가 산사의 정기로 나를 일깨운 겐가?

지함은 참으로 오랜만에 선화를 물리친 채 맑은 정신으로 밤을 보냈다.

지난 몇 년 동안의 일이 머리를 스쳐갔다.

참으로 묘한 일이다. 어제까지만 해도 생각만 하면 온몸이 저려오던 아픈 기억들이 마치 오래되어 빛바랜 서책처럼 담담한 모습으로 떠오르다니.

6. 특정기(特定記) 사건

서울에 올라온 지함이 형 지번의 퇴궐을 기다려 인사를 드리자마자 양반 체면에도 불구하고 한달음에 내달린 곳은 안명세의 집이었다.

안명세는 아직 귀가 전이었다. 다른 관리들이 모두 퇴청한 후에도 혼자 대궐에 남아 늦게까지 일을 하곤 한다고 하인이 전해 주었다.

지함은 호롱불을 밝힌 사랑에 홀로 앉아 명세를 기다렸다.

그때였다. 토닥토닥 가볍게 땅을 딛고 달려오는 발소리가 들리더니 문이 살짝 열렸다. 명세의 여동생 민이가 발갛게 상기된 뺨을 문 사이로 들이밀었다.

어둠 속이지만 민이의 눈동자가 샛별처럼 반짝이며 촉촉하게 물기에 젖어 있는 것을 지함은 보았다. 얼른 달려가 손이라도 덥석 잡고 싶은 마음을 지함은 간신히 억눌렀다.

"왜 이제야 오셨지요?"

반가움보다 노여움이 더 많이 섞여 있는 말투였다. 따지듯 덤벼드는 민이의 당돌한 태도는 하나도 변하지 않은 예전 모습 그대로였다. 홀로 어두운 바닷가를 서성이며 그토록 그리워 애태우던 그 모습 그대로였다.

"그동안 저는 혼처를 정했답니다."

민이가 샐쭉한 얼굴로 말했다.

지함의 가슴이 덜컥 소리를 내며 내려앉았다.

"제가 아무리 싫다 해도 어머님이 막무가내였답니다. 제 나이 벌써 혼기가 지났는걸요?"

눈물을 뚝뚝 흘리는 민이를 똑바로 보지 못하고 지함은 눈을 감았다. 머릿속에 아무것도 떠오르지 않았다. 그저 가슴속에 광풍이 몰아치는 바다처럼 거센 파도가 밀어닥칠 뿐이었다. 어느 틈에 민이가 사라졌는지, 어느새 명세가 눈앞에 와 앉았는지 모든 것이 지함에겐 꿈결 같고 찰나 같았다.

자신을 보고서도 멍하게 앉아 있는 지함의 손을 움켜쥐며 명세는 반가워 어쩔 줄을 몰랐다.

"이게 얼마 만인가. 진작 좀 올라오지 않구서. 우리가 이렇게 떨어져 있어본 게 처음 아닌가. 이거 나만 속 태운 모양이구만. 나는 지아비 그리는 계집처럼 자네를 그리워했는데 말일세. 아니, 그런데 자네 얼굴이 왜 그런가? 무슨 일이 생긴 겐가?"

명세에 대한 그리움은 어느새 사라지고 없었다. 그보다는 서운함이 밀려들었다. 민이에 대한 지함의 마음을 모르는 명세가 아니었다. 모든 것을 다 알면서도 민이의 혼처를 다른 데로 정해 버리다니.

"자네, 대체 왜 이러나? 집안에 무슨 일이 생긴 건가? 답답허이. 말 좀 해보게."

"그렇게 시치미를 뗄 건가?"

지함은 버럭 고함을 질렀다.

명세는 무슨 영문인지 몰라 눈을 휘둥그레 뜨고 지함을 멀거니 바라보았다.

"정말 모르겠단 말인가?"

그때였다. 문이 열리더니 민이가 찻상을 받쳐들고 들어섰다.

"오라버니한테 소리 질러보았자 아실 리가 없지요."

이번에는 지함이 어리둥절했다.

민이는 아무 말도 없이 차를 따랐다. 은은한 차 향기가 방 안에 감돌았다.

"그럼, 아까 한 말은?"

"제가 화풀이를 좀 한 거지요. 그렇게 연락도 없어서 놓고, 그럼 제가 아직 정혼하지 않았기를 바라셨단 말씀이에요?"

"대체 무슨 말들을 하는 게냐?"

"아, 아닐세."

지함은 황급히 대답했다.

"제 혼처를 이미 정했노라고 말씀을 드렸거든요. 그랬더니 저 야단이시랍니다."

"흠흠."

지함은 헛기침을 하며 고개를 돌렸다.

"하하하하."

화통하게 웃어젖힌 명세는 웃음을 그치고는 정색을 하고 지함을 보았다.

"아끼는 친구를 매제로 삼았다가 이거 팔불출 만들겠는걸. 여태 자네한테 떠맡기려고 민이 혼처를 정하지 않았는데, 이렇게 당하기만 해서야 어디 불쌍해서 되겠나. 안 되겠네. 민이를 힘으로라도 당할 장사를 따로 찾아봐야지."

"오라버니, 그게 좋겠는걸요. 사내대장부가 저래서야 어디 쓰겠어요? 혼처를 정했다니까 별수 없이 그리 보내고 말 모양이던걸요."

"자꾸들 그러면 나는 그만 가겠네."

지함이 일어설 듯 엉덩이를 들썩거리자 그제야 두 사람의 심술궂은 농담이 그쳤다.

"쇠뿔도 단 김에 빼렸다고 이왕 말이 나왔으니 매듭을 지으세. 내일이라도 내가 지번 형님을 만나서 말씀을 드리겠네. 자네 생각은 어떤가?"

민이와 지함의 눈길이 허공에서 맞부딪쳤다. 민이의 볼이 발갛게 상기되었다.

민이의 쏘는 듯한 시선에 빨려들며 지함은 고개를 끄덕였다.

지함의 나이도, 민이의 나이도 이미 혼기가 지났고 두 집안이 오랫동안 친분을 맺어왔던 터라 혼담은 일사천리로 진행되었다.

정식으로 매파가 양 집안을 오갔고, 얼마 후에는 사주단자까지 건너왔으나 혼인날을 잡지는 못했다.

지함의 형 지번이 이번 혼사에 대해 조건을 달기 때문이었다. 그것은 지함이 대과를 보는 것이었다. 대과를 보아 급제한 연후에 혼인하라는 단서를 단 것이다. 동생 지함이 조정에 나갈 생각은 하지 않고 농사일이니 뭐니 양반 사회에서는 금기시하는 잡사에만 관심을 두니 짐짓 그리 한 것이었다.

그리하여 지함은 과거 공부에 매달렸다. 기왕 치러야 할 시험이었으니 누구보다 열심히 공부했다. 실력으로야 웬만큼은 자신이 있었으나 급제란 실력뿐만 아니라 그날의 운이며 조정과 친분 관계까지

한 박자로 맞아떨어져야 하는 것이라, 지함은 낮이면 종일 서재에서 글을 읽고 밤이면 명세와 더불어 조정에서 소문난 젊은 선비들과 어울리기도 하며 시간을 보냈다.

홍주에서 민이를 그리워할 때는 그토록 지루하던 시간이 쏜살같이 흘러갔다.

그러던 어느 날, 안명세가 심각한 얼굴로 퇴궐했다.

"여보게, 지함. 내가 오늘 무오사화(戊午士禍)의 전말을 정리하는 중에 마침 김종직(金宗直)의 처남 조위(曺偉)란 자의 아우 조신(曺伸)이라는 자를 면담했네. 그자는 아직도 옥에 갇혀 있는데, 그에게서 한명회의 노회한 죄악상을 듣고 몹시 기분이 언짢네."

"그야 다 아는 소리 아닌가?"

"그렇게 넘길 만큼 가벼운 일이 아닐세. 이 나라 역사를 바로 잡지 못하면 큰일나네. 그건 그렇고, 그 조신이란 자의 이야기를 듣다 보니 자네가 재미있어 할 이야기를 하던데그려."

"뭔가?"

"조신 그자가 그의 형 조위하고 하정사(賀正使)로 명나라 효종(孝宗)에게 조공을 갖고 갔는데, 그만 그사이에 사화가 터져 매부 김종직 일파가 떼죽음을 당하고 말았네. 한명회 같은 훈신들이 새로 세력을 얻어가는 사림들을 정리할 필요가 있었는데, 때를 만난 거지. 사건을 확대하여 김일손, 표연수, 정여창 같은 영남 출신 사림, 그리고 그동안 훈신들의 횡포를 두고 상소를 올리거나 불만을 가진 사림들은 모조리 이 사건에 엮어버렸다네.

당연히 조위도 이 사화에 연루되어 한양에 귀환하는 대로 참수를 당하게 되어 있다네. 그래서 조신 그자는 명나라에 그대로 눌러앉자고 형인 조위에게 말했으나, 워낙 성격이 대쪽 같던 조위는 귀국을 결심하고 말았다네. 그래서 보다 못한 아우가 유명한 중국의 점술가를 찾아가 점괘를 뽑아보았더니 '천길 물속을 뚫고 나가서, 바위 아래에서 사흘 밤을 잠자네(千層浪裏飜身出 也鈇岩下宿三宵)'라는 괘사가 나왔다는 것이야.

압록강을 눈앞에 두었던 하정사 일행은 마침내 강을 건너, 벌써부터 국경에서 칼을 뽑고 기다리던 의금부 도사에게 목을 내밀었다네. 그런데 이 금부도사는 조위를 순천으로 귀양 가라는 어명만 던져놓고 한양으로 떠났다네. 순천으로 귀양 가는 길에 포졸에게 물으니 전날까지만 해도 즉각 처형하라는 영을 받고 있었는데, 당일 아침 한양에서 달려온 파발이 다시 귀양을 보내라는 어명을 받아 왔다는 것이었어.

그뒤 조위는 귀양지에서 잘살다가 병사했는데, 갑자사화가 또 일어나자 그 사건에도 다시 휘말려 부관참시를 당했다네. 그것도 갈갈이 찢겨진 시신을 상석 아래에 사흘 동안 버려두었던 것이야. 그제야 점괘를 뽑았던 '천길 물속을 뚫고 빠져나가서 바위 아래에서 사흘 밤을 잠자네'라는 말이 딱 들어맞게 되었던 것이지."

안명세가 이야기를 마치자 지함은 껄껄 웃었다.

"아니, 자네가 그따위 점술 이야기를 귀담아듣다니, 거참 재미있네그려, 하하하. 점술이니 운명이니 하는 말만 나와도 펄펄 뛰던 자네 아닌가?"

명세도 지함을 따라 웃었다.

"그러나, 이보게 지함. 난 아직도 이 조선의 역사가 하루아침에 돌변하고, 뒤집히고, 쓰러지는 것을 도저히 이해할 수 없네. 내 비록 조위란 자를 들어 무오사화를 말했지만 그건 농담이고, 기실 그 사건을 깊이 파보고 있는 중이네. 참수를 면했다가 나중에야 부관참시를 당했다는 점술가의 얘기 따위는 내 관심 밖이네. 물론 점술가의 말대로 이루어진 것이 아니냐고 단순하게 믿어버리는 사람도 있겠지만, 사관은 점술가가 아닐세. 점술가는 미래를 볼 수 있을지 모르지만 사관은 과거를 비쳐보아 미래를 짐작할 뿐이라네."

지함은 벌겋게 달아오른 얼굴로 열변을 토하는 안명세의 말에 귀를 기울였다.

"왜 무오사화가 일어났는가, 왜 갑자사화가 일어났는가, 왜 기묘사화가 일어났는가. 왜 을사사화가 일어났는가. 왜? 왜? 왜? 점술가는 이렇게 말하겠지. 모든 건 하늘에서 그렇게 되도록 만들었노라고. 천만에. 주체는 하늘이 아니라 사람일세. 사람이 사람의 운명을 만들어나가는 걸세. 김종직의 무리, 김일손, 표연수, 정여창. 그들을 누가 죽였는가? 하늘인가, 귀신인가? 아닐세. 한명회, 노사신, 서거정, 양성지 같은 훈구 대신들이었다네. 갑자사화? 그것도 사람이 저질렀네. 하늘도 귀신도 아닌 연산군 이융이 바로 칼을 들었던 것이네. 기묘사화? 마찬가지네. 조광조의 독주를 불안하게 본 남곤, 심정, 김안노 같은 사람들이 사림의 지나친 독주를 경계하도록 중종 이역을 꼬드겨 그렇게 저지른 것이네. 을사사화? 인종 이호의 외할아버지 윤임을 명종 이환의 외삼촌인 윤원형이 명종 즉위에 힘입어 축출한 사건이네. 이렇게, 역사는 하늘이 짓는 것이 아니라 사람이 만드는 것이라네."

안명세의 말에 지함은 고개를 깊이 끄덕였다.

"맞네. 자네 말이 다 옳으이. 그렇지만 운명이란, 사람의 눈에 보이지 않기 때문에 운명인 것이지, 뻔히 예측할 수 있고 볼 수 있는 것이라면 굳이 그런 말을 쓸 까닭도 없네. 사람이 역사를 짓는다, 그것 참 좋은 말이네만 그 사람을 움직이는 것은 역시 하늘이 아니겠는가?"

"저런, 아직도 내 말이 씨알이 먹히질 않는군. 두고 보세."

"이보게, 명세. 자네가 사화를 탐구하고 있는 모양이네만 남곤, 심정 두 사람이 조광조를 칠 때 어떻게 중종을 움직였는지 아는가? 조광조의 사주를 들어 역성 혁명을 꾀할 자라고 고변한 것이 불쏘시개 구실을 톡톡히 해냈다네. 중종이 그걸 믿었기에 일어난 일이라네. 중종 임금의 명조가 음화(陰火), 즉 약한 불인데 조광조는 철철 넘치는 양수(陽水)이므로 조광조를 저대로 내버려두었다가는 중종의 불이 다 꺼져버린다는 논리를 폈다네. 어떤가, 그럴싸하지 않은가? 그 말을 듣고 보니 중종의 눈에 조광조 대감 하는 일이 점점 지나친 것으로만 보이고, 급기야 임금 자신까지 집어삼킬 것이라는 의심이 들기 시작한 걸세."

"지함. 그 얘기는 누가 일부러 지어낸 것일 게야. 하등 들을 가치가 없는 얘길세. 그것은 운명이나 점술 때문에 일어난 일이 아닐세. 훈구 대신들의 탐욕과 신진 사림의 무모한 개혁이 빚어온 결과네. 중종 반정(反政)에 가담한 사람이 천 명이 넘는데, 이들은 모두 정국 공신이니 원종 공신이니 하는 그럴듯한 칭호를 나눠갖고 노비와 토지를 상으로 받았었네. 사림이 이것을 놓고 부당하다고 지적하고, 그런 사림을 훈구 대신들이 미워한 것이네. 그러던 중 조광조가 조정에서 실권을 얻기 시작하자 절간의 토지와 노비를 몰수하는 등 급진 개혁을 해나갔지.

그것을 곱게 바라보고만 있을 훈구 대신이 어디 있겠는가? 더구나 정국 공신들 가운데 4분의 3을 가려 호칭을 다시 거두어들이고, 부상으로 주었던 토지와 노비도 몰수해야 한다고 강력히 주장했으니, 어찌 그들이 가만히 있겠는가? 그런 때를 당했으니 갖은 수단을 다

동원해서 적대 세력을 물리치려 하지 않았겠는가. 무고든 모함이든, 점괘를 들어 고변했든 그것은 거론할 만한 게 못 되네. 단지 상대방을 제거하기 위한 수단일 뿐일세. 어쨌든 결국 조광조는 목을 잃고 말았네. 이렇게 잘잘못은 사람에게서 비롯되는 것이네. 결코 운명의 장난으로 돌려서는 안 되네."

"옳다네. 그러나 이 점도 아울러 생각해 보세. 만일 조광조라는 사람이 그 시대에 나지 않았다면 어떻게 되었겠는가? 사화는 일어나지 않았을 것 아닌가? 그때에는 그런 인물이 나와야 할 만한 까닭이 반드시 있었던 것이네. 지금은 보이지 않을지 몰라도 저 후대에 가서는 그 깊은 뜻이 드러날 것일세. 사관이 해석하지 못하는 큰 사건은 수백 년은 지나야 진실이 드러나는 법일세. 우리 같은 당대 사람들이야 길게 생각해 보았자 수십 년 안목밖에 없지만, 사관은 그래서는 안 되네. 사관은 수백 년, 수천 년을 내다보아야 하네. 하늘, 운명, 이러한 것은 결코 눈에 보이지 않고, 손에 잡히지도 않는 것이네. 아무튼 그만 하세. 이제 방이 훈훈해진 것 같으니 이로써 족한 듯하이."

"그러세."

두 사람은 잠시 말을 멈추어 토론으로 뜨거워진 열기를 식혔다. 홍주에서라면 이런 얘기 뒤끝에 훌훌 털고 나서 약주라도 한 병 들고 뒷산을 찾거나, 저잣거리를 쏘다니며 이런저런 구경으로 열기를 가라앉혔을 터였다. 그런데 홍주보다 훨씬 넓은 한양에서는 오히려 갈 곳이 마땅치 않았다.

서울로 올라와 지함이 가장 견딜 수 없는 것은 그놈의 양반 행세를 해야 하는 것이었다. 홍주에 있을 때나 서울에 있으나 지함은 똑같은 지함이건만 그때와 똑같이 처세를 했다가는 당장 양반의 얼굴에 먹칠을 한다고 손가락질을 당할 처지였다. 저잣거리에서 물건을 사들고 다녀도 흉이고, 상민들과 어울려 술을 한잔 나누어도 입에 오른다.

"이놈의 양반이라는 게 평생 옥살이를 하는 셈이지 뭔가."

명세도 지함과 같은 기분인지 착잡한 얼굴로 입맛을 다셨다.

"그러게 말일세. 그러나 수백 년간 내려온 전통을 어찌 하루아침에 바꾸겠나?"

과거 속에 파묻혀 사는 사관다운 말이었다. 하기야 사관이면 그래도 종8품이니 홍주에서와 달리 처신에 조심하는 것이 당연했다. 벼슬길이 워낙 살얼음판이라 항상 주위를 경계하고 법도에 한 치도 어긋남이 없어야 목숨을 부지할 수 있을 지경이었다.

"벼슬길을 헤쳐나갈 일이 악몽 같네그려."

지함이 입맛을 다시자 명세가 껄껄 웃음을 터뜨렸다.

"자네, 대과 급제는 따놓은 듯이 얘기하는구만. 산신령한테서 약속이라도 받아둔 겐가?"

"그럼, 장원급제할 것이라는 언질을 받아놓았다네. 허허허."

지함은 농을 해놓고는 호탕하게 웃으며 말을 이었다.

"도대체 조정에서 대신들이 하는 일이 뭔가? 배고픈 백성에게 곡식 한 되 더 줄 생각은 하지 않고 모두 제 곳간 채우기에 급급하니……. 사리사욕에 눈이 멀어 사화를 끊임없이 일으키고, 서로 죽이고 죽는 꼴이 우습기만 하네그려.

생각해 보게나. 백성들을 어버이처럼 돌보아야 할 대신들이 어디 휘말려들어 피해나 당하지 않을까 몸을 사리는 꼴을. 이런 형편이니 조정이 어찌 돼가겠나? 그러니 수많은 인재들이 청운의 뜻을 품었다가도 고린내 나는 한낱 서책의 종이 되고 마는 것 아니겠나? 이러한 세상에서 무슨 도의를 펴고 진실을 말하겠는가."

"그렇다고 누가 진실까지 버리라고 했는가? 범을 잡으려면 그 굴로 들어가라고 했네. 자네, 굴도 찾기 전에 벌써부터 피해 가려는 것인가?"

"그렇게 움켜쥔 진실이 무슨 힘이 있겠나? 무릇 진실이란 어디에도 걸림이 없어야 하는 법 아닌가?"

지함은 자못 불만스러운 목소리였다.

"이 친구야, 벼슬길 올라서 할 걱정은 두었다 하고 발등에 떨어진 불이나 끄게나. 일단 대과에는 합격을 하고 보아야 하지 않겠나?"

그렇게 말하는 안명세의 얼굴 또한 어두웠다.

드디어 과거일이 가까워졌다. 12년 동안 네 번 치르는 대과 시험이 3년 만에 정식으로 공시되었다. 지함은 이 과거에 급제만 하면 한 달 뒤 민이와 혼인을 하게 되는 것이다.

가난한 시골 선비들은 괴나리봇짐에 짚신을 매달고 두근거리는 가슴을 안고 한양으로 향했고, 행세깨나 하는 향반(鄕班)들은 말을 구해 한양으로 달렸다. 양반의 자제로서 과거에 급제해 벼슬길에 오르고 가문을 빛내는 것이 모든 선비들의 최고의 바람이기도 하지만, 아직 공부가 덜 된 선비들도 오랜만에 한양 걸음을 해 나라 안팎의 사정을 요모조모 살피기도 하고 소문난 선비들의 이런저런 소문을 귀동냥하면서 세상의 흐름을 가늠하는 것이 당시 과거장의 풍속이었다.

지함은 눈앞에 닥친 대과 준비에 여념이 없어 명세를 만나러 갈 시간조차 내지 못했다.

그러던 어느 날, 명세가 일부러 가회동 지함의 집을 찾아왔다. 어쩐 일인지 명세의 표정이 어두웠다. 그러고 보니 형 지번 역시 요즈음 늘상 침울한 얼굴이었다.

"조정에 무슨 일이 있나?"

명세는 한동안 침묵을 지키다가 저고리 앞섶을 뒤져 두툼한 문서를 꺼내놓았다.

"이게 뭔가?"

지함이 물었으나 명세는 입을 열지 않았다. 그러다가 갑자기 술잔을 입에 털어넣다시피 급히 술을 마셨다. 그리고는 주위를 한바퀴 둘러보더니 목소리를 한껏 낮추어 말했다.

"인종 이호 임금은 독살되었다네."

"뭐라고? 독살?"

놀란 지함이 언성을 높이자 명세는 불안한 얼굴로 손가락을 입에 가져다 댔다.

"쉿, 이게 바로 그 진상을 조사한 것이라네. 인종은 원래 몸이 약하시긴 했지만, 그리 쉽게 돌아가실 병은 아니었다네. 그런 것을 윤원형 일당이 약에다 독을 넣어 독살시킨 것이네."

"그걸 어떻게 알았는가? 자네 접때 네 차례 사화를 조사하러 다닌다고 하더니, 참말로 하고 있었구먼."

"내가 할 일이 무언가. 사실(史實)을 적는 것 아닌가. 내가 일일이 내의원에 가서 묻고 상궁들을 찾아다니며 캐고, 다른 이들에게도 확인한 것이니 틀림없는 사실이네."

"여보게, 잠깐. 이 일을 다른 사람에게 말했나?"

"며칠 전에 지번 형님께 먼저 말씀드린 것 외에는 입도 벙긋하지 않았네만, 진실임이 드러난 이상 세상에 알려야 하지 않겠는가?"

"안 되네. 그렇지 않아도 거듭된 사화로 살아남은 사림이 몇 되지도 않는 판에 자네 목숨까지 위태롭네. 무슨 말인지 알겠나?"

"무슨 소리! 전에 자네가 한 말은 어떻게 된 건가? 진실이란 무엇에도 걸림이 없어야 된다는 말."

대꾸할 말이 없었다. 목숨을 걸지 않고는 해낼 수 없는 일이다. 명세의 목숨만이 아니라 일가 친척 모두의 목숨을. 그리고 민이마저도.

지함은 한숨을 내쉬며, 그늘진 얼굴로 생각에 잠긴 명세를 바라보았다. 명세가 벼슬길에 나가더니 전보다 패기가 줄고 조심성만 늘었다고 생각했던 자신의 짐작이 잘못되었다는 것을 지함은 깨닫고 있었다.

"하여튼 자네는 그런 줄이나 알고 있게. 이에 관해서는 대과가 끝나거든 다시 논의하세."

명세는 그날 사랑에 들러 지번을 만난 뒤 밤늦게야 돌아갔다.

지함은 며칠 남지 않은 대과가 걱정되었으나 자꾸만 명세가 한 말이 생각나서 공부가 제대로 되지 않았다. 그러나 어쩌랴. 이번 대과에 떨어지면 다시 세 해를 기다려야 하니 지번 형님에게 낯을 들 수 없다는 것 또한 눈앞에 닥친 과제였다.

지함은 명세 생각이 나면 머리를 흔들어서 물리치고 책을 펼쳐들었다. 형 지번은 지번대로 연일 지함이 공부하는 모습을 지켜보며 독려했다.

이미 소과(小科) 생원, 진사 양시에 다 합격한 지함은 대과 중 문과의 관시(館試)에 할당된 인원 50명 안에 드는 시험을 치러야 했다. 초장(初場)에서 사서 오경 등을 치고, 중장(中場)에서 부(賦), 송(頌), 명(銘) 등을 하고 종장(終場)에 가서 대책(對策) 한 편을 써내야 했다.

12년에 네 번, 즉 3년에 한 번 치는 시험이므로 응시생이 부지기수로 많았다. 전국에서 몰려드는 사림의 숫자 또한 엄청나기도 했지만 때로 매관(賣官)한다는 말이 돌기도 해서 지함은 공부를 하면서도 일말 불안한 기분을 떨쳐버리지 못했다. 매관매직이야 벌써부터 있어온 말이지만 윤원형 일당이 집권을 하면서부터 더 노골적으로 자행되었다. 그런 때에 사림에 뿌리를 둔 형 지번은 그쪽에 아무 줄도 닿지 않았고, 따라서 지함은 곧이곧대로 시험에만 운을 걸어야 했다. 뽑는 숫자로는 쉰 명이지만 실제로는 몇 명을 뽑을지 알 수 없는 노릇이었다.

시험 날짜가 가까워지자 한양 저잣거리의 주막은 팔도에서 몰려든 선비들로 북적거리기 시작했다. 어떤 방에서는 밤새도록 나랏일을 둘러싼 격론이 붙기도 하고, 어떤 방에서는 각자 밤새워 마지막 정리를 하느라 불이 꺼질 줄 몰랐다. 대과를 일 년에 한 번씩 치렀다가는 한양의 기름이 다 바닥날 거라는 말이 떠돌 정도였다.

마침내 대과가 열리는 날 아침이 밝았다. 과거 시험을 치르는 날이지만 지함은 여느 때와 다름없이 아침을 맞았다.

밤이슬에 젖은 수국이 가을햇살에 청량하게 고개를 쳐들고 있었다. 이슬 몇 방울이 또르르 굴러 떨어졌다. 소매깃을 파고드는 아침 바람이 싸한 게 기분이 상쾌했다.

"좋은 꿈 꾸었나?"

우렁찬 목소리의 주인공은 안명세였다. 아침부터 달려온 것이다. 안명세를 따라온 하인 달득이 작은 보따리를 내밀었다. 용 두 마리가 꿈틀거리며 하늘로 비상하는 자수가 놓인 보자기로 싼 것이었다. 용의 발톱이 세 개인 게 독특했다.

"이게 뭔가?"

"풀어보게."

보자기 속에 들은 것은 자그마한 대나무 상자였다. 상자 뚜껑에는 분홍빛 조선종이에 싼 편지가 놓여 있었다. 민이가 보낸 것이다.

안명세가 씩 웃으면서 고개를 돌리자, 지함은 멋쩍어하면서 편지를 읽었다.

— 정성을 들인다고 제 손으로 떡쌀을 담그고 콩가루를 내서 만들었는데 맛이 제대로 날지 모르겠어요. 저는 저대로 밤새워 만든 떡이오니 맛있게 잡수시고 급제하셔요. 어젯밤에는 좋은 꿈을 꾸었사옵니다. 제가 어딘지 가고 있는데 지함 오라버님이 금의환향하는 행렬을 만났어요. 어사화를 꽂고 늠름한 모습으로…….

그런데 저는 어디론가 자꾸 가고 있었어요. 오라버님과 멀어지고 있어서 아무리 오라버님께 달려가려고 해도 발길이 돌려지질 않았어요.

어쨌든 급제는 틀림없을 거예요. 부디 급제를 하시어요.

나무 상자를 열자 아직 김이 모락모락 오르는 인절미가 가지런히 담겨 있었다. 반듯반듯하게 썰어놓은 솜씨가 아주 예뻤다.

"찰떡같이 붙으시라는 민이의 엄명일세. 자, 나는 먼저 입궐할 테니 시험 잘 치르게나. 오후에 봄세."

지함도 곧 의관을 정제하고 과장으로 향했다.

과장은 성균관이었다. 하늘은 맑고, 지난 여름의 위용을 마지막으로 과시하고 있는 햇살도 제법 따가웠다.

과장은 잔뜩 긴장해서 굳어 있는 선비들로 가득 찼지만 발걸음 소리 하나 들려오지 않을 만큼 조용했다.

지함은 중간쯤에 적당히 자리를 잡고 앉았다. 시 한 수가 절로 흘러나올 것 같은 청명한 가을날이었다.

사실, 공부한 양으로 따지자면 지함은 내세우잘 게 별로 없었다. 양반집 자제들이 대부분 철이 들면서부터 익히고 배우는 것은 모두 과거에 대비한 학문이었다. 그러나 지함은 이것저것 따지지 않고 닥치는 대로 책을 읽었으니 시험 준비로 보면 그들에 훨씬 미치지 못할 터였다.

그런데도 지함의 표정은 자신만만했다.

"오늘 시제(試題)가 뭐가 될 것 같소이까?"

옆 선비들이 나지막이 소근거리는 소리에도 지함은 신경을 쓰지 않았다. 멀리 둘러선 사람들 속에 형 지번과 명세의 모습이 보였다. 그러고 보니 조정에 출입하는 관리들 대부분이 호기심에 가득 찬 얼굴로 멀찌감치 둘러서서 구경을 하고 있었다.

지번은 마치 자신이 시험을 치르는 사람처럼 뻣뻣하게 굳은 모습이었다. 하긴 어려서부터 늘 조상을 빛내는 건 영특한 지함의 몫이라고 말해 왔던 형이다.

저만치 시관들이 좌정한 쪽에 시제가 나붙었다. 지함은 기분 좋을 정도의 짜릿한 긴장을 느꼈다.

지함은 붓을 들었다. 그리고 일사천리로 글을 써 나갔다. 아침에 민이가 건네준 보자기의 용을 닮은 지함의 글씨가 힘차게 꿈틀거렸다. 한 획 한 획이 살아나 하늘로 솟구칠 것 같았다.

지함은 파지 한 장 내지 않고 단숨에 붓을 휘둘렀다. 마지막 글자의 획을 끌어당길 때는 숨이 가쁠 지경이었다.

지함은 벌떡 일어나, 아직 생각을 정리하고 있거나 이제 겨우 먹을 갈기 시작한 다른 선비들의 곁을 지나 뚜벅뚜벅 걸어 나갔다.

과장의 감독관장은 좌의정 황윤이었다. 명세에게 듣기로, 바른 소리를 잘해 여기저기 적이 많으나 성품은 대쪽처럼 곧은 사람이라고 했다.

들은 대로 황윤의 눈은 먹이를 노리는 매처럼 매서웠다. 적은 많아도 적들조차 그 앞에서는 꿈쩍을 하지 못한다는 명세의 말이 과장이 아닐 성싶었다.

"이보게, 어떤가? 좌의정 저 양반이 시관으로 나온다는 얘길 미리 해줄 걸 그랬나? 하기사 나도 오늘 아침에야 알았네만."

시권(試券)을 내고 나온 지함에게 명세가 농조로 물었다.

"허허. 시제가 사람을 가려 나온다던가. 누가 시관이어도 내 답은 변함없었을 걸세."

지함이 여유있게 응수했다.

"그래, 시험은 잘 치른 겐가? 시제가 까다롭진 않던가?"

"나 같은 사람한테야 까다로운 게 차라리 낫지. 공자 왈, 맹자 왈, 입으로 외워 떠드는 것이야 나보다 잘할 사람이 어디 한둘인가?"

"그래도 차분하게 다시 한 번 들여다보지 그랬느냐. 아직 시간도 넉넉한데. 네가 제일 먼저 일어섰어."

늘 침착하고 차분한 형 지번이 제일 먼저 시권을 던져놓고 나온 아우가 불안했던지 얘기에 끼어들었다.

"꼼꼼히 손질을 해야 할 글이 있고, 붓 가는 대로 휘둘러야 맛이 나는 글이 있지요. 이번에는 후자였으니 염려 놓으십시오, 형님."

"대체 어떻게 쓰고 나왔길래 그리 큰소리야. 어디 한번 읊어보게나."

"허허. 자네야 어차피 나중에 다 보게 될 게 아닌가. 기다려보게나. 기다림이 커야 기쁨도 큰 법일세."

"형님. 이 친구, 급제는 따논 당상이라는 태도인데요."

"그랬으면 오죽이나 좋으련만. 성균관에서 수학한 선비도 수두룩한데……."

이른 아침에 시작한 과거는 해가 인왕산 마루에 기울 무렵이 되어서야 심사가 끝나고 발표가 됐다. 급제자 이름을 거의 다 발표할 때까지 지함의 이름은 나오지 않았다. 지번은 물론이고 나중에는 명세까지 초조한 기색인데 지함만은 여유작작했다.

장원 급제자의 이름을 부르기 직전이었다. 해가 기울고 나무 그림자가 길게 드리워진 과장 안에는 무거운 정적이 감싸고 있는데, 지함이 느닷없이 힘차게 좌중 앞으로 걸음을 옮기기 시작했다. 지번도, 명세도, 초조하게 결과를 기다리던 다른 선비들도 눈이 휘둥그레 벌어졌다.

"아니, 저, 저 애가……."

지함이 뒤에서부터 절반쯤 앞으로 걸어 나갔을 때였다. 우렁찬 목소리가 과장 안에 울려퍼졌다.

"오늘의 장원 급제. 이, 지, 함."

장원 급제자를 기다리는 풍악이 울렸다. 그때 이미 지함은 시관 앞에 우뚝 서 있었다.

"건방지기 짝이 없는 사람이로구만."

"저렇게 거만해서야 장원 급제가 다 무슨 소용이 있겠나."

뒤에서 수근거리는 소리가 들려왔다.

시험관들도 놀랐는지 바로 앞에 와 서 있는 지함을 어떻게 해야할까 싶은 난감한 얼굴들이었다.

그때였다. 감독관장 황윤이 갑자기 호탕하게 웃기 시작했다.

"허허, 허허허."

지함도 빙그레 웃으며 황윤을 마주 보았다.

"이번엔 제법 쓸 만한 호랑이를 하나 잡은 것 같구만그래. 자네는 얼마나 버티려나?"

무슨 말인지 선뜻 헤아리지 못한 지함이 대답을 하지 않자, 황윤이 대성 일갈을 내질렀다.

"얼마 만에 이빨 빠진 호랑이가 될 거냐는 얘길세."

그제야 지함은 빙그레 웃었다.

"감독관장 어르신 어금니가 아직 성한 걸 보니 저도 앞으로 오십 년은 끄떡없겠습니다."

"하하하, 오랜만에 마음에 맞는 수재를 낚았구먼, 하하하. 응?"

순간 황윤은 얼굴에 가득 피워올렸던 웃음을 갑자기 거두었다.

지함이 고개를 돌려보니 어디서 나타났는지 나장(羅將)들이 우르르 과장으로 들어오고 있었다. 그 가운데 앞장서 온 자가 황윤에게 달려와 허리를 굽혔다. 금부도사였다.

"역적을 잡아들이라는 어명이 있으셨습니다. 그 역적이 이 자리에 있다기에……."

"뭐라고?"

금부도사가 어명이 적힌 문서를 좌의정에게 내보였다.

"자세한 말씀은 따로 의금부 판사가 드릴 것이오니 이만 물러가겠습니다. 화급히 집행하라는 어명이 있으셔서……."

그사이에 나장들은 한 선비를 에워싸고 있었다. 도사가 황윤 앞에서 물러나자 나장들은 그 선비를 묶어 말에 태우고는 흙먼지를 날리며 사라졌다.

눈 깜짝할 사이에 벌어진 사건이었다. 과장은 찬물을 끼얹은 듯 일시에 조용해졌다.

"아니, 저 사람이?"

순간적으로 뒤로 슬쩍 물러서는 안명세의 얼굴이 창백하게 질렸다.

"아는 사람인가?"

황윤에게서 물러나 명세 옆으로 온 지함이 걱정스럽게 물었다.

"아, 아닐세. 내가 사료 정리를 하느라고 잠시 만난 적은 있지만."

명세는 당황한 기색으로 부인했다.

"그만 가세. 죄 지은 게 있는 모양이지."

지함이 가회동 집으로 돌아왔을 때 집안은 벌써 잔치 준비로 북적거리고 있었다. 정3품인 지번의 녹이래야 자식들과 동생 지함, 내림종 두엇을 거두기에 빠듯해서 철따라 옷 한 벌 해 입히기도 힘든 형편이었는데, 어디서 돈을 구했는지 상 위에는 보기 드문 진미가 올라 있었다. 장원 급제 소식이 금세 퍼졌는지 집안엔 축하 손님이 가득했다. 지번의 친구들은 물론이고, 지함과 안면이 있는 사람들이며 명세와 친분이 있는 사람들까지 찾아와 장안의 선비가 다 모여든 것 같았다.

잔치가 끝나기가 무섭게 지함은 교동 명세의 집으로 달려갔다.

대문을 두드리자 기다렸다는 듯이 문이 열렸다. 마당에 벌써 민이가 나와 있었다. 그 옆에서 명세가 웃고 있었다.

"이 사람아, 자네가 올 줄 알고 있었네. 어서 들어오게."

장모가 될 명세의 모친에게 가서 큰절을 올린 지함은 명세와 함께 사랑으로 나왔다. 민이도 따라왔다.

양쪽 집안에서는 벌써 길일을 잡아놓고 있었다. 지함은 물론이려니와 민이의 나이 역시 이미 혼기를 훨씬 넘어서, 양쪽 집안이 다 급했던 것이다. 두 사람의 궁합을 보아 9월 24일을 길일로 잡았다. 오늘이 아흐레니, 보름 뒤다. 지함은 사실 대과 급제보다도 혼사가 더 기다려졌다.

"아니, 이 좋은 날에 술상이 왜 안 나오는 거지? 내, 나갔다 옴세. 아무 짓 말고 있어야 하네."

명세가 짓궂은 말을 던지며 문을 열고 나갔다.

"허허, 이 사람. 알았으니 멀리 돌아서 천천히 다녀오게."

"아이, 오라버니들도……."

민이가 금세 얼굴이 빨개져서 고개를 돌렸다.

명세는 술상이 나오지 않는다고 계속 투덜거리면서 밖으로 나갔다. 달득이를 불러 말해도 될 일이지만, 명세는 일부러 자리를 피해 준 것이다.

명세가 나가자마자 지함은 민이를 와락 껴안았다. 민이는 몸을 꿈틀거리면서 지함의 품에서 빠져나가려 했으나 그럴수록 지함은 더 힘껏 끌어안았다.

"민이……."

민이가 몸에서 힘을 빼면서 지함의 가슴께로 머리를 묻었다.

"꿈이 아니지요?"

"그럼, 이제 보름만 있으면 우리는 백년해로를 시작하는 거야."

"백 년씩이나 같이 늙어요? 저는 모란처럼 활짝 피었다가 하룻밤 이슬에 후두둑 떨어지는 꽃잎이 좋아요."

"늙어도 같이 사는 게 좋지."

민이는 주르르 눈물을 흘렸다. 기쁨의 눈물이었다.

"민이 꿈대로 오늘 대과를 잘 쳤어. 그런데 꿈속에서 민이가 멀리 가더라고?"

"예, 저는 지함 오라버니께 돌아가려고 애를 쓰는데도 발길은 점점 더 멀리 가는 것이었어요. 이상하지요? 괘념치 마세요. 꿈이라는 게 늘 그렇지 않아요?"

"그럼, 그렇고말고."

두 사람은 처음으로 한껏 포옹을 하고 이런저런 이야기를 속삭였다. 그렇게 한참 동안 연정을 녹이고 있는데 문밖에서 명세의 기침 소리가 들렸다.

"자, 나 들어가네."

명세가 문을 열자 이어 술상이 따라 들어왔다.

곧 민이가 돌아가고 두 사람만 남아서 술잔을 주거니 받거니 하며 거나하게 마셨다.

지함은 밤이 이슥해서야 가회동으로 돌아갔다.

다음 날부터 지함은 분주해지기 시작했다. 원하는 부서에 배치되기 전에도 날마다 입궐해서 익혀야 할 게 번거로울 정도로 많고, 게다가 혼인날이 코앞으로 바싹 다가왔기 때문에 준비할 일이 많았다.

대궐 안에서는 과장의 감독관장이던 좌의정 황윤이 육조를 돌아가며 판서들에게 장원 급제자의 얼굴을 보여주기도 하고, 지함에게 이것저것 조정 법도를 가르쳐주기도 했다.

황윤, 그는 주로 화담 산방에서 공부를 한 사람으로 이미 인종 재위 때부터 조정에 출입했다. 그가 화담 산방 출신이라는 것으로, 명종을 둘러싼 윤원형 같은 외척은 신임을 단단히 두고 있었다. 사림이라면 벌써 체질부터 다른 사람들이라고 몰아세우는 외척 세력 윤원형이었다. 그는 선가와 성리학을 두루 섭렵한 황윤이야말로 가장 안전한 선비라고 생각했다.

황윤은 정통 사림파와는 달리 따로 세력을 갖고 있지 않았다. 그의 스승 화담 서경덕이 벼슬을 갖지 못한 야인이기 때문에 조정에 뿌리를 둔 영남 사람들과는 달랐다. 그래서 주로 승려와 도사, 천민들을 이끌고 을사사화를 주도했던 윤원형에게 황윤은 안심할 만한 인물이었다.

지함의 혼인이 이틀 앞으로 다가왔다. 가회동 지번의 집은 홍주에서 올라온 친척들로 발디딜 틈이 없고, 벌써부터 음식 마련으로 온 집안에 갖가지 냄새가 진동했다.

지번은 일단 신방을 가회동 집에 차려놓았다. 그리고 남산골에도 지함의 거처를 마련해 두었다. 가회동에서 형 식구들과 몇 달 함께 살다가 남산골로 가라고 미리 일러주었다.

지번의 집은 목수를 불러 신방을 다시 꾸미느라고 망치질 소리가 끊이지 않고, 내당 쪽에서도 잔치 준비로 언제나 시끌벅적했다.

이틀 후면 민이와 혼인을 치른다.

이제 밤을 두 번만 새면 민이와 한 몸이 된다는 사실이 지함은 믿겨지지 않았다.

지함은 멀거니 눈을 뜬 채 밤하늘 같은 천장을 올려보며 민이의 얼굴을 그렸다. 사람이 사람을 이토록 애절히 그리워할 수 있다는 사실이, 그것도 멀지 않은 곳에 있는 사람이 이렇게 사무치게 그리울 수 있다는 사실이 지함은 신기하기만 했다.

그렇게 생각에 잠겨 있다 언제 잠이 들었던 것일까, 이른 아침 누군가 급박하게 대문을 두드리는 소리에 지함은 잠이 깼다. 아직도 민이의 얼굴이 뇌리에서 지워지지 않아서 지함은 한참만에야 정신을 차릴 수 있었다.

아직 깜깜한 이른 새벽에 문을 두드린 사람은 명세네 하인 달득이었다.

명세가 기어이 들키고 말았구나.

직감적으로 지함의 머리를 스친 생각이었다.

"도련님, 어서 몸을 숨기십시오. 큰서방님두요."

달득이 다급하게 소리쳤다.

"무슨 소리냐, 명세가 어찌 됐느냐?"

"큰일났습니다. 의금부에서 나왔다는 나장들이 집안에 들이닥쳐 집안 사람을 모조리 묶어 갔습니다. 나장들이 문을 열라고 대문을 두드리자, 명세 도련님이 저를 불러 급히 가회동으로 가서 두 분께 이걸 전하라고 했습니다."

달득이 사지를 덜덜 떨면서 소매에서 서찰을 끄집어냈다.

지함이 펴보니 붉은 글씨가 적혀 있었다. 몹시 서둔 서체로 바람같이 날려 쓴 것이었다.

"특정기가 윤원형에게 발각된 것 같네. 편수관 정해봉이 밀고한 것으로 짐작되네. 일단 몸을 숨길 것, 절대로 형님과 자네 이름을 불지 않을 것이니 문초를 받더라도 전혀 몰랐노라고 끝까지 버티게. 민이를 보내네. 역적의 식구라 핍박이 심할 테지만 자네가 거두어주게. 훗날 지하에서 만나세."

시간이 없다 보니 손을 깨물어 피로 서한을 쓴 모양이었다.

지함은 주먹 쥔 손을 부르르 떨었다.

"민이, 민이 아가씨 어디 있느냐?"

"엇, 따로 숨어 있습니다."

달득이 지함에게 다가서서 귓속말로 전했다. 벌써 마당에는 지번의 집에서 일하는 하인들이 몰려나와 있었다.

지함은 방으로 뛰어들어가 옷부터 걸쳐 입기 시작했다.

"대체 무슨 일인지. 나장들이 집을 빙 둘러 지키고 서 있는데 저는 그들보다 앞서서 날래게 담을 타넘어 도망친 것입니다. 어찌 됐든 도련님께는 미리 알려드려야 된다 싶어서……"

달득은 문밖에서 계속 상황을 보고했다.

지함은 옷을 입으면서도 사건의 전말을 헤아려보았다.

정해봉. 춘추관 편수관으로 명세의 일거수일투족을 잘 아는 사람, 바로 윤원형의 오른팔 정순붕 그자의 수하다.

명세가 내의원이다, 상궁이다 찾아다니면서 인종의 죽음에 관해 꼬치꼬치 캐묻고 다닐 때, 정 편수관은 이미 한 건을 노리고 있었다. 언제나 감시의 눈알을 부라리고 있던 그에게 안명세가 걸려든 것이다.

정해봉은 정순붕에게 달려갔다. 이야기를 들은 정순붕 역시 즉각 윤원형에게 달려갔다.

"대감마님, 이번 기회에 지난번에 처치하지 못한 자들까지 몰아서 해치우는 게 어떨지요?"

윤원형은 대환영이었다. 다시 사람들의 목소리가 높아지고 있기 때문이었다. 그렇지 않아도 을사사화로 괴이한 말이 떠돌고, 삼강오륜이 어떠니 하면서 연일 상소가 올라오고 있었다. 그때마다 윤원형의 심기는 편치 않았다. 이번 기회에 그런 상소문을 상습적으로 올려 보내는 유림까지 찍어 눌러버리겠다는 작전이 섰다.

"그 기사관놈 하는 대로 내버려두게. 그리고 다른 놈들이 모조리 걸려들게 만들게. 역으로 그자가 찾아다니는 상궁이나 의원에게 미리 우리 쪽 줄을 놓아서 무엇을 묻고 다니는지 소상히 알아내도록 하게. 이번 기회에 뜨거운 맛을 다시 한 번 보여주리라."

안명세가 사화의 진상을 조사하러 다니는 사이, 정 편수관은 그 뒤에 사람을 붙여 문답 내용을 파악하게 했다. 그리고 안명세가 만나는 사람마다 모조리 명단을 적어 뒷조사를 해놓았다.

그러다가 안명세가 몰래 사초를 꾸며 특정기라는 이름으로 끼워넣자, 정 편수관은 짐짓 모르는 척하고 그 사초를 사고로 보내도록 했다. 확실한 증거가 마련된 것이다.

마침내 정순붕은 의금부에 밀명을 내려 사초 수레를 윤원형의 집으로 압송토록 했다. 결국 사초더미에서 특정기가 발견되었던 것이다.

"아무도 발설하지 말고 누구누구를 잡아들일 건가 빈틈없이 준비하라. 어명은 필요 없다. 어명은 내가 내린다."

마침내 윤원형의 집에서 거사 준비가 착착 진행되었다. 어떻게 해서든지 이 사건에 연루시켜야 할 사람을 하나씩 거명하는 회의가 계속되었다. 그동안 윤원형의 집권에 불만을 가졌거나 노골적인 상소를 올린 선비들의 이름이 빠짐없이 올랐다.

안명세의 집에 의금부 나장들이 들이닥친 것은 그로부터 이틀이 지난 뒤였다. 안명세는 그런 낌새를 전혀 알아차리지 못하고 있었다.

지함은 서둘러 옷을 입고 마당에 내려섰다.

"같이 가보세."

"아이구, 도련님. 지금 가보셔야 아무 소용도 없습니다. 갔다가 도련님까지 봉변을 당하시면 어쩝니까? 몸을 숨기시라는 전갈을 전하기 위해 소인이 목숨 걸고 달려왔는데 오히려 호랑이 굴로 가시겠다니요. 아이구, 내일이면 잔치 치를 집안에 이게 웬 날벼락인지……."

지함이 달득의 말을 무시하고 곧장 뛰어 마당을 가로질러가자 뒤에서 지번이 불렀다.

"지함아, 달득이 말을 듣거라. 이리 들어오너라. 달득이 너도."

지번은 급히 사랑으로 두 사람을 불러들인 뒤 달득에게 물었다.

"아가씨는 어디 있느냐?"

지번이 달득에게 급히 물었다.

달득이 문을 열어 바깥을 한번 살핀 뒤 모기 소리만 한 목소리로 말했다.

"함께 나오다가는 둘 다 잡힐 것 같아서 집안에 숨겨놓았습니다. 마침 김장 때 쓰려고 땅에 묻어놓은 빈 독이 있어 그 속에 들어가시게 하고, 제가 뚜껑을 덮었습니다. 그런 뒤에 저는 나왔습니다."

"발각되지 않을 게 틀림없느냐?"

"예, 그곳에는 그것 말고도 독이 열 개나 더 있습니다. 그 위에 지푸라기를 흐트려놓아서 쉽게 발각되지는 않을 것입니다. 그러고 나서 저는 곧바로 뒷집으로 담을 넘어 들어가 다시 옆집 담을 넘어 도망쳐 왔습니다. 한 발만 더 늦었어도 잡혔을 것이옵니다. 뒷집 담을 넘을 때 이미 나장들이 대문을 들어서고 있는 걸 보았습니다."

"오냐, 잘했다. 지함아, 내가 너를 분가시키려고 마련해 놓은 남산골 집을 기억하렷다."

"예, 형님."

"지금 당장 달득이와 함께 그 집으로 가서 몸을 숨겨라. 달득이는 명세네에서 나장들이 물러가는 대로 아는 사람을 시키든 네가 직접 가든 해서 아가씨를 구해 내거라. 지함아, 이미 새로운 운명이 닥쳐왔다. 네가 벼슬을 하고 결혼을 하고, 이런 순탄한 길은 이미 끝났다. 앞으로 어떤 운명이 닥치든 네가 알아서 꾸려나가거라.

내가 관련된 사실이 밝혀지면 우리 두 형제의 목숨을 보전키 어려울 것인즉, 너 하나라도 남아서 혈손이 되어야 한다. 명세가 고문에 못 이겨 모든 게 탄로나면 나도 잡혀갈 것이 뻔하다. 그렇다 해도 나는 여한 없이 죽을 것이다. 어차피 이 나라에서 목숨을 부지하려면

112

눈 감고, 귀 막아야 하니 차라리 잘되었다. 나는 이 집안에 남아 있겠다. 다시 얼굴을 볼 수 있을지 모르지만, 어쨌든 몸조심하고 잘살거라."

지번은 더 이상 말을 할 시간이 없다고 느꼈는지 자리에서 일어나 두 사람의 등을 떠밀었다.

"촌음이 황급하다."

지함은 형의 손에 떠밀려 사랑방을 나와 담을 뛰어넘었다. 그리고 담에 몸을 붙이고 조금씩 발을 떼어 옮겨 갔다. 두어 집 담을 지나 골목길을 꺾어들 때 요란한 말발굽 소리가 들려왔다. 지번을 잡으러 오는 나장들임이 틀림없었다.

지함은 재빨리 달득의 어깨를 감아 안고 비스듬히 열려 있는 남의 집 대문 안으로 뛰어들었다. 그곳에서 지번의 집이 멀기는 하나 어렴풋이 지붕은 보였다.

지함은 머리를 낮추고 그쪽을 바라보았다.

"도련님, 어서 가십시다. 이러다가 잡히면 큰일납니다."

"조금만, 조금만 더 사태를 지켜보자."

곧 지번의 집에서 대문 두드리는 소리가 요란하게 들려왔다. 지함의 머릿속으로 형 지번, 형수, 조카 산해의 얼굴이 하나하나 스쳐 지나갔다.

"도련님, 어서요."

달득이 다시 지함을 채근했다. 지함은 들은 척도 하지 않고 눈을 부릅뜬 채 형의 집을 바라다보았다.

대문 열리는 소리가 들리더니 곧 나장들의 고함 소리가 들려왔다. 그제야 지함은 숨었던 곳에서 뛰쳐나와 달리기 시작했다.

지함은 남산골 집에 몸을 숨겼다.

달득은 숨을 고른 뒤 교동 명세네로 다시 갔다. 숨겨둔 민이를 데리고 오기 위해서였다.

그러나 그날 해거름, 달득은 혼자서 남산골로 돌아왔다.

"어찌 되었느냐? 아가씨는 어쩌고 너만 혼자 돌아왔느냐?"

"아니 계셨습니다. 흑흑흑. 독이란 독은 다 깨지고 아가씨를 숨겼던 독도 파헤쳐진 채 깨져 있었습니다."

"뭐라구? 나장들은 물러갔더냐?"

"지킬 게 있어야 나장들이 남아 있지요. 교동 댁은 하룻새에 쥐새끼 한 마리 없는 흉가가 되고 말았습니다."

지함은 애를 태우면서 며칠을 남산골에 숨어 지냈다.

대엿새가 지난 뒤 지함은 달득에게 가회동 지번의 집 동정을 살피고 오라고 시키고, 자신은 변복을 하고 교동 명세의 집으로 향했다.

어떻게 명세의 집까지 달려왔는지 지함은 기억이 없었다. 숨을 헐떡이며 멈춰서서 정신을 차렸을 때, 늦가을 바람에 삐그덕거리는 명세네 대문이 눈에 들어왔다.

지함은 두근거리는 가슴을 달래며 문 안으로 들어섰다.

집안은 텅 비어 있었다. 방마다 문이 열려 바람결에 흔들리고 있었다.

방이고 마루고 온통 흙발이 지나간 자국투성이었다. 문짝은 빠져 있거나 창호지가 몰골 사납게 찢겨져 바람에 나풀거렸고, 창고고 어디고 사람이 숨을 만한 곳은 다 헤쳐져 있었다. 민이가 숨어 있었다는 독을 보니 역시 달득의 말대로 다 깨져 있었다.

무엇에 이끌리듯 지함은 내당 쪽으로 걸음을 옮겼다. 오랫동안 명세의 집을 드나들었지만, 한 번도 와보지 못한 곳이다.

어느 방이 민이의 거처였을까?

지함은 문이 열린 이 방 저 방을 기웃거리며 돌아다녔다. 대청 옆 건넌방에 방금 벗어놓은 듯한 여인네의 쪽빛 치마가 스르르 흘러내린 모습 그대로 걸려 있었다.

마지막으로 민이가 갈아입고 떠난 옷일까?

보자기에 단정하게 싸인 보따리가 몇 개 가지런히 놓여 있는 것이 보였다. 혼수인 듯했다. 여기저기 혼사를 앞둔 집의 흔적이 보였다.

운명이란 예측할 수 없기 때문에 운명이 아닌가.

언젠가 명세와 조광조에 얽힌 사화를 얘기하면서 지함이 제법 의 연하게 했던 말이다. 그 말대로 운명은 전혀 예측하지 않은 곳에서 불쑥 찾아와 느닷없이 지함에게서 가장 가까운 사람 둘을 빼앗아 가 버렸다.

후원에는 민이가 좋아하는 시든 모란꽃 대궁들이 여기저기 흩어져 있어 스산하기 짝이 없었다.

그곳에서 얼마나 넋을 놓고 있었던 것일까. 주위가 완전히 어둠에 잠기고 스산하던 바람이 점점 차갑게 바뀌어 옷깃 속을 파고들었다.

지함은 여전히 아무런 생각도 아무런 느낌도 없이 왔던 길을 되밟아 나왔다.

부엌 앞을 지날 때 무언가 물컹하게 밟혔다.

지함은 허리를 구부리고 그것을 살펴보았다. 흐릿한 달빛에 드러난 것은 결혼식에 쓰려고 담가두었을 떡쌀이 땅바닥에 버려져 썩은 것이었다. 그제야 멈추었던 시간이 순식간에 내달리며, 지함의 두 눈에서 눈물이 주르르 흐르기 시작했다.

지함은 땅바닥에 털썩 주저앉았다. 그리고 큰 소리로 외쳤다.

"명세, 명세야."

목이 터져라 하고 불렀지만 아무런 대답도 들려오지 않았다.

그때였다.

"꼼짝마라."

지함이 뒤를 돌아다보니 어느새 나장 두 명이 지함에게 창을 겨누고 있었다.

"무슨 일이오?"

"너 이지함이렷다. 포승을 받아라."

"무슨 죄로?"

"안명세와 공모한 죄다."

"난 그런 적 없다. 물러가라."

지함이 호통을 치자 나장들이 한꺼번에 달려들었다. 지함은 몸을 날래게 움직여 나장들을 차례로 거꾸러뜨렸다. 나장들의 몸도 꽤 날랜 편이어서 지함이 손을 털고 일어났을 땐 온몸이 땀으로 홍건하게 젖어 있었다.

지함은 급히 명세의 집을 빠져나와 은신처인 남산골로 돌아갔다. 가회동 지번의 집 형편을 알아보러 갔던 달득이 이미 돌아와 있었다.

"도련님, 의복이 흙투성이이신데……."

"그래, 가회동 소식은?"

"저어, 형님께서는 의금부에 끌려가 호되게 문초를 당했답니다. 지금은 관직을 삭탈당한 채 집 안에만 갇혀 있답니다."

"명세, 이 친구가 끝끝내 입을 열지 않았구나."

지함이 신음처럼 중얼거렸다.

지번은 지함이 집을 빠져나오자마자 나장들에 이끌려 의금부로 압송되었다. 그러나 포승에 묶이지는 않았다. 그리고 식솔들은 압송

당하지 않았다. 다만 나장 두 명이 남아 가족들의 집 밖 출입을 금지했다.

지번은 의관을 정제한 채 의금부 도사 앞으로 나아갔다. 벌써 의금부 뜰에는 이번 건으로 잡혀온 사람이 수십 명도 넘었다. 그들은 옷이 벗겨지고 상투를 잘린 채 무릎을 꿇고 있었다. 춘추관 내의 사관 세 명, 독살 증언을 한 의원 두 명, 상궁 세 명 그리고 관직을 알 수 없는 선비들이 줄줄이 포승에 묶여 있었다. 이 선비들은 윤원형 일파가 을사사화 때 미처 제거하지 못했던 사람들로, 이 사건에 붙여서 한꺼번에 잡아들인 것이었다.

지번은 혐의가 분명치 않고 윤원형 일파와 적대적인 관계를 가진 적이 없었으므로 원래 체포 대상에서 제외되었었다. 그러나 편수관 정해봉이 그도 잡아들여야 한다고 강력히 주장해서 잡혀간 것이었다.

문초가 시작되었다.

"죄인은 듣거라, 여기 이 사람이 역적질에 가담했더냐?"

의금부 도사 앞에는 고문으로 초주검이 된 안명세가 묶여 있었다.

명세는 고개를 들지 못했다. 나장 하나가 명세의 머리채를 홱 잡아채어 뒤로 젖혔다.

명세가 힘겹게 눈을 떴다. 순간 눈빛이 번쩍 했으나 명세는 이내 눈을 감았다.

"이 사람은 아니오."

"네 여동생과 이 부제조의 아우가 혼인하기로 되어 있었다는 것이 사실이냐?"

"사실이오."

"네 여동생은 지금 어디 있느냐?"

"모르오."

"독한 놈, 모가지가 잘릴 걸 알고 있구나. 그년은 반드시 잡아내고
야 말겠다."

"……."

도사는 지번에게 물었다.

"부제조는 저 죄인과 동향이오?"

"그렇소."

"저 죄인과 관련이 없소?"

지번은 멈칫했다. 명세는 고개를 떨구어 아예 땅바닥에 대고 있
었다.

도사가 다시 한 번 묻자, 지번은 그제서야 대답을 했다.

"없…… 소……."

"동향이고 잘 아는 사이이고, 양가가 혼사를 치를 사이인데 이런
역적지사를 모르고 있었단 말이오?"

지번은 머리를 수그리고 대답을 하지 못했다. 도사는 종5품, 지번
에게는 까마득히 저 아래에 있는 품계. 그러나 자리가 자리인 만큼
말 한 마디로 나장들이 벌떼처럼 달려들어 포승을 던지게 할 수 있
는 위력을 가지고 있었다.

지번은 다시 한 번 나직하게 대답했다.

"없…… 소……."

"아우 이지함이 안명세와 죽마고우라던데 그래도 이 사건을 몰랐
단 말이오?"

"내 아우는 어려서부터 잡술에 정신이 팔려 조정 일에는 관심이
없는 아이요. 대과를 준비하느라고 명세와는 만날 새도 별로 없었
소. 대과가 끝난 지 겨우 며칠, 그후 혼사 때문에 서로 얼굴을 본 적

은 있으나 특정기니 뭐니 이야기할 새가 없었소."

"거짓말 마시오."

"거짓말이라면 어떻게 버젓이 혼사를 준비했단 말이오?"

그때 안명세가 도사를 향해 소리를 버럭 질렀다.

"이보시오. 나를 더 이상 모욕하지 마시오. 난 혼자서 이 일을 했소. 무고한 사람들을 자꾸 잡아들이지 마시오. 내가 죽어서라도 그대들의 죄상을 낱낱이 고발할 것이오. 나는 비뚤어진 이 나라의 왕통을 후손들에게 고발하기 위해 사초를 엮었을 뿐, 누가 나를 사주하거나 내가 누구에게 도움을 청한 적은 없소. 단종의 왕위를 찬탈한 세조, 연산왕의 왕위를 찬탈한 중종, 인종의 왕위를 찬탈한 명종, 나는 이 사실을 후대에 알려 다시는 피비린내 나는 역모와 사화가 일어나지 않도록 막고자 한 것이오."

"죄인은 입을 닥치거라. 나장들은 듣거라. 저 죄인의 목숨줄을 끊어도 좋으니 매우 쳐라."

도사의 말이 떨어지기가 무섭게 나장들의 곤봉이 안명세의 몸으로 무수히 떨어졌다.

"으윽."

명세가 다시 땅바닥에 쓰러졌다.

곤봉이 떨어질 때마다 명세의 어깨며 등줄기를 타고 핏물이 줄줄 흘러내렸다.

지번은 차마 볼 수 없어 고개를 돌렸다.

"부제조에게 묻소. 저런 중죄인을 옆에다 두고 눈이 멀고 귀가 먹어 아무것도 보지도 듣지도 못했다니 참 딱도 하시오."

속에서는 불덩이가 욱하고 솟구쳤지만, 지번은 한숨만 한 차례 크게 내뿜었다.

"이지함을 찾아내시오. 그자는 틀림없이 죄인과 내통했을 것인즉."

옆에 서 있던 편수관 정해봉이 고개를 끄덕거렸다.

"그 아이는 지금 어디 있는지 나도 모르오. 혼약을 한 사람이 죽었는지 살았는지도 모르는데 그 아인들 정신이 있겠소? 나도 모르오."

"부제조 어른, 제가(濟家) 한번 서투십니다그려. 대과에 장원급제한 아우라서 숨겼소? 걱정 마오. 내가 잡아 오리다."

"그 아이는 죄가 없소."

"그러면 부제조 어른이 죄를 대신 받을 것이오? 철저히 조사하여 역모가 드러나면 준엄하게 다룰 것이오. 어명을 기다리시오."

그날부터 지번은 집 안에 갇혀 어명을 기다려야 했다. 집안사람의 안팎 출입조차 의금부에서 감시하기 시작했다.

이튿날, 부제조직에서 면직되었다는 소식이 이조에서 날아왔다.

지함이 남산골에 숨어 있는 동안에도 세월은 아무 일도 없었다는 듯 무심히 흘러 해가 바뀌었다. 달득은 사람들 눈을 피해 계속 가회동을 기웃거려 새로운 소식을 가져오곤 했다.

어느 날, 가회동에 갔던 달득이 사색이 되어 돌아왔다.

의금부 판사가 특정기 사건의 전말을 명종에게 보고했고, 어린 명종의 입을 대신하여 윤원형이 결재를 내렸다는 것이다.

"특정기를 직접 쓴 명세 도련님, 그리고 명종 독살 내용을 발설한 의원, 상궁, 그리고 을사사화 때 처리되지 않은 일부 사림 등 해서 모두 마흔 명을 참수케 했답니다. 그리고 형님과 춘추관의 편수관 두 명, 기사관 세 명, 명세 도련님과 안면이 있으면서 윤원형에게 반감을 가지고 있던 사람들을 합쳐 모두 예순 명을 오지, 벽지로 좌천시켰답니다."

"참수는 언제 한다던가?"

"이월 스무닷새 날 운종가에 목을 건답니다. 장대에 높이 달아……."

"민이 아가씨 소식은 들리지 않더냐?"

"여자들은 모두 종이 되어 어디론지 끌려갔다는데, 어디로 가셨는지 통……."

"으으으……."

지함은 주먹이 으깨지도록 꽉 쥐었다.

명세가 마침내 처형을 당하게 된 것이다. 얼마 후면 이 세상을 떠나는 것이다. 죽어서도 사나운 꼴로 장대 끝에 매달려 운종가 네거리에 내걸려야 한다.

지함은 친구의 목숨이 떨어져나가는 것을 앉아서 기다리고 있어야만 했다. 나가서 볼 수도 없었다. 어찌할 도리가 없었다. 제 목숨부지하려면 남산골에 숨어 있는 것이 전부일 뿐.

게다가 민이의 소식도 감감했다. 민이를 끌고 간 사람이 누구인지, 어느 집의 종으로 넘어갔는지 알아낼 방도가 없었다. 이런 때에 대과 장원 급제 같은 것은 아무런 도움이 되지 않았다. 이미 날아간 꿈이다.

지함은 연일 한숨과 통곡으로 나날을 보냈지만, 남산골은 여전히 사람들이 살아가는 소리로 시끄러웠다. 특정기 사건을 아는지 모르는지 그들은 시끌벅적하게 하루하루를 살아갔다. 담너머로 들려오는 삶의 소리에 지함은 더 번민했다. 같은 하늘 아래에서도 저렇게 서로 모르는 사이에 상상할 수도 없는 일이 벌어지고 있다는 것이 서글펐다.

누구는 죽고, 누구는 태어난다. 누구는 행복에 겨워 쇠똥을 보고도 즐거워하고, 누구는 꽃단풍을 보고도 근심한다. 이 순간, 윤원형 같은 외척 세력은 저들의 권력이 더 확고해졌음을 자축하고 있을 것이다. 그런 그들의 발밑에는 안명세, 의원, 상궁의 목이 뒹굴게 될 것이고.

지함은 끓어오르는 분노를 삭일 수 없었다. 앞집이고 뒷집이고 때가 되면 밥하는 연기가 피어오르고, 행인들의 발자국 소리가 나면 영락없이 개가 짖어댄다.

"하늘은 도대체 죽었는가, 하늘은 죽었단 말인가!"

지함은 제 가슴을 쥐어뜯으며 소리쳤다.

"무엇이란 말인가? 이게 도대체 무엇이란 말인가? 그렇게 처참하게 데려갈 목숨이었다면 왜 태어나게 했단 말인가."

지함은 방바닥을 두드리며 피눈물을 뿌렸다. 그러나 그래서 달라지는 건 아무것도 없었다.

명세가 참수당하는 이월 스무닷새가 되었다.

지함은 자리를 박차고 일어섰다. 방문을 나서자, 그동안 바깥 동정을 탐문해다 알려주던 달득이 앞을 가로막고 나섰다.

"도련님, 가지 마십시오. 그러다가 의금부 나장에게 잡히기라도 하면 큰일나십니다."

"걱정 말게. 명세가 떠나는 모습을 보아야겠네. 물러서게."

달득을 밀어대며 나가려 하자, 달득은 지함의 옷자락을 잡고 매달렸다.

"도련님, 안 되옵니다."

"놓게. 어차피 명세는 죽었네."

지함은 달득의 손을 뿌리치고 남산골 집을 나섰다. 봄을 부르는 정오의 태양이 빛나고 있었다.

청계천을 지나 운종가에 이르자 멀리 사람들이 웅성거리는 모습이 보였다.

명세가 거기 있었다. 머리 몇 개가 장대에 꽂혀 차가운 꽃샘바람에 머리칼을 날리고 있었다. 그 가운데에 명세가 있었다.

사관으로서 올곧은 길을 가려던 젊은 선비 안명세. 무신년(1548년) 2월 25일, 그가 서른한 살의 아까운 나이에 참수당한 것이다.

지함은 그 자리에 오래 서 있을 수가 없었다. 가슴이 끓어서 더 이상 볼 수 없었다.

"내가 할 일, 내가 할 일이 무언가……."

지함은 남산골로 돌아갔다.

사건은 그렇게 끝이 났는지 지번의 가회동 집을 막고 서 있던 나장들도 돌아갔다.

얼마 후 지번이 남산골로 찾아왔다. 지번은 지함의 손을 잡고 눈물을 흘렸다. 그동안 지번의 양볼은 움푹 꺼지고 광대뼈가 불거져 흡사 해골 같은 모습이 되어 있었다.

"지함아, 네게 뭐라 할 말이 없구나. 대체 진실이란 무엇이냐? 나도 모르겠구나. 그저 모든 것을 떠나고 싶을 뿐이다."

지함은 형의 말을 듣는지 마는지 멍한 눈길로 무심한 하늘을 올려다보았다.

허망하지요, 모든 것이 헛되지요. 진실이 뭐냐구요? 명세가 죽었다는 것, 민이가 누군가의 종이 되었다는 것, 단지 그것뿐이지요.

지함은 눈물을 삼키듯 속으로 말을 삼키고 있었다.

그렇게 시작한 방황이 어느덧 일 년 가까이 되어가고 있던 모양이었다.

오랜 추억에 잠겨 있던 지함은 문을 활짝 열었다.

차가운 겨울바람이 매섭게 몰아닥쳤다. 술에 취해 밤늦도록 흥청거리던 취객들이 아직도 곤히 잠들어 있을 시각이었다.

7. 원수의 아들을 스승 삼다

"그만 떠나세."

지함이 나와 있었다.

지함은 이미 의관을 깨끗이 차려입고 있었다. 기방을 아주 떠날 결심인 모양이었다.

정휴는 간밤의 일을 모두 털어버리듯 몸을 후루룩 털고는 자리에서 일어났다. 그리고 지함을 따라나섰다.

흰눈이 소복히 쌓인 마당 한가운데로 가지런한 발자국이 이어지고 있었다. 하얀 눈밭이 어둠을 희끄무레 밝히고 있을 뿐 아직 여명도 없는 깜깜한 새벽이었다.

두 사람은 어둠에 휩싸인 골목을 빠져나갔다.

긴 골목 끝에서 지함은 무슨 인기척을 느꼈는지 그 자리에 멈춰서서 뒤를 돌아보았다. 선화가 대문에 비스듬히 기댄 채 떠나가는 두 사람의 뒷모습을 지켜보고 있었다. 선화도 이것이 마지막임을 예감한 것일까.

지함은 손 한 번 들어 보이지 않고 뒤돌아섰다. 그러나 등 뒤에 머무는 따스하고 애절한 눈길을 정휴는 오래도록 느낄 수 있었다.

지함은 목적지도 말하지 않았다.

사뭇 걷기만 하던 지함이 수많은 발자국으로 흰 눈을 밟아온 다음에야 조용히 입을 열었다.

"자네는 어디로 갈 텐가?"

"금강산으로 갈까 합니다."

"거기는 왜?"

"계룡산 명초 스님이 일러주셨습니다. 그곳에 제 스승으로 삼을 선사가 있다고 하면서 찾아가보라 하셨습니다."

정휴는 명초가, 네 마음은 한양에 가 있구나 하면서 지함의 존재를 이미 알고 있는 듯 하더란 말은 하지 않았다. 산사에서도 지함에게만 향하던 자신의 마음을 들킬 것 같아서였다. 멀리서 한없이 그리워한 지함인데도 그 앞에 서서는 그런 자신의 속내를 드러내고 싶지가 않았다. 부끄러움 때문이기도 하고, 그럴수록 자신이 더 초라해지게 될까 봐 저어하는 마음도 있었다.

"광릉에 들렀다 가지 않겠나?"

"광릉에는 무슨 일로요?"

"마땅히 갈 곳도 없으니 그곳에서 세월이나 보낼까 하네. 지번 형님이 홍주로 떠나시면서, 그곳에 가 머리나 식히라고 책과 짐을 미리 보내놓으셨다네. 자네도 이왕 금강산으로 가는 길이라면 들렀다 가도 괜찮지 않겠는가?"

굳이 지함과 길을 함께 할 필요가 없다고 생각하면서도 정휴는 선뜻 지함의 권유를 거절하지 못했다. 지함이 더 이상 방황하지 않게 하려면 자신이 함께 있어주어야 하지 않겠느냐는 좋은 핑곗거리가 생각났다. 지함은 정휴가 찾아간 다음 날로 오랜 기방 생활을 끝내고 떠나오지 않았는가. 이렇게 자위하면서도 정휴는 지함을 기방에서 꺼낸 것이 과연 자신의 공인지 알 수가 없었다.

지함은 광릉으로 떠나기 전에 남산골 집을 먼저 들렀다.

집 안에 있던 여인이 문을 열고 나왔다. 후덕한 얼굴 때문인지 처음 보았는데도 자주 대했던 사람마냥 친숙감이 드는 여인네였다.

"내, 양주로 떠날 것이니 그리 아시오."

그뿐이었다. 지함은 대문 안에 들어서지도 않고 곧바로 돌아섰다.

"형님, 저 부인은 누구시지요?"

분명 민이는 아니었다.

"내가 혼인을 했다네. 형님이 낙향하시기 전에 내 마음을 잡아보시겠다고 혼사를 치러주셨네마는, 한 달도 같이 살지 못하고 기방으로 도망갔지. 저 사람이 싫어서는 아니네. 내 마음을 잡아줄 끈이 이미 끊어졌으니 어디에고 붙일 수가 있어야지……."

"굳이 기방을 찾을 건 무엇입니까?"

"그 사람에게 죄스러워서…… 그 다음은 묻지 말게."

한참 말없이 길을 가던 지함이 다시 말을 시작했다. 한 번 말을 꺼내자 지함은 그동안 쌓고 쌓아 몇 겹을 억누른 말, 아니 피울음을 토하기 시작했다.

"권력을 놓고, 왕 자리를 놓고 궁궐에서는 끊임없이 음모가 펼쳐지고 있네. 많은 사람들이 아무것도 아닌 논쟁에 휘말려 귀양을 떠나고 사약을 마시지. 그것이 다 무엇 때문인가? 무엇을 위해서인가?

공자를 읽으면서, 맹자를 읽으면서 나는 세상을 알았다고 생각했네. 그러나 그 속에 세상을 다스리는 법은 있지만, 왜 그렇게 다스려야 하는지는 쓰여 있지 않았네.

　기방에 머물면서 나는 옛어른들의 위선과 아집을 깨달았지. 공자
는 여인네를 소인배라 하며 가까이하지 못할 미물로 취급했지. 그러
나 그렇지 않았네. 남자건 여자건 그 소인배의 배를 빌어 이 세상에
태어나고 밤이면 그 소인배와 더불어 쾌락을 탐하지 않는가. 선비들
은 밤이면 여인네와 더불어 쾌락을 즐기고 그에 겨워 신음하면서도,
낮이면 버젓이 의관을 차려입고 앉아 여인네와는 맞대면도 하지 않
네. 이런 것은 거짓일세. 위선이야. 결코 진실이 아닐세.

　자네를 보게. 자네도 한때는 하찮다는 종이었지만 나와 똑같이 고
민하고 생각하는 인간이 아닌가? 여자도 마찬가지야. 여자도 인간이
야. 음양이 다르다 뿐이지 남자와 똑같은 인간이란 말일세.

　내가 안다고 생각했던 세상은 그야말로 허상에 불과했네. 나는 이
세상에 숨어 있는 진실을 알고 싶네. 명세도 세상의 반쪽만을 본 것
이야."

　"왜 안 선비가 반쪽만 보았다는 것입니까?"

　정휴는 궁금한 얼굴로 물었다.

　"왕조의 정통성, 그에 대한 지조 따위는 중요한 것이 아닐세. 남자
만이 인간인 줄 알고 사는 양반들처럼, 안명세는 정의만 본 것일세.
정의, 정의가 무엇인가? 그것은 불의가 있음으로써 비로소 빛나는
것일세. 이 세상에는 악의 역할도 있는 것이라네. 선이 양이라면 악
은 음이라네."

　"그래서 음의 소굴인 기방에 가셨습니까?"

　"허허허, 이야기가 또 그쪽으로 흘러가는가? 굳이 핑계를 대자면,
그건 아닐세. 이제 보니 그렇다는 것일세. 다만, 이런 말은 자신 있
게 할 수 있네. 선화 그 기녀도 자신의 세상을 살아가고 있다고.

명세, 그 친구는 혼자만 죽은 것이 아닐세. 그의 세상까지 죽인 것이네. 그가 그토록 이루고 싶어 했던 진실, 그것을 펴지도 못하고 그의 세상은 그와 함께 목이 잘려나간 거지.

지금 내가 살고 있는 세상은 내 세상이고, 또 정휴 자네가 살고 있는 세상은 자네의 세상이고……."

"제게 기생을 넣어준 것도 그 이치입니까?"

"내가 기생을 자네 방에 들인 것은 사실이지만, 그 다음부터는 자네가 하기 나름, 나는 그 이상은 관여치 않겠네."

"제가 여색에서 떠나기를 바라는 마음으로 여체를 넣어주신 것입니까?"

"왜 여색뿐이겠는가. 자네가 모든 미망에서 떠났으면 싶지. 생명이 있는 것이라면 모두 다 같은 것이라는 데에서도……."

'개유불성(皆有佛性)', 이 세상 모든 것에 다 불성이 있다는 말에서도 떠나란 말인가. 지함은 기방에서도 그것을 생각하고 있었단 말인가. 절망만 하고 있었던 것이 아닌가.

참담한 기분이었다.

정휴는 오늘 아침, 지함이 들여 넣었다는 그 기생을 취하고 나서 내내 참선을 했다. 그리하여 여색을 끊을 힘을 얻으려고 안간힘을 썼다. 그런데 지함은 이미 그런 차원을 넘어서서 정휴로서는 까마득하게 먼 곳, 손을 내밀어도 잡히지 않는 먼 곳으로 먼저 달려가버린 것이다.

똑같이 겪은 여자 문제에 대한 해답이 이렇게 다를 수가…….

정휴에게 여자는 무엇이었던가. 여자는 욕망이며 집착이며 쾌락일 뿐이었다. 그러나 지함은 여자를 통해 이 세상의 위선을 읽고 있었다.

정휴나 지함이나 글 읽은 것으로 따지자면야 거기서 거기일 터다. 지함은 제대로 배웠고 정휴는 어깨너머로 배웠다는 것이 다를 뿐. 그리고 지함에게는 자신의 희망에 따라 얼마든지 열리는 세상이 있고, 정휴에게는 아무리 발버둥쳐보아도 세상 문이 굳게 닫혀 있다는 것만이 다를 뿐이다. 정휴는 그 닫힌 세상에서나마 진실을 찾기 위해 안간힘을 쓰는 데 반해, 지함은 열린 세상에 숨어 있는 진실을 찾아 절망하는 것이다.

아무리 부정을 해보아도 지함이 찾은 이 세상의 위선이 진실임을 정휴는 부인할 수 없었다. 지함이 진실을 발견하는 동안 자신은 대체 어디에서 무엇을 찾은 것인가.

정휴의 얼굴이 참담한 패배감으로 어둡게 젖어가는 것도 알아채지 못하고 지함은 그동안 저 무수한 말을 어떻게 참았는지 신기할 정도로 계속 쏟아내고 있었다. 지함이 말을 하는 것이 아니라 진리 그 자체가 지함의 입술을 움직이고 있다는 생각이 들 정도였다.

"선화라는 아이를 통해 인간 세상의 모순을 깨달았지만 나는 여전히 벽에 부딪치고 말았네. 공자나 맹자의 학문은 이 세상을 올바로 다스리기 위한 것이라 치고 일단 제쳐놓아 두세.

그렇다면 이 세상은 어떻게 시작되었고 무엇으로 움직이는가? 그리고 무엇을 향해 움직이는가? 하늘은 무엇이고 땅은 무엇이고 별은 무엇인가? 저 나무는 왜 땅에서 솟아나 봄이면 꽃을 피우고 가을이면 잎을 떨구는가? 저 바위는 이 넓은 땅 가운데서 왜 하필 이곳에 뿌리박고 있는 것인가? 나무를 나무이게, 인간을 인간이게, 바위를 바위이게 하는 힘의 근원은 무엇인가?

나는 알고 싶네. 속속들이.

자연의 섭리가 무엇이며 왜 생겨났으며 어떻게 움직이고 있는 것인지. 그 속에서 인간의 위치란 과연 어떤 것인지. 알고 싶어 미칠 지경이네.

자네는 아는가? 내게 대답해 줄 수 있나?"

지함이 갑자기 걸음을 멈추고 정휴를 바라보았다. 지함의 눈은 한여름의 태양처럼 이글이글 타오르고 있었다. 눈빛이 너무나 강렬하고 뜨거워서 바라보는 사람을 녹일 것 같았다.

정휴는 힘없이 고개를 수그렸다. 그러나 가슴속에서는 지함의 눈빛과 다를 바 없는 뜨거운 무엇인가가 부글부글 끓어오르고 있었다.

우습게도 그것은 진실을 향한 열망이 아니었다. 자신의 존재가 지함 앞에서 얼마나 보잘것없는가에 대한 열패감, 심충익 대감도 노스님도 인정하고 아껴주었던 자신의 재주와 총기가 지함 앞에서는 얼마나 무기력해지는지에 대한 좌절감, 그리고 자신에게 깨달음을 준 지함에 대한 질시까지, 무어라 딱 꼬집어 설명할 수 없는 감정이 뒤섞여 마구 소용돌이치고 있었다.

삭막한 바람이 불어왔다. 아무것도 아닌 그를 홀로 남겨두고 세상의 모든 것을 쓸어 가버릴 듯 세찬 바람이었다.

정휴는 눈을 감았다.

마른 나뭇가지에 걸린 바람이 성을 내며 한바퀴 휘익 돌더니 멀리 사라졌다.

지함의 빠른 발자국 소리가 바람보다 더 강하게 정휴의 귓속을 파고들었다.

정휴는 자신이 바짝 움츠러드는 느낌이었다. 몸은 작아지다 못해 마침내 발이 땅속으로 숨어들고, 몸이 가라앉고, 머리까지도 땅에 파묻히고 있었다.

정휴는 눈을 감은 채 지함으로부터 자유로워지기를 간절히 기원했다. 그러나 눈을 떠보니 지함은 정휴의 고통 따위는 안중에도 없이 휘적휘적 팔을 저으며 길을 가고 있었다.

지함, 평생 그대는 길을 앞서가며 나를 좌절시킬 것인가. 보지 않으면 그뿐일 것을, 나는 패배감에 통곡하면서도 왜 그대 곁을 떠나지 못하는가. 내 가슴 깊이 숨어 있는 한 가닥 진실에 대한 열망 때문인가, 아니면 언젠가 기어이 그대를 뛰어넘고 싶다는 부끄러운 열등감 때문인가.

하루가 채 걸리지 않아 두 사람은 광릉을 지나 봉선사에 도착했다. 한양의 선비들이 과거 공부를 하러 오는 곳인 듯 절에서는 방방마다 글 읽는 소리가 낭랑하게 흘러나오고 있었다.

그날 밤이었다. 지함과 정휴는 봉선사 요사채 방 한 칸에 등을 지고 앉아 서로 벽을 바라본 채 침묵에 잠겼다.

정휴의 머릿속에는 오직 어서 금강산으로 떠나야겠다는 생각밖에 없었다. 지함과 함께 있음으로 해서 겪어야 할 혼란과 열패감으로부터 도망치고 싶기 때문이었다.

날이 밝으면 떠나야지.

정휴는 갖가지 상념으로 뒤범벅이 되어 있는 자신의 마음을 이렇게 가라앉히고 있었다.

그때였다. 문밖이 갑자기 소란스러워지더니 사람들이 뒤엉켜 싸우는 소리가 들려왔다. 경내에서 싸우는 것으로 보아 틀림없이 학인들일 것이라고 생각한 정휴가 문을 열고 밖을 내다보았다.

여러 사람이 한 사람을 땅바닥에 쓰러뜨려놓고 발길질을 해대고 있었다.

"이 더러운 역적의 자식. 그렇게 사람을 많이 죽이고도 살아남을 줄 알았느냐? 도대체 너희 부자가 죽인 목숨이 얼마나 되는지 알고나 있느냐!"

"옳거니, 맞아 죽어도 괜찮다는 뜻이렷다!"

"네놈은 아비 덕에 포천 현감질도 해먹었다며? 그래 실컷 해 처먹고 우리마저 죽이거라."

밑에 깔린 사람은 발길질을 하고 있는 사람들보다 덩치가 훨씬 컸다. 그런데도 땅바닥에 엎드린 채 꼼짝도 않고 맞고만 있었다.

보다 못한 지함이 밖으로 뛰쳐나가 발길질하고 있는 선비를 잡아채어 옆으로 밀고, 땅바닥에 깔린 사람을 붙잡아 일으켜 세웠다. 그러자 그 사람은 지함의 도움을 뿌리치며 뇌까렸다.

"놔두시오. 난 맞아야 합니다."

"……."

"댁이 뉘시길래 싸움판에 끼어드는 것이오? 당신은 학인이 아니오?"

학인들이 싸움을 말리는 지함에게 큰 소리로 항의했다. 지함은 다시 달려들려고 하는 학인들을 떼어내고 매맞던 사람을 데리고 자신의 방으로 들어갔다.

"젠장, 맞아 죽어도 아깝지 않은 놈을 뭐가 불쌍하다고 감싸고 드는 게야?"

"저자들도 한통속 아니야?"

정휴가 서둘러 문을 닫아걸자 밖에서 학인들이 씩씩거리며 욕설을 퍼붓는 소리가 들려왔다.

지함은 잠자코 앉아 있었다. 바깥에 있는 학인들이 물러가기를 기다리는 듯했다.

뭇매질을 당한 사람의 얼굴에 피가 흐르고 있었다. 정휴는 천에

물을 적셔 그의 얼굴에 흐르고 있는 피를 닦아주었다.

"전 나쁜 사람입니다. 제게 이렇게 해주실 필요가 없습니다."

그는 두 사람의 도움을 극구 사양했다.

"무슨 사연이 있는지는 모르지만, 한 사람이 여러 사람에게 매를 맞고 있는데 우리더러 가만히 보고만 있으란 말이시오?"

지함이 혀를 찼다.

"아니오, 그래도 나는……."

"여기 조금만 더 계시다 가시오. 학인들이 산사에 공부하러 와서 싸움질이나 하니 조정이 잠잠할 새가 없지. 조정이나 사찰이나 온통 싸움판이로군."

지함이 혼잣말처럼 중얼거렸다.

"그만 폐를…… 어이쿠."

일어서던 그는 비틀거리다가 벽에 머리를 부딪혔다.

"나를 잡으시오."

지함이 얼른 일어나 그를 부축해 주었다.

"고맙소. 잘 쉬었다 갑니다. 저는 정염이라고 합니다."

그는 방문고리를 잡으면서 자신을 소개했다. 마흔너댓 되었을까. 나이가 적지 아니 들어보였다. 커다란 몸집에 걸맞게 사내대장부다운 얼굴이었으나, 그 얼굴에 세월의 그늘이 어지간히 드리워져 있었다.

"연세가 많으신 듯한데, 과거 준비를 위해 이곳에 머무시는 중입니까?"

지함이 문을 열고 나가려는 정염을 붙들고 물었다.

"아닙니다. 이미 벼슬은 지내보았습니다. 이제 저 하고 싶은 공부나 하려고 이곳으로 온 것입니다."

"벼슬을 지내셨다구요?"

"정순붕을 아시오?"

정순붕.

어찌 모를 수 있겠는가. 지함의 눈에서 피눈물이 나게 한 그를.

"알다마다요."

"내가 그의 큰아들이오."

"……."

순간 그의 옷자락을 잡고 있던 손에서 힘이 쭉 빠져나갔다.

정순붕, 그는 을사사화로 수많은 사람의 생명을 앗아간 소윤 윤원형의 수하다. 명세의 목을 칼로 치라고 직접 명한 자다. 그마저 부족하여 일족을 멸하고, 민이와 대부인을 종으로 보내버린 자다.

이 사람이 정순붕의 장남이라니…….

지함은 손을 부르르 떨었다.

윤원형과 정순붕 일당의 기반 세력은 주로 승려나 무당, 떠돌이 장사꾼 같은 천민들이었다. 그래서 사림을 보는 눈이 곱지 않았고, 사화 때 사림을 줄줄이 엮어 처치한 것이다. 이 때문에 사림들의 사기가 그 어느 때보다도 떨어져 있는 판국에, 정순붕의 아들이란 사람을 직접 대하게 되자 학인들이 끓는 혈기를 다스리지 못하고 매질을 가한 것이다.

사실, 아직도 한양 하늘에서 그 칼이 서슬 퍼렇게 빛나고 있는 실력자의 장남을 폭행한다는 것은 목숨을 건 모험이나 마찬가지다. 그러나 학인들은 이미 알고 있었다. 정순붕의 장남 정염이 아무 대응도 하지 않고, 때리면 때리는 대로 맞아주고 욕을 하면 욕을 하는 대로 얻어먹기만 하는 이빨 빠진 호랑이라는 것을.

지함은 정순붕의 아들을 가만히 들여다보았다. 의관이 남루하고, 나이를 짐작하기 어려울 정도로 수염을 길게 기르고 있었다. 그 얼굴 어딘가에 세상을 비웃는 듯 빈정거리는 표정이 흐르고 있었다. 눈두덩께는 벌써 시퍼렇게 멍이 들어 있고 머리에는 주먹만 한 혹이 돋아올라 있지만, 그는 아픈 기색을 조금도 내비치지 않았다.

이 사람은 왜 이런 곳까지 와서 매를 맞고 있는 것일까? 세도가의 아들이 어째서 이런 산간에 제 발로 찾아와 학인들 앞에 신분을 드러내 매를 자청한단 말인가.

"정순붕은 내 죽마고우의 목숨을 빼앗고, 나와 정혼한 약혼녀를 종으로 보내버렸지요. 그와 함께 내 앞날마저 송두리째 날려버렸지요."

지함이 조용히 말을 꺼냈다. 목소리는 낮았으나 지함의 두 눈에서는 푸른빛이 튀고 있었다.

정염은 고개를 푹 떨구었다.

얼마나 지났을까.

한동안 침묵을 지키던 정염이 입을 열었다.

"이 땅 어디를 가나 내 일가를 늑대나 승냥이 보듯 하여 이제는 아예 목을 내놓고 다니고 있습니다. 내가 얻어맞는 것으로 아비가 지은 죄를 대속할 수 있다면야 오죽 좋겠소? 몇 생을 다시 태어나도 다 갚기 어려운 죄를 짓고서도 제 아비는 지금도 피 묻은 칼을 마구 휘둘러대고 있습니다그려. 내가 조선 팔도를 돌아다니면서 죽을 때까지 대신 얻어맞아서 용서되는 죄라면 차라리 내가 갚고 말겠소. 허나 그럴 수도 없는 것. 그래서 나도 부자지간을 결연히 끊어던지고 벼슬도 팽개쳤소."

"그런데 매는 왜?"

정휴가 끼어들어 물었다.

"나도 내가 정순붕의 아들이라는 사실이 끔찍하오. 그러나 사실은 사실, 내가 정순붕의 장남이라는 엄연한 사실을 지워버릴 수는 없는 것이오. 그래서 학인들이 어디에서 왔느냐고 묻기에 한양에서 왔다고 대답했고, 부친이 뉘시냐고 묻길래 정순붕이라고 대답했소. 바로 그 을사년의 정순붕이냐고 또 물어오길래 나는 그렇다고 대답했소. 그 때문에 매를 맞은 것이오.

그것이 오히려 편하오. 내 뜻하고는 아무런 상관없이 이루어지는 일에 연루되어 내가 이토록 참담한 꼴을 받는 것, 나는 그 까닭을 알 수는 없지만 느낄 수는 있습니다. 내가 그런 사람의 아들로 태어나야 했던 이유, 나는 그것을 느낄 수가 있습니다. 나는 죄인의 아들이 아니라 내 자신이 죄인입니다."

"……"

지함은 잠자코 정염의 말에 귀를 기울였다.

처음 그가 정순붕의 아들이라는 사실을 들었을 때 불끈 치솟았던 격정이 어느 결에 누그러지고 있었다.

"두 분 함자라도……?"

정염이 피묻은 손을 옷자락에 비비며 지함에게 물었다.

무슨 생각을 하는 건지 지함은 무거운 얼굴로 대답을 않고 있었다.

"저는 정휴라고 합니다. 속에 승복을 숨겨 입었을 뿐 아직 행자 노릇도 변변히 끝내지 못한 처지입니다."

정휴는 얼른 자기 소개를 했다. 무거운 분위기를 조금이라도 풀어보기 위해서였다. 그러나 정염은 정휴에게는 관심이 없는 듯, 대답을 재촉하는 눈빛으로 지함을 바라보았다.

"홍주목에서 온 이지함이라고 합니다."

"홍주목이라……."

정염은 미간을 찌푸린 채 생각에 잠겼다. 그러다가 눈을 번쩍 뜨더니 천장을 올려다보면서 탄식했다.

"그렇군. 이번 특정기 사건으로 죽음을 당한 사관이 있었소. 그가 아마 홍주목 출신이었을 거요. 이름이 뭐였더라…… 안…….."

"안명세였소."

"그가 바로 죽마고우였던 게로군요?"

지함도 정휴도 대답하지 않았다.

정염은 두 사람을 번갈아 쳐다보더니 이제 알겠다는 듯 무겁게 고개를 끄덕였다.

"안명세라는 사관도 이 선비와 비슷한 또래라고 들었소. 꽤 절친한 사이였던 모양이군요. 그러고 보니 이 선비가 대과에 장원 급제해놓고도 홀연히 사라져버린 바로 그 선비로군요?"

지함은 조용히 눈을 감았다. 서릿발 내린 겨울 들녘처럼 차디차고 쓸쓸한 얼굴이었다.

"아버지의 죄를 내가 대신 사죄한들 무슨 소용이 있겠소. 안명세라는 젊은이나 우리 아버지나 이제 내게는 스쳐 가는 바람, 흘러가는 물 같은 존재일 뿐이오. 그들의 삶과 죽음을 살아남은 우리가 뭐라 할 수 있겠소."

그들의 삶과 죽음?

정염은 분명히 그렇게 말했다.

"그들이라니요? 그럼 정 대감도 돌아가셨단 말입니까?"

지함이 격정을 억제하는 목소리로 입을 열었다.

"지금이야 아직 목숨을 부지하고 계시지요. 그러나 하늘의 업보란 사람이 알든 모르든 때가 되면 제 발로 찾아드는 법이지요. 머지않았을 겝니다."

마치 정순붕의 죽음을 확신하고 있다는 듯한 말투였다.

"사람의 생사를 손바닥 위에 올려놓고 있는 것 같으시군요. 정순붕이 아무리 악인이라지만, 그 피를 받아 태어난 분으로서 너무 무심한 말씀 아닙니까?"

"우리 아버지임을 내가 부인하지 않듯이 그분이 악인이라는 사실도 부인하지 않습니다. 저는 이제 그분을 떠났습니다. 저는 이미 벼슬도 버리고 세상도 버리고 아버지도 버리고 처자도 버렸습니다. 저에게는 이제 저밖에 없습니다. 다만 내가 그 정순붕의 아들이라는 사실은 끊을 수도 지울 수도 없습니다. 내가 죽을 때까지도, 아니 죽어서도 정염은 어디까지나 정순붕의 아들입니다. 그래서 조금이나마 그 사실을 잊어보고자 제가 호를 다 지었답니다. 햇빛을 볼 수 없는 북창(北窓)입니다. 저를 다시 보시거든 북창이라고만 불러주십시오. 그저 북쪽 하늘이나 바라보며 살 작정이지요."

정염은 지함의 빈정거리는 듯한 말투에도 별 타박 없이 허허 웃더니 말을 이었다.

"안명세에게 젊은 누이가 하나 있었지요. 그 여인이 제법 얼굴이 고왔던 모양이오. 삼족을 멸하라는 윤원형의 추상 같은 명령조차 거역하고 우리 아버지가 그 여인을 데려간 걸 보면."

지함의 낯빛이 금세 흙빛으로 변했다.

"민이, 민이를 정순붕이 데리고 갔단 말인가?"

지함의 입에서 신음 같은 소리가 새나왔다.

민이?

정휴는 눈이 휘둥그래져서 물었다.

"그 여인의 이름이 민이가 아니었습니까?"

"이름은 모르겠소. 나야 관심 없는 일이니까."

정염은 아비의 죽음을 예언하던 때와 같이 차분한 목소리로 말했다.

"그 아이가 뜻밖에도 자기 가족을 멸한 철천지 원수인 우리 아버지의 첩이 되어 있습디다. 하인들이 하는 말을 들어보니 그 아이가 더 적극적으로 아버님을 따랐다고 합디다. 세상에 알다가도 모를 일이 음양의 이치라지만……."

지함의 눈에 시퍼런 불꽃이 피어올랐다가 붉게 퍼져나갔다. 정휴가 한 번도 본 적이 없는 무서운 표정이었다.

"그 여인이 바로……."

정휴는 말을 끝까지 이을 수 없었다.

"그 여인이 바로 이 선비와 혼약을 한 사이라는 겁니까?"

정엽이 지함에게 시선을 돌리며 물었다.

"……."

"그렇답니다. 혼사를 하루 앞두고 그만……."

정휴가 지함 대신 대답을 해주었다.

분노로 일그러졌던 지함의 얼굴은 피가 빠져나간 듯 하얀빛으로 바뀌어 있었다.

지함은 민이를 생각할 때면 침울해 보이기도 하고, 정신을 놓은 것 같기도 했다. 정휴가 지함을 처음 만난 다음 날 새벽, 서울로 떠나던 안명세가 밑도 끝도 없는 말을 한마디 남기자, 밤새도록 유창하게 열변을 토하던 지함이 갑자기 당황하고 어눌한 목소리로 답했던 기억이 정휴의 머릿속에 떠올랐다.

'내가 떠나면, 자네 우리 집에 들르지 못해 서운하겠구만…….'
'몹쓸 친구. 알았으면 진작 좀 나서줄 일이지.'

민이를 두고 한 말이었구나.

정휴는 이제야 알아차릴 수 있었다.

그뿐이 아니었다. 홍주에서 정휴와 헤어지던 날 지함은 자신이 그리움을 찾아 떠나는 것이라고 말했었다. 진리에 대한 그리움이라고 생각했을 뿐인데 그때부터 이미 지함의 가슴속에선 민이라는 구체적인 '진리'가 자리잡고 있었던 것이다.

그런데 지함의 그리움이던 여인이 자기 오라버니를 죽인 정순봉의 첩이 되어 있다니……

참으로 모를 일이다. 그렇지만 열 길 물 속은 알아도 한 길 사람 속은 모른다지 않는가.

"그렇지만 나는 그 어린 여인의 눈빛에서 그 까닭을 읽을 수가 있었습니다."

정염이 민이에 대한 얘기를 계속했다.

"그 이야기는 이제 그만 하시지요."

격한 감정을 눌러 참는 듯 지함의 목소리가 떨려나왔다.

"미안합니다. 보아하니 이 선비의 묵은 상처를 건드린 듯싶소만, 그럴 작정으로 말을 꺼낸 건 아니었소. 사람의 삶과 죽음을 손바닥 위에 올려놓았느냐는 이 선비의 나무람에 뭔가 해명을 하고 싶을 뿐이오."

남의 상처를 들쑤셔놓고 태연하기로는 정염도 지함 못지않았다.

"그 얘기와 민이 얘기가 무슨 상관이 있단 말씀이십니까?"

"하인배들은 그 아이를 두고 계집의 사악함을 논합디다만, 나는 그 아이에게서 쉽게 꺾이지 않는 집념을 읽었소. 정말 사악한 계집일지도 모르지만 내 눈에는 그렇게 보이지 않았소."

창밖으로 스쳐 가는 바람에 문풍지가 섧게 흐느꼈다.

죽음 같은 침묵이 방을 휘감고 있었다. 지함이 가느다랗게 한숨을 내쉬었다.

그 아이의 집념을 읽었다구? 그게 무슨 뜻일까? 그러나 이제 와서 그것이 대체 무슨 의미란 말인가?

이미 깨진 혼사, 벌써 한 해가 넘은 그 엄청난 아픔을 되돌릴 필요가 있는가.

지함의 가슴속에서는 소나기 같은 눈물이 흘러내리고 있었다.

지함의 눈앞에 홍주목에 있을 때 보았던 민이의 해맑은 모습이 두 둥실 떠올랐다. 민이는 별로 수줍음을 타지 않았다. 어떻게 보면 양 갓집 딸로서는 지나치게 자유분방한 소녀였다. 오라비 친구라면 감히 고개를 들어 맞대면을 할 수 없는 사이임에도, 민이는 당돌하게 똑바로 고개를 쳐들고 이것저것 물어대기 일쑤였다. 그 때문에 어머니에게 꾸지람도 많이 듣던 민이였다.

아름다움으로 따지자면야 민이는 그리 뛰어난 미모는 아니었다. 지함의 가슴을 뒤흔든 건 외모의 아름다움이 아니었다. 여느 여인네와 다른 당돌함, 세상에 대한 호기심, 그런 것들이 지함에게는 한없이 어여뻐 보였다.

민이 역시 지함을 보는 눈이 예사롭지 않았다.

어느 날이었다.

안명세가 잠시 자리를 비운 사이 민이가 사뿐 치맛자락을 걷어 올리며 정자로 올라왔다. 어디선가 불어온 봄바람이 치맛자락을 휘감고 지나가자 민이의 하얀 종아리가 살큼 드러났다.

민이는 가슴에 한 아름 안고 있던 노란 들꽃더미를 지함에게 내밀었다.

"이게 무엇이냐?"

"보고도 모르십니까? 저 들판에 지천으로 피어 있는 꽃다지지요."

"꽃다지를 왜?"

"화단의 매화보다 아름답지 않사옵니까? 저야 세상으로 나다니지 못하는 처지이옵니다만 이 꽃은 제 스스로 피어 천지사방에서 불어오는 바람과 햇빛을 마음껏 마시고 살지요. 아침 나절 내내 꺾어온 것이랍니다."

"그런데 이것을 왜 내게 주느냐?"

"홍주목에 이름난 오라버님도 별수없으시네요. 그 뜻을 모르시옵니까? 예전에 어느 늙은이가 수로 부인을 위해 절벽의 꽃을 꺾으며 이런 노래를 불렀다지요?

> 자줏빛 바위 끝에
> 잡으온 암소 놓게 하시고
> 나를 아니 부끄려 하시면
> 꽃을 꺾어 받자오리다."

신라 성덕왕 때, 순정공이라는 사람이 부인과 함께 강릉 태수로 부임하는 길이었다. 일행은 점심 나절이 되어 차려온 음식을 꺼내어 맛있게 먹었다. 태수 부인 수로가 봄꽃 만발한 주위를 돌아보다가 우연히 병풍같이 깎아지른 절벽 위에 흐드러지게 핀 붉은 철쭉을 보았다.

"저렇게 예쁠 수가. 누가 저 꽃 좀 꺾어 오겠는가?"

수로 부인이 하인과 호위꾼들에게 말했으나 아무도 엄두를 내지 못했다. 자칫 발이라도 헛디디면 그대로 황천길로 갈 절벽이기 때문이었다. 그래서 수로 부인이 안타까워할 때 길 가던 노인이 그 광경을 보았다.

암소를 끌고 가던 이 노인, 수로 부인에게 다가가 '나를 아니 부끄려 하시면 꽃을 꺾어 받자오리다' 하고 자원했다.

몸은 비록 늙어서 거동이 부자유스러웠지만, 노인은 아름다운 수로 부인을 위하여 절벽을 타고 올라갔다. 노인은 겨우겨우 벼랑에 올라 바위 틈에 핀 맑고 고운 붉은 철쭉을 한 아름 꺾어 내려왔다.

조마조마하게 바라보던 수로 부인은 노인이 건네주는 철쭉꽃을 받아들고 한없이 기뻐했다. 남편인 태수도 그저 바라만 보고 있는 사이, 노인은 다시 암소를 끌고 가던 길을 갔다.

낭랑한 목소리로 시를 읊으며 민이는 지함의 눈을 똑바로 쳐다보았다. 가을 하늘을 담은 듯, 겨울 바다를 담은 듯 맑은 눈이었다. 그 눈에 빠져들 것 같아 지함은, 꽃잎을 다 떨구고 연한 잎을 피워내고 있는 화단의 매화나무로 시선을 돌렸다.

"그 노인의 붉은 마음을 제가 담아드립니다."

그때 마침 명세가 나타나지 않았더라면 지함은 민이를 덥썩 껴안고 말았을 것이다. 그만큼 그 순간 동그란 눈을 빛내며 자신을 바라보고 있는 민이의 모습은 매혹적이었다. 세상의 무엇에도 거침없는 순수한 모습, 모든 허위를 벗어던진 자연의 모습이었다.

"너는 또 여기서 무슨 수다를 떨고 있는 게냐?"

"수다라니요? 여인의 말은 다 쓸잘 데 없는 수다라니, 대체 누가 지어낸 망발입니까? 저 위대한 공자님의 말씀입니까? 그가 여인이 못 된 이상, 아무리 위대하다 한들 여인의 가슴속에 피어나는 아름다움도 사랑도 바라보지 못하는 법이지요. 오라버님은 옛날 옛적 늙은이들의 말씀에 매달려 저를 소인배 취급하시는 것입니까?"

안명세의 말에 뾰로통해져서 민이는 홱 돌아섰다. 민이의 분홍빛 치맛자락으로 따사로운 봄 햇살이 한 움큼 쏟아져내렸다.

"허허, 저놈의 수다는 끊기지도 않네. 내버려두면 저렇게 하루 종일 재잘거리지. 가끔은 뼈 있는 말도 제법 하네만 아직은 어린애랄세."

동생의 말 많음을 탓하는 듯한 말투였지만 실은 명세도 지함만큼 누이를 아끼고 있었다. 민이는 단순한 누이동생이 아니라 지함과 명세의 말동무이기도 했고 총명한 제자이기도 했던 것이다.

그게 언젯적 얘기던가? 그렇다. 명세가 고향을 떠나기 일 년 전이었다. 명세네 집안이 한양으로 다 올라가기 전까지는 지함 자신도 민이에 대한 그리움이 그리 깊은 것인 줄 미처 느끼지 못했었다. 사람이 사람의 마음을 그토록 휘어잡을 수 있다는 것을 전혀 알지 못했었다.

그러나 민이가 떠나고 나니 그 빈자리는 너무나 컸다. 정휴도, 지함이 그토록 좋아하던 광활한 바다도 민이가 차지했던 마음 자리를 조금도 채워주질 못했다.

한양으로 떠날 결심을 굳힌 것은 이제 너도 대과를 보아야 하지 않겠느냐는 형 지번의 권유나 명세의 간절한 편지 때문이 아니었다. 그저 민이의 얼굴을 보겠다는 것, 그것만이 한양으로 향하는 지함의 가슴속에 꽉 들어찬 생각이었다.

민이는 홍주에 있을 때처럼 여러모로 여전했다. 그때보다 훨씬 숙성한 얼굴이 총기를 더해 주고 있을 뿐.

지함이 왔다는 소식을 하인에게 들었는지 민이는 지함이 있는 사랑까지 토닥토닥 뛰어왔다.

발갛게 상기된 민이의 뺨을 보는 순간 지함은 가슴에 품고 있던 간절한 그리움이 녹아내리기는커녕 더 크게 부풀어오르는 것을 느졌다.

"왜 이제야 오셨어요? 오라버님이나 저나 답답해서 죽는 줄 알았는걸요. 고향에선 가끔 문밖출입도 할 수 있었는데 여긴 감옥 같아요. 양반집 규수들은 문밖이 산인지 강인지도 알아서는 안 된다나요. 흉난다구요. 바깥 얘기를 해달라고 졸라도 오라버님은 늘 춘추관 출입에 바쁘시고 늘 저 혼자였어요. 친구도 사귈 수 없으니 정말 숨이 막힌다구요."

그동안 얼마나 말을 참아왔던 것일까. 민이는 지함이 말할 틈도 주지 않고 봄하늘의 종다리처럼 쉴 새 없이 말을 늘어놓고 있었다. 몇 해 전 봄날처럼 눈을 빛내면서.

명세의 가족 모두 몰살을 당하고 누군가 세도 있는 사람이 민이를 데려갔다는 소문을 듣기는 했지만, 뜬구름 같은 얘기여서 믿을 수도 없었다. 그러나 지함은 그 소문을 믿고 싶었다. 어딘가 살아 있다면 언젠가 만날 날도 있을 테고, 부부는 될 수 없을지라도 같은 하늘 아래 민이가 살아 숨쉬고 있다는 사실만으로도 지함은 커다란 위안이 될 것 같았다.

그런데 민이가 살아 있다는 소식을 들은 이 반가운 순간, 왜 가슴 속에서 피눈물이 흐르는 것인지……

기생 선화와 몇 달을 함께 지내면서 지함이 깨달은 것은 여인에게 지조가 생명만은 아니라는 것이었다. 선화가 비록 뭇남자에게 몸을 허락하는 기생이지만, 그 기생도 어엿한 인간이었다. 가난한 살림이 그를 기생살이로 내몰았을 뿐.

선화는 두 눈이 멀쩡하게 달려 있고 두 귀가 멀쩡하게 열려 있었지만 그 눈, 그 귀로는 아무것도 보고 들을 수 없었다. 그것이 조선이 열어놓은 여인의 세상이었다. 그러나 선화에게는 정말 귀한 눈과 귀가 있었다. 그것은 바로 굳이 청하지 않아도 뭇남자들이 알아서 찾아와 바깥소식을 본 대로 들은 대로 토해 놓고 가는 자궁이었다. 자궁은 웬만한 바깥소식쯤은 힘 안 들이고도 모조리 주워들을 수 있는, 세상을 향해 열려 있는 선화의 눈이고 귀였다. 기생 선화는 그가 유일하게 접할 수 있는 세상, 곧 남녀라는 음양의 교합을 통해 제 나름대로 세상의 진리를 터득해 나가고 있었던 것이다. 그것은 지함이나 정휴가 삶의 진실을 향해 가는 지난한 노력과 다를 바가 없었다.

기생 선화는 자신에게 정을 주던 사내가 떠나버린다고 해서 그 이별의 슬픔에 눈물을 보이지는 않았다. 그러나 남녀의 만남을 하룻밤의 쾌락만으로 생각하는 사내, 기생을 술판의 노리개로만 생각하는 사내들 때문에 울었다.

선화에게 남녀의 만남이란, 세상이 하늘과 땅으로 이루어진 것처럼 하늘과 땅이 만나는 일이었다. 그래서 남자와 몸을 나누는 것을 언제나 지극한 것으로, 온 정성을 다해야 하는 것으로 믿고 있었다.

선화의 생각이 옳은지 그른지 지함은 아직 판단할 자신이 없었다. 어쨌거나 그것으로부터 인간이 존재한다는 것만은 부정할 수 없는 사실이었다.

남녀의 결합을 쉬쉬 하는 양반 세상과 달리, 그것을 세상의 근본 이치로 여기는 기생 선화의 세계는 지함에게 있어서 또다른 충격이었다. 기생 선화를 통해 지함은 여자에게 족쇄처럼 채워져 있는 순결이나 정조가 얼마나 허망한 것인지 알 수 있었다. 남정네의 이기심의 산물임을 알았던 것이다.

그런 지함이기에, 사랑했던 여인이 다른 남자, 더구나 원수인 정순붕의 품에 안겨 있다는 사실 때문에 지금 가슴속으로 피눈물을 흘리고 있는 것이 아니었다. 세상사라는 것이 인간의 간절한 원과 별 관계 없이 이루어지고 있다는 사실, 민이와 지함이 그렇게 원했음에도 불구하고 헤어져야만 하는 알지 못할 운명이 지함을 서럽게 한 것이다.

민이에게, 명세에게 이런 날들이 오리라고 그 누가 예상했겠는가. 알 수 없는 힘이 예고도 없이 찾아와 사람의 앞길을 제멋대로 흔들어놓고 가버린 것이다. 그 힘의 정체를 알 수 없다는 것이, 거역할 수 없다는 것이 지함은 비통하고 참담했다.

한양 구경을 하고 싶어 안달하던 민이, 지함에게 노란 꽃다지를 한 아름 안겨주던 민이.

지함은 당장이라도 그 민이에게 달려가고 싶었다. 그러나 그런들 무엇이 달라질 것인가. 자신은 이미 다른 여자의 지아비이며 민이 역시 이전의 민이가 아닌 바에야.

그러나······.

지함은 고개를 저었다. 정염의 말로 미루어 보아 민이는 지금 제 방식으로 알 수 없는 운명에 도전하고 있을지도 모른다는 생각이 들었다. 끝이 어찌 되든 그것은 민이의 선택이다. 옳든 그르든, 민이의 의도대로 성사되든 성사되지 않든 그것은 민이의 운명이다.

민이의 마지막 모습이 어떠했던가?

지함은 안개에 휩싸인 듯 부연 기억을 찬찬히 더듬었다.

명세네 집을 마지막으로 찾아간 것이 언제였더라.

지함이 과거에 장원 급제 했던 날이었다. 집에서 축하 잔치를 마친 지함은 명세네 집으로 달음질쳐 갔다. 그때 지함과 민이만 남겨놓고 잠시 자리를 피해 주었던 명세는 다시 방에 들어와 앉자마자 민이부터 물리치려 했다.

"오늘은 이만 물러가거라. 네가 낄 자리가 아니다."

애기 자리에 민이가 끼는 일이야 종종 있는 터였지만, 명세는 그날 애기가 너무 무겁다고 생각한 것 같았다.

"저도 다 아는 애기이옵니다. 인종 임금님이 독살당했다는 말씀을 하려는 것이지요? 임금님도 별수 없이 우리랑 똑같은 사람인 모양이군요. 천명 때문이 아니라 시시하게 사람 손에 죽다니……. 하기사 인간의 세상만 그런 것도 아니지요. 우리 집 고양이도 쥐를 죽이는 걸요. 나뭇잎도 가을이면 떨어지고……."

목소리가 너무나 차분해서 문득 고개를 들었더니 놀랍게도 민이의 눈동자가 촉촉히 젖어 있었다. 다른 때라면 기어이 나가지 않고 대화에 끼었을 성도 싶은데, 민이는 더 이상 말없이 물러갔다. 성숙했다는 표시일까, 핼쑥해서 오히려 청초한 매력이 더해진 민이의 볼 위로 눈물이 한 줄기 흐르는 것을 지함은 보았다.

그것이 마지막으로 본 민이의 모습이었다.

명세가 변을 당한 뒤로 마음을 잡지 못하고 기방 출입이나 일삼는 지함의 마음을 돌리려고 지번은 지함의 혼인을 서둘렀다. 아무개의 자손이라는 것 외에 아는 것도 없이 장가를 들고 그 여인을 품에 안으면서도 늘 민이를 떠올리고, 기방에서 선화라는 기생을 만날 때도 민이의 얼굴만 그렸다.

지금도 마찬가지였다. 바로 어제 헤어진 기생 선화의 얼굴도 어떻게 생겼는지 좀체 기억나지 않는데, 민이의 모습은 바로 곁에 있는 듯 또렷했다.

명세…….

너는 참으로 많은 것을 뒤흔들어놓고 떠나갔다. 나의 삶까지. 네 죽음은, 네 선택은 그만한 가치가 있었는가. 민이에게 이렇게 고통스러운 운명을 지워줄 정도로 가치 있는 일이었는가?

나는 모르겠네. 명세. 모든 것이 뒤죽박죽 혼란스럽기만 하네.

한참만에야 지함은 눈을 떴다.

정염이 지함을 지그시 바라보고 있었다. 고요하고 맑은 눈빛이었다.

"정 선비께서는 이곳에 무슨 공부를 하러 오신 겁니까? 현감까지 지내신 분이 또 과거 공부를 하러 오신 것은 아니실 테고요?"

지함은 눈앞에서 어른거리는 민이의 모습을 지우며 다시 물었다.

"을사사화는 안명세의 목숨을 거두었고, 이 선비의 연인과 우정을 거두어 갔고, 내게서는 세상을 거두었소. 나는 얼마 전까지 아버님의 후광으로 포천 현감을 지냈소만 그만두어버렸소. 아버님께는 후세에 부끄럽지 않도록 진실을 숨기지 말라고 거듭 간청을 드렸소만 번번이 거절당했지요. 그래 수도하는 기분으로 이런저런 공부나 해볼까 하고 이곳에 찾아온 것이오.

그러는 이 선비는 장원으로 급제한 대과도 다 물리고 무엇을 준비하시는 게요?"

"모르겠습니다. 뭘 어쩌겠다는 것인지 마음이 서질 않습니다. 정 선비님이 하시는 공부는 대체 어떤 것입니까?"

정휴가 물었을 때는 말을 돌리던 지함이 이제 정염의 물음에는 자기 생각을 솔직히 털어놓고 있었다. 그만큼 마음이 정리된 것일까, 아니면 정휴가 마음을 논할 상대가 되지 않는다고 생각했던 것일까.

두 사람의 대화를 지켜보는 정휴의 마음은 편치 않았다.

"글쎄올시다. 이것저것. 천문이나 지리나 역학이나 선가의 수련서 같은 것들이오. 입신양명에는 별 필요가 없는 책들이지요. 어차피 입신양명으로 허망한 것들만 보았으니 내 공부 좀 하렵니다."

천문, 지리?

지함의 눈이 번뜩거렸다.

천문, 하늘의 이치를 공부한다는 것인가?

"책을 좀 얻어볼 수 있겠습니까?"

"물론이지요. 벼슬에 마음을 안 두셨으니 공부도 수월할 겁니다."

어느새 새로운 것에 대한 호기심과 탐구심이 지함의 가슴에 가득 차올랐다. 그의 마음을 짓누르고 있던 어두운 과거는 이미 사라지고 없었다. 오히려 그를 참담하게 만들었던 지난 일들이 모여 더 큰 힘으로 솟구치고 있었다.

지함은 벌떡 일어섰다.

"이 선비, 성질도 급하시오."

정염이 너털웃음을 터뜨리며, 그러나 싫지 않은 듯 지함을 따라 일어섰다.

정휴는 내심 흥미가 당기면서도 그 자리에 그대로 앉아 있었다. 뭐랄까, 맛있는 것을 주면서 어머니가 한 번 더 권해 주길 바라는 마음이었다. 그러나 정염과 지함은 정휴에게 아무런 권유도 않고 벌써 정염의 방으로 건너가고 있었다.

호롱불이 일렁이는 방 안, 정휴의 마음은 걷잡을 수 없는 외로움에 젖어 불빛에 따라 이리저리 흔들렸다.

정휴는 기막힌 악연임에도 개의치 않고 자리를 툭툭 털고 일어나 원수의 아들에게 책을 얻으러 가는 지함을 이해할 수 없었다. 도대체 어떻게 저런 마음을 낼 수 있는 것일까. 몇 달 동안 기방에서 술만 퍼마셨다는 그가, 그러면서도 민이 한 사람만을 눈에 그리며 살았을 그가 어떻게 자신의 여인을 앗아간 원수의 아들을 따라 지혜를 구하려 하는지 도무지 알 수 없었다.

정휴는 또, 아버지가 지은 죄의 늪에서 벗어나려 애쓰는 정염의 용기가 한없이 부러웠다. 정휴는 그렇게까지 적극적으로 인생을 살아보려고 한 적이 없었다. 기껏해야 주인댁 도령이 책을 읽을 때 어깨너머로 몰래 읽은 것, 면천 후 지함에게 찾아갔던 것, 계룡산 고청봉의 명초를 찾아갔던 것, 그러고는 없다. 그런 일들마저 그리 큰 용기가 필요한 것이 아니다.

정휴는 종에서 양민으로 한 계급 올라섰다. 그런데도 늘 종이었다는 기억이, 종으로 산 기억이 그를 괴롭혔다.

그런데 정염은 무엇이란 말인가. 나라 안에서 둘째가는 권력을 휘두르는 아버지를 둔 사람, 그 정도의 세도 가문에서 양반으로 태어나 벼슬까지 해본 사람. 그런 그가 권력에서도 벼슬에서도 훌쩍 떠나와 한적한 산사에 파묻혀 있는 것이다.

이지함, 북창.

이들이 구하고 있는 것은 무엇인가?

이들은 진리를 향해 한발한발 나아가고 있는데도 진리는커녕 신분에서 오는 좌절감에 끄달려 그 벽을 허물지 못하고 연연해하고 있는 나.

정휴는 그러한 자신이 몹시 부끄러웠다.

그래서 정휴는 어서 금강산으로 떠나자고 다짐했다.

8. 선가(仙家) 입문

이튿날, 정휴는 봉선사를 떠나기로 했다.

그 언젠가 한양으로 떠나는 안명세를 정휴와 지함이 배웅했듯이 이번에는 정염과 지함이 정휴를 배웅했다.

아직 동이 트기 전인 이른 새벽이었다. 새벽송 치는 소리에 벌써부터 눈을 뜨고 있던 정휴는 아침 공양을 기다릴 것도 없이 부랴부랴 길을 떠나겠다고 결심한 것이다.

정휴가 지함의 방에서 번민으로 밤을 지새는 동안, 지함은 정염의 방에서 무슨 얘기를 나누는지 새벽까지 돌아오지 않았다.

정휴는 안명세가 한양으로 떠난 이후 그 빈자리를 자신이 대신하고 있다는 생각에 은밀한 기쁨을 느끼고 있었다. 출가한 몸으로 기방에 들어 지함의 수수께끼 같은 말에 사로잡혀 있던 것도 그런 기쁨이 있기 때문이었다.

그런데 지함은 정휴를 남겨두고 다른 이와 벗하여 떠났다. 지함이 남긴 빈자리를 정휴는 혼자 감당해 내기가 힘에 겨웠다.

이제 지함은 새로운 사람을 만났다. 지함을 처음 만난 정휴가 그랬듯이, 지함의 두 눈이 새로운 것을 배우고자 하는 열망과 새로운 사람에 대한 애정으로 불타고 있음을 정휴는 보고야 말았다. 그것을 인정하면서도 왜 이다지 배신감이 느껴지는지 알 수 없었다.

지함은 정휴에게 하나의 목표점이었다. 정휴는 지함이 있음에 공부의 목표와 양을 정하고 그것에 매진할 수 있었다. 그리고 내심으로는 그 목표를 추월하여 지함을 넘어서고자 하는 욕망이 불타올랐다. 그러나 그가 달려가면 달려간 만큼 지함은 저만치 앞서가 있었다. 진실을 향한 지함의 열정을 정휴는 따라가기 힘들었다. 그런 지함이 정휴는 부럽기도 하고, 가끔가다 불쑥불쑥 시기심이 일어나기도 했다.

지함은 이제 정휴를 그런 동생이나 제자로서도 별 가치를 두지 않는 것일까?

일언반구 말도 없이 정염을 따라 슬쩍 옆방으로 가버린 지함이 정휴는 못내 서운했다. 지함이 단지 옆방으로 갔을 뿐인데도 정휴는 지함이 엄청나게 먼 곳으로 가버린 듯 아득한 거리감을 느꼈다.

도량송을 외는 행자승의 낭랑한 목소리, 그리고 커졌다가는 작아지고 작아졌다가는 커지는 목탁 소리가 정휴의 가슴속을 더욱 휘저었다.

정휴는 벌떡 일어났다.

그리고 바랑을 들고 뛰쳐나와 정염의 방으로 건너갔다.

정염의 방에서는 정휴가 지함을 처음 만났을 때와 마찬가지로 격정적인 토론이 벌어지고 있었다.

"이보게, 벼슬 따위는 생각하지 못한 게 오히려 다행이라네. 내가 웬만한 벼슬은 다 해보고, 조정에서도 대신들 하는 일을 다 구경했는데 하나도 부러워할 것 없다네. 중요한 것은 사람이 어떻게 사느냐 하는 것일세."

"그렇지만, 천하사를 몸소 겪으셨으니 그런 말씀을 하실 수 있는 것 아닙니까? 하여튼 그런 아버님을 두시고도 훌훌 떠나오신 것이 무척 존경스럽습니다."

"사람은 떠나는 때를 잘 알아야 하는 것이오. 그렇지 않고는 큰 세계를 볼 수가 없소. 부모에게서 떠나고, 고향에서 떠나고. 그리고 여자에게서 떠나고, 벼슬에서 떠나고, 욕심에서 떠나고."

"버리라는 말씀이시군요. 친구에 연연해하고, 정혼했던 여자를 못 잊어하는 제게 하시는 말씀처럼 들립니다."

정휴는 안에서 들려오는 말이 비수가 되어 가슴으로 꽂혀드는 것 같았다. 버려야 할 것은 정휴 자신이 더 많다고 생각했다. 지함이나 정염도 양민이고 천민이고 하는 계급에서 떠난다는 말은 하지 않았다.

그런 것쯤은 대화에 올릴 필요도 없이 하찮은 일이라고 여기는 것인가.

정휴가 신분으로 고뇌할 때 지함은 기방에 몸을 던져놓고도 다른 생각을 했었다. 더 큰 신분, 생명 가진 모든 것으로 사고를 넓혀 온 만물이 다 같은 것이라고 했다.

그것이 지함과 정휴의 차이였다. 지함은 원래 양반으로 났으므로 천민이니 양민이니 하는 고민 따위는 멀리서 관망하는 것으로도 부족함이 없었을 터였다.

지함과 정염은 밤새도록 이야기를 나눈 모양이었다. 그런데도 두 사람의 목소리는 기운차게 울렸다.

정휴는 숨을 한번 들이쉬고 정염의 방문을 열었다.

"형님, 그만 가보렵니다."

정휴가 문을 열고 아뢰자 지함은 말을 멈추고 정휴를 빤히 건너다보았다. 그 눈빛이 얼마 전까지와 달리 부연 안개가 걷히고, 광채가 나는 것을 정휴는 알아챘다. 그리고 지함이 자신에게 듣기 좋은 따스한 말 한 마디 하지 않으리라는 것도.

"금강산 어느 암자라고 했나?"

지함은 정염과 나누던 대화가 잠시 중단되는 것조차 몹시 아쉬운 듯 미적거리며 정휴를 배웅하기 위해 신발을 꿰찼다.

"모릅니다. 선사 법호만 들고 갑니다."

"언제쯤 나오려는가?"

지함은 예사스럽게 물었다.

"아직은 그럴 생각이 없습니다. 세상으로 나오면 뭘 하겠습니까. 집착과 번민만 쌓이는걸요. 그만 들어가십시오."

정휴 자신도 모르게 통명스레 대답이 나오고 말았다. 그런 감을 못 잡았을 리 없건만 지함은 이렇다저렇다 말이 없었다.

"금강산엘 가신다구요? 저도 언젠가 금강산으로 들어가려고 합니다만, 다시 만날 날이 있겠군요. 그럼……."

지함 대신 정염이 무성한 수염을 쓰다듬던 큼직한 손을 내밀었다. 정휴는 그 손을 못 본 체하고 돌아섰다. 자신의 섭섭한 마음을 그렇게 해서라도 표시하고 싶었다.

싱겁기 짝이 없는 이별이었다. 지함은 한순간에 다 타버리는 불꽃처럼 만남에도 헤어짐에도 아무런 미련이 없는 사람 같았다. 정휴가 처음 찾아갔을 때도 토정은 그렇게 쉽게 문을 열어주고, 이제 정휴가 떠나겠다는데도 역시 쉽게 길을 터주고 있는 것이다.

정휴는 그의 냉정함이 사무치도록 가슴 시렸다.

"집착과 번민이 꼭 버려야 할 미망만은 아닐세. 그것을 붙잡고 끝까지 파헤치다 보면 거기에 진실이 있을 것이야. 부정하지만 말고 한번 뛰어들어보게."

지함의 말이 뒤통수를 후려쳤지만, 번뇌가 소용돌이치고 있는 정휴에게는 아무런 위로가 되지 못했다.

정휴는 똑바로 앞을 보았다. 좁고 구불구불한 길이 끊임없이 이어져 있었다.

걸어가야 할 길이 왜 이다지도 먼가.

정휴는 그만 주저앉고 싶은 심정이었다. 그러나 가야 했다.

등골을 파고들던 추위가 가실 만큼 걸어와서야 정휴는 뒤돌아보았다. 어둠에 잠긴 희끄무레한 숲이 서서히 깨어나고 있었다.

정휴가 금강산으로 떠나가자마자 지함은 정염의 방으로 다시 들어갔다.

지함은 정염을 북창이라고 불렀다. 그가 그렇게 불러주기를 원했고, 지함 또한 그에게서 더 이상 정순붕을 느끼고 싶지 않기 때문이었다.

북창의 방에는 지함이 들어본 적도 없는 낯선 책들이 빼곡히 들어차 있었다. 북창이 보란 듯이 그 책들을 방바닥에 죽 늘어놓았다. 사서삼경은 자취도 없었다. 아니 아예 끼어들 틈이 보이지 않았다.

『참동계(參同契)』, 『황정경(黃庭經)』, 『옥추경(玉樞經)』, 『음부경(陰符經)』, 『포박자(抱朴子)』 등이 3동 4보(三洞四輔, 道藏의 기본 체계를 이루는 도교 경전)에 섞여 있었다.

'왜 같은 하늘 아래에 살면서 나는 여지껏 이런 세상을 몰랐단 말인가. 내가 모르는 세상이 어쩌면 이렇게 넓은가.'

지함은 크게 놀라면서 책을 한 권 한 권 들춰 보았다. 세상의 학문이라고는 사서오경에 성리학뿐이라고 배워온 지함에게 그 책들은 하나하나가 놀라운 세상이었다.

이따금 들리는 말로 금강산이나 지리산에서 수도하는 도인들이 이런 책들을 읽는다고 했다. 그런데 그런 책들을 북창에게서 얻어볼 줄은 전혀 예상도 하지 못했었다.

책을 앞에 둔 지함은 가슴이 벅차서 연신 큰 숨을 들이쉬었다. 어려서부터 은근히 관심이 쏠리고 알고 싶어 했던 내용이 죄다 이 책들 속에 들어 있을 것 같았다.

정순붕, 그는 도대체 지함에게는 어떤 의미란 말인가. 사랑하는 단 한 여인, 그 민이를 첩으로 삼고 세상에서 가장 친하다고 여기며 마음 붙여온 친구 안명세의 목숨마저 앗아간 사람.

그가 아니었다면, 지금쯤 지함은 민이와 혼인을 올리고 조정에 출입하고 있을 것이 아닌가. 명세와 함께 이 세상과 역사와 미래를 논하고 있을 것이 아닌가.

지함의 운명을 비틀어버린 그가 이제는 큰아들 북창을 통해 새로운 세계를 보여주고 있는 것이다.

"그렇다. 가문이 중요할 것은 없다. 부모가 중요할 것도 없다. 부모란 그 사람이 이 세상에 나오도록 몸을 빌려주는 것뿐이다. 부모와 자식은 아주 다른 개체다. 정순붕은 정순붕이고 북창은 북창일 뿐이다."

인간의 운명이란 생각지도 않은 때에, 생각지도 않는 곳에서 이렇게 바뀔 수 있는 것이다. 하루 앞도 알아보기 어려운 것이란 이를 두고 이른 말임에 틀림없다.

그 혼돈의 한가운데에서 지함은 사서오경도 아니요, 세상살이 부귀영화와 관련 있는 것도 아닌, 한 번도 본 적이 없는 낯선 책들을 손에 들고 있는 것이다.

"자네도 도인(道人)이 되어보겠나?"

"무슨 말씀이십니까?"

어느새 열한 살 더 많은 북창이 지함에게 하대를 하고 있었다.

북창 정염.

병인년(1506년), 충청도 온양에서 났다. 산수, 미술, 중국어에 능통하여 아버지 정순붕은 그를 끔찍이도 위해 길렀다. 중국에도 여러 차례 드나들며 외국의 문물을 접했다. 그런 덕분에 일찍부터 장낙원(掌樂院)의 주부(主簿)를 거쳐 관상감(觀象監)과 혜민서(惠民署)의 교수를 지냈다. 정순붕이 을사사화를 일으켜 칼에 묻은 피를 씻을 새가 없던 시기에는 포천 현감을 지냈다. 그러다가 현감직을 던져버리고 부자 관계를 청산한 뒤 과천 관악산에 들어가 마음 가라앉히는 공부를 했다. 정염이 선가 쪽으로 방향을 선회한 것은 관상감에서 일하는 동안 눈여겨보아두었던 게 있어서였다. 그러다가 공부의 처소를 바꾸어 양주 봉선사로 오게 되었던 것이다.

"우리나라에는 예로부터 면면히 내려오는 한 줄기 도가 따로 있다네. 그것은 천축(天竺, 인도)의 불교도 아니고 공맹(孔孟, 공자와 맹자)의 유교도 아니라네. 일찌기 신라의 최치원(崔致遠)이 풍류도(風流道)라 일컬었으니, 곧 선(仙)일세."

"그런 게 있었습니까? 과문하여 처음 듣습니다. 어찌 한 하늘 아래에 이토록 다른 세상이……."

"난 이미 선도(仙道)에 입문한 몸, 자네가 뜻을 같이 한다면 그동안 내가 배워 알게 된 것을 모조리 토해 놈세."

"이미 벼슬도 버린 몸입니다. 일신의 부귀영화는 더 이상 저와 상관없는 일입니다. 천하를 떠돌면서 질긴 목숨이나 갈아 없앨 생각입니다."

지함은 북창에게 바짝 다가앉으면서 각오를 밝혔다.

"허허허, 천하를 떠돌겠다고? 그게 바로 선가(仙家)의 풍류(風流)라는 걸세. 예로부터 도인이라는 사람치고 천하를 두루 돌아보지 않은 사람이 아무도 없을 거네. 신라의 화랑들이 다 그러하여 산천경개를 두루 감상하는 것을 가장 큰 공부로 여겼고, 근조에 이르러서는 김시습(金時習)과 내 스승 대주(大珠) 큰스님이 그러했다네. 나도 한 바퀴 돌아왔다네. 명산에 가서 하늘에 기도를 하고, 단전 호흡으로 신체를 단련하여 도력을 높였지."

"선도에 들면 무엇을 공부하게 됩니까?"

"노자의 『도덕경(道德經)』, 장자의 『남화경(南華經)』, 열자 등 도가서(道家書)를 읽고, 역리(易理), 음양(陰陽), 오행(五行), 참위(讖緯), 의술(醫術), 방술(方術), 부적(符籍), 주술(呪術), 천문(天文), 지리(地理)를 익히고, 단전 호흡과 단약(丹藥) 제조 비방을 배우고 나면 비로소 도인의 대열에 드는 거라네. 이렇게 튼튼한 줄기를 갖고 힘차게 뻗어 내려온 도맥(道脈)을 자네가 이어보지 않으려나?"

"전 워낙 천학 비재한 몸이라서 말씀하신 것 가운데 한두 가지만을 겨우 알아들을 수 있을 뿐입니다."

"한 가지 먼저 짚어두고 공부를 시작하세. 자네를 야인으로 몰아붙인 그 사건을 공부해 보세. 나는 내가 이 삶을 선택했지만 자네는 운명에 이끌려서 이렇게 된 것 아닌가."

"무슨 말씀이신지?"

"자네와 안명세 사관, 그리고 정혼했었다는 여인, 우리 아버지. 각자의 운명이 어떻게 얽혀 있는지 살펴보세. 이해를 하지 않고 넘어가는 운명은 언젠가는 같은 모습으로 다시 나타난다네."

"운명을 보신다구요?"

"그렇다네. 아는 대로 그이들 생년월일을 대주게."

지함은 기억을 되살려 안명세와 민이의 생년월일을 대었다. 명세의 생일이야 당연히 기억하고, 민이는 사주단자가 양가를 오갈 때 외워두고 있었다. 그리고 지함 자신의 생년월일도 불러주었다.

북창은 지함이 불러준 것들을 죽 받아 적고는 아버지 정순붕의 것까지 마저 적었다.

북창은 한참 동안 글을 적어가더니 고개를 끄덕였다.

"역시, 그랬어. 이보게, 지함. 이 명식을 보게. 안명세는 이 나이에 명이 끊겨 있네. 여기서 명을 잇기란 여간해서는 어렵다네. 내가 여러 사람 운명을 살펴보았는데 이런 경우에는 영락없이 끊기고 만다네. 그리고 자네와 정혼했던 이 사람을 보게. 정실이 될 수 없어. 첩이 될 운명이야. 그런데 이게 뭔가. 명도 길지 않군. 머지않았어. 이건 우리 아버지 명조라네. 첩이 여럿 있는 거야 그렇다 쳐도, 살(煞)이 이렇게 많다네. 아니, 명이 여기서 끊기는군. 이상하군. 아버지와 민이 두 사람이 비슷한 때 세상을 떠날 것 같군."

"그런 것까지 다 나옵니까? 어떻게 생사와 흥망까지 세세하게 알아볼 수 있는지요?"

"글쎄, 무슨 이치로 이렇게 맞아들어가는지, 하늘의 오묘한 뜻이 어떻게 사람의 지혜에 잡혔는지 나도 의문일세. 관상감에 있을 때 배워둔 지식일세. 하여튼 자네에게서는 관운(官運)이 보이질 않네. 한곳에 오래 붙어 있을 사람이 아니야. 여기저기 떠돌아다닐 운명일세. 자네와 안명세, 그리고 정혼했던 여인의 성격까지 얘기해 줌세."

북창은 지함이 어려서 부모를 잃었다는 사실까지 짚어내었다.

그리고 안명세가 몇 살에 부친을 잃고, 몇 살에 결혼했다는 사실도 말했다. 북창은 안명세의 성격까지 하나하나 밝혔다.

"내가 이 사람들의 운명을 밝히는 것은 자네가 그 사람들에게서 아주 떠나오기를 바라기 때문일세."

"명심하겠습니다."

"알았네. 함께 가보세. 이 길이 어디로 이어지는지."

그러나 그 길을 시작하기도 전에 봉선사에 와 있던 학인들이 들고 일어났다. 둘 다 절을 떠나라는 시위였다.

"간신배의 무리와는 함께 공부할 수 없다."

"도대체 간신배의 무리를 감싸는 녀석은 어떤 놈이냐?"

북창은 대꾸도 하지 않았다. 지함도 밖을 내다보지 않았다. 학인들도 정순붕이 살아 있는 한 심하게 굴지는 못했다.

문밖은 여전히 소란했지만 북창은 지함과 함께 선가 공부를 계속해 나갔다.

북창은 신선이 되는 길을 낱낱이 드러내보였다. 그가 관상감에 있으면서 배운 지식이었다. 그리고 그 뒤 관악산에서 승(僧) 대주에게서 전수받은 내용까지 남김없이 쏟아냈다. 그것은 폭포처럼 지함에게 쏟아져 내렸다.

지함은 인생이 완전히 새로 시작되는 것 같았다. 세상이 갑자기 넓어진 듯한 착각이 들었다.

어디에 이런 신비한 학문이 숨어 있었단 말인가. 어디서 기다리다가 불쑥 나타나 나를 송두리째 휩싸는 것인가. 그것도 원수 정순붕의 아들을 통해서. 운명은 이렇듯 얄궂은 것인가.

다음 날부터 지함은 아예 북창의 방에서 살다시피 했다. 북창의 방문을 열 때마다 지함은 언제나 새로운 세상을 보았다.

북창은 하얀 연기를 피우면서 환단을 만들고 있거나, 이상야릇한 향을 피워놓고 가부좌를 하고 있기가 일쑤였다. 어떤 때에는 몸을 좌우로 비틀어대면서 숨쉬기를 하고, 어떤 때에는 주술을 외우고 있기도 했다.

"자네가 세상을 주유하게 되거든 반드시 명산에 들러 하늘에 기도를 하게. 사람은 신통(神通)해야 모든 능력이 열린다네. 예전부터 무당들이 명산을 찾아다니며 기도하고 수도했다는 소식 못 들었는가. 무당이 바로 도인일세. 이제는 석가에 쫓기고 공맹에 시달려서 무당도 옛 무당이 아니고, 이처럼 은자가 되어 살아가고는 있지만. 이제 그 모습은 국가적으로는 관상감에서 일부 찾을 수 있고, 소격서(召格署)에서 흔적을 찾아볼 수 있을 뿐이라네."

"세상에서 버림받은 사람이나 세상을 버린 사람들만이 찾는 꼴이 되었군요."

"그렇다네. 그러나 꼭 그렇지만도 않다네. 근엄하게 성리학이나 따지는 조정에서도 공공연히 선가 의식을 행한다네. 내가 관상감 교수로 있을 때에는 여름철 토왕일(土旺日)이 되면 하늘에 제사를 올리고, 단(丹)을 만들어 임금께 올렸다네. 그러면 임금은 그것을 신하에게 각기 세 개씩 나누어주곤 했다네. 게다가 관상감에서는 주사(朱砂)로 벽사문(辟邪文)을 찍어 민간에 나누어주기도 했으니, 나라에서 도를 편 것이지. 소격서에서는 강화도 마니산에서 해마다 제천 의식을 집행하여 하늘에 나라의 안녕과 번영을 기도했다네."

북창의 유수 같은 달변에 넋을 빼앗긴 지함은 안명세도 민이도 잊고 오로지 도서(道書) 공부에만 열을 올렸다. 그가 지금까지 살아온 세계에 비해 북창이 가져다주는 세계는 깊이도 알 수 없고 끝도 알 수 없는 바다, 바로 홍주에서 본 바다와 같이 크고 넓었다.

북창은 마치 아버지가 지함에게 지은 죄를 대신 갚으려는 듯이 지함을 쉴 새 없이 공부에 몰아붙였다.

북창은 풍류, 천문, 지리, 역학, 의학, 관상, 호흡 등을 차례로 강의해 나갔다. 자기가 배우면서 들였던 공보다 더 뜨거운 열의로 지함을 가르쳤다.

생각지도 못한 때에, 생각지도 아니한 곳에서, 생각지도 못한 사람으로부터 지함의 인생이 송두리째 뒤바뀌는 공부가 이루어지고 있는 것이다.

풍류.

지함은 정신을 올곧이 갖고 경청했다.

"조선의 정신이라네. 지금 우리나라에서 글깨나 읽었다는 선비들이 쓰는 글을 보면 시와 사(詞)가 모두 중국을 배경으로 하고 있다네. 이는 몸만 조선에 있지 혼은 중국에 사는 것이나 마찬가지라네. 자나깨나 아는 건 공맹(孔孟)이라, 우리나라 선조들이 무슨 일을 하면서 어떻게 살았는지 아는 사람이 거의 없다네."

"중국은 어떤 나라입니까?"

지함이 궁금해하자 북창은 중국에서 보고 들고 온 문물에 관해 상세히 얘기해 주었다.

"고을만 달라도 백성들의 성정이 다르고 풍습이 달라지는데, 하물며 나라가 다름에야."

북창이 한숨을 내쉬었다.

"그쪽에서도 성리학이 승합니까?"

"공맹을 가지고 죽고 못 사는 것은 오히려 우리라네. 우리는 중국에 중독되어 제정신이 무엇인지 모르고 있네. 중국은 조선을 영 다른 나라로, 그것도 아주 보잘것없는 소국으로만 여기고 있는데 오직 조선만이 중국에 스스로 예속되어 자신을 소중화(小中華)라고 착각하고 있다네."

"하지만 우리나라에는 공맹만 한 철학이 없지 않습니까?"

"우리나라에도 저 단군 시절부터 면면히 내려오는 정신이 있다네. 우리나라 민족만이 갖고 있는 고유한 사상일세. 어느 나라고 그 나라만의 사상이 있게 마련인데, 우리는 그만 우리 것을 잃어버리고 중국 것을 우리 것인 양 외우고 있기 때문에 모르고 있는 것일세."

북창은 우리나라의 고유한 사상을 찾는 것이 조선을 일으키는 큰 길이라고 힘주어 말했다.

"지금 조선의 선비라면 사화(土禍) 같은 세속적인 사건에 연연해할 때가 아니라네. 내가 학인들의 매를 주저하지 않고 맞을 수 있는 것도 다 조선의 혼을 찾아내려는 열정 때문이라네. 자네라면 사화의 충격을 딛고 오히려 더 큰 일을 해낼 수 있을 것이네."

"조선의 정신은 어디에서 찾을 수 있습니까?"

"산중에 숨어 세상을 등지고 사는 도인들이 그것을 쥐고 있네. 그것을 찾아 세상에 펴지 않고는 사화 같은 격변을 막아낼 수 없네. 딴 나라의 정신으로 사는 것은 인간이 짐승의 혼으로 사는 것이나 다름없네."

북창은 조선에서 사라져가고 있는 선가를 살리는 것이 조선을 바로 살리는 길이라고 강조했다. 그러기 위해서는 세상을 꿰뚫어볼 수 있는 눈을 가져야 하고, 그러기 위해서는 부단히 수련을 해야 한다는 것이었다.

며칠이 지난 어느 날 북창은 음양론(陰陽論)을 설명했다.

"오늘은 음양론에 대하여 이야기하세. 일찍이 화담 선생은 기 철학을 설파하셨는데, 우리는 음양을 논해야겠네.

음양을 낳은 것은 무엇인가? 태극(太極)이라고 한다네.

태극, 도대체 태극은 무엇인가? 어떻게 생겨먹은 모습일까? 성현들이 일컫기로 만질 수도 없고, 냄새 맡을 수도 없고, 들을 수도 없다고 했네."

"불가(佛家)의 불법(佛法), 정법안장(正法眼藏)이 다 같은 이치입니까? 선도(仙道)니 무위(無爲)니 하는 것도 다 같은 말 아닙니까?"

"그렇다네. 그것을 뭐라고 부르든 그 본질은 변할 게 없다네. '똥 젓는 막대기'라고 부르면 어떻고 '썩은 호박'이라고 부른들 무슨 변화가 있겠는가. 그 태극이 변하기 위해서는 오직 기(氣)만 필요할 뿐이네. 그 기 작용에 따라 음양(陰陽)이 생산되는 것이라네.

그런데 어찌하여 기는 음기(陰氣)와 양기(陽氣)로 변화하는가, 이 것을 밝히는 것이 참으로 하늘을 여는 열쇠가 아니겠는가. 이 세상 어떠한 물건이나 생명체도 음양으로 나뉘지 않는 게 없으니 참으로 불가사의하지 않을 수 없다네. 나는 '하늘'이 그렇게 이치를 정한 까닭은 변화에 있다고 생각하네. 하늘은 정지되어 있는 것보다는 움직이는 것을 좋아하네.

사람도 남자와 여자로 갈라서 서로를 좋게 만들어 계속 아이를 생산해 나가도록 만들어놓지 않았는가. 이 오묘한 이치, 왜 남자는 여자를 그토록 따라다니고, 여자는 왜 남자 없이는 살지를 못하는가. 그것은 결론적으로 생식(生殖) 때문이라네. 사랑, 사람들은 사랑이란 추상적인 말로 그것을 설명하려 하지만, 그것도 음양에서 나오는 기에 지나지 않는 것이네.

하늘은 남자와 여자같이 분명히 구분되는 물체만 음양으로 가른 것이 아니라, 남자 속에도 음양이 있고, 여자 속에도 따로 음양이 있으니 바로 양 속에 음이 있고, 음 속에 양이 있는 이치라고 보네. 오행으로 보자면 목과 화는 목이 양이고 화가 음 역할을 하지만, 화가 토를 만나면 화가 양이고 토가 음이 되는 것이니 이렇게 상황에 따라 역할이 변화하는 것이라네. 이 세상에 고정된 것이라곤 아무것도 없으니 역시 무상(無常)의 도리가 여기에 있지 않나 생각하네.

이 음양의 이치는 땅에서도 그렇고 하늘에서도 그렇게 이루어지네. 그러니 해가 있고, 달이 있잖은가.

이 음양론을 오래도록 궁구하다 보면 세상의 이치가 저절로 열리게 되어 있다네. 음양론 하나만 오로지 뚫어져라 생각하기를, 미련한 선자(禪者)가 공안(公案) 하나 붙들 듯이 하다보면 활연개오(活然開悟)할 날이 저절로 찾아들 것이네."

"오행은 어디에서 나왔습니까?"

"오행도 태극에서 나왔지. 그것을 밝히려면 이런 이야기부터 해보세. 자네는 세상의 온갖 지혜가 다 어디에서 나왔다고 생각하나?"

"인간의 생각입니다."

"인간의 생각? 물론 그렇겠지만 그 이전에 있어야 할 것이 무언가 보세. 시 한 수를 읊는 데도 영감이라는 게 필요하네. 하나의 태극에서 만물이 나왔다면 바로 그 만물에 하나를 나타내는 상이 있을 걸세. 그걸 물상(物象)이라고 하지. 물상은 곧 하늘의 말씀일세. 하늘은 그런 식으로 말하는 거지."

"천문, 지리 같은 것입니까?"

"그렇다네. 태호 복희씨가 있었네. 지금으로부터 오천 년 전이었지. 세상의 이치를 알려고 집을 나섰네. 나무가 자라고 풀이 자라고 구름이 흘러다니는 들판으로 나갔지. 그는 물상을 두루 살피면서 그 속에 숨겨 있는 하늘의 비밀을 찾아내려고 했지. 그러다가 황하까지 가게 되었다네. 황하에서 흐르는 물을 보던 중 우연히 용마(龍馬) 한 마리를 보았다네. 용마인지 뱀인지 그건 중요한 게 아니네만, 머리와 꼬리를 사리고 있는 모양을 보고는 그 유명한 하도(河圖)를 발명했다네."

"그러고 보니 하도는 짐승이 또아리를 틀고 있는 형상입니다."

"그러니까 그러한 물상에서 천기를 읽어낸 거지. 자, 하도를 보세."

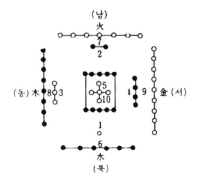

"보게. 이걸 보고 있으면 뱀이나 도마뱀이 연상되지 않는가? 복희는 여기에서 태극을 발명해 내었다네."

"하도가 무엇을 뜻하는 것입니까?"

"하도는 오행의 상생(相生) 원리를 밝혀낸 것이네. 우주가 창조되는 과정이 이 그림 속에 그려져 있지. 이 그림에서 수(數)도 생겨나고 음양이 나오고 오행이 나온다네. 천수(天數)는 1, 3, 5, 7, 9로 나가서 양(陽)을 이루고, 지수(地數)는 2, 4, 6, 8, 10으로 나가서 음(陰)을 이룬다네. 천수와 지수가 변화해 가는 모양이 곧 태극이네. 이걸 보게."

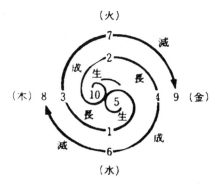

　"천수 1, 3, 5, 7, 9를 합하면 25인데 여기에서 그 본체인 1을 빼면 24가 된다네. 이것이 태양의 24가지 기운이니 무엇인가?"

　"24절기입니다."

　"그렇지. 지수 2, 4, 6, 8, 10의 합은 30으로 태음인 달의 날수인 30일이 되었다네. 그 천수와 지수를 합한 하도의 수는 모두 55가 되는데 이것을 선천수(先天數)라고 하네."

　"오행은 어떻게 이루어집니까?"

　"하도를 이루는 힘의 원천인 5와 5의 다른 모습인 10을 토(土)라고 한다네. 이 토가 처음 생(生)한 것이 천수로는 1이요, 장(長)한 것이 3이요, 성(成)한 것이 5요, 멸(滅)한 것이 7이네. 그리고 이 토가 처음 생한 지수로는 2요, 장한 것이 4요, 성한 것이 6이요, 멸한 것이 8이라네. 천수의 생 1은 지수의 성 6과 짝이 되어 수가 되고, 천수의 장 3은 지수의 멸 8과 짝이 되어 목을 이루고, 천수의 성 7은 지수의 생 2와 화를 이루고, 천수의 멸 9는 지수의 장 4와 금을 이룬다네."

　"그래서 복희는 토생금(土生金), 금생수(金生水), 수생목(水生木), 목생화(木生火), 화생토(火生土)의 상생의 이치를 알아내어 태극을 발명해 내었던 거로군요."

"그러나 세상은 창조되는 것만으로 끝나지 않지. 창조되었으면 파멸의 원리도 있을 것이 아닌가. 복희로부터 천 년이 지나 순임금에게서 왕위를 이어받은 하(夏)의 우(禹) 임금이 낙수(洛水)라는 강에 갔네. 낙수에 간 사람이 우가 처음인 것은 아니었지만 우만이 필요한 물상(物象)을 볼 수 있었네."

"거북이 말씀이시군요."

"그렇다네. 거북이 등을 본 사람이 어디 한둘이겠는가. 우 임금에 이르러서야 비로소 낙서(洛書)가 발명된 것이네. 이 그림을 보게."

북창은 책에 그려진 그림을 손으로 짚었다.

"하도가 오른쪽에서 왼쪽으로 천지가 돌아가는 창조의 원리인데 반하여 낙서는 왼쪽에서 오른쪽으로 돌아가는 파괴의 원리를 보이고 있네."

"상극의 원리는 어떻게 보입니까?"

"토극수(土克水)하여 1이 되고, 수극화(水克火)하여 7이 되고, 화극금(火克金)하여 9가 되고, 금극목(金克木)하여 3이 되고, 목극토(木克土)하여 5가 되는 것이네. 이렇게 양수가 나오고 그 사이사이에 6, 2, 4, 8의 수가 끼어 있는 것이지."

"그런데 수의 이치가 하도와는 많이 다르군요."

"그렇다네. 이걸 보게. 이게 '마방진'이라는 건데 기묘하지 않은가?"

북창은 종이 위에 그림을 그렸다.

4	9	2
3	5	7
8	1	6

"가로, 세로 어디에서 더해도 합은 15가 나오는데 이걸 마방진이라고 한다네. 15수는 천도 변화 24절기의 한 마디인 15일을 가리키는 것으로 오행이 세 번 생(生), 장(長), 성(成)하는 이치이지. 낙서의 수는 모두 45인데, 1년 360일이라는, 태양이 그리는 원의 8분지 1로 8괘 중 한 괘에 해당한 수라네. 하도수 55와 낙서수 45를 합하면 100이 되는데 하도는 체(體)요, 낙서는 용(用)이라네."

"북창 선생님, 하도에서 태극과 오행의 상생이 나오고, 낙서에서 오행의 상극이 나왔습니다. 그렇다면 오행 하나하나의 뜻을 풀어주십시오."

북창은 이어서 오행론(五行論)으로 이야기를 옮겼다.

"나는 오행을 하늘에서 땅으로 날아드는 빛에서 찾았다네. 햇빛이 해가 뜨면 날아드는 것이라지만 사람의 눈이 보지 못하는 것이 있을 것이네. 그렇지 않고서야 똑같은 햇빛을 받고서도 열매가 저마다 모양도 다르고, 맛도 빛깔도 다를 수 있겠는가. 소리도 인간의 귀로 들을 수 있는 게 있고, 들을 수 없는 게 있다네. 이게 도대체 무슨 이치

"인가?"

"개나 박쥐가 사람은 전혀 느끼지도 못하는데 벌써 알아듣고 마구 짖어대거나 깜깜한 동굴을 잘 날아다니는 것과 같은 이치입니다."

지함이 북창의 이야기를 긍정하듯 말을 받아주었다.

"햇빛이 비춰야만 사물의 빛깔이 드러나고, 햇빛이 사라지면 빛깔도 사라지니 정녕 햇빛 속에 이런 색깔들이 숨어 있다고 해야 할 것일세. 하기사 기(氣)를 본 사람이 누가 있으며, 바람을 본 사람이 누가 있는가. 목기(木氣)는 새봄에 만물이 처음 일어서는 생(生)의 기운이고, 화기(火氣)는 한여름에 무럭무럭 자라는 장(長)의 기운이네. 금기(金氣)는 가을날에 토실토실 결실을 하는 염(斂)의 기운이고, 수기(水氣)는 겨울의 휴식으로 드는 장(藏)의 기운이네. 목화(木火)와 금수(金水)를 잇는 것이 바로 토기(土氣)이니 이 토기가 참으로 묘한 것이라네. 목화가 양이고, 금수가 음인데 토는 바로 그 중간의 기운을 띠고서 오행의 전체 운기(運氣)를 조절한다네."

"사람에게도 오행이 나타납니까?"

"그렇다네. 성씨별로 나뉘는 것이 있는데 이걸 보게나. 여기에 내가 적어놓은 것이 있네."

북창이 적어놓은 책에는 성씨가 오행으로 잘 분류되어 있었다. 지함은 그것을 하나하나 짚어보았다.

금성(金姓): 서(徐), 황(黃), 한(韓), 성(成), 남(南),
유(柳), 신(申), 안(安), 곽(郭), 노(盧),
배(裵), 문(文), 왕(王), 원(元), 양(梁),
방(方), 두(杜), 하(河), 백(白), 양(楊),
편(片), 경(慶), 장(張), 진(晉), 소(邵),

반(班), 음(陰), 장(蔣)

목성(木性) : 김(金), 박(朴), 조(趙), 최(崔), 유(兪),
　　　　　홍(洪), 조(曺), 유(劉), 고(高), 공(孔),
　　　　　차(車), 강(康), 염(廉), 주(朱), 육(陸),
　　　　　동(董), 노(虜), 주(周), 연(延), 추(秋),
　　　　　고(固), 정(鼎), 간(簡), 화(火)

수성(水性) : 오(吳), 여(呂), 우(禹), 기(奇), 허(許),
　　　　　소(蘇), 마(馬), 노(魯), 야(也), 여(余),
　　　　　천(千), 맹(孟), 변(卞), 상(尙), 어(魚),
　　　　　경(庚), 용(龍), 모(牟), 모(毛), 남궁(南宮),
　　　　　황보(皇甫), 선우(鮮于), 동방(東方), 고(皐),
　　　　　매(梅)

화성(火性) : 이(李), 윤(尹), 정(鄭), 강(姜), 채(蔡),
　　　　　나(羅), 신(愼), 정(丁), 전(全), 변(邊),
　　　　　지(池), 석(石), 진(陳), 길(吉), 옥(玉),
　　　　　탁(卓), 등(鄧), 설(薛), 함(咸), 구(具),
　　　　　진(秦), 당(唐), 선(宣), 단(段)

토성(土性) : 송(宋), 권(權), 민(閔), 임(任), 임(林),
　　　　　엄(嚴), 손(孫), 피(皮), 구(丘), 도(都),
　　　　　전(田), 심(沈), 봉(奉), 명(明), 감(甘),
　　　　　현(玄), 목(睦), 구(仇), 동(童), 공(貢),
　　　　　도(陶), 우(牛), 염(冉)

"오행을 나타내는 것을 여러 가지로 나누어보겠네. 우선 별로 나
누면 목은 목성, 화는 화성, 토는 토성, 금은 금성, 수는 수성일세.

짐승으로 보면 목은 청룡(靑龍), 화는 주작(朱雀), 토는 구진(龜辰), 금은 백호(白虎), 수는 현무(玄武)라네.

또 맛으로 나누면 신맛은 목, 쓴맛은 화, 단맛은 토, 매운맛은 금, 짠맛은 수라고 하네.

사람 몸 속의 오장으로 보면 간이 목이고, 심장이 화고, 비장이 토, 폐가 금, 콩팥이 수라네.

계절로 치면 봄은 목이고, 여름은 화고, 가을은 금이고, 겨울은 수라네. 토는 계절을 계속 돌게 하는 힘이니 여기서는 빠지네.

방위로 보면 동쪽이 목이고, 남쪽이 화, 중앙이 토, 서쪽이 금, 북쪽이 수가 되네.

색깔로 보면 파랑이 목, 빨강이 화, 노랑이 토, 하양이 금, 검정이 수라네.

소리로 치면 각이 목, 치가 화, 궁이 토, 상이 금, 우가 수에 해당되네.

사람의 감정도 오행으로 나눌 수 있으니 보게. 기쁨이 목이고, 쾌락은 화, 욕망은 토, 성냄은 금, 슬픔은 수라네."

북창의 열강에 지함은 계속 귀를 기울였다.

"오행이란, 동물에서도 나누어볼 수가 있다네. 나무 한 그루, 풀 한 포기에도 제각기 품고 있는 성정(性精)이 다르니 한번 들어보게.

목기(木氣) 중에서도 양성(陽性)을 띠는 것에는 능잉어, 뱀, 용이 있다네. 잉어, 방어, 송사리, 미꾸라지는 음성(陰性)을 띠고 있다네. 화기(火氣) 쪽으로 보면 양성으로는 기러기, 닭, 봉황, 학이 있고 음성으로는 매, 새매, 제비, 참새, 부엉이, 하루살이 벌레 들이 있네. 그리고 토성(土性)을 띠고 있는 것으로 보면 두꺼비, 누에, 사람이 양성이고, 거미, 지렁이, 뱀장어 같은 것은 음성이네. 금기(金氣)를 보면 양성에는 사슴, 말, 기린이 있고, 음성에는 호랑이, 소, 돼지, 송충이같이 털이 많은 벌레가 있다네. 그리고 수기(水氣)를 띤 것으로는 참게, 바닷게, 거북이가 양성을 띠고, 새우, 조개, 굴이 음성을 띠네.

이런 내용은 자부선인(紫府仙人)이 『금쇄경(金鎖經)』이라는 책에서 주장한 것이네만, 앞으로 자네가 계속 분류를 해나가 보게나."

"색깔을 보면 그 물이 가지고 있는 오행의 성질을 간파할 수 있을 것입니다. 그러자면 사람의 병에 맞는 약초를 고르는 것도 색소를 보면 1차로 드러날 수 있을 것이고, 미심쩍으면 맛을 보면 알 수 있을 듯합니다."

"다 같은 햇빛을 받아 이루어진 물이 저마다 다를 때에는 다른 이치가 있는 것이라네. 자네가 후일 이런 것을 파악해 보게나. 아까 사람을 성씨로 나눈 것 같은 것은 내가 아직 시험해 보지 못한 것이니 자네가 점검해 보게. 다만 조선의 능금이 중국의 능금과 같지 않고 또 왜의 능금과 같지 않으니, 그런 이치를 염두에 두고 사물의 성정을 분류해 보게. 천지 자연의 작용이란 이렇게 끝이 없네."

"북창 선생님, 변화의 작용이라는 것이 참으로 오묘합니다. 이러한 것은 모두 땅에서 나타납니까?"

"그렇지는 않네. 변화의 작용이라고 하는 것은 천(天)과 지(地)의 작용이네. 반드시 햇빛 같은 천(天)만으로, 땅 같은 지(地)만으로 작용하는 것이 아니네. 천기의 작용은 상(象)을 나타내고 지기의 작용은 형(形)을 나타낸다네. 그러므로 하늘이 위에 있고 땅이 아래에 있다는 뜻은 아니네. 하늘이라는 것은 허공일 따름일세. 그러므로 일월과 목화토금수 다섯 별이 우리는 하늘에 있다고 하는데, 사실은 허공 중에 떠 있는 것이네. 오행이 땅에서 작용하여 나타나는 것은 오행으로 나뉘는 만물을 지상에서 다 볼 수 있기 때문일세. 그러나 허공이라는 것은 다만 하늘에 응하는 정기인 해와 달과 목화토금수 다섯 별을 달아놓은 것이요, 지라는 것은 생성하는 형질을 만들고 있는 것뿐이네."

"그렇다면 땅이 아래에 놓여 있는 것이 아닙니까?"

"사람의 눈으로 볼 때에는 땅이 아래에 있는 것 같지만 사실은 허공에 떠 있는 것이지."

"그렇다면 땅은 어디에 의지하고 있습니까?"

"허공이 들고 있네. 그렇기 때문에 춥고 덥고 바람 불고 마르고 습함(寒暑風燥濕)이 서로 갈아들면서 변화를 일으키는 것이네. 이러한 이야기는 이미 황제(皇帝)와 기백(岐佰)이 수천 년 전에 나눈 문답에 나오는 이야길세."

"오행은 이제 알겠습니다. 그렇다면, 이 세상 만물을 온통 오행으로만 보아야 합니까?"

"이 오행도 따지고 보면 음양의 기운이 살짝 변화한 것이니 아직은 구체적으로 모습을 드러낸 것은 아닐세. 10간 12지를 나아가야 더 분명한 모습이 나타나지. 이제 간지론(干支論)으로 옮겨보세."

북창은 온 정성을 다해 지함을 가르쳤다.

"간(干)이란 하늘의 기운을 나타내는 것인데 모두 열 가지라네. 지(支)란 땅의 기운을 나타내는 것인데 모두 열두 가지라네. 이것은 모두 음양 오행(陰陽五行)의 운기(運氣)에 따라 벌어진 것이니, 그 기가 하늘로 뻗쳐올라간 것이 10간이요, 땅으로 가라앉은 것이 12지라네. 그래서 햇수는 10으로 세어나가고, 달 수는 12로 세어나가는 것이라네.

10간 12지의 간지론에 이르면 이른바 모든 사물의 명운(命運)이 나타나기 시작하는 것이니, 사람의 길흉화복도 여기 간지론(干支論)

에 이르러서야 비로소 눈에 보이고, 귀에 들리게 되는 것이라네."

"간과 지가 서로 씨줄과 날줄로 오가면서 세상을 짜는 것입니까?"

"그렇다네. 그러니까 간을 알고 지를 알면 그 이치를 꿰뚫어낼 수 있는 것이네."

"음양 오행이 간지에 이르면 눈 밝은 사람에게는 보이기 시작하겠 군요."

"그렇다네. 여기에서부터 철리(哲理)가 드러나기 시작한다네."

"간과 지를 나누어 말씀해 주십시오."

간은 천문을 가리키는 것이다.

북창은 천문과 지리를 다루는 관상감 천문학 교수였다.

"천문을 알지 않고는 도인이라고 할 수 없네. 하늘의 움직임을 살 핀다는 것은 하늘의 뜻을 살피는 것이지. 국가 대사에서 인간의 길 흉화복에 이르기까지 다 하늘의 글로 적혀 있다네. 천문(天文)은 하 늘의 글일세. 하늘의 글, 하늘이 하는 말을 잘 알아들어야 지혜를 세 울 수 있으니 하늘을 알지 못하고 세우는 지혜는 올바른 지혜라고 볼 수가 없네."

"간을 이르는 말씀이십니까?"

"그렇다네. 간만 따로 떼어서 밝히는 학문이 천문이라네. 하늘의 뜻을 헤아리자는 학문이네."

"그렇다면 지는 무엇입니까?"

간이 천문이라면 지는 지리에 속하는 것이다.

북창은 각종 지리서를 펴보이며 말했다.

"천하를 돌아다니다 보면 하찮은 미물도 다 저 살 땅에서만 산다 는 것을 알 수 있다네. 어떤 고을에 가면 감나무를 아무리 심어도 잘 자라지 못하고, 설사 자랐다 해도 열매가 맺지 않고, 또 어떤 고을에서는 배나무가 자라지 않는다네. 또 어떤 고을의 하천에서는 잉어가 잘 자라는데 어떤 고을의 연못에는 아무리 잉어 새끼를 갖다 넣어도 자꾸 죽는다네. 이렇게 작물이며 물고기도 다 제자리가 있는 법인데 사람이 사는 곳에 그런 이치가 없을 리 없지 않은가.

이런 이치로 하여 섭생하는 것 하나만으로도 사람의 병을 다스릴 수 있으니 이치가 무언가? 사람의 몸속에도 음양오행이 제각각 들어 있고, 먹는 음식도 제 각각 음양오행이 다 다르니 어떤 것은 이롭게 작용하고, 어떤 것은 해롭게 작용하여 질병도 일으키고 기운을 돕기도 하는 것이라네.

아이를 갖고서 당나귀와 말고기를 먹으면 달이 지나 아이가 태어나고, 난산하기 쉽다네.

개고기를 먹으면 아이가 말을 못한다네.

토끼고기를 먹으면 언챙이를 낳는다네.

비늘 없는 고기를 먹으면 난산한다네.

게를 먹으면 아이가 죽게 된다네.

양고기를 먹으면 아이가 평생 액운을 벗어나지 못한다네.

닭고기와 달걀에 찹쌀을 섞어 먹으면 아이에게 기생충이 생긴다네.

오리고기와 달걀을 함께 먹으면 아이를 거꾸로 낳고 심장이 차가워진다네.

참새고기를 먹고 술을 마시면 아이가 자라 음탕하고 부끄러움을 모르게 된다네.

자라고기를 먹으면 아이의 목이 자라처럼 짧아진다네.

생강 싹을 먹으면 아이의 손가락이 많아진다네.

율무를 먹으면 낙태할 위험이 있다네.

마늘을 먹으면 태기가 소멸한다네.

산양고기를 먹으면 아이가 병치레를 많이 한다네.

버섯을 먹으면 아이가 경풍이 많고 요절하기 쉽다네."

"지(支) 열두 가지를 헤아리면 그렇게까지 나오는 것입니까?"

"그렇다네. 천문과 지리, 간과 지를 말했으니 그것이 두루 나타난 것이 생명이란 사실도 미루어 짐작하겠지? 나무고 풀이고 저마다 성정이 다르고 빛깔이 다른 것은 바로 두 가지가 날과 씨로 오가며 빚은 결과일세."

"이제 음양 오행과 간지를 밝혔으니 사람에 미치는 세세한 영향을 간파하는 눈도 있어야 하겠습니다."

"자네, 욕심이 벌써 뻗치는군. 무슨 말인지 알겠네."

북창은 운명론을 말했다.

"운명론을 말함세. 운명론이란 어떤 사물이나 현상이 장차 어떻게 변화할지 운기 방향을 미리 예측하는 것이고, 이러한 방식으로 이미 지나온 길을 더듬어갈 수도 있는 것이라네. 운명론이야말로 인간의 범주를 벗어난 천기에 해당되는 부분이니, 여기서부터는 참으로 한 마디 한 마디가 목숨만큼이나 중요한 것이 되고 만다네.

운명이란, 자기의 명을 나르는 것이니, 바로 기가 경락을 돌아다니는 것과 같은 것이네. 만일 세 갈래 경락이 있는데 두 군데는 이미 막혀 있고, 한 군데만 뚫려 있다면 그 기는 뚫려 있는 곳으로 갈 것이네. 허나 사람은 막힌 것도 뚫을 줄 알고, 할 수 없는 것도 해내고 마는 불가사의한 힘을 가지고 있어서 곧잘 맞아떨어지질 않는다네. 아무리 타고난 운명이 파란 만장한 사람이라도 불가(佛家)나 선가(仙家)에 몸을 담아 수련에만 힘쓰다 보면 어느새 그런 운명의 힘이 없어지고 만다네. 왜 그런가 하면, 기라는 것은 주변에 있는 사물과 부딪치면서 일어서기도 하고 쓰러지기도 하는 법, 처자도 없고, 부모도 없고, 세속 인연도 다 버려 이런저런 욕망을 다 떨쳐버렸으니 아무리 기가 막힌들 나아갈 길은 한 군데밖에 없기 때문이지.

그러나 산중에서는 그토록 고고하고 덕 높던 선사도 산에서 내려와 세속에 묻히면 금세 운명의 파도에 휘말려들기 시작한다네.

운명의 기운을 크게 쓸 것인가, 작게 쓸 것인가는 당사자가 판단할 일이요, 역학자가 거들어서는 안 되네.

흔히 힘없고 배움이 짧은 백성들의 사주를 살펴보면 천명 그대로 살아가고 있음을 볼 수 있다네. 자기 감정대로 슬프면 울고, 기쁘면 웃고, 배고프면 먹고, 졸리면 자는 백성들에게는 운명의 묘리가 한 치 오차도 없이 척척 맞아들어간다네. 이 말이 무슨 말인가 하면, 운명 감정을 하기에 앞서 자기 자신을 존경하는지 자학하는지 알면 그만큼 감정하기가 쉬워진다는 것일세. 그러니 어떤 사람의 명운을 감정하기에 앞서 그 사람이 어떤 사람인지 먼저 아는 게 퍽 중요하다네."

"명심하겠습니다."

지함은 북창이 퍼붓다시피 하는 새로운 세계를 받아들이느라고 시간 가는 줄도 몰랐다. 어떤 때에는 하루 종일 아무것도 먹지 않고 북창이 주는 책을 읽기만 한 적도 있었다.

날이 갈수록 지함의 공부는 깊어만 갔다.

북창 정염, 그는 쉬지 않고 지함을 가르쳤다. 관상감 교수답게 그는 순서를 잃지 않고 차근차근 가르쳐 나갔다.

그러기를 여러 달, 지함이 대강 도장(道藏)을 읽어낼 무렵이었다.

열기를 뿜어내던 여름해가 산너머로 숨어든 이른 저녁, 북창이 갑자기 떠날 채비를 했다.

"나는 내일 떠나려네."

"아니, 어디로?"

북창이 방에 들어서는 줄도 모르고 『황제내경(黃帝內經)』을 정신 없이 읽고 있던 지함은 북창의 뜻밖의 말에 책을 놓았다.

"글쎄나. 금강산으로 들어가볼까 생각 중일세. 정휴 행자처럼 금 강산 정기나 받으면서 수도를 해볼 생각이네. 기왕 도를 구할 바에 야 더 처절하게 싸워서 얻어야 하지 않겠나."

지함은 북창의 앞에 무릎을 꿇고 머리를 조아렸다.

"아직 제 공부가 짧습니다. 지금 가시면 저는 어떻게 합니까? 조금 만, 조금만 더 머물러주십시오."

북창과 만난 지도 벌써 여섯 달이 넘었지만 선가의 공부는 너무도 깊고 깊어서 이제 지함은 겨우 『옥추경(玉椎經)』까지만 읽었을 뿐이 었다.

"아닐세. 자네는 이미 모든 것을 다 배운 것이나 다름없네. 도란 누가 알려주는 것이 아닐세. 스스로 지극한 정성을 모아 자신을 들 여다볼 때 얻어지는 것이지. 이제 자네 혼자 할 일이 남았을 뿐일세.

도에 이르지 못하기는 자네나 나나 마찬가지 아닌가. 내가 한 이 야기는 이미 책에 다 나와 있고, 선인들이 이미 이르렀던 길일세."

북창의 말이 옳기는 했다. 북창이 하는 말은 이미 그가 준 책 속에 다 들어 있기는 했다. 그러나 그것을 어떻게 받아들이고 실천할지 지함으로서는 막막하기만 했다.

웬일인지 북창의 얼굴은 어두웠다.

봉선사에 온 이후로 늘 솔잎, 생콩, 생쌀 등 선식(仙食)을 하고 단 전 호흡을 한 북창의 얼굴은 갓난아이처럼 투명해졌는데, 오늘은 눈 이 퍼붓기 직전의 하늘처럼 잔뜩 흐려 있었다.

"자네와 나의 연도 매듭을 지을 때가 왔나 보네. 언제 다시 만날 날이 있을 걸세. 그때는 아무래도 내가 자네의 가르침을 받아야 할 것일세."

"무슨 말씀을……. 그나저나 떠나시고 나면 저는 어떻게 합니까? 답답할 때는 누구를 찾습니까? 어디 계실 것인지 말씀이라도 해주시면 정 답답하거든 찾아나서기라도 하지요."

"책은 다 두고 떠날 테니 그 공부를 마치고 나거든 송도로 가보게나. 그곳에 화담 서경덕 선생이 계시네."

"화담 선생이요? 그분은 이미 돌아가시지 않았나요?"

지함도 화담의 명성은 익히 들어 알고 있었다. 그러나 지함이 과거 공부에 한창일 때 그분이 돌아가셨다는 말을 얼핏 들은 기억이 났다.

"하하하, 화담 선생께서 일부러 돌아가셨다는 소문을 내신 거라네. 화담 산방이 유명해지니까 한양의 선비들이 워낙 많이 찾아들어서. 그들이 추구하는 게 뭐겠나? 과거 급제 아니겠나? 화담 선생은 산방이 과거 시험 공부 장소로 바뀌는 게 안타까워서 그런 소문을 내신 거라네. 그러고 나니까 화담 산방에는 한양 선비들의 발길이 뚝 끊겼지. 알음알이로 찾아오는 사람 외엔 없다네.

그분은 나 같은 천학으로는 감히 잴 수도 없을 만큼 가르침이 높은 분이니 큰 도움이 될 걸세. 나는 자네를 채우려 했다면 그분은 비우려 하실 걸세."

서경덕. 이이가 말하던 바로 그 화담 서경덕이다.

지함이 한양에 있는 형 지번의 집에 다니러 갔을 때 마침 가회동에서 이웃해 살고 있던 이이를 만나 명세 다음가는 말동무로 사귀었었다. 그때는 이이가 아홉 살 나던 해였는데 이웃 간에 신동이라는 소문이 자자하여 지함도 자주 그 아이를 보러 다녔다. 그런데 마침 의정부의 좌찬성으로 일하던 그의 부친 이원수가 이조에 출입하던 형 지번과 서로 이웃하여 내왕이 잦았다.

지함이 서경덕의 이름을 들은 것도 바로 이이의 집에서였다.

마침 지함은 이이와 조카 산해의 학문을 시험하며 놀고 있었다.

"이이, 너 천자문을 한숨에 다 왼다며?"

"그럼요. 들어보세요. 천지현황(天地玄黃)."

"벌써 끝인고?"

지함이 이이에게 묻자 옆에 있던 산해가 나섰다.

"천지현황 넉 자 속에 천자문의 이치가 다 들어 있는데, 구태여 천자를 다 읽을 것이 무엇이 있겠습니까?"

지함은 이이와 산해 두 아이의 재치에 깜짝 놀랐다.

그때 이이의 아버지 이원수가 퇴청했다.

이원수는 허엽이라는 젊은 선비를 데리고 나타났다. 그 자리에서 이원수는 지함과 이이, 산해를 허엽에게 소개시켰다. 허엽은 지함과 동년배로, 바로 화담 서경덕의 문하에서 수학을 한 선비였던 것이다.

화담산방은 조선 최초의 서원인 백운동서원(白雲洞書院)이 세워지기 훨씬 전에 있었으므로, 그때까지도 명문 수학 기관이나 다름없었다. 그래서 이원수도 이따금 아들의 공부를 살필 겸 해서 허엽을 초청했던 것이다.

"화담산방 출신의 귀재이니 자네가 내 아들을 가르쳐주게. 이 아이가 비범한 구석이 많다네."

"나이가 더 차면 화담산방에 보내서 서경덕 노사의 지도를 직접 받으면 좋으련만……."

그때 지함이 얼핏 들었던 그 이름, 서경덕을 북창이 말하고 있는 것이다.

"화담산방에 들어가려면 실력도 높아야지만 화담 선생의 문답을 통과해야만 한다네. 그러나 일단 그분 문하에만 들어가면 여기서 내게 배운 것은 아무것도 아니게 된다네. 그분의 가르침으로 말하자면 바다와 같다고나 할까. 비루한 시정의 학문을 가르치는 것이 아닌데도 그곳 출신들은 거의 다 영달을 하고 있으니 이상도 하지 않나?

자네가 기왕에 도학에 입문했으니 그 끝을 볼 욕심도 있을 터인즉 반드시 그분을 만나야 할 걸세. 나도 나이만 이렇게 들지 않았다면 당장이라도 달려가고 싶다네."

그렇게 말은 차분히 해나가면서도 북창의 얼굴은 어두웠다.

무슨 일일까?

왜 갑자기 절을 떠나겠다는 것인가? 그동안 학인들의 심한 냉대와 모함에도 꿋꿋이 버텨온 북창이다.

돌이켜보면, 북창이 자기 자신의 공부를 위해서 그런 수모를 끝까지 견디며 있었던 것이 아니었다. 그가 봉선사에서 한 일이란 지함을 가르치는 일뿐이었다.

"얼굴빛이 좋지 않으십니다."

북창은 무겁게 고개를 끄덕였다.

"아버님이 오늘 밤을 넘기지 못하실 것 같으이."

"그걸 어떻게 아십니까?"

그동안 북창의 책을 빌려 읽으면서 하늘과 땅의 기운을 읽어 미래를 알 수 있다는 귀절을 읽긴 했지만, 북창의 말은 놀라웠다.

"핏줄의 육감이라고 해두세."

북창은 더 이상 말을 하고 싶지 않은 모양이었다.

지금까지 북창은 천문, 역서, 지리 등 가지고 있던 책을 모두 빌려

주고 가르침을 주면서도 사람의 운명을 읽어내거나 미래를 점치는 일에 대해서는 함구했다. 지함이 비술 쪽으로 빠지는 것을 막고 도를, 진리를 깨우치는 학문으로 받아들이기를 바라는 배려라고 지함은 생각했다. 그런데 정작 북창 자신은 도의 비술까지 익히고 있었던 모양이다. 아직 지함으로서는 믿어지지 않는 일이었다.

어쨌든 지함의 생을 소용돌이 속으로 몰아넣은 정순붕, 그가 죽는다니 얼마나 반가운 일인가.

그런데도 지함은 이제 그런 느낌마저 생기지 않았다.

사필귀정이라고 했으니 당연한 일 아닌가.

하늘은 살아 있는 것이다.

이튿날이었다.

첫닭도 울기 전에 요란한 말발굽 소리가 들려오더니, 잠시 후 북창의 방으로 누군가 들어갔다. 북창의 말이 옳았던 것일까.

지함은 어둠 속에서 옆방을 향해 귀를 바짝 세웠다.

잠시 후 지함의 방문을 두드리는 소리가 들려왔다.

의관을 차려입은 북창이었다. 파발이 올 것을 미리 내다보고 의관을 갖춘 채 기다리고 있었던 듯했다.

"몇 시간 전에 운명하셨다네. 왜 언젠가 우리가 명조를 본 적이 있지 않은가. 그게 현실로 다가온 것일세. 그럼, 나는 금강산으로 가네. 한양에 다시 가거들랑 이 정염은 죽었노라고 말해 주게. 세인들이 영원히 나를 잊어버리도록……. 아버지 장례는 알아서 치르라고 아우들에게 일러두었네. 내가 그 불쌍한 아비의 영혼을 위해 기도 좀 해주어야겠네."

"언제 다시 뵐 수 있을까요?"

"언젠가 다시 볼 날이 있겠지."

언제 만날지 모르는 북창이 어둠 속으로 사라지는 것도 모르고 지함은 넋을 잃은 채 그대로 서 있었다.

정순붕, 그는 지함의 스승마저 데려가버린 것이다.

문득 비바람이 몰아치는 홍주목의 바다가 머릿속에 떠올랐다. 세상을 뒤흔들며 다가오던 집채만 한 파도……

그 성난 파도가 자기에게 덮쳐 오기라도 하는 것처럼 지함은 눈을 꽉 감았다.

한 인간의 삶이 어찌 이리도 곡절이 많단 말인가. 이것 또한 거역할 수 없는 운명이란 말인가.

어떤 때에는 도반(道伴)처럼, 또 어떤 때에는 스승처럼 여기고 지내오던 북창이 봉선사를 떠났다. 정휴도 금강산으로 떠났다. 이제 남은 것은 지함 혼자다.

서서히 햇살이 비껴드는 승방에 지함 홀로 앉았다. 사랑하는 이들을 모두 떠나보내고 지함 혼자다. 몸살에 걸린 듯 몸이 떨려오며 진한 외로움이 엄습해 왔다.

문득 북창의 말이 머릿속에 떠올랐다.

"도란 누가 가르침을 준다고 얻어지는 게 아닐세. 스스로 정성을 지극히 모아 정진할 때 비로소 깨달을 수 있는 것이지."

지함은 모든 상념을 털어버리고 책상 앞에 앉았다.

마침 글 읽기 좋을 만한 햇살이 창호지에 배어들고 있었다.

그러나 그 잠시를 놓치지 않고 누군가 문을 두드렸다.

지함이 방문을 열자 벌써 북창이 떠난 걸 안 학인들이 대여섯 명서 있었다. 북창이 있는 동안에는 그래도 심하게 굴지 못하던 그들이지만 지금은 눈빛이 달랐다.

"이제 떠나시오. 그런 놈을 감싼 사람하고는 같이 있을 수 없소."

학인들은 더 이상 말하지는 않았으나, 재촉하는 눈길로 묵묵히 버티고 서 있었다.

"알았소. 곧 떠나리다."

지함은 문을 닫았다.

이제는 봉선사에 더 있을 이유가 없다. 학인들이 아니어도 떠나는 게 옳다.

누가 있는 것인가? 왜 나를 끝없이 몰아가는가? 하늘은 왜 한시도 나를 가만두지 못하는 것일까?

9. 민이의 죽음

세월은 그야말로 흐르는 물이었다.

어느새 봄이었다.

몇 년 만에 오는 가회동은 개나리와 진달래 꽃더미에 파묻혀 혹 무릉도원이 아닌지 다시 한 번 주위를 돌아볼 정도였다. 형 지번은 청풍 군수가 되어 임지로 떠나 있고 가회동 집은 형수와 조카 산해가 지키고 있었다.

나지막한 옆집 담장 너머로 개나리 가지가 휘어져 있고 그 틈으로 어린 이이가 책 읽는 소리가 흘러나오고 있었다. 군데군데 흙이 내려앉은 담장은 빈한한 살림살이를 여실히 드러내고 있었는데 그나마 화사한 개나리 꽃더미가 있어 애처로움을 덜어주고 있었다.

지함은 대문을 밀다 말고 옆집 이이의 집으로 발길을 돌렸다.

대문을 두드리자 하인이 문을 열어주었다. 안으로 들어서니 사랑에서 글을 읽고 있던 이이가 벌써 알아차리고 반색을 했다.

이이를 가르치고 있던 허엽도 지함을 돌아다보았다.

"오랜만이오. 그래, 그동안 봉선사에서는 공부가 많이 깊어지셨소? 이제 벼슬길에 올라야 하지 않겠소? 대과에 장원 급제한 수재께서 자꾸 떠돌기만 해서야 되겠소이까?"

허엽이 반갑게 맞으면서 덕담을 건넸다.

"공부가 워낙 짧아서 아직 벼슬은 생각하지 않고 있소이다. 그래서 허 선비께서 배우셨다는 화담 산방에 입문할까 하고 있소이다."

"화담 산방이오? 거긴 폐쇄되었는데요. 선생도 이미……."

"하하하, 알고 있소이다. 화담 선생이 과거 공부 때문에 몰려오는 학인들을 내치려고 짐짓 그리 하셨다는 걸."

지함의 말에 허엽은 민망한 얼굴로 웃었다.

"이거, 미안하오이다. 본의 아니게 거짓말장이가 되어버렸소이다. 기왕 마음을 정하셨다면 제가 서찰을 한 통 써드릴 터이니 그걸 가지고 가십시오."

"고맙소이다."

지함은 허엽에게 감사의 뜻을 전하고 이이에게 말을 건넸다.

"이이, 공부는 잘되어가나?"

"이이는 지지난 해, 열셋에 벌써 진사시에 합격했소이다."

이이 대신 허엽이 자랑스레 대답했다.

"장하구나."

지함이 이이의 어깨를 두드리자 소년티가 물씬 나는 이이는 씩 웃으면서 대답했다.

"예, 스승께서 잘 이끌어주신 덕분이지요. 저는 따라가기만 하면 저절로 공부가 되는 듯합니다."

"아니라오. 내당에 계신 대부인께서 워낙 가르침이 출중해서 난 가르칠 것도 없다오. 매번 와서는 놀라고만 간다오. 뭘 좀 가르치려고 하면 벌써 알고 시치미를 뚝 떼곤 나를 놀리기가 일쑤라오, 허허허."

내당의 대부인이라면 사임당 신씨를 지칭하는 것이다.

허엽이 먹물을 듬뿍 바른 붓으로 화담에게 보낼 서찰을 쓰고 있는 동안 이이와 지함은 마당으로 내려가 잠시 이야기를 나누었다.

"이이, 너도 이 세상에 공맹뿐이라고만 생각 말고 다른 것도 두루 공부하거라. 내가 지금 신기한 공부를 많이 하고 오는 길이다. 허엽, 저 선비도 화담 산방에서 배웠으니 그런 걸 많이 알고 계실 거다. 틈틈이 지루할 때마다 여쭈어보거라. 다른 도도 가르쳐달라고……."

허엽이 서찰을 다 써서 한지에 말아 지함에게 건네주었다. 지함은 그것을 받아 가슴에 지니고는 남산골 자기 집으로 향했다.

반쯤 열린 대문을 열고 지함이 집 안으로 들어서자 여인네의 품에 안겨 대문 쪽을 바라보고 있던 아이가 두 눈을 동그랗게 뜨고 그를 바라보았다. 처음 보는 아이인데도 낯이 익었다. 아이가 뭐라 소리를 지르는 바람에 지함을 알아챈 여인네가 화들짝 놀라 마루에서 일어났다. 이제 얼굴도 희미하게 잊어버린 자신의 아내였다.

아이는 낯을 가리는지 어머니의 치맛자락에 매달려 반쯤 얼굴을 가리고, 그러나 호기심을 감추지 못하고 한 눈으로 지함을 유심히 살폈다. 두 살쯤 되었을까. 제법 총명한 기가 있어 뵈는 아이였다.

"산휘입니다. 아주버님께서 지어주신 이름입니다. 인사드려라. 네 아버님이시다."

핏줄은 당긴다고 하더니만 그래서 낯이 익어 보였는가. 아이는 아버지라는 말에 배시시 웃으며 지함의 품으로 와락 달려들었다. 다리를 부둥켜안은 아이를 어쩌지 못하고 멋쩍어하던 지함은 잠시 후 아이를 번쩍 안아 올렸다.

아이는 터질 듯 부푼 분홍빛 뺨을 지함의 얼굴에 마구 부벼댔다. 지함은 기쁨인지 슬픔인지 헤아릴 수 없는 묘한 감동이 솟구쳤다. 간절히 원하지 않아도, 사랑으로 결합하지 않아도 생명은 탄생할 수 있는 것일까? 그러나 눈앞에 있는 것은 분명 자신을 쏙 빼닮은 또 다른 자신이었다.

생명이란 시초부터 슬픈 것이로구나.

아이를 내려놓으며 지함은 자기도 모르게 중얼거렸다.

두 해 만에 지아비를 만나고도 아내의 얼굴에는 별다른 표정이 없었다. 하기사 애정이 없기로는 지함만이 아닐 터였다. 얼굴도 모르고 시집와 섬기게 된 지아비, 혼인한 이후로 단 한 번도 정겹게 안아주지 않고 집안을 내팽개치고 기방에나 빠져 살던 지아비에게 어찌 정이 가겠는가.

사나이인 지함이야 밖으로 돌면서 이것저것 털어버릴 수도 있었지만 여자인 이상 어쩌지도 못하고 저렇게 무감동으로 자신을 지키고 있는 것이리라.

죄스러운 마음에 지함은 아내를 똑바로 쳐다볼 수가 없었다. 그러나 어쩔 수 없는 일이다. 아내의 마음에 드는 지아비가 되고자 남은 공부를, 이제야 시작한 공부를 그만둘 수는 없다. 그저 아내의 처지를 이해한 것만으로 죄스러움을 조금이나마 덜어볼 뿐이다.

따지고 보면 이 여인은 민이보다도 더 서글픈 운명을 살아가고 있는 것이다. 지함이 명세와 민이를 잃고 폭음으로 날을 지새고 있을 때 홍주로 낙향하면서 형 지번이 억지로 짝을 맺어놓고 길을 떠난 게 그 시작이었다. 아마도 지번은 그렇게 해서라도 지함을 잡아보려고 생각한 듯했다. 그러나 지함은 한 달도 더 머물지 않고 집을 뛰쳐나가 기방에만 얹혀 살았다. 그 뒤로 그 여인, 아내에게 소식도 연락도 주지 않다가 광릉으로 떠나면서 잠시 들른 것이 고작이었다.

지함은 그의 아내라는 여인을 잠시 바라보았다.

얼굴이 낯설다.

지함이 물끄러미 바라보자 아내는 고개를 떨구었다.

"아녀자 혼자 몸으로 고생이 많았겠소. 나는 한 열흘 묵었다가 송도로 떠날 것이오."

아내는 고개를 숙인 채 잠자코 듣기만 했다.

지함은 곧 자리에서 일어섰다.

"잠시 어딜 좀 다녀오겠소."

집을 나선 지함이 찾은 곳은 교동 명세의 집이었다. 명세가 세상을 뜬 지도 벌써 2년이 지났으니 그 집에 명세나 민이의 흔적이 남았을 리도 없건만 지함은 천천히 추억을 되새기며 집 주변을 한바퀴 비잉 돌았다. 어린아이들이 깔깔대며 웃는 소리가 담장을 넘어 골목까지 울려 퍼지고 있었다.

지함은 슬며시 발뒤꿈치를 들고 담장 안을 넘겨다보았다. 민이가 정성을 들이던 화단은 새 주인이 통 돌보지 않았는지 잡초가 무성했고, 꽃 한 송이 제대로 피어 있지 않았다. 민이가 좋아하던 모란만이 무더기로 짙푸른 잎을 피우고 있을 뿐이었다.

모란꽃 옆에 앉아 있던 민이의 모습은 얼마나 아름다웠던가. 저 사랑방 문을 열고 빼꼼 들여다보던 민이의 눈은 또 얼마나 반짝였던가. 저 사랑에서 명세와 주고받던 수많은 말들……. 그 그리운 날들은 이제 영원히 다시 올 수 없을 테지…….

지함은 쓸쓸히 발길을 돌렸다.

지함이 물어물어 정순붕의 집을 찾은 것도 한양을 떠나기 전 민이를 혹시 만날 수 있을까 하는 한 가닥 희망에서였다. 민이에 대한 간

절한 그리움, 지나간 아름다운 시절에 대한 간절한 그리움이 지함의
발길을 정순붕의 집으로 향하게 했다.

정순붕이 죽은 지금 그의 첩이 되었다는 민이는 어떤 모습으로 살
아가고 있을까?

지함은 전혀 짐작이 가지 않았다.

멀리서 얼굴이라도 한 번 볼 수 있다면 좋으련만. 그럴 수만 있다
면, 이 진한 미련을 떨쳐버릴 수 있으련만⋯⋯.

정순붕의 집을 향해 걷는 지함의 발길은 무겁기만 했다.

정순붕은 죽었건만 아직 집안의 세도는 당당한 모양인지 집안 단
속이 잘 되어 있었다.

없을 줄 번연히 알면서도 지함은 정염을 찾았다. 당연히 없다는
대답이었다.

"아우 되는 분들은 계십니다만⋯⋯."

"아니오."

차마 이 댁 주인의 첩을 만나러 왔다고는 말할 수 없었다.

이제 와서 민이를 만난들 무얼 어쩌겠는가.

북창이 아니라면 감히 이 집에 올 생각도 내지 못했을 것이다. 대문
앞까지는 왔지만 북창도 없는 집에서 민이를 만나볼 요령이 없었다.

지함은 하는 수 없이 발길을 돌려 대문을 나섰다.

그때 누군가 뒤에서 지함을 불렀다.

"저, 혹시 선비님의 함자가 지자, 함자 아니신지요?"

문안에서 대문 밖을 살피던 소년이 뛰어나왔다. 열일고여덟 살쯤
되어 보였다. 차림새를 보아하니 북창의 아우인 듯 싶었다.

"저어, 함자가 맞으시지요?"

"그렇네마는⋯⋯."

소년은 자세를 고르고 깊숙이 허리를 숙였다.

"저는 정작(鄭碏)이라고 합니다. 지난해 아버님이 돌아가셨을 때 형님께서 제게 은밀히 서신을 주셨습니다. 선비님이 찾아오실 거라고……."

찾아올 줄을 알았다고?

북창은 지함이 왜 이곳을 찾을 거라고 생각한 것일까?

"이리 오십시오. 형님께서 선비님이 찾아오시면 보여드리라고 한 것이 있습니다."

정작은 앞장서서 집 안으로 들어가더니 후원 쪽으로 향했다. 그제 사 지함은 부끄러움에 낯이 뜨거워졌다. 북창은 모든 것을 알고 있었던 것이다. 지함이 아직도 민이를 떨쳐버리지 못하고 있음을. 아직도 지난 일에 매어 있음을. 그리고 이곳에 다시 나타나리라는 것까지도 손바닥 들여다보듯 훤히 알고 있었던 것이다.

"이 방을 선비님께 보여드리라고 하셨습니다."

후원의 조그만 별당에 있는 아담한 방이었다. 마루엔 부연 먼지가 끼어 있었고 문풍지는 몇 군데 구멍이 나 있었다.

"안을 보시겠습니까?"

지함이 대답도 하기 전에 정작이 문을 열었다. 경대와 몇 가지 가구가 먼지를 뒤집어쓴 채 놓여 있을 뿐 방은 을씨년스럽게 텅 비어 있었다.

"그런데 이 방은 왜 보여주는 건가?"

"아직 모르셨나요? 이 방을 쓰시던 분이 누구인지?"

"형님께서 말씀하셨나?"

"예, 선비님과 정혼한 적이 있다는 그분의 방입니다. 그런데 서운하시겠습니다. 돌아가셨으니."

"죽었단 말인가? 언제?"

지함은 억장이 무너져 내리는 것 같았다. 민이가 죽었다니, 민이가 죽었다니……

"아버님이 돌아가신 지 며칠 만에 세상을 떴습니다. 염병에 걸렸습니다. 아버님도 염병으로 돌아가셨지요."

지함은 정작의 말이 귀에 들어오지 않았다.

민이. 이 세상 어느 하늘 밑에선가 살아 있다는 사실 하나만으로도 지함에게 살아갈 힘을 주던 민이. 그 민이가 죽었다니, 이 세상을 떠나갔다니……

광릉에서 북창과 선가 공부를 하면서 지함은 민이에 대한 그리움을 깨끗이 지워버렸다고 생각했었다. 그러나 한양으로 올라오니 옛 정이 다시 살아나고 그 정이 이곳까지 지함의 발길을 끌어온 것이다.

그런데, 그런데 민이가 죽었다니……

"한양까지도 염병이 쓸고 지나갔군."

지함은 아무렇지도 않은 듯 담담하게 정작의 말을 받았다. 북창이 어디선가 자신을 지켜보고 있는 것 같아, 속내를 들키고 싶지 않아 짐짓 태연을 가장한 것이다.

"그렇긴 하지만, 염병이 제 발로 아버지를 찾아든 것은 아니지요. 그이가 아버님에게 전염시킨 거랍니다."

"전염시켰다고?"

"아버님은 그이의 방에서 살다시피 하셨지요. 아버님이 돌아가신 뒤에 아버님 베개에서 염병으로 죽은 사람의 팔뚝이 나왔지요. 그이가 어디서 그걸 구해다가 아버님의 베개 속에 몰래 숨겼던 겁니다. 그래서 두 분 모두 염병에 걸린 것이지요. 염병에 걸리면 다 죽게 되는 것이고."

그랬구나. 결국 민이는 그렇게 해서 복수를 했구나. 나를 얼마나 원망했을까. 같은 하늘 아래에 버젓이 살아 있으면서도 자신의 한을 풀어주지 못한 나를…….

이 방에 앉아 민이는 원한으로 사무친 밤들을 보냈을 것이다. 때로는 지함을 그리워하며 기나긴 밤을 눈물로 적셨을지도 모른다.

모든 것이 부질없이 지나가버린 옛일이라고 생각하면서도 지함의 눈시울은 벌겋게 달아오르고 있었다.

고개를 돌렸을 때 후원 곳곳에 무리를 지어 자라는 모란이 보였다. 모란은 아직 때가 일러 피지 않았다. 지함은 그것도 필시 민이가 가꾸던 것이라고 생각했다. 죽음을 작정한 순간에도 민이는 삶에 대한 한 가닥 애착을 모란을 통해 피워낸 것인지 모른다. 길게 피어야 열흘 핀다는 꽃 모란. 그래서 화무십일홍(花無十日紅)이고, 민이도 금세 지고 만 것일까.

지함은 오래도록 눈물 고인 부연 눈으로 모란을 바라보았다.

"이 방을 쓰시던 분이 심어놓으신 겁니다. 오월이면 후원이 온통 붉은 모란으로 가득 차지요. 그래도 썩어빠진 이 집안에서 유일하게 볼 만한 곳이랍니다."

정작의 말투는 영락없는 북창이었다.

안명세와 민이는 그들이 목표로 하는 일을 목숨을 바쳐 이루어냈다. 그러나 지함은 목숨을 바치면서라도 해내야 할 일을 아직 찾지 못했다. 그들의 불행을 맞아 기방에 들어가 술을 마시며 세상을 비관한 것뿐이었다.

지함은 가슴이 저려서 더 이상 머물러 있을 수 없었다.

쓸쓸히 발길을 돌려 힘없이 대문을 향하는 지함을 정작이 불러세웠다.

"이 선비님. 선비님께서는 송도로 가실 거지요?"

북창이 그것까지 일러준 것일까?

지함은 고개를 끄덕였다.

"형님께서는 금강산으로 들어가신다고 하시면서 제게도 송도로 가라 하셨습니다. 저도 데려가주십시오."

"몇 살인가?"

"이제 열여덟입니다."

"사서는 배웠는가?"

"일별은 했습니다만……. 꼭 데려가주십시오. 한시라도 빨리 이곳을 떠나고 싶습니다. 계모도, 이복형제들도 보기 싫습니다."

그래서 얼굴에 그늘이 있는 모양이다.

"일별 가지고는 안 되네. 모든 것은 기초가 튼튼해야 하는 법, 좀 더 공부를 하게. 사서를 제대로 뗀 다음에 오게. 그게 좋다네."

정작은 금세 시무룩한 표정으로 대답이 없었다. 계모와 이복형제들 속에서 형 정염의 말을 믿고 지함이 오기만을 기다린 모양이었다.

공부가 부족하니 아직 떠날 때가 아니라는 말은 핑계였다. 지함은 정작과 함께 가고 싶지가 않았다. 그가 정순붕의 아들이기 때문이었다. 민이의 생명을 앗아간 정순붕, 그자의 아들이라는 이유 때문에 지함은 정작과 함께 가기가 싫었다.

내가 아직도 정순붕에 대한 원한을 떨쳐버리지 못했구나.

지함은 북창에게서 선가를 전수받으면서 모두 떨쳐버렸던 것으로 생각했던 원한이 다시 부글부글 끓어오르는 것을 느꼈다.

"장부란 쉽게 떠나지 않는 법일세. 참고 견디는 것, 그것도 장부의 일이야."

지함은 정작을 데리고 가지 않는 이유를 둘러댔다.

"알겠습니다."

대답은 하면서도 정작의 말투나 표정에는 아쉬움의 빛이 역력했다.

정순붕의 집을 나와서야 지함은 송도로 떠날 일이 머리에 떠올랐다. 얼핏 본 집안 살림으로는 길 떠날 여비조차 궁할 것 같았다. 집에 돌아와 있는 돈을 다 챙겨보라고 일렀으나 역시 생각했던 대로였다. 아내는 종도 하나 없이 집안의 궂은일까지 혼자 하고 있는 형편이었다. 하기사 형 지번이 유배나 다름없는 청풍 군수 노릇으로 두 집안을 먹여 살리고 있으니 당연한 일이었다.

부인이 전 재산이라고 내놓은 돈은 송도까지 가는 여비로 쓰는 데에도 모자랄 정도였다. 그것마저 쓸어 갔다가는 두 모자가 굶어죽을 판이었다.

낙담한 지함은 하루 종일 방 안에 틀어박혀 책만 읽어댔다.

다음 날 아침, 지함은 아내에게 받은 돈을 들고 집을 나섰다.

"벌써 떠나십니까?"

아직 열흘이 되지 않은 걸 두고 아내가 이르는 말이었다. 사대부 집안의 교육을 제대로 받은 탓인지 집에 돈 한 푼 남겨놓지 않고 다 들고 나가는데도 부인은 지함의 거동에 대해 일절 말이 없었다.

"아니오. 잠시 다녀올 곳이 있소. 저물기 전에 들어올 것이오."

집을 나온 지함은 남대문 밖 저잣거리로 향했다. 농사 준비로 농부들은 여념이 없을 때지만 그래도 저잣거리는 제법 북적거렸다. 옷감이며 농기구며 과일이며 여인네들의 패물에 이르기까지 시장에는 없는 것이 없었다. 나무를 한 짐 내려놓고 흥정을 붙이는 나무꾼, 가져온 물건을 다 팔고 술을 한잔 걸치고는 시비를 걸고 있는 중늙은이, 봄나물을 한 소쿠리도 안 될 만큼 펼쳐놓고는 먼 하늘만 바라보

198

고 있는 노파, 비단을 사라고 외쳐대는 비단 장수. 저잣거리는 생기
가 넘쳐흘렀다.

지함은 늘 이런 분위기가 좋았다. 홍주에 있을 때도 구태의연한
선비들보다 일하는 사람들과 어울리는 것이 더 즐거웠는데, 바로 이
런 분위기 탓이었다. 이들은 비록 출세길이 막힌 평민이거나 천인들
이지만 삶의 자잘한 재미와 슬픔을 솔직하게 표현할 줄 아는 사람들
이었다.

다리가 아프도록 저잣거리를 쏘다닌 다음에야 지함은 나막신을 사
들이기 시작했다. 가는 봄비 정도야 나막신 없이도 다닐 만한 터인데
다가 제철이 아닌 봄이어서 나막신 장수들은 파리를 날리고 있었다.

지함은 가져온 돈을 다 털어 그날 나온 나막신 가운데 질 좋고 무
늬를 곱게 놓아 제법 공을 들인 것을 모두 사들였다.

"이 많은 걸 다 어디다가 쓰시려는 겁니까?"

사 가는 사람도 없는 마당에 물건을 떨어주니 군소리 없이 팔면서
도 나막신 장수들은 지함이 정신 나간 사람이라고 생각하는 눈치였
다. 하긴 이런 봄날에 한두 켤레도 아니고 달구지 그득히 나막신을
사 가니 이상할 법도 했다.

지함은 그저 빙그레 웃고는 나막신을 달구지에 가득 싣고 집으로
돌아왔다.

아내의 입이 벌어진 것이야 당연했다. 달구지에서 부린 나막신이
마루를 가득 채웠으니.

"그 돈으로 이걸 사 오신 겁니까?"

"그렇소."

부인의 입에서 낙담한 듯한 한숨 소리가 새어나왔다.

신나는 건 아들 산휘뿐이었다. 산휘는 나막신을 신어보기도 하고

집어던지기도 하며 제 어미의 한숨에는 아랑곳없이 즐거워 어쩔 줄
을 몰라했다.

이 많은 나막신을 어디다 쓸 것인지 물어볼 법도 하건만 아내는
한숨을 내쉴 뿐 다시 무표정한 얼굴로 더 이상 말이 없었다.

지함도 군소리 없이 방으로 들어가 책을 펼쳤다. 북창이 주고 간
책들을 한 번씩은 읽고 한양으로 왔으나, 가르침이 높다는 화담 서경
덕의 문하에 들어가자면 아직도 한참 부족한 실력이라 여긴 탓이다.

나막신을 사온 지 나흘째 되는 날이었다. 아침부터 먹장구름이 하
늘을 가리더니 조와 보리로 지은 아침밥을 막 먹고 났을 즈음부터
장대비가 퍼붓기 시작했다. 한동안 가문 뒤끝이긴 하지만 봄비치곤
매우 거센 빗발이었다. 기세 좋아봐야 봄비가 하루 이상 가겠느냐고
다들 느긋해 했지만 비는 여간해서 멈출 기세가 아니었다.

지함은 도롱이를 받쳐 쓰고 남대문으로 나갔다. 길마다 물이 고여
나막신 없이는 걸을 수가 없었다.

상인들은 금세 지함을 알아보았다.

"아니, 나막신을 다 쓸어간 양반 아니시오? 그 많은 나막신은 어디
다 두셨습니까?"

나막신 장수들은 물건이 없어 발을 동동 구르고 있었다.

"나막신을 더 사러 왔소."

"세상에. 남대문의 나막신이란 나막신은 모조리 사 가놓고 무슨
나막신이 남아 있다고 그러십니까? 나막신을 찾는 사람은 한둘이 아
닌데 물건이 있어야 장사를 하지요. 한 켤레 값이 얼마나 나가는지
아십니까? 부르는 게 값입니다. 그런데도 장사를 할 수가 없어요. 물
건이 있어야 팔기도 하고 이문도 볼 거 아니겠소."

"그래 한 켤레에 얼마나 하오?"

"세 배로 뛰었어요. 닷 푼 하던 게 지금은 한 냥 반이랍니다. 그나마 없어서 못 팔지요. 이러다간 두 냥도 더 나갈 판입니다. 나막신 깎는 게 어디 쉽기나 하나요. 한 사람이 온종일 깎아대야 몇 개를 만들까말까 한걸요."

나막신 장수들은 지함을 원망스럽게 쳐다보았다. 지함만 아니었으면 이 기회에 한몫 챙길 수 있었을 텐데 싶은 모양이었다.

허허, 지함은 속으로 웃음을 터뜨렸다.

전처럼 장에 나막신이 있었더라면 지금같이 값이 뛰었겠는가.

"나막신을 팔러 나왔소."

"예?"

상인들은 지함의 차림새를 아래위로 훑어내렸다. 차려입은 건 분명 양반인데 나막신을 팔겠다니, 그런가 아닌가 하고 살피는 눈치였다. 양반이 돈 버는 일에 관여했다가는 큰 흉이 되는 세상이니 그럴 만도 했다. 장사란 천민이나 하는 업이다.

"그런데, 나는 두 냥은 받아야겠소. 비는 내일도 그치지 않을 테니 파는 것은 걱정하지 않아도 될 것이오."

상인들은 자기들끼리 모여 뭔가 쑥덕거리더니 곧 달구지를 한 대 불러 지함을 따라 나섰다.

"그런데 선비님은 어떻게 비가 올 줄 아셨습니까?"

"허허, 가물면 비가 오는 법이지요."

"하지만 봄비가 이렇게 많이 내린 적이 없었습니다요. 나막신 장사 몇 년 만에 봄에 물건이 달려보기도 처음이구요."

"운이 좋았다고 해둡시다."

"그런데 궁금한 게 있습니다. 왜 질 좋고 무늬를 곱게 새긴 나막신

만 골라서 사 가신 것입니까? 다른 것은 값이 너무 싸서 장사가 안
될까봐 그러셨나요?"

"허허허. 양반들 돈 좀 빼앗아보려고 그랬소이다."

상인들은 믿지 않는 눈치였다. 그러고 보니 두 냥이나 값을 불렀
는데도 선뜻 따라나선 것이 내일까지 비가 멈추지 않을 것이란 지함
의 말을 그대로 믿는 모양이었다.

지함은 천문을 읽었을 뿐이었다. 비가 많이 오리라는 것은 여기저
기서 그 흔적이 있었다. 구름의 빛깔이 그러했고, 땅에 기어다니는
벌레까지 그랬다. 벌써 북창의 천문은 그런 곳까지 닿아 있었다. 음
양오행으로 양수(陽水)가 콸콸 쏟아지는 날이 겹쳐 있었던 것이다.

지함은 처음 집에서 가져간 돈의 네 배를 아내에게 내놓았다.

아내의 눈동자에 얼핏 물기가 젖는 것 같더니 이내 고개를 들고
원망스러운 눈길로 지함을 쳐다보았다. 아차 싶었다. 먼저 보인 눈
물이야 처음으로 집을 생각하는 남편의 마음씀에 감동한 것일 테지
만, 나중의 눈길은 며칠 만에 이만한 돈을 버는 능력을 갖고서도 지
금껏 가족을 내팽개쳐온 남편에 대한 원망이리라.

어쨌거나 산휘와 부인이 한동안 먹고살 돈을 건네주고 나자 지함
은 마음이 한결 편했다.

지함은 아직도 아내에 대한 자신의 마음을 잘 정리하지 못하고 있
었다. 민이의 그림자를 다 지워버리지 못한 때문만은 아니었다.

새로운 인생이 시작되고, 새로운 운명이 시시각각으로 다가오고
있는 지금, 지함은 이 엄연한 현실을 인정할 수밖에 없었다. 민이가
아닌 다른 여인이 아내가 되어 있고, 아들이 있고, 그리고 살아 움직
이는 자기 자신이 있다는 이 엄연한 현실을.

며칠 뒤 지함은 보던 책과 여비만 챙기고 가벼운 차림으로 집을 나섰다. 또 얼마 만에 돌아오게 될지 모르는 기약 없는 이별이었다. 부인은 눈물을 보이지 않았다. 산휘만이 지함의 소매 끝에 매달려 애처롭게 눈물 젖은 목소리로 떼를 썼다.

　"싫어요, 싫어요."

　며칠 만에 정이 든 것일까. 어머니가 나무라며 잡아떼는데도 산휘는 어린 팔로 악착같이 지함의 소매를 잡고 놓지 않았다.

　지함의 가슴이 아려왔다.

　"울지 말아라. 아버진 금세 돌아오실 게다."

　아내가 아이를 달랬다. 아내 자신이 그렇게 믿고 싶었을 것이다. 그러나 아이는 본능적으로 긴 이별을 예감하는지 어머니의 말에 거세게 도리질을 했다.

　아내가 간신히 아이를 떼어내고는 발버둥치는 어린것을 꽉 부둥켜안았다.

　등뒤로 자지러지는 산휘의 울음소리가 들려왔다.

　지함은 가슴께로 손을 가져갔다.

　지함이 곁에 있다고 산휘가 짊어져야 할 삶의 고통이 줄어드는 것은 아니다. 어차피 삶이란 이별과 고통의 연속인 것을…….

　산휘야. 너는 조금 더 일찍 이별의 고통을 겪는 것뿐이다.

　그러나 좀처럼 아이의 울음소리는 그치지 않았다. 골목길을 완전히 벗어날 때까지 오장육부를 다 긁어내는 듯한 산휘의 울음소리가 떠나지 않았다. 그 사이로 들려오는 아내의 소리 없는 울음을 지함은 들을 수 있었다. 그리고 또다른 곳에서 새로운 운명이 지함을 두드리고 있었다.

10. 화담 산방

송도에도 비가 내렸는지 연록색 잎을 펼치기 시작하는 나무들이 한결 싱그러워 보였다. 고려 왕조 475년의 도읍이었던 송도에 이제 옛 영화의 흔적은 자취도 없었다. 과거는 그렇게 아무런 흔적도 없이 흘러가버리는 듯이 보이는 것이다. 그런데도 나무는 자라고 꽃은 피었다. 고려의 나무로도, 조선의 꽃으로도 구분되지 않고 언제나 한 얼굴을 하고서.

보는 사람만이, 볼 수 있는 사람만이 조금 볼 수 있을 뿐 고려가 있던 그 자리에서 이제 조선의 역사가 이루어지고 있었다. 송도는 더 이상 고려의 수도가 아니다. 송도 사람들은 한때 영화롭던 도읍지였다는 사실에 자위를 하기도 했지만 그것은 오히려 열등감만 부추길 뿐이었다. 민이와 명세의 죽음이 지함의 삶 전체를 변화시켰듯, 쇠락한 듯 보이는 송도도 옛 시절의 그림자를 시린 상처처럼 아프게 품고 있었다.

송도는 한양만큼이나 넓은 땅이었다. 군데군데 손보지 않아 허물어진 옛 성벽들이 방치돼 있었다.

어디쯤 궁궐이 있었을까. 태조가 불태워버린 궁궐의 흔적은 어디에도 남아 있지 않았다. 몇 사람에게 물어보기도 했지만 이미 이백 년이 가까워오는 옛일을 사람들은 벌써 잊고 있었다.

그러나 화담 산방만큼은 누구나 알고 있었다.

"화담 산방이오? 거긴 문을 닫은 지 벌써 몇 해 되었는데……."

송악산은 송도를 병풍처럼 둘러친, 제법 산세가 거친 산이었다. 아름드리 전나무가 꽉 들어찬 숲은 오후인데도 햇빛 한 줄기 새어들지 않았다. 전나무 숲 사이로 굽이치는 계곡을 따라 지함은 송악산을 올랐다.

송악산 중턱에 있다는 화담 산방은 제법 멀었다. 진달래가 피어나는 봄이건만 지함의 등줄기가 땀으로 축축하게 젖어들었다.

계곡 왼편 산기슭으로 자그마한 암자의 처마가 숲 사이로 내비쳤다. 송악사의 말사인 상적암이다. 그렇다면 화담 산방도 거의 다 온 셈이다.

계곡을 따라 얼마나 더 올라갔을까, 계곡이 끊어질 듯 물길이 가늘어진 곳 오른편에 제법 널찍한 평지가 나타났다. 화담 산방은 거기 있었다. 산방이라고 해봐야 덜렁 초가집 두 채였는데 지붕도 새로 잇지 못했는지 묵은 짚에 굼벵이가 슬었는지 빛이 거무스름했다. 그 초가집 뜨락에 수염이 허연 노인 하나가 쭈그려 앉아 자신의 손끝을 내려다보고 있었다.

지함은 인기척을 내지 않고 잠자코 노인의 거동을 지켜보았다. 노인의 손끝에는 날개가 푸른 새 한 마리가 날아와 앉아 노인과 얘기를 나누듯 지저귀었다. 노인이 팔을 길게 내뻗자 하늘로 날아올랐던

새는 다시 노인의 어깨 위로 날아와 앉아 퍼득거렸다.

"허허. 그만 가거라. 오늘은 너와 놀아줄 시간이 없구나."

이 세상 사람 같지 않은 풍모였다. 새한테 말을 건네는 것하며 인적 없는 산중에 홀로 있는 것이며, 허연 수염, 깊은 눈동자가 마치 이야기 속의 신선 같았다.

새를 휘휘 쫓아 보내고 일어서던 노인이 지함을 발견했다.

"뉘시오?"

"저는 홍주에서 온 이지함이라고 합니다. 혹 화담 선생님이 아니신지요?"

"맞소만, 어쩐 일이시오?"

"선생님의 고명을 듣고 가르침을 받고자 왔습니다. 거두어주십시오."

"그렇게 거창한 말을 늘어놓을 필요 없소. 우리 산방은 오는 이 아무도 막지 않고, 가는 이 아무도 말리지 않소. 오고 싶으면 언제든 들어와도 좋고, 떠나고 싶으면 언제든 떠나도 좋소. 그러나 내가 가난하니 재워줄 수도 없고 먹여줄 수도 없소이다. 나 먹을 것을 가꾸는 것도 이제는 힘겹다오. 그런 것들이 해결되면 언제든 오시오."

허엽은 그렇게 말하지 않았었다. 그는 화담 산방의 관문을 뚫기가 어지간히 힘들다고 말했다. 그래서 소개하는 서찰까지 써주었던 것이 아닌가. 그런데 화담은 지함에게 아무것도 시험하지 않았다. 허엽의 말이 공연한 엄포는 아닐듯 싶었다. 대과를 보는 과장에서 보았던 화담의 제자 좌의정 박순 같은 이의 얼굴에서도 그의 스승이 어떤 사람이라는 것쯤은 읽어낼 수 있었다. 그렇게 세상에 널리 알려진 도학의 대가가 몇 마디 물어보지도 않고 지함의 입문을 허락한 것이다. 입문이라는 말이 무색할 정도로 지함은 별 걸림 없이 산방에 들어간 것이다.

지함은 허엽이 써준 서찰을 화담에게 내밀었다. 화담이 서찰을 받아 읽어보더니 고개를 돌려 지함을 뚫어져라 하고 바라보았다.

"자네는 입문하기가 어렵겠구먼."

"예? 이미 허락하지 않으셨습니까?"

"미망이 깊어. 잡념이 많은 사람이 무슨 공부인가."

허엽이 서찰에 무슨 내용을 썼길래 화담의 태도가 돌변한 것일까? 지함은 어리둥절해 하면서도 화담의 말을 받았다.

"그런 것들은 이미 다 버렸습니다."

"내게는 왜 찾아왔는가?"

"깊은 뜻을 배우기 위해서입니다."

"그걸 배워서 어디에 쓰려나?"

"예?"

"그걸 배워서 어디에 쓰겠느냐고 물었네."

"……."

어디에 쓰겠느냐?

지함은 생각해 보지 않았다. 단지 안명세와 민이 그리고 벼슬을 버리고 대신 찾은 길일 뿐이다.

"자네는 욕심이 많군. 학문이란 쌓아가는 것이 아니라 버려가는 것이라네."

"제가 배운 것을 다 버리오리까?"

"물러가게. 아직 산방에 들어오려면 멀었네."

화담은 처음에는 누구나 들어와도 좋다고 말했다. 그런데 지금은 무슨 말인가. 산방에 들어오려면 멀었다고?

지함은 그대로 물러설 수 없었다.

"저를 시험하십시오."

"대과에 급제한 솜씨로 나를 이겨볼 셈인가? 난 생원시도 보지 못했으니 한번 해보시게나."

"선생님."

"좋네. 정, 산방에 들어오고 싶다면 내가 시키는 대로 하게. 그럴 수 있겠는가?"

"예."

"저기 느티나무가 보이는가?"

화담은 산방 앞마당에 서 있는 커다란 느티나무를 가리켰다. 장정 서넛이 팔을 둘러야 겨우 손이 닿을 만한 거목이었다.

"이 자리는 원래 송도에서도 유명한 사당이 있던 곳이네. 고려가 망하면서 사당도 망했지만 저 나무는 그대로 있네. 그러나 아무도 성황목으로 알아주지 않으니 자네가 그 아래에 커다란 돌탑을 쌓아 정성을 들여주게. 성황목이 기뻐할 걸세."

"돌은 어디에서?"

"이 마당에 있는 걸 캐어 쌓게나. 원래 그 자리에 있던 돌을 내가 마당에 깔아놓은 걸세. 마당에 있는 돌로 꼭 석 자 높이로 쌓아야 하네."

화담은 그 말만 이르고는 산방으로 들어가버렸다.

지함은 하늘을 올려다보았다.

이것이 기(氣) 철학인가. 세상의 이치가 돌탑에 있단 말인가?

지함이 바라는 것은 이것이 아니었다. 북창에게서 배운 뒤를 이어 더 심오하고 깊은 학문으로 들어가고 싶었던 것이다.

화담에게서 물러나온 지함은 산을 내려가 계곡 바로 옆 마을의 맨 첫 집으로 들어갔다. 묵을 집을 마련하기 위해서였다.

사립문은 활짝 열려 있었다.

마당 한구석에 있는 절구통에 무엇을 빻고 있는지 여인이 허리를 숙인 채 매달려 있었다.

"계십니까?"

여인네가 뒤를 돌아보았다. 아직 스물도 안 됐을 성싶은 얼굴이었다. 머리를 틀어올린 걸 보니 결혼은 한 모양이었다.

"뉘신지요?"

남정네의 얼굴을 감히 바로 보지 못하는 한양의 여염집 여자들과 달리 여인은 똑바로 지함의 눈을 응시하며 물었다.

"저는 화담 선생님께 공부를 배우러 온 사람인데, 거처를 구하고 자 왔소이다."

잠시 머뭇거리던 여인은 이내 마음을 정한 듯 본채와 떨어진 사랑 채로 지함을 이끌었다.

"요즈음에는 학인을 받지 않는 줄 알았는데……. 방도 누추하고 식사도 변변치 않아서 선비님이 유하시기에는 여러모로 불편하실 텐데요……."

"괜찮습니다. 그런데 바깥어른은……."

"장사를 하러 나갔습니다."

"바깥어른의 승락이 없어도 괜찮으시겠습니까?"

"괜찮습니다."

여인은 잘라 말했다. 한양보다 개성의 여인들이 훨씬 자유로운 모양이었다. 집 안에 친척도 아닌 남자를 들이는 일이라면 한양에서는 여인 혼자 결정한다는 것은 꿈도 못 꿀 일이다. 세월이 벌써 이백 년 가까이 흘렀다지만 고려 시절 여장부들이 휘두르던 풍속은 쉽게 없어지지 않은 모양이었다. 고려였다면 얼마나 당연한 일이었을까. 이상하게 생각하는 지함이 오히려 쑥스러웠다.

나무를 해서 송도에 내다 판다는 남편은 저녁을 먹을 때쯤 돌아왔다. 비쩍 마르고 성깔 있어 보이는 용모였다. 그에 비해 여인의 손발마디는 굵직굵직하고 억세 보였다. 아무래도 여인의 기가 남자를 누르겠다 싶은 한 쌍이었다.

다음 날 이른 아침 지함은 대장간에 가서 곡괭이와 어렝이를 사들고 화담 산방으로 갔다. 이른 아침인데도 벌써 카랑카랑한 화담의 목소리가 계곡을 흐르는 물소리를 누르고 있었다.

지함은 가지고 온 곡괭이로 마당에 박힌 돌을 캐었다. 그리고 그것을 하나씩 어렝이에 담아 느티나무 아래에 갖다 부었다. 마당은 마치 두더지가 지나간 것처럼 흙이 파헤쳐졌다.

점심 나절이 되자 화담의 오전 강의가 끝났다.

학인들이 산방을 나왔다.

"누구신가? 산방에 종을 두었나?"

"무슨 소린가? 의관으로 보건대 양반인데."

"도대체 무엇을 하는 거요?"

학인들이 모두 지함을 이상하게 바라보면서 말을 던졌다.

지함은 아무 대답도 하지 않고 묵묵히 돌을 파냈다.

학인들은 고개를 흔들거나 혀를 차면서 계곡을 내려갔다.

지함은 학인들이 계곡을 다 내려갔는데도 땀을 뻘뻘 흘리면서 돌을 캐어 날랐다. 한 어렝이를 더 갖다 붓고 잠시 앉아 쉬는데, 화담이 산방 문을 열고 한마디 던졌다.

"가서 요기라도 하고 오게."

"예."

지함은 곡괭이를 돌무더기 위에 올려놓고 어렝이로 덮었다.

지함이 점심으로 미리 싸 온 음식을 먹고 툇마루에 앉아 있는데 마침 지나가던 학인이 지함을 알아보고 들어왔다.

"이보시오. 산방에 왔으면 화담의 강의를 들어야지 웬 돌을 캐고 있소?"

"아직 입문을 허락하지 않으셔서……."

"뭐라구요? 입문을 허락하지 않으셨다구요? 허허허."

"왜 그러시오?"

"그런 건 처음이오. 누가 찾아와도 입문을 허락하시는 분인데, 뭘 밉보였단 말이오?"

"이 산방을 나와 벼슬하고 있는 어떤 선비의 서찰을 보였더니……."

"이상하군요. 참, 나는 박지화요."

지함보다 너댓 살 위로 보이는 선비가 통성명을 해 왔다. 서글서글한 눈이며, 둥글둥글한 얼굴 생김새가 퍽 선해 보이는 사람이었다.

"이지함이오."

"그래서 무얼 하고 있습니까?"

박지화와 함께 온 선비가 궁금한 얼굴로 물었다.

"돌탑을 쌓고 있답니다."

"돌탑? 그걸 왜 쌓으라고 하실까? 그걸 다 쌓으면 입문을 허락하신답디까?"

"예."

유형원이라고 밝힌 그 학인은 이상하다는 듯이 고개를 저으며 다시 산방으로 올라갔다.

세상은 참으로 묘한 것이다.

지금, 그리고 한 달 전, 일 년, 이 년 전.

서로 아무 관련도 없는 것 같은 삶이었다.

지금 돌을 캐어 돌탑을 쌓고 있는 사람.

일 년 전 북창에게서 선가를 전수받던 사람.

이 년 전 민이와 안명세를 잃고 방황하던 사람.

그리고 대과에 급제한 사람.

당장 한양으로 떠나가면 그만이다.

금강산에 가면 북창을 다시 만날 수 있을 것이고, 그와 함께 수련을 한다면 더 빨리 도를 이룰지도 모르는 일이다.

그럴수록 화담이 무엇을 원하든지 끝까지 버티겠다는 오기가 생겼다.

지함은 다시 마당에 뿌리박은 돌을 캐기 시작했다.

산방에서는 화담의 강의가 계속되었다.

지함은 아무리 듣지 않으려 애를 썼으나 강의 내용은 저절로 귀에 들어왔다. 보지 않으려 해도 산방 안의 모습이 자꾸 눈에 들어왔다.

산방에는 선비 다섯 명이 책상다리를 하고 앉아 화담의 얘기에 귀를 기울이고 있었다.

교재도 없는 것인지 화담 앞의 작은 탁자에는 책 한 권 놓여 있지 않았다. 그러나 화담의 말은 청산유수로 끊이지 않고 있었다.

"물질이란 무엇인가? 곡식은 수천 년을 두고 심어도 계속 자라고 열매가 맺힌다네. 와도 와도 다함이 없으니 대체 그 오는 곳이 어디란 말인가. 해마다 수많은 사람이 곡식을 먹어치우고 여기저기서 썩고 불태워지는데도 다음 해면 또다시 곡식이 열린다네. 대체 그것들은 어디서 와서 어디로 가는 것일까?"

산방에서는 침 넘기는 소리 하나 들려오지 않았다.

계곡의 물소리, 작은 새들의 지저귐마저 멈춘 듯했다.

지함은 소리가 크게 나지 않도록 조심해서 돌을 캐었다.

"노자는 무에서 유가 생긴다고 했네. 이것은 허(虛)가 곧 기(氣)인 줄 모르는 데서 나온 말이라네. 무가 단순히 아무것도 없는 것이라면 그 무는 아무것도 생산할 수 없네. 이 세상은 무시무생(無始無生), 무종무사(無終無死)인 것이네."

무시무생이라……

언뜻 이해가 되지 않았다. 시작도 없고 끝도 없고 삶도 죽음도 없다니. 그러나 인간은 태어나고 죽으며, 곡식도 봄이면 자라나서 가을이면 거두지 않는가. 눈에 보이는 것이 생과 사를 거듭하고 있는데 어찌 시작도 끝도 없다는 말인가.

화담의 놀라운 말은 계속 이어졌다.

"선가(禪家)에서 수좌들이 말하기를 세상은 마치 바다에서 한 물거품이 잠시 일어나는 것과 같다고 하네. 그래서 진공(眞空)이니 완공(頑空)이니 하는 말로 표현들 하지. 이것이 기론과 크게 다르지 않다네."

"선생님."

누군가 번쩍 손을 들었다. 박지화라는 학인이었다.

"그렇다면 우리네 인간들의 삶과 죽음은 무엇입니까? 그 기는 시작도 없고 끝도 없이 무한하다지만 그 기가 발현된 각 인간에게 삶과 죽음은 가장 큰 문제가 아닙니까?"

"공자가 뭐라고 말했는지는 알고 있겠지? 난 그 말로 대답을 대신하겠네."

대과에 장원 급제한 지함이 그 말을 모를 리 없다. 공자의 제자 한 명이 그런 질문을 공자에게 한 적이 있었다. 그러나 공자는 그 질문 자체를 무시해 버렸다. 세상은 그런 질문을 할 만큼 단순한 것이 아니기 때문이라는 이유였다. 앞을 보다 말고 뒤를 돌아다볼 수는 없다는 이야기였다.

삶, 죽음. 명세와 민이가 떠난 날부터 한시도 머릿속에서 떠나지 않은 말들이었다. 그것을 생각하지 말라는 공자의 말을 지함 역시 받아들일 수 없었다.

성리학을 뛰어넘었다는 화담이 겨우 공자의 말로 삶과 죽음에 대한 답을 대신하다니.

화담 산방 학인들에게는 그 이상의 진리가 필요 없기 때문인가?

화담의 강의가 끝나자 학인들이 산방을 나왔다.

학인들이 지나가면서 이상한 눈초리로 지함을 쳐다보았지만 그는 관심을 두지 않았다.

지함이 보름여 마당을 고른 끝에 석 자가 되는 돌탑이 올라갔다.

학인들이 모두 내려간 저녁 나절이었다.

지함은 계곡을 내려가 화담의 처소로 갔다. 화담은 친구와 함께 술을 마시고 있었다.

"무슨 일인가?"

"돌탑을 다 쌓았습니다."

"그런가? 거기 기다리게. 마저 마시고 올라가봄세."

화담은 그렇게 말을 해놓고는 친구와 함께 이야기를 나누면서 계속 술을 마셨다.

손님은 밤이 이슥해서야 화담의 집을 떠났다.

"자, 그럼 가보세."

화담은 비틀거리면서 산방으로 올라갔다.

화담은 지함이 쌓은 돌탑을 보더니 소리를 버럭 질렀다.

"정성을 들이지 않았어. 흙이 묻어 있지 않는가. 내가 돌탑을 쌓으랬지 흙무덤을 쌓으랬던가?"

"……"

화담은 가지고 있던 지팡이를 휘둘러 돌탑을 무너뜨렸다. 우르르 돌탑이 무너져내렸다.

돌탑은 지함의 가슴속에서도 무너졌다.

속에서 무언가 울컥 치밀었다.

"다시 쌓게. 서둘러 쌓게."

화담은 콧노래를 부르면서 계곡을 내려갔다.

지함은 무너진 돌탑 위에 앉았다.

속에서는 계속 무언가 치밀어올랐다. 무엇인지는 알 수 없었다.

지함은 밤을 새워서라도 돌탑을 다시 쌓으리라 결심했다.

지함은 달빛으로 희미한 성황목 아래, 무너진 돌무더기에서 일어났다. 그러고는 어렝이에 돌을 담아 냇가로 가져갔다. 하나하나 물에 씻어 다시 어렝이에 담았다.

밤새도록 돌을 닦아 다시 쌓았으나 한 자도 오르지 않았다.

이튿날도 지함은 계속 돌을 씻어 날랐다.

산방 강의는 매일매일 계속되었다. 기 철학자답게 화담 서경덕은 역시 기론 강의를 주로 했다.

"오늘은 기를 이야기하세. 기를 논하지 않고는 학문에 들 수 없으니 내가 한번 뜻을 풀겠네.

『회남자』 천문훈에 보면 이런 말이 나오네. 하늘과 땅이 갈라지기 전, 그러니까 계란이 부화되기 전이랄까, 그때는 그저 혼돈이라고만 했다네. 그 혼돈의 우주에 기가 생겼다네. 그래서 그 기의 맑고 밝은 성격을 따라서 하늘이 나타나고, 흐리고 무거운 기는 아래로 뭉쳐 땅이 되었네. 자, 이때 나타난 기, 그것은 도대체 무엇인가?

닭이 계란을 품는 것을 보자면 암탉이 계란을 품기 전에는, 계란은 그저 계란일 뿐이지. 그러나 암탉이 가슴에 알을 안고 따뜻하게 데우기 시작하면 스무하루 만에 그 계란을 깨고 병아리가 나온다네. 바로 세계가 형성된 거라네. 그러면 계란을 병아리로 변화시켜 준 기는 무엇인가? 바로 어미의 따뜻한 기운이라네."

"그러면 따뜻한 게 기입니까?"

한 학인이 물었다.

"아니지. 따뜻하고 차가운 걸 나누지 말고 그저 그런 것을 다 일컬어 기라고 부르세. 그것을 가리켜 온도라고 부르지 않는가.

만물은 봄이 되면 저절로 생육되는데 그것은 왜 그런가 하는 의문이 생길 것이네. 그 비밀은 겨울의 수기(水氣)와 봄의 온기(溫氣)에 있다네. 마르고 습한 수기와 차고 더운 온기가 적절하게 씨앗이나 뿌리를 문질러주면 생명이 깨어난다는 걸세. 바로 기가 생명을 여는 열쇠라는 것일세. 그러므로 닭이 계란을 품어 병아리로 깨어나게 하는 것은 오직 계란에 내재해 있던 수기와 어미닭이 불어넣어주는 따뜻한 기운만으로 이루어지는 것은 아니네. 어미닭이 차고 더운 기운을 스무하루 동안 적절하게 쏘여주어서 얻은 것이니, 봄이 되어 만물이 일어나는 것도 같은 이치라네. 겨울을 나지 않은 씨앗은 따뜻한 봄의 기운을 받아도 싹을 틔우지 못하는 이치, 봄이 되어서도 어떤 씨앗은 이르게, 어떤 씨앗은 늦게 싹을 틔우는 것이 다 이런 이치가 아니겠는가."

"그렇다면 온도의 조화가 곧 기이고, 기가 곧 태극입니까?"

"온도의 조화가 기라는 말은 일단 수긍하세. 그러나 기가 곧 태극이라는 말에는 다른 의견이 있네. 노자 『도덕경』에 이르기를 '도에서 하나인 기가 나오고, 그 하나인 기가 다시 둘로 나뉘어 음과 양이 생긴다'고 했네. 그런 다음에 어떤 형상이 이루어져 비로소 만물이 생성된다는 말이지만, 난 일단 도에서 기가 나온다고 생각하지는 않는 다네. 기야말로 이 천지 우주 간에 가득 차서 없어지지도 않고 더 생겨나지도 않으면서 순환하는 것이니 어떤 실체를 들어 규정해 버릴 수 없다네."

"그럼 이름 붙일 수도 없습니까?"

"이름이야 붙이든 떼든 인간의 소관이고, 자연의 이치에는 닿지 못하는 것이지."

"공기 같은 거 아닌가요?"

"공기야 움직이면 바람이 되니 실체가 없다고 할 수는 없다네. 이 기에 이(理)를 다시 부쳐 논쟁을 일으킨 사람이 있으니 바로 주자(朱子)라네. 그가 이기론(理氣論)을 어떻게 폈느냐 하면, '한 기가 움직여 회전하기를 되풀이 하는 동안에, 맑고 가벼운 것은 위로 올라가 하늘이 되고, 일월성신(日月星辰)이 되었으며, 무겁고 탁한 것은 아래로 내려가 땅이 되었다'는 것인데 이렇게 기가 두 가지로 나뉘는 것, 그것이 바로 이의 작용이라고 한 거지. 『회남자』에 하늘은 기를 토한다고 적혀 있는데, 기는 한 덩어리로 움직이는 것이니, 그것을 나누어주는 것이 이라고 굳이 내세울 것은 없는데 이게 그만 시끄러운 실마리를 내준 꼴이 되고 말았지.

우리는 일단 이는 접어두고 기만 이야기하세. 기가 하늘에 닿아 빚어낸 것이 천간(天干) 열 가지요, 땅에 닿아 빚어낸 것이 지지(地支) 열두 가지라네. 하늘의 열 가지 기운과 땅의 열두 가지 기운을 조절하는 큰 기운이 다섯 가지가 있는데 그것을 오행이라고 부르네. 여기에서 천문과 지리가 생기고 추명학(推命學)이 나온 것일세.

그래서 천간에 따라 숫자는 열을 단위로 세는 것이고, 계절은 열둘로 나눈 것이네. 그래서 이 모든 기의 움직임을 운기(運氣)라 이르고, 이 운기법(運氣法)에서 모든 학문이 유래하는 것일세.

자, 그러면 천지인(天地人) 삼재(三才)인데 사람은 무엇인가? 사람은 기하고 아무 상관도 없는가?

하늘은 천문이요, 땅은 지리인데 인간이라고 없을 수 있는가. 바로 의(醫)라네. 그래서 천문을 일러 점성술이라 부르고, 지리를 일러 풍수라고 하듯이 의도 의술(醫術)이 되었다네.

『좌전(左傳)』에서 의화(醫和)는 '하늘에 기가 있는데 그것이 다섯 가지 맛과 색깔과 소리를 빚어낸다. 그런데 그 절도를 잃으면 바로 여섯 가지 병이 생기는 것'이라고 하여 의술 자체가 바로 기술(技術)로 시작되었다네. 『장자(莊子)』 달생편(達生篇)에도 '기가 흩어져서 돌아오지 못하면 생기(生氣)가 부족하게 된다. 그 기가 올라갔다가 내려오지 않으면 성을 잘 내게 된다. 반대로 기가 내려갔다가 올라오지 못하면 건망증이 심해진다. 그리고 올라가지도 내려가지도 못하면 그것이 바로 병으로 화한다'고 했네.

그후 선가에서 아주 중히 여기는『황제내경』이 출현했는데, 이때 침술이 나타났네. 침이란 체내에 흐르는 기를 잘 흐르도록 막힌 곳을 뚫어주는 것이네.

사람의 몸속에는 얼마나 많은 이름이 있는가 살펴보세. 내경(內經)에는 기명(氣名)이 예순일곱 가지나 나온다네.

형기(形氣) 혈기(血氣) 진기(眞氣) 정기(正氣) 정기(精氣)
대기(大氣) 거기(巨氣) 경기(經氣) 신기(神氣) 생기(生氣)
온기(溫氣) 상기(上氣) 중기(中氣) 하기(下氣) 곡기(穀氣)
식기(食氣) 청기(淸氣) 탁기(濁氣) 인기(人氣) 동기(動氣)
피기(皮氣) 근막지기(筋膜之氣) 혈맥지기(血脈之氣)

기육지기(肌肉之氣) 골수지기(骨髓之氣) 흉중지기(胸中之氣)
두각지기(頭角之氣) 오기(五氣) 복기(腹氣) 부기(浮氣)
백기(白氣) 한기(悍氣) 삼백육십오절기(三百六十五節氣)
이십칠기(二十七氣) 기도(氣道) 기문(氣門) 기혈(氣血)
기맥(氣脈) 기골(氣骨) 종기(宗氣) 영기(營氣) 위기(衛氣)
내기(內氣) 외기(外氣) 표기(表氣) 이기(裏氣) 원기(遠氣)
근기(近氣) 객기(客氣) 동기(同氣) 산기(散氣) 취기(聚氣)
유기(兪氣) 맥기(脈氣) 낙기(絡氣) 천기(天氣)
지기(地氣) 천지지기(天地之氣) 오행지기(五行之氣)
장기(藏氣) 분기(分氣) 분간기(分間氣) 수기(水氣)
화기(火氣) 원기(元氣) 원기(原氣) 왕기(王氣)

이런 가운데 몸 안에서 기가 돌아다니는 길을 찾아냈는데, 경혈(經穴)이 바로 그것이네. 침을 놓는 침자리인 것이지. 그 수가 1년 365일처럼 365개나 366개라고 씌어 있다네. 그래서 종아리 바깥쪽의 무릎 아래 세 마디쯤 되는 족삼리라는 침자리에 침을 놓으면 밥통이 꿈틀거리게 되고, 엉덩이에 난 치질을 치료하려면 머리의 침자리에 쇠바늘을 꽂게 되는 것일세.

이러한 까닭에 옛날의 대의원들은 내경(內經)을 독파하고 도인들은 기 수련을 하고 있는 것이고, 산중 선비들이 다 그렇게 단전 호흡을 한다, 내공을 한다 하는 것이네.

양생법도 따지고 보면 다 기를 다루는 운동이었다네. 그러나 양생법에 으뜸가는 것은 해 뜨면 일어나 움직이고, 해 지면 잠 자는 것이니 봄에 봄일을 하고, 여름에 여름일을 하고, 가을에 가을일을 하고, 겨울에 겨울일을 하는 것이 바로 양생법일세. 그래서 얻는 것은 장생, 연명, 불로라.

그리하여 선가에서는 밥을 먹지 않고 기를 먹는다고 한다네. 그러다 보니 환단이 나오고, 단전 호흡, 체조 같은 술법이 출현했다네."

화담의 강의는 북창의 강의만큼이나 열기가 대단했다. 학인들의 질문도 뜨겁고, 화담의 강의 역시 뜨거웠다.

화담은 역시 지함이 생각지도 못하던 세계를 열어 보였다. 대과의 장원 급제라는 것이 얼마나 부질없고, 무지한 소치인가를 지함은 확연히 알 수 있었다. 장원 급제, 그것은 이런 대학자들에게는 한낱 웃음거리밖에 될 게 없었다.

그러나 지함에게는 여전히 할 일이 남아 있었다. 돌탑을 쌓아야 했다. 그래야만 산방으로 들어가 정식으로 그의 강의를 들을 수 있다.

강의를 엿듣는 동안에도 돌탑은 조금씩 올라갔다.

돌을 씻기 시작한 지 나흘이 지나 다시 돌탑이 제 모습을 갖추었다.

지함이 다 쌓았음을 아뢰자 화담이 나와서 돌탑을 보았다.

"모양이 좋지 않네. 자네, 이런 돌탑을 본 적이 있는가?"

처음 쌓는 돌탑이라서 가지런히 올라가지 않은 것이다.

"정성이 부족해. 다시 쌓아보게."

화담은 지팡이를 지함에게 건네주면서 말했다.

"자네가 무너뜨리게. 잘못된 것은 제 손으로 무너뜨리는 게 좋지."

화담의 지팡이를 받아든 지함의 손이 머뭇거리고 있었다.

화담이 매서운 눈초리로 지함을 쏘아보았다.

지함은 지팡이로 돌탑을 힘껏 밀쳤다.

돌탑이 와르르 무너져 내렸다.

지함의 가슴이 벌떡벌떡 뛰었다. 숨도 거칠어졌다.

화담은 지함의 그런 심기는 모르는 척하고 산방으로 들어가버렸다.

왜 내가 돌탑을 쌓아야 한단 말인가.

돌 따위가 학문하고 무슨 상관이란 말인가.

지함은 뜨겁게 치밀어오르는 분기를 꾹꾹 누르고 다시 돌탑을 쌓기 시작했다.

기단을 튼튼히 해야 돌탑이 높게 올라갈 수 있었다. 지함은 냇가에서 큰 돌을 들어다가 받침돌로 썼다. 그러고는 그 위에 차례차례 돌을 쌓았다. 방향을 바꾸어서 앞에서도 보고, 뒤에서도 보아가며 동그랗게 모양이 나도록 세심히 애를 썼다.

다시 쌓기 시작한 지 사흘 만에 돌탑이 완성되었다.

화담이 또 나왔다.

"모양은 되었네. 그런데 이 돌은 무언가?"

"예, 받침돌입니다."

"어디서 가져왔는가?"

"냇가에서……."

"내가 뭐라고 했는가? 마당에서만 캐어 쓰라고 하지 않았는가? 자네, 개울에 있는 돌까지 전부 뽑아 오고 싶던가?"

"……."

"이 받침돌을 빼내게."

화담은 옷자락을 휘날리며 산방으로 들어갔다.

아득했다. 받침돌을 빼내라는 것은 또 허물라는 말이다.

지함은 더 이상 화가 치밀지도 않았다. 허무하기도 했으나 마음은 묘하게 편해졌다. 체념이었다.

지함은 다시 돌탑을 무너뜨렸다.

그리고 다시 사흘.

지함이 돌탑을 또 쌓았을 때 화담은 지함의 입실을 허락했다.

화담과 지함, 단둘이 마주앉았다.

"이걸 읽어보게."

화담은 허엽이 써준 서찰을 내밀었다.

선생님,

유능한 젊은이가 있어 학인으로 천거합니다.

성명은 이지함으로, 대과에서 장원 급제한 수재입니다.

그해에 있던 사초 사건으로 친구를 잃고, 정혼했던 약혼녀를 빼앗겼습니다. 양주 봉선사에서 어떤 사람을 만나 선가에 입문했다고 합니다. 본시 영명하니 스승님께서 바로 이끌어주시기를 간절히 청하옵니다.

"이젠 내 뜻을 알겠는가?"

"짐작할 만하옵니다."

"자네가 비록 북창이라는 사람에게서 선가를 배워 아픈 과거를 잊었다 하나, 자네 머리에서만 지워졌을 뿐 가슴속에는 깊은 원한의 덩어리가 여지껏 풀리지 않고 뭉쳐 있었네. 내 말이 틀린가?"

"맞긴 하오나 어떻게 북창의 이름을 아시옵니까?"

허엽의 서찰에는 분명 북창의 이름이 없었다.

"북창이 사신으로 중국에 드나들 때 두어 번 만난 적이 있었네. 그 사람이 자네를 큰 그릇으로 키워놓았네. 나는 그저 다 만들어진 그릇에 채워 넣기만 하면 되니 어디까지나 그이가 자네 스승일세."

화담은 지함의 어깨를 가만히 두드려주었다.

"자네 마음속 미망을 캐어내기 위한 것이었다고 여겨주게."

지함은 화담에게 큰절을 올렸다.

11. 일시무시일(一始無始一)

화담 계곡에 가을이 깊었다.

지함이 화담 산방에 입문한 지도 어느덧 반년이 되었다.

물은 더욱 짙은 청색으로 바뀌어 차가워지기 시작했고 산방 앞의
은행나무도 서늘한 바람이 불어올 때마다 누렇게 물든 잎을 안타깝
게 떨구었다. 강의를 듣고 산을 내려올 때면 이른 어둠이 송악산 계
곡에 밀려오곤 했다.

은행나무에 잎이 한두 개 외로이 남아 있을 즈음이었다.

공부를 끝내고 산방을 나서던 지함은 은행나무에 기대선 한 여인
을 발견했다.

여인은 산방 쪽을 등진 채 계곡을 향해 서 있었다.

서러운 저녁 노을처럼 짙은 자줏빛 치마가 간혹 불어오는 바람결
에 휘날리고 있었다. 학인들이 내려오는 발자국 소리도 듣지 못했는
지, 여인은 학인들이 은행나무 곁을 스칠 때까지 그렇게 숙연한 자

세로 계곡을 내려다보았다.

화담 산방에 여인네라니, 묘한 일이다. 그것도 여염집 여자 같지 않게 화려한 차림의 여인이…….

궁금증을 참지 못한 학인 한 사람이 슬쩍 곁눈질을 하다가 화들짝 놀라면서 곁에 있던 지함의 옆구리를 찔렀다.

"이보게. 송도 삼절 황진일세."

그때였다.

"여보세요."

막 앞을 지나가는 학인들을 여인네가 불러세웠다.

"여기가 화담 산방 맞나요?"

그제야 학인들 모두 호기심에 빛나는 눈길로 일제히 여인을 돌아보았다.

과연 천하절색이라는 말이 나올 법한 미인이었다. 당돌하게 뭇남자를 쏘아보는 날카로운 눈꼬리가 활처럼 휘어 있었다. 가느다란 눈썹은 말 그대로 초승달이었다. 진분홍빛으로 빛나는 도톰한 입술이며 발그레한 뺨, 나무를 짚고 선 길고 가는 손가락까지 솜씨 좋은 석공이 빚어놓은 작품 같았다.

"맞습니다."

"화담 선생님을 뵈오려면 어떻게 해야지요?"

목소리까지 이른 아침의 꾀꼬리를 닮은 듯, 높디높은 창공으로 솟구치는 종달새를 닮은 듯 맑고 투명했다.

"지금 산방에 계십니다."

학인들의 눈이 모두 황진이의 거동에 쏠렸다. 그런 걸 아는지 모르는지 황진이는 치마꼬리를 사려 쥐고 사뿐히 걸음을 옮겼다. 깃털처럼 가벼운 황진이의 걸음에 은행잎 바스라지는 소리만 가을 햇살에 저물어가는 산그늘을 울렸다.

학인들 중 어느 누구도 발길을 떼지 못한 채 황진이의 요염한 뒷
자태만 넋을 잃고 응시했다.

문 닫힌 산방 앞에서 황진이는 두어 차례 헛기침을 했다.

"뉘시오?"

"소저, 황진이라고 합니다."

산방에만 묻혀 사는 화담이지만 그 유명한 기생 황진이의 이름을
모를 리 없었다.

그러나 화담의 대답은 태연하다 못해 쌀쌀했다.

"무슨 일이시오?"

"선생님의 고명을 듣고 가르침을 받고자 왔습니다."

"들어오시오."

황진이는 뒤 한 번 돌아보지 않고 거침없이 산방으로 들어갔다.

황진이가 산방으로 들어가자 학인들의 입방아가 시작되었다.

"이보게. 저 여인이 지족(知足) 선사를 무간지옥으로 끌어내리는
것만으론 부족했나 보이. 이제는 우리 스승님까지 황진이의 덫에 걸
려들었구만."

학인인 유형원이 혀를 차며 탄식했다.

지함은 고개를 저으며 빙그레 웃음을 머금었다.

"아닐세. 이번에는 황진이가 참패를 당할 걸세."

"천만의 말씀. 40년간 장좌불와 면벽참선했다는 지족 선사도 황진
이 앞에 무너지고 말았네. 저 고운 자태를 보게나. 더욱이 황진인 글
에도 웬만한 선비보다 능하다 하지 않던가."

유형원의 답변이었다. 다른 학인들 역시 유형원과 비슷한 생각인

지 어두운 표정들이었다. 지함만이 여전히 자신만만했다.

"지족 선사야 있는 걸 무조건 부정했던 사람 아닌가. 색즉시공하면서 있는 걸 없다고 눈감았으니 있다는 사실을 알았을 때 넘어갈 수밖에 없었지. 그러나 스승님은 다르네. 남자나 여자나 똑같이 우주의 기이며 그 기의 결합으로 세상이 움직인다는 걸 누누이 말해오지 않으셨나. 분명히 그 기의 쓰임새도 잘 아실 걸세."

유형원은 절레절레 고개를 흔들었다.

"이론이야 어찌 됐든 스승님도 남자가 아닌가? 생명을 가진 남자라면 저만한 여자 앞에서 어찌 태연할 수 있겠나. 한양의 내로라하는 선비들까지 황진이와 하룻밤을 갖지 못해서 안달이 아니라던가?"

"지금까지 공부는 무엇하러 했는가? 단지 알기 위해 공부를 한 건 아닐세. 앎으로써 변화하는 것이 진리를 깨치는 이치 아닌가? 입으로만 진리를 말한다면 어찌 진리를 깨쳤다 할 수 있겠는가. 만일 스승님이 황진이에게 무릎을 꿇으신다면 나는 당장 이 산방을 떠나겠네. 그러나, 나는 스승님을 믿네."

"이보게. 그러면 우리 내기를 하세."

학인들 중 가장 나이가 많은 박계순이었다.

"지는 쪽이 술을 한잔 내게나. 다들 오랫동안 술에 굶주렸을 것이니 이번 기회에 회포나 한번 풀어보세."

유난히 술을 좋아하는 유형원의 제안에 다들 고개를 끄덕였다. 지함도 찬성이었다.

"좋네, 그럼 누구 나와 의견을 같이하는 사람 없나?"

"나도 자네에게 걸겠네. 나는 자네 같은 확신은 없네만 그러길 바라는 마음일세."

그동안 맞장구도 치지 않고 잠자코 있던 박지화가 지함 쪽으로 다가왔다.

학인들은 숨을 죽인 채 지함이 쌓은 돌탑 가에 자리를 잡았다. 그리고 산방을 향해 귀를 기울였다.

"선생님께서는 기로써 세상이 움직인다고 하셨습니다. 그렇다면 남자와 여자의 연정도 다 기라고 할 수 있습니까?"

가는 목소리인데도 황진이의 말은 돌탑 있는 데까지 또렷하게 들려왔다.

화담은 황진이의 가시 돋친 말의 의미를 아는지 모르는지 태연하기만 했다.

"그럼 남녀가 서로를 찾는 것은 부끄러울 것이 없는 일입니까?"

황진이는 화담의 앞으로 바싹 당겨 앉으며 직설을 던졌다.

"물론일세. 남녀의 만남이 있고 나서야 사람이 생기지 않는가. 그걸 어찌 부끄럽다 하겠는가."

"그럼, 선생님. 저를 안아주십시오. 저는 선생님과 기를 나누고 싶습니다."

황진이는 촉촉하게 젖은 눈길로 애원하듯 화담을 바라보았다. 그러도록 화담의 얼굴에는 아무런 흔들림이 없었다. 오래된 고목나무처럼 차분한 눈길로 허공을 바라볼 뿐이었다.

"이보게. 소문이야 늘 부풀게 마련이지만 자네는 소문보다 못한 모양일세."

황진이의 얼굴이 수치심으로 붉어졌다. 새초롬하게 토라진 얼굴이 한결 더 매혹적이었다.

"무슨 말씀이십니까?"

"마음을 들여다보게. 남녀의 교접이 생명을 탄생시킨다고 해서 그것이 전부는 아닐세. 태어난 생명이 제 마음을 다스리지 못한다면 그건 이미 생명이 아닐세. 자신의 기를 이 세상의 이치에 맞도록 잘 운용하는 것이 각자의 소명이네. 그런데 자네는 자네의 소중한 기를 쓸모없는 일에 버리고 있구만."

화담의 뼈 있는 말에 황진이는 발딱 일어섰다. 그러고는 한껏 요염한 자태로 화담을 응시하며 서서히 옷고름을 풀었다.

숱한 남자들이 스쳐 갔건만 처녀의 것처럼 수줍은 가슴이 둥그스름하게 솟아 있었다. 저녁놀이 문풍지를 붉게 물들이고 있었다. 한지를 타고 들어온 붉은 노을이 황진이의 살갗을 더 붉게 비추었다.

황진이는 부러질 듯 가느다란 허리를 틀어 치마끈을 풀었다. 자주색 치마자락이 황진이의 미끈한 다리를 휘감으며 흘러내렸다. 오뉴월 파닥이는 은어처럼 매끄럽고 싱싱한 두 다리 사이로 은밀하게 숨은 무성한 숲이 바로 화담의 눈 앞에 있었다.

"선생님. 마음 가시는 대로 하옵소서."

착착 감겨드는 목소리지만 황진이의 얼굴에는 자존심을 다친 여자의 숨겨진 발톱이 날을 세우고 있었다.

그러나 이내 황진이는 낙담했다. 그도 그럴 것이 화담은 처음과 전혀 달라지지 않은 담담한 눈빛으로 황진이의 맨몸을 바라보며 숨결 하나 거칠어지지 않는 것이다.

어느 남자나, 심지어는 지족 선사까지도 황진이의 벗은 몸 앞에서는 거친 숨을 몰아쉬지 않았던가. 그런 남자들을 비웃어주는 것이 황진이의 낙이었다. 그런데 지금 반석처럼 담담하게 앉아 있는 화담에게만은 묘한 부끄러움이 느껴졌다. 옷을 벗고 있다는 수치심은 아니었다.

"과연 듣던 대로 아름다운 몸일세. 그러나 육신이 우리에게 무엇

이던가. 자네의 아름다운 몸도 얼마 지나지 않아 흙으로 돌아가고
말 걸세. 왜 거기에 집착하는가."

화담의 말은 점점 매서워지고 있었다.

"그건 그때 가서 고민할 일이지요. 무엇하러 누구에게나 닥치는
죽음을 두고 벌써 두려워합니까? 모든 남자들이 탐내던 몸이옵니다.
선생님은 탐나지 않으십니까?"

정작 그렇게 말하는 황진이조차 자신의 말이 얼마나 터무니없는
지 낯이 화끈거릴 정도였다.

화담의 말이 옳다. 그렇게 하지 못하는 것은 황진이의 마지막 남
은 자존심이다.

황진이.

천한 신분으로 태어나 기생이 되었다.

글재주는 있지만 여자이고 더욱이 몸을 파는 기녀였다. 아무리 시
를 읊어봐야 기생의 신분이 달라지는 건 아니었다. 내로라하는 양반
들을 발아래 엎드리게 하는 건 실상 황진이에게 아무런 기쁨도 주지
않았다. 그들과 함께한 잠자리도 마찬가지였다. 양반들의 우스꽝스
러운 겉치레를 놀려주기라도 하듯 잠자리에서 대담하고 요염한 종
마가 되어 소리를 지르고 펄펄 뛰어다녔지만, 그야말로 일순의 폭풍
이 걷히고 나면 오히려 걷잡을 수 없는 회한과 허무가 밀려왔다.

어쩌면 그렇게 황진이는 남자들이 아니라 자신을 괴롭혀온 것인
지도 모른다. 아니, 그 속에서 한줄기 구원의 빛을 기다린 것일까?
자신을 진심으로 사랑해 주는 사람이 나타나기를.

그러나 모든 남자가 그의 몸에 욕심을 낼 뿐 그 이상은 관심이 없
었다. 몸에 대한 집착은 너무도 분명한 끝이 있음을 황진이는 알고

있었다. 그래서 몸에 대한 남자의 집착이 끝나기 전에 먼저 그들을 내찬 것뿐이다.

지족 선사가 조금 다르기는 했다. 그러나 그는 자기 자신에 대한 집착이 너무나 커서 황진이의 고통이나 바람을 치유해 줄 여유가 없었다. 그런데 화담은 알아준 것이다. 기생이 아니라, 몸이 아니라 무언가 진실을 알고자 허우적대는 자신의 본심을 알아준 것이다.

"허허. 정 그대의 생각이 그렇다면 사람을 잘못 골랐네. 그대 같이 영특한 사람이 어찌 그걸 모르는가. 어린아이와 노인은 남자가 아닐세. 그저 사람일 뿐. 그대의 이름을 듣고 비록 여인이지만 제법 빼어난 기운이 있다 여겼더니만……."

"만일 선생님께서 젊으시다면 저를 취하시겠지요?"

"그럴지도 모르지."

"늙었다고 예전의 화담 선생님이 아니시옵니까?"

"그런데?"

"잠자고 있는 춘기(春氣)를 깨우십시오."

"허허허. 춘기를 깨우라고? 허허허."

"제가 깨워드리겠습니다."

황진이가 화담에게 다가갔다. 황진이의 둥그런 젖가슴이 화담의 코앞에서 출렁거렸다. 빙 한 바퀴 돌았다. 풍만한 둔부가 매혹적으로 꿈틀거렸다.

화담은 표정 하나 흐트리지 않았다.

"난 아닐세."

화담의 음색(音色)은 겨울 빙판처럼 차가웠다.

이미 옷을 다 벗은 황진이는 일을 어찌 수습해야 할지 난감하기만 했다. 한편으론 화담에게 고개를 숙이면서도 한편으론 알지 못할 오기가 치솟았다.

달아오른 얼굴로 황진이는 한동안 수묵화 속의 인물처럼 앉아 있었다. 계곡에서부터 밀려 올라온 어둠이 어느새 산방까지 스멀스멀 기어들었다.

화담은 굳이 시선을 떨구지 않고 잔잔한 미소를 띠고 황진이를 바라보았다.

"몸이 비록 늙어 내 몸으로 자네를 취할 수는 없지만 내 기로는 자네의 기를 취할 수는 있으니 그대로 앉아 있게."

두 사람은 한참 동안 마주 바라보았다. 두 사람은 그런 채 한동안 아무 말도 나누지 않았다.

서기가 이는 화담의 눈을 주시하던 황진이는 눈을 스르르 감았다. 그리고 고개를 뒤로 한껏 젖혔다. 허리가 움찔움찔 움직이며 황진이의 이마에 땀이 송송 배어나왔다. 그리고 들릴 듯 말 듯 나지막한 신음이 고운 입술 사이로 흘러나왔다.

밖에서 기다리던 학인들은 초조해 했으나 그뿐이었다.

마침내 황진이는 고개를 바로 세웠다. 그리고 자줏빛 옷고름으로 이마에 맺힌 땀을 훔쳐냈다.

황진이는 화담을 향해 큰 절을 올렸다.

"이제 우리의 기가 통했으니 이가 통할 날도 있으리라. 남자와 여자가 아니라 사람과 사람으로 만났으니."

돌아서서 산방 문을 나오는 황진이의 등 뒤로 화담이 부드럽게 말했다.

돌탑 옆에 무리지어 앉아서 사태를 지켜보고 있던 학인들에게는 두 사람의 말소리가 들려오지 않았다. 다만 등잔불에 비친 두 사람의 그림자만 창호지에 내비칠 뿐이었다.

두 사람은 별 대화도 없이 앉아만 있었다. 그러다가 황진이가 화담에게 큰절을 하더니 문을 열고 나오는 것이었다.

학인들을 봤을 법도 하건만 황진이는 시선 한 번 돌리지 않고 어둠을 빨아들이듯, 아니 어둠 속에 빨려들 듯 천천히 계곡을 따라 내려갔다.

술을 사야 할 학인들은 오히려 싱글벙글 웃고 있는데 지함과 박지화만은 점점 짙어가는 어둠을 마신 듯 고뇌 서린 표정이었다.

"이보게. 술을 사더라도 기분은 좋네. 이런 술이야 열두 번도 사겠네."

유형원의 떠들썩한 말이 끝나기도 전에 갑자기 지함은 뛰다시피 빠르게 걷기 시작했다.

"이보게, 이보게, 어디 가는가. 술 안 마실 텐가?"

유형원의 목소리가 뒤로 점점 멀어져갔다.

황진이는 그리 멀지 않은 곳을 걷고 있었다. 지함의 다급한 발소리에도 황진이는 뒤돌아보지 않았다.

"이보시오. 잠깐 기다리시오."

그래도 황진이는 못 들은 체 걸음을 계속했다.

간신히 황진이를 따라잡은 지함은 숨이 차서 헐떡거렸다.

"무슨 일이신지요?"

"이제 어디로 가시겠소?"

지함은 황진이가 더 이상 송도에 머물지 못할 것이리라는 것을 직감하고 있었다.

"이제?"

아침 첫 햇살에 연꽃이 벌어지듯 황진이의 아름다운 얼굴에 쓸쓸한 미소가 서렸다.

"짓궂은 분이시군요. 제가 어쨌게요?"

"……."

"제가 화담 선생을 꺾지 못했다는 말씀은 하지 마세요. 그런 말은 저만 욕되게 하는 것이 아니라 선생님께도 누가 됩니다."

황진이가 방그레 웃었다.

"제가 어디로 가야 하겠습니까?"

금방 함박꽃처럼 얼굴에 웃음을 가득 담았던 황진이는 쓸쓸한 목소리로 되물었다.

지함은 잠시 머뭇거렸다.

이 여인을 왜 쫓아왔던가. 화담을 정복하지 못했음을 위로하기 위해서인가. 대체 어디로 가라고 말할 수 있는가?

"대답을 하지 않으셔도 됩니다. 저도 모르는 것을 선비님이 어떻게 아시겠습니까? 발 닿는 대로 떠나볼까 싶습니다. 선비님의 따스한 마음은 받아두도록 하지요."

생각보다 그릇이 큰 여자였다.

어딘가 그늘이 서린 웃음을 띤 채 황진이는 다시 걷기 시작했다.

"참, 선비님 성함이 어떻게 되십니까? 존함이나 알아두어야지요."

"이지함이라고 하오."

"그럼, 이 선비님. 기생 황진이는 죽었노라고 세상 사람들에게 소식이나 전해 주십시오."

멀어져 가는 황진이의 뒷모습을 바라보면서 지함은 문득 정휴의 얼굴을 떠올렸다. 무언가 잘못된 게 아닌지 걱정스러웠다.

정휴가 『금강경』을 보고 감동에 젖어 있을 때 뭐라고 했던가. 사람이란 자신의 처지를 떠나 생각할 수 없다고……. 물론 그건 옳은 말

·이었다. 그러나 정작 자신은 어땠는가.

인간 누구에게나 고통이야 없을 리 없지만 지함은 적어도 날 때부터 신분의 제약으로 고통받지는 않았다. 먹고 자는 것이 날 때부터 보장되어 있었다. 그러나 정휴는 제 손으로 밥을 벌어먹어야 했으며, 황진이는 몸을 팔아 먹고살아야 했다.

신분이란 자신이 선택할 수 있는 것이 아니다ー. 정휴에게 매정하게 그런 말을 한 것은 정휴가 좀더 큰 눈으로 세상을 바라보길 바라는 마음에서였지만, 정휴가 그 말로 얼마나 고통스러워할지는 염두에 두지 않았던 것이다. 황진이나 정휴는 자신들이 선택하지도 않은 삶의 무게를 짊어지고 허우적대고 있는데, 지함은 그들이 올바른 것을 보지 못한다고 무턱대고 비판만 한 것은 아닌가.

지함이 그렇게 큰 시련을 스스로 극복하지 못하고 연일 기방에서 참담한 세월을 보낸 것이나, 북창이 아버지 정순붕의 죄를 대속한다면서 매를 자청한 것이나 다 부질없는 짓이다. 그게 다 정휴나 황진이가 몸부림치는 것과는 애초 다른 것이다.

지함과 북창은 마음만 돌리면 언제나 돌아갈 수 있는 자리가 늘 있었다. 지함이 기방에서 온통 세상을 비관하고 있을 때에도 양반가인 가문, 과거에 장원 급제한 경력, 그리고 그를 기다리는 아내가 있었다. 북창이 그렇게 야인으로 떠도는 순간에도 세도등등한 그의 집은 멀쩡했다. 오히려 한양땅에 으리으리하게 서서 위용을 자랑하고 있었다.

그러나 정휴나 황진이가 돌아갈 곳이란 자신들이 떠나온 바로 그 자리, 천하디천한 신분밖에 없다. 언제나 현실, 과거도 없고 미래도 없는 바로 지금 그 순간뿐이다. 백척간두에 선 사람들, 그들은 한발 나아가면 바로 벼랑이고 뒤로 물러나도 절벽인 위태한 자리에 몸을 세우고 살아가고 있는 것이다.

지함은 부끄러웠다.

여인의 몸으로 황진이가 어디를 갈 것인가. 가서 어떻게 살아갈 수 있겠는가.

사랑하는 친구 명세의 죽음만으로 자신의 삶은 이렇게 바뀌었다. 정휴나 황진이는 어떤 면에서는 자신보다 훨씬 뛰어난 사람들이다. 만일 자신에게 그들만 한 고통이 날 때부터 있었다면 아예 그 수렁에서 벗어날 엄두도 내지 못하고 허우적거리고 있을지도 모르는 일이다.

또다시 지함의 고민은 원점으로 돌아가고 있었다.

대체 신분 질서란 무엇인가. 누구는 종으로 태어나고 누구는 양반으로 태어나는가. 대체 그 차이가 무엇인가. 왜 그런 구분이 필요한가.

지함이 확실하게 깨달은 것은 애초부터 사람에게 그런 그릇의 차이가 있는 것은 아니라는 점이었다. 양반이고 종이고 기생이고 다를 바 없는 똑같은 사람이다. 그것을 황진이와 정휴가 알려준 것이다.

"이봐. 여기서 뭘 한 게야. 황진이와 은밀히 만나기로 약조라도 한 겐가? 아무래도 이 친구 푹 빠진 모양일세. 눈 좀 보게나. 그러나 자네 정도는 황진이와 상대가 안 될걸. 지족 선사도 여간 인물이 아니었다구. 일찌감치 꿈 깨게나."

뒤따라온 박지화의 말이었다.

"맞습니다. 그런 모양입니다. 저보다는 몇 수 위입니다."

농담조로 유쾌하게 놀려대는 박지화의 말에 지함은 정색을 한 채 고개를 끄덕였다.

이제 어디에도 황진이의 모습은 보이지 않았다. 체취조차 느껴지지 않았다. 황진이, 인간이고자 했던 여인, 그 여인은 지금 어디를 향해 가고 있을까. 관음 같은 미소를 담고서.

학인들은 우르르 산방 아랫 동네 주막으로 몰려내려갔다. 그러나 지함은 발길을 돌려 산방으로 돌아갔다.

화담이 어둠 속에 홀로 앉아 있었다. 도인술을 하고 있는 듯했다.

지함이 인기척을 내자 화담이 천천히 눈을 떴다.

"들어오게."

지함이 산방으로 들어가 화담 앞에 무릎을 꿇고 앉자 화담이 먼저 말했다.

"무슨 말을 하고 싶은 겐가?"

"지혜로운 학인들에게는 그토록 많이 가르치신 선생님께서 어찌하여 그 여인에게는 아무런 가르침도 주지 않으셨습니까?"

지함은, 황진이가 부끄러움을 무릅쓰고 벗은 몸으로 자리에 앉아 있을 때 화담이 아무런 방도도 취하지 않고 내처 버려둔 것을 탓하고 있는 것이다.

밖에서 안을 엿보고 있던 학인들에게는 꽤 긴 시간이었다. 그동안 황진이의 심정은 어떠했겠는가. 화담이 여인의 몸을 취할 생각이 아니었다면 그런 마음을 낸 여인에게 가르침이라도 주었어야 하지 않은가. 화담은 여인의 자존심은 안중에도 없이 비구계에 얽매인 선사처럼 자기 몸만 깨끗이 보전하려 했던 것이 아닌가.

"선생님, 색즉시공(色卽是空)이라고 했습니다."

"선생을 나무라는군. 하지만 그 말 때문에 지족 선사가 무너졌어."

"그 사람에게는 신분이 천하다는 열등감이 뿌리를 깊이 박고 꿈틀거리고 있습니다. 그것을 극복하기 위한 수단은 색(色)밖에 없습니다. 그 여인에게 색이란 단 하나의 무기요, 마지막 재산입니다. 그런데 선생님은 여인의 무기를 단숨에 꺾어버렸습니다. 그것은 그 여인의 자존심이자 그 여인을 지탱해 주는 힘입니다. 선생님이 그것을 무참히 짓밟아버렸습니다.

그 사람은 떠나겠다고 하더군요. 그리고 자신이 죽었다고 세상에 알려달라고 하더군요. 그 사람에게 이런 절망을 가져다준 분이 누구입니까. 선생님이십니다. 선생님이 자신의 체면과 세상의 평판을 위하여 그 사람을 무너뜨리신 것입니다.

그 사람에게 해줄 수 있는 게 그 정도입니까? 성리학이 아무리 좋은 학문이어서 삼강오륜이 거기에서 나오고 인륜도덕이 다 그곳에서 일어난다고 하지만 천민이 당하는 고통, 저 여인이 색으로밖에 자신을 내세울 수 없는 고통은 누가 풀어줍니까?"

"나는 늙었네. 자네들이 생각하는 젊은 몸이 아니네. 나는 오래전에 남자가 아닌 인간이 되었고, 이제 인간에서 진짜 나로 옮겨 가고 있는 중일세. 지함, 자네는 내 뜻을 볼 수 있지 않은가?"

"그렇다면 다른 방법으로도 여인의 마음을 달래줄 수 있지 않았습니까?"

"그래서 나는 기를 나누었다네."

"무엇입니까? 황진이를 취하신 것입니까?"

"암, 그렇고말고. 나는 황진이의 기를 받고 황진이는 내 기를 받아 갔다네. 그동안에 폭풍우나 천둥보다 더 큰 소리가 났을 터, 자네는 듣지 못했는가?"

"……"

지함은 뭐라고 반박할 말이 없었다. 화담이 황진이의 육체를 취한다면 그의 가르침을 받지 않겠다고 큰소리쳤던 자신이, 이제 와서는 화담이 황진이를 물리쳤음을 탓했다. 그런데 화담은 그의 몸을 취하지도 버리지도 않은 것이다.

"선생님의 기는 약해지셨습니다. 그런데 어떻게 황진이 같은 여인과 기를 나누실 수 있었습니까?"

"내게서 골수를 빼어내겠다? 도둑놈 심보로군."

"가르쳐주십시오."

"인체 내의 기가 어떻게 활동하는가 생각해 보았는가?"

"의술에서는 기의 흐름을 바로 잡는 게 병을 다스리는 근본이라고 했습니다."

지함은 북창에게서 들은 말로 대답했다.

"내가 말하는 것은 의론(醫論)이 아닐세. 기론일세."

화담은 지함을 똑바로 응시했다. 화담의 눈에서는 형용하기 어려운 광채가 빛났다.

"오늘 황진이와 내가 기를 나누었다 함은 무엇인가. 내가 혈기왕성하고 학인들 같은 젊은이였다면 어떠했을까? 황진이 같은 절색을 보고 양기가 뜨겁게 솟구쳤을 거네. 그렇지 않은가?"

"그렇습니다."

"내가 늙었다 함은 양기가 쇠잔해졌다는 것이니 누구나 노쇠하면 그렇게 되는 자연적인 이치라네."

"그렇다면 어떻게 기를 나누셨습니까?"

"기가 어디 양기뿐이던가?"

그제야 지함은 고개를 깊이 끄덕였다. 지함의 머릿속에 기생 선화를 처음 만나던 날이 떠올랐다.

지함이 남산골에 숨어 비통한 나날을 보내고 있을 때, 형 지번은 억지 혼사를 꾸며 지함에게 신방을 차려주었다. 그러나 지함은 오래지 않아 기방으로 빠져나가 기생 선화에게 의탁했다. 아내에게서는 여자를 느낄 수가 없었다. 민이의 얼굴이 눈앞에 아른거려 아내를 똑바로 보지 못했다. 기생 선화도 마찬가지였다. 그런 선화가 지함을 어떻게 끌어들였던가.

지함이 기방에 들어선 날, 지함은 정말 딱 한 번만 그렇게 할 작정이었다.

그가 기방에 들어가자 주안상이 들어오고 이어서 우아하고 예쁜 기생이 들어왔다. 기생의 얼굴이 예뻐서 한 번쯤 품어야겠다는 생각은 전혀 들지 않았다. 그때는 청각이고 시각이고 제정신이 아니어서 잘 보이지도, 들리지도 않았다.

지함은 술만 마셨다. 지함이 그렇게 술을 마시고 있는 동안 그 기생은 가만히 앉아 있기만 했다.

한참만에 스스로 지친 지함이 기생에게 이름을 물었다.

"선화라고 하옵니다."

"내가 무엇으로 보이는가?"

"선비님으로 보이지 아무려면 도둑으로 보입니까?"

"난 그대가 여자로 보이지 않네. 아무 감흥이 없네. 향기 없는 꽃, 색깔 없는 꽃을 보고 있는 것 같으이. 예전 같으면 예쁜 여자라고 할 만한 그대를 보고도……."

선화는 아무 대답도 하지 않았다.

그날 선화는 지함이 술상을 밀자 곧바로 금침을 깔았다.

"난 생각이 없네."

지함이 그렇게 말하는데도 선화는 지함의 의관을 벗기고 스스로 옷을 벗었다.

"선비님께서 저를 취하지 않으신다면 제가 선비님을 취하겠습니다."

"그게 무슨 소리인가?"

"저는 기생이옵고, 선비님은 기방에 드셨습니다. 그렇다면 우리가 무엇을 해야 하지요? 호호호."

　선화가 웃어댔지만 꽁꽁 언 마음은 풀리지 않았다. 벗은 몸이 오히려 불편했다.

　"가만히 계시옵소서. 제가 선비님의 몸에 불을 지펴드리리다. 제 음기로 선비님의 꺼진 양기를 일으켜드리리다."

　그렇게 시작한 기생 선화의 손길이, 숨결이 끝내 지함을 자리에서 일으켰다. 지함의 남성이 서서히 살아났던 것이다.

　지함은 스스로 놀랐다. 순간적으로나마 다른 생각은 아무것도 들지 않았다.

　그날, 선화를 취한 지함은 오랜만에 편안한 마음으로 잠을 잘 수 있었다.

　화담이 지함의 속마음을 읽었는지 이야기를 이어나갔다.

　"한 젊은이가 한 처녀와 마주하여 앉아 있다고 하세. 서로 기를 당기는 사이라고 해야지. 남자의 몸속에서 시시각각으로 기가 움직인다네. 기가 승발하면서 핏줄이 뛰고 힘줄이 불뚝 일어서지. 온몸의 양기는 단전 아래 회음부에 집중된다네. 그 움직임은 누구나 느낄 수 있지. 기력을 보충하려고 외기(外氣)를 받아들이느라 숨이 가빠진다네. 여기까지 과정이 누구의 짓인가. 하늘의 뜻인가, 아니면 그 젊은이의 뜻인가."

　"그 젊은이의 뜻은 아닙니다. 신체는 저절로 그렇게 움직입니다. 그 주체는 기라고 할 수 있습니다."

　"기가 주체는 아니네. 여러 가지 기를 움직이는 기관이 따로 있다네. 그 기관은 아직 의론에서조차 알지 못하는 것이라서 이름도 없다네. 물상을 관찰하면 누구나 다 알 수 있다네."

"어떤 물상입니까?"

"반드시 용마를 보아야만 하도가 발명되고, 거북이를 보아야만 낙서가 발견되는 것이 아니라네. 이걸 보게. 바깥에 있는 성황목에 날아든 씨앗이라네. 이 씨앗은 손톱으로 누르면 깨지고 물에 넣으면 필시 썩고 마네. 그러나 이 씨앗이 자라 이파리가 나오고, 꽃이 피어 수십 년, 수백 년을 자라면 저렇게까지 자라서 신목(神木)이 된다네. 이 씨앗 속에 그 힘이 숨어 있지. 저 나무에서 떨어진 씨앗은 어떤 것이나 마찬가지지. 수기(水氣)를 어느 정도 받고, 온기(溫氣)를 어느 정도 받으면 껍질이 열리고 싹이 나네. 그런 다음에는 뿌리를 내리는데, 흙이 약하면 뿌리를 깊이 내리고, 암석에 막히면 돌아서라도 뿌리를 내린다네."

"그렇습니다. 때가 되면 줄기가 자라고 가지가 나오고 이파리가 무성해집니다. 또 때가 되면 꽃이 피고 씨앗을 만들어냅니다. 봄이 되면 잎을 내고 가을이면 떨어뜨립니다."

"나무 한 그루가 사는 데도 그만한 이치가 있거늘 사람이야 얼마나 복잡한 이치가 숨어 있겠나. 바로 그 이치를 수백 년간이나 잊지 않고 자연에 순응하여 제 목숨을 지켜나가는 저 나무의 지혜가 어디에 있겠는가?"

"그 씨앗 속에 숨어 있습니다."

"사람도 마찬가지네. 처녀와 마주한 젊은이가 온 몸의 기운을 다 모아 분출하려고 집중하는 것도 그 씨앗을 뿌리려고 하는 것과 같네. 비록 그 젊은이의 눈에는 처녀의 예쁜 몸과 부드러운 살결이 들어오겠지만 그건 눈속임이지. 젊은이의 몸과 처녀의 몸은 씨앗 하나 만들자고 긴장해 있는데 머리는 다른 생각만 하고 있다네. 그 무엇인가가 환각을 만들어놓은 거겠지.

두 사람이 교접을 하여 남자의 정기가 여자의 자궁으로 분출되면, 일은 끝나고 말지. 두 사람은 더 이상 서로 탐하는 마음을 내지 못한다네. 그러고 보면 두 사람이 마주하여 야릇한 기분을 느끼기 시작했던 것은 생식 때문에 기 스스로 조화를 부린 거지. 환관처럼 남자의 정기를 생산하지 못하는 사람은 천하절색의 미인을 보더라도 사람이 암캐나 암소를 보듯 음기를 느끼지 못하네."

"그 이치가 어디에서 연유하는 것이옵니까?"

"그런즉 자네가 돌탑을 쌓는 동안에, 몸속 어딘가에 깊숙이 뿌리박고 있던 미망이 하나둘 버려진 것도 같은 이치네. 마당의 돌을 캐어내듯 그러한 미망이 하나둘 뽑히어 돌탑을 이룬 것이지. 자네가 정혼했던 그 여인을 잊지 못하는 것도 그런 기가 모여 있다가 갑자기 응어리가 져서 나타난 것이고. 세월이 가면 응기가 풀리고, 그런 뒤에는 기억만 남게 된다네.

술을 더 좋아하는 사람, 고기를 더 좋아하는 사람. 여름에는 힘을 못 쓰다가도 겨울에는 펄펄 기운이 나는 사람, 그 반대인 사람. 같은 약을 써도 어떤 사람에게는 잘 듣고, 어떤 사람에게는 아무 효험도 없고, 또 어떤 사람에게는 독이 되기도 한다네.

이게 다 기가 모이고 엉키고 흩어지고 없어지는 데서 생기는 모습이라네."

"그렇다면 사람은 어떻게 기를 다스려야 합니까?"

"기의 흐름을 잘 알아서 몸을 자연스럽게 두는 게지. 기에 매이지 않도록 하는 것이 선가의 단법이고, 불가의 참선이네. 유가처럼 삼강이네, 오륜이네 하면서 기는 잡지 못하고 혼만 잡으려 해서는 안 되네."

"인간만 그러한 것이옵니까?"

"천문, 지리가 다 그러하고, 삼라만상이 다 이 이치로 존재하네."

"어떤 기가 뭉치고 흩어지며, 어떤 기가 승하고 약한가를 알면 그 사람의 성정도 알 수 있는 것 아닙니까?"

"하늘과 땅에서 일어나는 기의 변화를 놓고 따지는 추명학이 바로 그것일세."

"어떻게 보아주어야 하는 것입니까?"

"자네가 이미 북창에게서 체(體)를 배웠으니 어떻게 하는지를 알고 있을 것이네. 나는 용(用)을 이야기하겠네. 다른 사람의 운명이나 품성을 감정할 때에는 훈장이 학동의 심성을 보아 학문의 단계를 주고, 관상감 교수가 천문을 읽듯, 풍수가 지리를 보듯, 농부가 땅을 보아 씨앗을 가려 뿌리듯 온 정성으로 살펴야 하네. 어떻게 해야 그 사람의 기를 조화시킬까 살펴어, 기가 흘러갈 방향을 잡아주어야 하네.

조선에는 조선인이 쓴 운명학이 아직 없다네. 자네가 그걸 쓰게. 내가 기초는 알려줄 터이니. 오늘은 늦었네."

화담이 자리에서 일어났다.

그때였다. 산방의 문이 열리면서 유형원과 박지화가 불쑥 들어왔다.

"선생님, 오늘 강의는 끝난 줄 알았는데요?"

박지화가 심통난 얼굴로 말했다.

"자네들은 웬일인가?"

"술자리를 마련하고 기다리는데 지함이 오질 않아서."

유형원이 대답했다.

"지함에게만 특별히 해주실 강의가 따로 있습니까, 선생님?"

박지화가 목소리를 높여 물었다.

"과거에 나오는 이야기가 아니니 물러가게."

"제가 과거 보자고 온 게 아니잖습니까?"

박지화가 화담에게 가까이 다가오면서 따져 물었다.

산방의 학인들은 대부분 대과를 준비하는 수험생들이었다. 다만 박지화는 원래부터 선가를 수련하기 위해 화담 문하에 들어온 사람이다. 그런 그로서 화담이 지함에게만 남몰래 강의를 하는 것에 시샘이 날 것이 당연했다.

"형님."

"그만두게. 자네가 혼자서만 들어야 할 강의가 있단 말인가?"

지함이 팔을 잡아당기자 박지화는 홱 뿌리치고 산방을 뛰쳐나갔다.

"선생님, 제가 따라가서 위로하겠습니다."

"그럴 것 없네. 지화는 성미가 원래 불 같아서 조금 지나면 저절로 수그러든다네. 하여튼 술자리가 있다니 어서 가보게. 여보게, 유형원."

머뭇거리던 유형원이 뒤돌아섰다.

"예."

"대과에 나올 이야기가 아니니 섭섭히 생각 말게. 그저 황진이가 다녀간 것을 들어 이지함이 묻길래 대답한 것일 뿐이네. 자네들도 과거란 짐을 벗거든 실컷 얘기하세."

"예, 알겠습니다."

이지함은 유형원과 함께 산방을 나섰다.

"여보게, 지함."

그때 화담이 다시 지함을 불렀다.

"오늘 이야기가 별것 아니니 마음에 새기지 말게. 세상 이치를 밝힌다는 것은 끝이 없다네. 그 몇 마디로 세상을 통째로 안다고 생각하지 말게나."

화담은 이야기를 하면서 지팡이로 산방 바닥을 세 번 두드렸다.

지함은 산방을 내려가 학인들이 이미 기다리고 있는 주막으로 갔다. 박지화는 숨도 쉬지 않고 술을 마시고 있었다.

지함이 다가가 술 한잔을 가득 부어서 권하자 박지화는 못 이기는 척 받았다.

"형님, 황진이를 어떻게 했는지 여쭈러 간 것인데 그러십니다. 형님두, 참."

박지화가 지함을 쏘아보다가 술잔을 털어붓듯이 마셨다.

"이봐, 지함. 정말인가?"

"정말 아니면 황진이라도 몰래 만났을까 봐?"

"그래 황진이를 어떻게 하셨대? 삼삼한 물건을 왜 그냥 보내셨다는 거야?"

"우리가 엿듣고 있었기에 그러신 것 아니겠습니까?"

"이런 실없는 소리. 맘만 있으면 붙들어두었다가 우리가 물러간 뒤에 같이 자면 되지, 보내긴 왜 보내나."

"아이구, 형님두. 그래서 서운하신 게로군요. 그렇지만 두 분은 이미 기를 나누었답니다."

"무슨 소리?"

박지화가 지함을 빤히 쳐다보았다. 다른 학인들도 술잔을 들다 말고 지함을 돌아보았다.

"선생님이 늙으셔서요. 그래서 마음으로만 취했답니다, 허허허."

"이런 젠장할. 그래도 그렇지, 한번 품기라도 해야지, 굴러 온 떡을 그냥 보내?"

박지화가 아깝다는 듯이 혀를 찼다.

질펀한 음담패설이 오가고 술자리가 무르익었다. 박지화도 어느새 산방에서 있던 일은 다 잊고 이야기에 열을 올렸다.

술자리가 파하자 지함은 처소로 일단 갔다가 잠을 자지 않고 삼경이 되기를 기다렸다. 화담이 지팡이로 바닥을 세 번 두드린 것은 삼경에 다시 보자는 뜻이다.

삼경이 되자 지함은 깜깜한 계곡을 타고 산방으로 올라갔다.

역시 화담이 자세 하나 흐트리지 않고 선정에 들어 있었다.

"선생님, 지함입니다."

"들어오게."

화담은 지함을 기다리고 있었는지 글이 빽빽히 적혀 있는 종이를 펼쳐놓고 있었다.

"내가 자네에게만 전할 게 있네."

"말씀하십시오."

"이보게, 지함. 정휴 행자가 읽는다는 『금강경』의 공(空)이 바로 기라네. 기가 한번 움직이면 색이 나오고, 색이 돌아오면 기가 되네. 일묘연(一妙衍) 만왕만래(萬往萬來) 용변부동본(用變不動本)이라고 했다네. 하나에서 우주 삼라만상이 다 시작된 것이어서 나갔다가 들어왔다 한다는 것이라네. 그러나 아무리 많은 모양으로 하나가 변해도 그 근본에는 변화가 없으니 부증불감(不增不減)이라네. 바로 이 하나와 삼라만상이 색즉시공일세. 하나가 공이라면 삼라만상이 색이라네. 그러면 이 하나는 무엇인가. 태극이고 기라네. 하나와 삼라만상이 씨줄 날줄처럼 얽혀 북질을 하고 있는데 그것이 무슨 힘으로 이루어지는가. 바로 기라네."

"그렇다면 삼라만상은 알겠는데 하나인 근본은 어디에 있습니까?"

화담이 빙그레 웃었다.

"내가 자네에게만 은밀하게 말해 주는 것이니 정신차려 듣게. 다시 들을 수 없는 이야기네."

"무슨 말씀이신지요?"

"곧 알게 되네. 그건 그렇고, 자네가 물은 것부터 대답해 줌세. 하나인 근본이 어디냐—?"

"……."

"내가 오늘 그걸 말해 줌세."

"명심하여 듣겠습니다."

"색즉시공이라고 했지 않았는가? 바로 삼라만상을 알고 있으면 하나도 알고 있는 것, 삼라만상이 하나 아닌가. 선가(禪家)의 공안중에 만법귀일 일귀하처(萬法歸— 一歸何處)라는 말이 있는데, 무슨 뜻인가?"

"모든 법은 하나로 돌아간다는데 그 하나는 어디로 돌아가는가 하는 공안입니다."

"맞네.『천부경(天符經)』으로 들어가세."

"『천부경』이 무엇이옵니까?"

"선후천 세상을 다스리는 이치라네. 이 땅에 생명이 나고 나라가 서던 때부터 있었던 하늘의 책이지."

"설해 주십시오."

"지금부터 내가 하는 말은 하늘이 하는 말이니 한 마디도 놓쳐서는 안 되네. 천부경은 일시무시일(一始無始—)로 시작하고, 일종무종일(一終無終—)로 끝난다네."

"시작했으나 시작하지 않았고, 끝났으나 끝나지 않았다는 말씀이십니까?"

"들어보시게. 자네가 묻는 그 근본은 시작이라고는 하지만 시작됨이 없고, 끝이라고 하지만 끝남이 없는 것이라네."

"그것이 색불이공 공불이색(色不異空 空不異色)의 이치이옵니까?"

"그렇다네. 정휴나 황진이가 색을 보았다면 자네는 공을 보았네. 그러나 그 어느 것도 완전한 하나는 아닐세."

지함은 화담의 말에 넋을 잃어갔다.

화담은 붓을 들어 천부경 여든한 자를 바람처럼 써놓았다.

그러고 나서 천부경을 설했다.

> 일시무시일 석삼극 무진본
>
> (一始無始一 析三極 無盡本)
>
> 천일일 지일이 인일삼
>
> 일적십거 무궤화삼
>
> 천이삼 지이삼 인이삼
>
> 대삼합육 생칠팔구
>
> (天一一 地一二 人一三
>
> 一積十鉅 無櫃化三
>
> 天二三 地二三 人二三
>
> 大三合六 生七八九)
>
> 운삼사 성환오칠
>
> (運三四 成還五七)
>
> 일묘연 만왕만래 용변부동본
>
> (一妙衍 萬往萬來 用變不動本)
>
> 본심 본태양앙명 인중 천지일
>
> (本心 本太陽昻明 人中 天地一)
>
> 일종 무종일(一終 無終一)

지함은 고개를 들어 눈을 번득이며 화담의 강의를 들었다.

만물이 비롯되고, 혼이 비롯되고, 모든 학문이 비롯된 원천이라는 『천부경』.

화담은 학인들에게는 한 번도 가르친 적이 없는 경전을 놓고 지함에게만 설하고 있는 것이다.

"하나는 우주 만물의 시원. 이 하나의 시원은 무(無)하여 자연히 본래 그냥 그대로 존재하는 것이지. 어느 무엇에 의하여 생긴 것이 아니라네. 그러므로 어느 무엇에 의해서도 없어지지 않는 게지. 쪼개고 쪼개다 보면 작용이 각기 다른 것으로 나누어볼 수 있기는 하겠지. 그러나 그 근본은 변하지 않는다네. 변하게도 하고 변하지 않게도 하는 것, 그 속에 기가 작용하는 것이라네.

셋으로 나누어진 것은 하늘이 그 하나이고 첫 번째네. 땅이 그 하나이고 두 번째요, 사람이 그 하나이고 세 번째라네.

우주의 시원인 하나가 여러 가지 활동으로 주름을 잡아 삼라만상으로 수없이 불어나도 근본인 하나는 줄지 않고 얼마든지 불어나게 할 수 있지. 그 불어나게 하는 변화를 일으키는 것은 천지인(天地人) 셋이라네. 이 셋이 서로 작용하여 그리 되는 것일세.

천지인 셋이 어떤 관련을 가지며 작용하는가? 천지인 셋에도 각각 음양이 존재하네. 이에 따라 두 기(氣)가 있어 서로서로 어울리기도 하고, 밀어내기도 하면서 작용하게 된다네. 그러니까 크게 보면 천지인 셋이지만 천이라는 하나 속에도 음양과 천지인 삼극(三極)이 다시 포함되어 있어서 천을 나누면 천천(天天), 천지(天地), 천인(天人)으로 되어 있네. 이것은 지와 인에서도 마찬가지라네. 지천(地天), 지지(地地), 지인(地人)이 있고 인천(人天), 인지(人地), 인인(人人)이 있는 것이지.

천이 지와 어울릴 때, 천 속에 잘게 나누어진 천천(天天)의 양과

지(地) 속의 그 지천(地天)의 음이 서로 끌어당겨 인(人) 속의 인천 (人天)을 발동시켜 함께 어울리게 되네. 인(人) 속의 인천(人天)이 한 몫 끼게 되자마자 천인(天人)과 지인(地人)이 움직여서, 인인인지(人人人地)와 천지와 지지도 다 따라 관련을 가지게 되지. 이렇게 어울리는 경우에는 이 세상에 성인이 나타나 크게 활동하는 때가 될 것이네.

이것은 하나의 예를 간단히 든 것이지만, 삼극이 각기 특정한 작용을 하여도 하나가 움직이면 다 따라 움직이게 되는 것일세. 왜 그런가 하면 근본이 하나이기 때문일세.

그러므로 우주 속의 모든 것은 그 근본은 하나라네. 하나하나의 움직임이 서로 빠짐없이 영향을 주고 받게 되어 있지. 이런 점을 살펴보면 근본이 하나이기 때문에 인과 응보의 법칙이 있게 된다는 것을 이해할 만하고, 순간적인 생각 하나도 함부로 할 일이 아님을 알게 되는 것이야.

크게 쪼갠 것으로 볼 때 3이지만 음과 양으로 나누어 볼 때는 6이 된다네. 이 6에 천지인 중에서 또 어느 하나가 먼저 변화의 활동에 관련을 갖는 그 순간에 7이 생하네. 그리고 바로 그 뒤에 8과 9가 생하게 되네. 물질의 성질과 모양과 가지수가 불어나는 것을 간단히 밝힌 부분이라네. 9에 하나가 또 더해지면 10이니, 10이 곧 0이라.

이제까지는 수량이 많아짐을 말했네. 이제 나타나게 된 그것들을 움직이게 하는 것은 3과 4가 하고, 완성되어 여물게 하는 일은 5와 7이 한다네. 10까지의 수가 나타나면 나타난 그 수가 또 일을 하게 되네.

3과 4는 기계적 조직과 순차적 차례에 작용하여 움직이게 하는 일을 맡는다네. 사람의 몸으로 치면 상중하의 3절과 팔다리의 4지가 있어 움직이게 하고, 1년을 보면 3개월씩 4절기로 돌아가고 있지 않는가.

5와 7은 성장 발전하여 내용을 여물게 하는 일을 하지. 예를 들면 사람에게 오장이 속에 있어 안의 일을 맡아 하고 얼굴에 두 눈, 두 귀, 두 콧구멍, 한 입, 이렇게 하여 일곱이 있지. 이 일곱이 사람의 밖의 일을 하여 인격을 성숙시켜가는 것과 같은 것일세. 우주 속의 물질에는 오행의 원리가 들어 있고, 태양의 빛에는 7색이 그에 관련하여 만물을 성숙시키고 변천시키는 것도 그 한 예일 것이야. 하루를 새벽, 오전의 낮, 점심, 오후의 낮, 저녁으로 나누어 쓰지. 그 사이를 새벽에 일어나 아침 먹고, 오전에 일하고, 점심 먹고, 오후에 일하고 저녁 먹고 잠을 자는 일곱 마디로 살아감으로써 삶을 여물게 하는 것이니 이것이 5와 7을 쓰는 이치라네.

일묘(一妙)는 삼극(三極)의 근본. 우주 삼라만상의 근본인 하나를 말하는 것일세. 표현하기 힘든 것을 묘라고 하지. 이 일묘가 활동을 펴서 만 번 되풀이 변화를 일으켜 사라져가고, 또 그렇게 변화를 일으켜 나타나서 작용은 변하여도 근본은 변하지 않는다네. 어느 무엇에 의해서도 늘지도 줄지도 않는 이치인 것일세.

본(本)은 마음(心). 사람의 마음속 마음인 참마음이 우주의 본인 하나(本心)라네. 태양도 그 마음의 밝은 특성을 본받아 밝은 광명을 내는 일을 하게 된 것이야. 그러니까 마음은 사람(人)의 알맹이(中). 천과 지에서도 그 본바탕을 찾아보면 '하나'인 것이지.

하나는 우주와 그 안에 있는 모든 것이 다 없어지더라도 남게 되는 마지막이라네. 그러니 영원한 것이라고 할 수 있지.

하나는 곧 마음이니 만물의 본일세. 이 하나는 어느 무엇에 의해서 만들어진 것이 아니네. 본래 그냥 그대로 스스로 있는 것이야. 그러니 다른 무엇이 그것을 없앨 수도 없고 줄일 수도 없고 변질시킬 수도 없다네. 모양이 없으면서도 영원히 살아 있는 것. 모양이 없으면서도 모양 있는 모든 것을 나타내고, 모양이 없으면서도 모양이 없으면서라고 말도 할 줄 아는 것, 이것이 바로 『천부경』이라네.

수(數)의 변화는 물상(物象)의 변화를 가리키는 것. 봄과 여름까지는 역수(逆數)로 자라고 가을과 겨울에는 순수(順數)로 수장(收藏)하는 것이네."

"이것이 선천과 후천을 가르는 이치이옵니까?"

"그렇다네. 여기에서 수가 나오고 만물이 나오네. 이 속에 자네의 친구 안명세가 있고, 정혼했던 여인이 있는 것일세. 그들의 후천 세계를 바라보게. 헤아리고 헤아리다 보면 언젠가 보일 날이 있을 것이네."

크게 감동을 받은 지함은 그 자리에서 일어나 화담에게 큰절을 올렸다. 화담의 강의는 그렇게 고개 숙인 지함의 머리 위로도 계속 떨어졌다.

산방에 돌탑을 쌓으라는 시험으로 지함의 가슴속에 남아 있던 미망을 털어낸 스승 화담 서경덕.

그는 지함이라는 큰 그릇에 도를 가득 담아주었다.

12. 빛을 잃은 태사성(泰史星)

유난히 밝은 별빛이 화담 계곡의 흰 굽이로 쏟아져내렸다. 얼음이 풀리기엔 겨울의 꼬리가 너무 길었다. 얼음장 밑으로 끈질기게 흘러내리는 물소리가 깊은 밤 어둠 속으로 흘러들었다.

정월 보름이 얼마 남지 않은 달은 점점 제 속살을 채워 올리며 둥글게 익어가는 중이었다.

"아!"

계곡의 널찍한 바위에 앉아서 몇 시간째 하늘을 올려다보고 있던 지함의 입에서 나즈막한 탄성이 흘러나왔다.

밤하늘을 보면 볼수록 지함은 이제까지 알아온 모든 것들이 바람에 휘날리는 먼지처럼 보잘 것 없이 저 막막한 하늘 속으로 흩어져버리는 느낌이었다. 화담에게 천문(天文)을 배운 이후로 지함은 늘상 밤이면 짐승들의 처량한 울음소리만 들려오는 계곡에서 밤이슬을 맞으며 하늘을 보고 또 보았다. 그동안 지함이 확실하게 깨달은 것이 있다면 인간의 왜소함, 그리고 지함 자신의 무지였다.

저 광활한 우주의 시작은 어디이며 끝은 어디인가. 아무리 삼라만상이 한 법에서 나왔다고는 하지만 그것을 가슴으로 안기에는 너무도 벅찼다.

도대체 저토록 까마득하게 큰 세상을 빚어놓은 기(氣)란 또 무엇인가. 그것은 어디에서 생겨났고 어디로 흘러가는가. 시작도 없고 끝도 없는 것, 그저 주어져 있으며 영원한 것……

지함은 이 말을 새기고 또 되새겼다.

눈앞에 보이는 것은 모두 유한하다. 들판의 풀도 나무도 나면 반드시 죽으며, 날벌레 하나도 모두 생과 사의 갈림길에서 발버둥친다. 하다못해 끊임없이 흐르는 것 같은 계곡의 물도 바람에 마르고 햇볕에 말라 그 생명을 다한다.

민이도 명세도 그 처음과 끝이 자유롭지 못했다. 물론 지함 역시 마찬가지일 것이다. 유한한 존재가 무한한 존재를 인식한다는 것, 그것은 아예 불가능한 일일지도 모른다.

천문(天文). 하늘의 말, 하늘의 글.

하늘의 이치를 깨닫기 위해서는 꼭 배워야 한다면서 북창이 가르쳐주고 화담이 보태준 천문.

도대체 무슨 말을 하느라고 하늘은 저렇게 무수한 눈을 깜박거리는지 지함은 답답하기만 했다. 그 많은 말을 다 알아듣기도 어렵지만, 하늘은 왜 저렇게 할 말이 많은지 그것도 알 수 없었다.

저 광활한 하늘이 '나'와 근본이 같은 하나에서 비롯된 것이라는 화담의 말이 믿겨지지 않을 만큼 하늘은 광대무변한 얼굴로 지함을 들여다보았다. 해석되지 않는 얼굴, 알 수 없는 얼굴, 그것은 운명과도 같은 것이었다.

요즘 들어 지함은 자신의 육체를 내던지고 싶은 충동에 시달렸다. 육체가 있어 인간이 나무나 풀이 아니라 인간일 수 있는 것일 테지만, 인간이게 한 바로 그 육체가 이제는 또다시 인간의 자유를 속박하고 놓아주지 않는 것이다.

북창을 처음 만났을 때, 지함은 자신이 살아온 세상과 새로 맞닥뜨린 세상이 한 하늘 아래에 있으면서도 그토록 다르다는 사실에 전율했었다.

그리고 화담의 기론(氣論). 화담에 의하면 세상 만물의 이치를 주관하는 기는 무극이며 태극이다.

그러나 인간의 형상을 한 누가 감히 태극을 알 수 있겠는가.

밤하늘에 떠 있는 무수한 별을 보면서 지함은 끝 모를 좌절감에 젖어들었다. 지함은 또다시 벽에 부딪치고 만 것이다.

과연 석가는 알았을까?

공자는 알았을까?

그들은 고민하지 않고 흡족하게 살았을까?

화담은 그런 고민도 없이 살아가는 것인가?

그때였다.

제법 커다란 유성 하나가 빠른 속도로 동쪽 하늘을 비껴 흐르더니 태사성(泰史星)과 부딪치며 떨어져 내렸다. 유성과 부딪친 태사성은 잠깐 밝게 빛나더니 곧 희미하게 빛을 잃어갔다.

하기사 별이라는 것도 사람이나 다름없이 태어나고 죽고 여기저기 돌아다닌다. 어느 날 갑자기 보이지 않던 별이 희미하게 나타나면서 빛나기 시작한다. 또 어떤 날에는 떨어지는 유성만도 수백 개나 되고, 초저녁부터 움직이기 시작한 별자리가 새벽이면 전혀 다른 자리로 바뀌 앉기도 했다.

별 하나 없어지는 것쯤 무슨 대수일 리가 없다. 그만큼 새로 생겨나고 자라고 옮겨다니므로.

그러나 지함은 그날따라 태사성에 오래도록 눈길을 붙였다.

또 누군가가 죽어가는구나.

모든 것이 무극에서 나고 무극으로 돌아가는 것이라면 인간은 왜 삶과 죽음에 그토록 연연해 하는 것일까. 불가(佛家)에서 말하는 집착 때문인지도 모른다. 그러나 그런 집착이 없다면 인간은 또 무엇이겠는가.

지함의 가슴과 밤의 정기가 함께 어우러진 것일까, 잔잔하던 숲 속에 돌연 음산한 바람이 휘몰아쳤다.

멀리 산방에서 희미하게 불빛이 새어나오고 있었다.

화담이 혼자 있을 산방, 그는 도대체 무슨 생각으로 불을 밝히는 것인지 알 수 없었다.

다음 날, 여느 날처럼 지함과 산방 학인들은 화담 앞에 다리를 포개고 화담의 가르침을 기다리고 있었다.

웬일인지 허공을 향한 시선으로 오래도록 말이 없던 화담은 뜻밖의 말을 꺼냈다.

"오늘부터 산방을 폐쇄하겠네. 내 갈 길이 너무 급해서 갑작스럽게 정한 일이니 남은 공부는 각자 마치도록 하게나."

문득 지함의 눈앞에 빛을 잃어가던 태사성이 떠올랐다.

전날까지만 해도 아무런 낌새가 없던 일이라 학인들은 몹시 수군거렸다.

유형원이 어처구니가 없다는 얼굴로 화담에게 여쭈었다.

"아직 공부가 멀었는데 갑자기 산방을 닫으신다니 무슨 말씀이십니까?"

"누가 어제 천문을 본 사람이 있는가?"

"제가 봤습니다."

화담은 빙그레 웃으며 지함에게 다시 물었다.

"그래, 무엇을 보았나?"

"태사성이 유성을 맞고 빛을 잃어가는 것을 보았습니다."

"태사성이 바로 날세."

학인들의 낯빛이 딱딱하게 굳었다. 긴장하지 않은 사람은 지함뿐이었다. 화담에게 기를 보내주는 별이 유성을 맞고 비틀거렸다면 그것은 곧 죽음이 멀지 않다는 이야기나 같은 것이다.

"내가 세상에 머물 날이 머지않았다네. 내 갈 길이 급해서 이렇게 갑작스레 정한 것이니 분해하지 말게나들."

학인들이 다시 웅성거렸다.

"선생님. 이렇게 갑자기 떠나시면 저희는 어떻게 합니까? 어디 가서 남은 공부를 마쳐야 합니까?"

수염이 덥수룩한 유형원이 볼멘소리로 사정했다.

유형원이 치를 과거가 몇 달 남지 않은 때였다.

화담의 얼굴에 쓸쓸한 미소가 떠올랐다.

"모든 것이 우리 뜻대로 우리와 함께 하진 않는다네. 그렇다면 우리가 구태여 힘들게 세상의 진리가 무엇인지 공부할 필요도 없지 않겠나. 모든 것이 그렇듯 우리에게도 헤어질 시각이 닥친 것뿐. 자꾸 과거를 돌아보지 말아야 한다네. 진리란 어디에나 있는 것. 내 스스로 찾아내는 것. 내게 더 배우지 못하는 것이 어쩌면 자네들이 진리로 한발 더 바싹 다가가는 지름길일 수도 있을 터이니……. 그만 물러들 가게나."

학인들이 어쩌면 마지막일지도 모르는 하직 인사를 올리고 자리를 떠났다. 머뭇거리던 유형원까지 떠나가고, 남은 사람은 지함과 박지화였다. 과거와 벼슬을 목표로 공부하지 않는 학인은 둘뿐이었다.

"선생님. 너무 서운해 하지 마십시오. 인간이 이별을 앞두고 이전의 정을 돌아보는 것이야 인지상정 아닙니까?"

박지화의 말에 화담은 고개를 설레설레 흔들었다.

"배움에 대한 욕심을 탓할 수는 없는 것. 어딜 가도 선생님과 견줄 만한 스승이 없으니 더욱 서운할 수밖에 없지 않겠습니까?"

덧붙인 지함의 말에도 화담의 얼굴은 밝아지지 않았다.

"배움에 대한 욕심이라니? 나는 지식을 가르친 것이 아닐세. 진리로 나아가기 위해 지식으로 가려진 눈을 틔우려 했을 뿐. 그런데 학인들은 눈을 틔우기는커녕 또다른 지식의 덫을 파고 있을 뿐이었나 보네."

화담의 말은 옳았다.

마지막까지 머뭇거리던 유형원이 그나마 가장 진지하고 열성적인 사람이었으나 그마저도 결국은 저 혼란의 세상으로 나아갔다. 그들에게는 그 세상에서 인정받고 살아가는 것이 유일한 가치다.

"죽기 전에 세상이나 두루 여행하고 싶다네. 내가 소시적에 전라도와 경상도를 다니면서 일차 견문을 한 적은 있으나 깊이가 없어 늘 마음에 걸렸는데 지금이라도 하고 싶네. 내 굳이 화랑이나 도인, 고승들을 흉내 내려는 것은 아니고, 죽기 전에 한번 내 마음을 되비쳐보고 싶어서라네. 그저 내가 태어나고 자란 땅을 한번 돌아보고 싶은 것일 뿐.

나와 함께 팔도를 돌면서 이 땅을 둘러볼 뜻이 있는가?"

"선생님과 함께라면 어디라도 가겠습니다."

박지화가 대답했다. 지함도 고개를 끄덕였다.

박지화는 지함보다 근 열 살이나 더 많지만 모든 일에서 지함보다 더 열심이었다. 이따금 지함에게 질투를 느끼고 서운해 하는 적이 있지만 언제나 감정 처리가 깨끗했다. 가끔 지함은, 마흔이 가까운 나이임에도 아무것도 포기하지 않고 달려드는 박지화를 보면서 가슴이 저려오곤 했다.

젊은 시절엔 누구나 무모하리만치 열정을 가질 수도 있는 일이다. 그러나 세월이 흐를수록 가망 없는 일에는 열정이 움직이지 않고, 새로운 일에는 뛰어들고 싶지 않은 법이다. 불혹이라는 나이, 인생의 황혼녘에 접어든 나이에도 여전한 열정으로 진리를 찾아가는 박지화의 모습은 결과는 둘째치고 열정 그 자체만으로도 경건하고 아름다웠다.

"그대들은 벼슬이 탐나지 않는 것인가?"

두 사람이 벼슬에 뜻을 두지 않고 있다는 것쯤은 화담도 잘 알고 있었다.

"벼슬을 구하려고 했다면 선생님을 찾지 않았을 것입니다."

박지화가 단호하게 말했다. 지함은 입을 꽉 다물고 대답조차 하지 않았다.

"누구나 시작은 그렇지. 그러나 명확하게 눈에 보이는 것이 없는 한, 세상을 완전히 뿌리친다는 것이 결코 쉬운 일이 아닐세. 불가에서처럼 부처라도 의지할 수 있다면 모르되, 우리가 찾아가는 길에는 내 자신뿐 아무것도 없지 않은가. 더우기 우리가 살아 생전에 과연 도를 깨우칠 수 있을지도 의문 아니던가? 나야 그대들보다 세상을 버리기가 쉬웠던 셈일세. 원래 주어진 것이 없었으니. 과거를 보고 싶어도 볼 수 없던 내 처지가 한때는 견딜 수 없던 시절도 있었지.

그때는 세상에서 버림받은 것처럼 절망했었지.

그런데 그대들은 무엇을 믿고 주어진 것을 버리려 하는가?”

박지화도 지함도 대답이 없었다.

두 사람을 쏘아보는 화담의 눈길은 거센 불길처럼 뜨거웠다.

“그대들은 무엇을 믿는가? 무엇을 믿고 세상을 버리려 하는가?”

화담은 다시 한 번 질문을 던졌다.

정곡을 찔린 사람처럼 지함은 눈을 내리 감고 입술을 물었다.

사실 엊저녁, 아득한 하늘을 바라보면서 절망했던 것도 바로 이 문제였다. 화담 산방에 온 이래 지금까지 단 하루도 의심없이 지나간 날이 없었다.

지함의 가슴속에서도 뜨거운 불길이 솟구쳤다. 폭풍우 뒤끝의 화담 계곡처럼 지함의 입에서 걷잡을 수 없는 말들이 거세게 흘러나왔다.

“아직 아무것도 믿는 것은 없습니다. 그러나 어떤 인간도 완벽한 믿음에서 출발하는 사람은 없지 않습니까? 이 세상을 믿어서, 처음부터 알고 있기 때문에 고고성을 터뜨리며 나온 것이 아니듯이. 인간의 출발은 의문과 의심에서부터 시작되는 것이 아닌지요? 제가 믿는 것은 바로 그것입니다.”

“그렇다면 세상 안에서 시작하지 그러나? 세상 사람들의 기준에 따라 과거를 보고 급제를 했으니 당장 조정으로 달려가 품직이라도 받아내게. 그러고 나서 그 안에서 의심하고 의문하면 되지 않는가. 자네는 대과를 스스로 버렸는가, 아니면 잃었는가?”

“아니오. 아닙니다.”

지함은 단호하게 화담의 말을 잘랐다.

“저는 보았습니다. 세상 안에서 진실을 찾아보겠다던 제 친구가 자신의 권력을 지키려는 사람들에게 죽음을 당하는 것을. 또 주변의 수많은 사람들이 신분 질서에 갇혀 굶주리고 비참하게 살아가는 것도 보았습니다. 그런 세상 안에서 무엇을 의심하지요? 그 안에서는 의심조차 할 수 없습니다. 의심하는 자에게는 죽음이나 절망이 기다릴 뿐이지요.

새로운 것이 무엇인지는 아직 모릅니다. 선생님이 말씀하시는 도가 구현되는 세상이 어떤 것인지도, 어떻게 만들어야 하는지도 아직은 모르겠습니다. 그것을 찾으려고 선생님께 왔고, 지금 그 길에 있습니다."

"그래, 자네는 진리를 찾을 수 있다고 믿는가?"

"모르겠습니다. 그러나 믿고 싶습니다. 제 하기에 따라서 찾을 수도 있겠지요. 아니, 어쩌면 아무리 해도 못 찾을지도 모릅니다. 진리란 게 이 세상에 아주 없는지도 모를 일이지요."

"중요한 건 결과가 아니라 과정 아닙니까? 저도 지함과 마찬가지입니다만, 제가 진리를 찾지 못한다 해도 좋습니다. 요즘은 불쑥 진리란 완벽하게 존재하는 것이 아니라 이렇게 많은 사람들이 모든 것을 바쳐 찾아가는 과정 속에 존재하는 것이 아닌가 하는 생각도 듭니다만……."

지함의 말을 자르고 툭 튀어나온 박지화의 말이었다.

잠시 침묵이 흘렀다.

제자들의 말을 듣는 화담의 얼굴이 밝아졌다.

"떠나는 날짜는 삼월 삼짇날로 하세. 내가 늙은 몸을 추스리려면 그 정도는 날씨가 풀려야 나다닐 수 있을 테니."

지함과 박지화의 말이 끝나고 한참 만에 입을 연 화담은 조금 전 자기가 그토록 집요하게 파고들던 문제는 다 잊어버린 듯 다시 언급이 없었다.

"날짜를 왜 그리 늦게 잡으십니까?"

삼월 삼짇날이라면 근 달 반이나 남아 있었다.

"준비를 할 게 많다네. 사람 하나 왔다 가는 데에 일이 없을 수 있나. 산방과 가재도구를 팔아 여비도 마련해야 하고. 그동안 써놓았던 책도 정리하여 문집으로 엮어야겠고. 내가 누울 자리를 살피는 동안 두 사람은 각지의 지형이나 물산, 인물 들에 대해 좀 연구를 해보게나. 자연 경치를 벗삼아 놀러다니는 게 아닌 바에야 미리 준비를 해서 빠짐없이 보고 오는 게 좋지 않겠는가?"

생각보다 준비해야 할 일이 꽤 많았다.

전국 각지의 지형만 해도 제대로 나와 있는 지도 하나 없었다. 하긴 작은 것은 보되 큰 것은 보지 못하는 것이 인간의 한계. 넓은 땅의 모양새를 제대로 그린다는 것이 결코 쉬운 일은 아니다. 어쨌거나 대충 위치를 아는 것으로 만족하는 수밖에 없었다.

게다가 박지화가 화담의 문집을 제대로 정리해야 한다고 우기는 바람에 일거리는 점점 더 많아졌다. 자신의 글에 별로 애착을 갖지 않는 화담이라, 수중에 남겨둔 필사본 하나 변변히 없었던 것이다. 하는 수 없이 지함과 박지화는 송도의 이름난 선비들을 두루 찾아다니며 그동안 그들이 화담에게서 배울 때 강의 내용을 적어놓았던 글을 다시 빌어다 몇날 며칠이고 밤을 꼬박 새워 베껴야 했다.

화담 산방에 머문 지 고작 일 년이 넘은 지함으로서는 처음 보는 글들이 더 많았다. 누구나 자기 말과 글의 색깔이나 냄새가 조금씩은 다르겠지만 화담은 말보다는 글이 훨씬 깊고 그윽했다. 일 년간 강의를 들어온 지함조차 고개가 숙여질 정도였다. 지함은 간혹 부지런히 놀리던 붓을 놓고 생각에 잠겨들곤 했다.

화담의 나이 이제 쉰다섯.

평민의 자식으로 태어나 이만한 깊이를 얻기까지 그가 겪어야 했을 고통과 절망이 가슴을 울렸다. 이만한 학식을 가지고도 신분 질서를 혐오하여 관직에 오르지도 않고 깊은 산중에서 제자들을 길러온 화담이 이루려고 하는 도는 무엇인가.

태사성. 유성. 여행. 그리고 삼월 삼짇날.

모든 게 화담의 마지막을 알리는 말이다.

태사성이 빛을 잃고, 따라서 화담이 죽어가고…….

그런데 화담은 어떻게 여행을 하겠다고 나서는지 알 수 없었다. 일 년씩이나 수명이 남아 있을 리가 없다. 그 별이 화담의 정기를 맡고 있었다면, 그것이 사실이라면 화담의 수는 이미 끊겨가고 있는 것이다. 그런데도 일 년여 동안 팔도를 돌아다니겠다는 것은 지나친 욕심이다.

지함은 북창을 만났을 때부터 팔도여행을 한 차례쯤 하려고 벼르고 있었다. 선가에 입문한 조선의 도인치고 조선의 산천 경개를 두루 보지 않은 사람이 없다. 신라적 화랑(花郎)과 선화(仙花)조차 이 산 저 산 옮겨다니며 산중에서 수도를 했다고 북창이 말했다.

그런데 마침 스승 화담이 팔도 주유를 떠나겠다고 하니 지함도 선뜻 나선 것이다.

주유를 떠나기로 한 삼월 삼짇날을 며칠 앞두고 화담에게서 전갈이 왔다.

산방으로 올라오라는 것이었다.

"부르셨습니까?"

"그렇다네."

"자네에게 이를 말이 있네."

"말씀해 주십시오."

"자네는 백성을 사랑하는 마음을 돋구어야 하네."

"무슨 말씀이신지요?"

"중생을 사랑하지 않는 부처는 부처가 아니지. 신분을 떠나 큰 마음으로 조선 백성을 아끼고 사랑하게. 상구보리 하화중생이라는 불가의 말을 들어본 적이 있는가?"

"위로는 도를 구하고, 아래로는 중생을 교화하라는 말 아닙니까?"

"맞는 말일세. 도를 구하는 한편 백성을 보살피라는 말일세. 유가, 선가, 불가가 따로 있는 것이 아닐세. 선가를 공부하는 사람도 마찬가지이니 이 말 명심하게."

"예."

"백성을 구제하는 것에는 여러 가지 방법이 있다네. 자네는 무엇으로 백성을 구제하겠나?"

"아직 그런 곳에까지 마음이 미치질 못했습니다."

"내가 이르겠네. 그렇지 않아도 자네의 관심이 운명학에 있다는 걸 알고 있었네. 그걸 철저히 연구하여 이 땅에서 제일가는 사람이 되게. 중국에서 운명학이 일어났다고는 하나 우리나라 사람과 중국 사람은 본디 성정이 다르고 사는 지리가 다르기 때문에 맞지 않다네. 자네가 우리 백성을 위하여 바른 삶을 살아가는 지혜를 나누어 주는 길을 열어보게."

"어떻게 해야 합니까?"

"북창이 웬만한 것은 가르쳤을 것인즉 내가 책을 하나 써줌세. 그걸 바탕으로 연구를 하게. 이번 여행을 하면서 지리와 물산, 그리고 인물을 자꾸 만나다 보면 저절로 깨우치는 게 있을 걸세. 『주역』처럼, 지금 있는 책들은 백성들이 알아들을 수 없으니 조선 사람이면 쉽게 읽고 실천할 수 있는 책을 쓰게."

화담은 지함의 길을 가리켰다.

운명.

지함의 앞에 펼쳐질 새로운 앞날.

조선인을 위해 꼭 필요한 책을 쓰라는 화담의 말이 머릿속에 메아리쳤다.

지함은 그것이 두렵지 않았다. 차라리 머릿속이 뚫어져라 하고 낯선 세상 속으로 빠져들고 싶었다. 그런 낯선 세상이 있다면 당장이라도 달려가 뛰어들고 싶은 것이 지함의 마음이었다.

지함은 그렇게 지함이란 한 인간의 몫으로 주어진 세월을 한꺼번에 써버리고 싶었다.

13. 삼월 삼짇날

지함과 박지화는 화담 산방으로 화담을 모시러 갔다.

화담은 산방 처마 밑을 유심히 쳐다보는 중이었다.

벌써 제비가 날아와 부지런히 흙과 지푸라기를 물어다가 집을 짓고 있었다.

"생각도 없는 저런 미물들이 때를 알고 제 집을 찾아드니 신기하지 않은가."

삼월 삼짇날, 어느새 봄이다. 화담 계곡의 얼음도 모두 풀려 잔잔한 물소리가 산방을 그윽하게 두르고 있었다. 산 아래쪽의 나뭇가지들은 새 잎을 틔우고 부지런히 물을 빨아올리며 긴긴 겨울의 잔해를 털어버리고 여린 연두빛으로 서서히 물들어갔다.

"선생님, 그만 떠나시지요. 부지런히 걸어야 내일 해 지기 전에 한양에 도착할 텐데요."

"재촉하지 말게. 떠날 때가 되면 다 떠나게 되어 있는 게 인생 아닌가. 자네는 준비를 다 했는가?"

"준비라고 특별히 한 것은 없지만 각오는 되어 있습니다."

"이제 큰 공부를 하는 걸세. 물산과 지리와 인물, 이보다 큰 것은 없네."

"어서 떠나시지요."

지함이 화담을 채근했다.

이제 영원히 떠나려는 산방 문을 활짝 열어놓고 문턱에 앉아 있던 화담은 가벼운 봇짐을 짊어지고 자리에서 일어났다. 벌써 생명의 기운이 가라앉기 시작하는 것인지, 늘 투명하던 화담의 얼굴빛이 누렇게 바래 있었다. 그렇게 앞장선 걸음만은 지함이나 박지화 못지않게 날렵했다.

개나리며 진달래가 며칠간 내린 봄비에 짓물러 진흙탕 길을 붉게 물들일 때 송도를 떠났는데, 한양에는 아직 봄은 오지 않고 안개 같은 봄빛이 서려 있을 뿐이었다. 봄기운에 휘감긴 골목마다 푸근한 저녁 햇살이 따사하게 내리고 있었다.

한양에 들어서서는 성내 지리를 잘 아는 지함이 앞장섰다.

지함은 가는 길목이기도 하고, 혹 형 지번이 청풍에서 돌아와 있을까 싶기도 해서 가회동 형의 집부터 들러보았다.

송도에서 『화담문집』을 정리하려고 선비들을 찾아다니던 중에 을사사화에 연루되어 지방으로 좌천되었거나 귀양 갔던 사람들 가운데 한양으로 복귀하거나 풀려난 사람이 많다는 말을 들은 까닭이었다.

대문을 두드리자 지함이 양주 봉선사로 길을 떠나고, 형 지번이 청풍으로 떠나고, 형수와 조카들마저 홍주로 떠난 빈집을 혼자 지키고 있던 하인이 달려나왔다.

하인은 지함을 보자마자 눈물을 글썽였다.

화담과 박지화를 사랑으로 모시게 해놓고 지함은 내당으로 갔다. 문이 열리더니 형 지번과 형수의 얼굴이 나타났다.

그사이 세월이 흐른 탓일까, 지번은 핼쑥한 얼굴이었다.

지함보다 스무 살이나 많은 지번이고 보면 이제 쉰도 멀지 않았다. 많은 나이 차만큼이나 얼굴에 세월이 지나간 흔적이 역력했다. 지번이 청풍으로 떠날 때도 보지 못했으니 근 사 년 만인 셈이다.

"그래, 어떻게 지냈느냐?"

일찍 부모님이 돌아가시고 부모처럼 지함을 돌봐주던 형이다. 어린 시절부터 지함의 실력을 높이 사, 자신은 말단 관직에 그칠 만한 작은 그릇이지만 지함은 본래 큰 그릇이니 지함이 집안을 일으켜야 된다고 입버릇처럼 말했다. 그러면서 지함이 공부에만 몰두할 수 있도록 부족함 없이 뒷바라지해 주던 형이어서 지함은 자못 죄스럽기만 했다.

과거를 내던지고 대체 무엇을 할 거냐고 호통을 칠 법도 하건만 지번은 그에 대해서는 언급을 안 하고 그동안의 안부만 물었다.

"형님께서는 별고 없으셨습니까?"

워낙 조용하고 은근한 성품이긴 하지만 지함에게만은 가차없던 지번이었다. 특히 공부에 관해서는 더욱 그랬다. 그 지번이 자신과 상의도 없이 과거를 작파하고 사라져버린 지함에게 아무런 말도 없었다.

"늘 그렇지. 너는 어떠냐? 벼슬도 마다하고 돌아다녔다니 그래, 뭐라도 찾은 게냐?"

"찾았다기보다는 찾고 있는 중이지요."

"그래. 나도 명세의 죽음을 떨쳐버리기가 쉽지 않은데 너야 오죽

했겠느냐. 요즘은 네가 부럽구나. 나도 훌훌 다 벗어던지고 떠나버렸으면 싶구나. 사는 게 왜 이리 구질구질한지. 백성을 이끌어야 할 벼슬아치들은 죄다 제 탐욕에 눈이 벌겋고 자리만 탐내고 있으니 과거라는 게 무슨 의미가 있겠느냐."

하긴 명세의 죽음이 지함에게만 상처를 남긴 것은 아니었다.

말수가 적고 조용한 지번이지만 마음만은 지함이나 명세와 크게 다르지 않았다. 명세처럼 불의에 대해 죽음으로 항거하지는 못했어도 지번 역시 벼슬길에 대해 환멸을 느낀 것이다.

과거에 급제만 하면 세상에 부러울 것 하나 없을 것 같던 시절도 있었다. 그러나 지번이 입궐하여 본 것은 무엇이었던가. 피비린내 나는 살륙뿐이었다. 그사이 백성들은 굶주림으로 여기저기서 죽어가고, 유랑민이 먹을 것을 찾아 길을 가득 메워도 조정에서는 아무 조치도 내리지 않았다. 전염병이 크게 돌아 나무토막 쓰러지듯 백성들이 곳곳에서 나자빠져도 조정에서는 훈구 대신과 사림의 싸움만 계속되었다. 그러는 중에도 배고픈 백성, 가난한 백성을 쥐어짜 세금을 거두어들여서 호의호식하는 조정 대신들 사이에서 숨을 죽이고 일만 해온 지번은 늘 고뇌 속에 빠져 있어야 했다.

싸움이 일단 끝나면 대신들은 지방에서 올라오는 세곡이 적다느니 진상품이 형편없다느니 하는 불평을 늘어놓았다. 고을 이름에 해(海) 자나 도(島) 자라도 들어가면 무조건 해산물을 진상하라는 어명을 내렸다. 그래서 내륙 한가운데에 있는 충청도 진천의 해산(海山) 같은 고을에서는 나지도 않는 조기를 마련하기 위해 일부러 해안까지 가서 조기를 사다가 진상하는 진풍경도 생겨났다.

그런 것을 본 지번이 분기탱천한 명세의 혈기를 따라 특정기를 지어 『실록(實錄)』에 넣는 것을 도왔다가 지방 군수로 좌천당한 것이다. 그나마 다행인 것이 명세는 지번이 관련된 것을 목이 잘리는 순간까지도 비밀로 해 지번이 목숨을 보전할 수 있었던 것이다.

그런 풍파를 겪은 지번이 동생 지함의 속사정을 모를 리 없어 대과에 급제하고도 방랑하는 동생을 굳이 잡으려 하지 않았던 것이다.

"가문의 흥망이란 것이 무어 그리 중요하겠느냐. 세상이 이 지경인데 그 흙탕물 속에 빠지지 않는다고 나무라실 조상님도 없으실 게다. 너는 네 뜻대로 살거라. 너야 총명했으니 부지런히 공부하다 보면 뭔가 잡히는 게 있을 게다."

"형님은 어쩌시렵니까?"

"나야 늘 이렇게 사는 것밖에 길이 있겠느냐. 불만은 많다만 너처럼 박차고 나올 기개는 없으니 이대로 숨죽여 살 밖에. 네 처자는 걱정 말거라. 호의호식은 못해도 굶주리게 하지는 않을 테니……. 돌이켜보면 참으로 처량하구나. 작은 재주나마 벼슬길에 올랐을 때는 백성과 나라를 위해서 뭔가 해보겠다는 소박한 꿈이 있었는데 이제 벼슬길이 밥벌이밖에 되지 않는다니 말이다."

"형님."

"물러가 쉬거라."

요 몇 년 사이에 지번은 몇 십 년을 건너뛰어 부쩍 늙어버린 것 같았다. 깊은 침묵 속으로 빠져들며 지번은 벌써부터 그의 인생을 정리하는 듯했다.

지함은 조용히 지번의 방을 물러나왔다.

지번의 말이 옳다. 뛰쳐나올 기개가 없으니 지번은 그 안에서 홀로 절망하고 고뇌하는 수밖에. 그러나 뛰쳐나온 자신은 또 뭐란 말인가.

자신 앞에 기다리는 것 역시 지번과 다르지 않은 고통이었다. 지번과 지함이 다른 점이 있다면 지함은 고통에도 불구하고 미래를 포기하지 않는 반면 지번은 미래의 끈을 놓아버린 것이다.

화담이 지번의 집에 머물고 있다는 소문이 돌자 지번의 집은 연일 한양의 이름난 선비들로 북적거렸다.

특히 화담 산방에서 공부를 한 좌의정 박순은 화담이 죽음을 눈앞에 두고 산방을 폐쇄했다는 이야기를 두고는 몹시 섭섭해하며 눈물까지 흘렸다.

"선생님께서 일신을 보전치 않으시고 제자들을 돌보심이 너무 지나치셨습니다."

화담은 박순에게도 빙그레 웃으면서 웃음으로 화답할 뿐 아무 말도 하지 않았다. 이미 죽음을 눈앞에 두고 있는 사람 같았다.

"선생님, 주기론이니 주리론이니 성리학자들 사이에 논쟁이 많습니다. 한 말씀 해주십시오."

"내게는 아무 말도 묻지 마시게. 이제 나는 명을 다하고 한가로이 유람이나 다니는 객일세. 삼강오륜의 그물에서 벗어났다네."

그뿐, 화담은 내방객들의 질문에 일절 응답하지 않았다.

이틀간 손님들이 우르르 몰려왔다 가자, 화담은 지함에게 말을 해서 한적한 후원에 나가 별당에서 쉬고 싶다고 말했다.

"내가 사흘만 쉴 터이니 아무도 들여보내지 말게나. 음식도 소용치 않으니 자네도 오지 말게나. 내가 할 일이 좀 있네."

화담은 그렇게 말하고 별당에 들어가서는 사흘간 꿈쩍도 하지 않았다.

그동안 박지화가 궁금증을 견디지 못하여 별당 앞으로 가서 인기척을 내보았으나 화담은 묵묵부답이었다. 혹시나 그러다가 임종을 하면 어쩌나 하면서 노심초사했으나, 그래도 지함과 박지화는 화담이 선가 수련을 하기 위해서 그러고만 있을 것이리라고 믿었다.

사흘 동안 화담을 찾아온 선비가 몇몇 더 있었으나 아무도 화담을 만나지 못하고 돌아갔다.

사흘이 지나자, 화담이 스스로 별당에서 나왔다. 사흘 동안 물 한 모금 먹지 않은 화담이건만 혈색도 그대로고 기운도 정정했다.

별당에서 나온 화담은 곧바로 지함을 불러 여행을 재촉했다.

"내가 한가하게 성리학에 중독된 학자들 하고 공론(空論)이나 하러 예까지 온 것은 아닐세. 어서 길을 떠나세."

끊임없이 밀려드는 사람들을 피해 화담 일행은 지번의 집을 떠났다.

지함이 한양에 온 소식을 전해 들은 아내가 아들 산휘를 데리고 지번의 집으로 왔다. 그러나 지함은 막 길을 떠나는 중이었다.

이제 제법 의젓해진 아들 산휘는 공손하게 인사를 여쭐 뿐 지난번처럼 매달려 울지는 않았다. 어린아이지만 매달린다고 되는 일이 아님을 알아버린 까닭일까, 아니면 밤손님처럼 불쑥 왔다가 홀연히 가버리는 아비에게 정이 들지 않은 탓일까.

한양을 벗어나 수원 쪽으로 길을 잡자 탁 트인 들판이 시원하게 드러났다.

밭둑에는 여린 새싹이 마른 풀잎을 헤집고 나와 고개를 쏙 내밀고, 먼 들판에는 아지랑이가 한들거리고 있었다.

지함은 가슴을 활짝 열고 대지의 기운을 모두 빨아들일 듯 힘차게 숨을 들이쉬었다. 구수한 땅 냄새, 용솟음치는 나뭇가지의 신선한 냄새가 온몸으로 퍼져나갔다.

아지랑이 속에 둥둥 떠 있는 아스라한 길을 세 사람은 급할 것도 없이 천천히 걸었다. 띄엄띄엄 서 있는 초라한 농가에선 꾸벅꾸벅

졸고 있던 개들이 인기척에 느릿느릿 주위를 둘러보다가 해를 끼칠 사람이 아니다 싶었는지 맥없는 울음을 한 번 토해 놓고 다시 까무룩히 잠이 들고, 바지개에 갇힌 노란 병아리들이 애처롭게 삐약거리고 있었다.

부지런한 농부들은 겨우내 통통하게 살이 오른 황소를 끌고 논을 가느라 분주했다. 사람도 자연만물처럼 겨울의 긴 잠에서 깨어나고 있는 것이다.

부산하게 움직이는 농부들을 보고 있자니 지함은 화담 산방에서 보낸 지난 세월이 마치 꿈결처럼, 그림 속의 먼 산처럼 아득하게 여겨졌다.

"지난겨울은 유난히 따뜻했지. 따뜻해서 돈 없는 사람에게야 좋은 겨울이었지만 그 때문에 더 추운 올겨울을 보내게 될 걸세. 모름지기 겨울은 추워야 하는 법. 보게나, 지금 싹이 돋고 잎이 나오지만 힘이 약하지 않은가. 여름 태양을 받아 이롭게 쓰려면 그 힘을 받아 이길 만큼의 힘이 있어야 되는데 수기(水氣)가 약했으니 걱정일세. 수기가 약하면 화기에 눌려 더 오그라드는 법인데……. 게다가 수기가 약하면 전염병이 돌기 쉽다네. 화기가 적수 없이 마구 날뛰니 그럴 수밖에."

그러고 보니 화담 계곡을 찬란하게 물들이던 작년 봄에 비해 더 곱고 싱싱해야 할 남녘의 봄이 어딘지 맥없어 보이는 것 같기도 했다. 그러나 지함이나 박지화로서는 그 미묘한 기의 변화를 제대로 알아차릴 수가 없었다.

해마다 오는 봄인데도 그때마다 난생처음인 듯 물오르는 나뭇가지가 신비롭고, 먼 들판의 아지랑이에 아찔한 현기증이 느껴질 뿐이었다.

박지화가 숨막힌 듯한 나즈막한 탄성을 지르더니 길가에 수줍게 피어난 진달래 꽃잎을 따들었다. 멀리서 오는 봄을 기다리다 못해 성급하게 뛰쳐나온 놈이다.

"참 신기합니다, 선생님. 이 꽃이 겨우내 어디에 숨어 있다가 이제사 나오는 것인지⋯⋯."

마흔이 가까운 나이, 건장한 체구에 턱수염이 무성하게 돋은 박지화가 외모에 어울리지 않게 애틋한 목소리로 말했다.

"조물주의 신비로운 주머니를 여는 열쇠꾸러미가 수기와 온기에 숨어 있다네."

"그렇다면 수기와 온기 아니고는 만물이 성장하지 못한다는 얘깁니까?"

지함이 끼어들었다.

"그렇고말고. 겨울을 나지 않은 볍씨는 싹이 돋지 않거나 돋는 힘이 약하다네. 콩이고 팥이고 진달래고 들가의 풀이고 모든 만물이 다 그렇다네. 그저 봄이 되었으니 저절로 피는 것이 아니라 겨울의 수기를 통해 성장을 시작하는 것이지."

"그렇다면 만물의 생을 주관하는 수기란 무엇입니까?"

세 사람은 조금 전 봄기운에 취했던 기분을 다 잊어버리고 날카로운 질문을 주고받으며 느릿느릿 아지랑이 피어오르는 들길을 걸었다.

"수기에 대해서는 나중에 더 얘기할 새가 있을 걸세. 정말 수(水)에 파묻혀서."

잠시 말이 끊겼다. 지함은 무엇을 골똘히 생각하다가 바로 앞의 돌부리에 채여 쓰러질 듯 휘청거리더니 고개를 번쩍 들면서 화담을 보았다.

"선생님, 그렇다면 언제라도 수기와 온기가 맞으면 씨앗이 나온다는 얘깁니까? 봄에 피는 진달래를 가을에 피게 할 수도 있겠군요?"

박지화는 피식 웃음을 터트렸고 화담은 생각에 잠겨 묵묵히 앞만 보고 길을 걸었다.

"그래, 그렇다고 할 수도 있겠지."

"우리가 방에 불을 지펴서 따뜻하게 하듯이 좀더 큰 공간을 따뜻하게 할 수 있다면 그 공간 안에 있는 만물을 봄처럼 화생시킬 수도 있지 않겠습니까?"

지함의 눈은 마치 신들린 무녀처럼 광기로 번득거렸다.

"선생님, 아주 오랜 옛날에는 온돌도 없이 살던 시절이 있었다고 말씀하셨지요? 그때였다면 한겨울에 따뜻한 방에서 콩나물을 길러 먹는 것이 불가능한 일이었을 겁니다. 그러나 지금은 누구라도 겨울에 콩나물을 기르고 있지요. 아주 먼 미래에, 우리가 죽고 없어지고 오랜 세월이 흐른 뒤에는 우리가 불가능하다고 믿던 일이 가능해질 수도 있지 않겠습니까?"

지함은 자신의 몸이 마치 높은 외줄을 타는 광대처럼 짜릿한 긴장으로 팽팽하게 달아오르는 것을 느꼈다. 지금까지 그렇게 엉켜서 보이지 않던 혼란이 그 긴장 속에서 삽시간에 부연 안개를 뚫고 뚜렷이 나타나기 시작했다.

유마경에 사람에 따라 1초를 그저 1초로 느낄 수 있는가 하면 그 찰나의 시간을 몇 억 년의 시간으로 느낄 수도 있다고 하더니, 지금 지함은 바로 그 엄청나게 긴 찰나를 경험하고 있었다.

"이보게, 지함. 자네 천기를 누설하려는가?"

가당치 않은 말이라는 듯 웃음을 터트리던 박지화가 지함의 말이 스쳐 지나가는 농담이 아니라는 것을 알자 정색을 하고 물어왔다.

"아니, 아닙니다."

지함은 고개를 가로 저었다.

"우리가 인간의 몸을 빌지 않았다면 삶과 죽음을 고민할 필요도 없겠지요. 저 들녘의 황소를 보십시오. 힘들여 일을 하면서도 소는 왜 일을 해야 하는지를 모릅니다. 소는 감각은 있되 생각은 할 수 없는 미물이지요. 그러니 세상이 흘러가는 대로, 계절이 오는 대로 사람이 시키는 대로 따라갈 뿐입니다. 그러나 인간은 제 머리로 생각할 줄을 압니다. 추우면 불을 지피고 솜옷을 해 입습니다. 천기를 알아 인간을 이롭게 할 수 있다면 천기를 누설하는 것이 무슨 문제입니까?"

박지화는 놀라운 얼굴로 고개를 흔들었지만 화담은 지그시 눈을 감았다.

"옳은 말일세. 천기란 언젠가 누설되는 법, 그러나 그것이 인간을 해칠 수도 있는 것 아닌가?"

"잘못 쓰고 잘 쓰고는 사람에게 달린 것이지요. 선생님, 기란 흐르는 것이라고 하셨지요. 봄에서 여름으로 가을로 겨울로, 시냇물에서 바다로, 모든 기는 어디론가 흐르고 있습니다. 그렇다면 우리 인간 세상을 움직이는 기는 어디로 흐르고 있습니까? 만물이 그저 혼돈이 아니라 질서정연한 흐름이라면 인간의 흐름 역시 그 속에 숨은 기의 질서가 있지 않겠습니까? 인간이 천기를 알아 그 흐름을 올바르게 할 수 있다면 그보다 더 좋은 일이 어디 있겠습니까?"

지함은 더 이상 화담의 대답을 기다리지 않았다. 침묵에 잠겨 지함은 두 사람의 뒤를 따라 걸었다.

화담 계곡에서 밤마다 하늘을 보고 느꼈던 절망의 한 가닥이 풀려가는 것 같았다.

나는 가도 인간은 남는다. 내가 설령 이 세상의 이치를 완벽하게 깨닫지는 못한다 하더라도 뒤에 올 누군가가 나를 딛고 넘어서서 나아갈 것이다. 나는 겨우 그 디딤돌 하나, 수없이 연결된 가닥 하나를 이으면 된다.

부처는 모든 것을 순환으로 보고 그 윤회의 고리를 끊고 나오는 것을 해탈이라 했다. 도 역시 모든 것을 기의 흐름이라 한다. 그것은 단순한 순환인가. 아니면 끝없이 위를 향해 가는 발전인가?

"선생님, 사물의 이치가 인간에게는 어떻게 작용합니까?"

어느새 저녁 어스름이 산을 감싸 안고 들판의 나무까지 갉아먹고 있었다.

화담의 뒤를 밟으며 지함이 물었다.

"사람에게도 계절이 있다네. 사람의 계절은 다소 다르긴 하지만 대개 1년을 12년으로 하여 봄도 있고 여름도 있고 가을도 있고 겨울도 있다네."

차분하게 가라앉은 화담의 답이었다. 화담의 끝말이 채 봄바람 속으로 잦아들기 전에 지함의 물음이 꼬리를 이었다.

"사람마다 다 다른 계절이겠지요?"

"그렇지. 나는 이제 겨울 아닌가? 쓸쓸하고 희망도 절망도 없는 한겨울의 나목이 된 것이지."

"봄이 되어도 잘 자라지 못하는 나무가 있는 것처럼 사람도 그렇습니까?"

"물론일세. 겨울을 잘 지내야 큰 봄을 맞을 수 있는 거지. 사람의 계절은 저절로 오는 것이 아니야. 봄이야 저절로 오지만 그 봄에 어떤 나무든 다 잘 자라는 것은 아니지 않은가. 겨울을 잘 못 보내 얼어 죽는 나무도 있고 힘이 약해져 싹을 틔워내지 못하는 나무도 있는 법일세. 준비가 있어야 기회를 맞는 거지. 이러다 한뎃잠을 자야겠네. 자, 애길랑 뒤로 접어두고 부지런히 가세."

준비가 있어야 기회를 맞는다?

봄이야 평등하게 만물에게 다가오지만 사람의 조건이란 각기 다르다.

황진이나 기생 선화나 정휴가 그렇다. 그 불평등은 어디서 연유하는가. 그것은 그들 개인의 탓이 아니다. 사회와 제도의 결과다. 그것을 고치지 않는다면 개개인의 준비만 있다고 봄이 다 같은 봄은 결코 아니다.

만물의 하나로서 세상의 부조리와 한 인간은 어떻게 조화를 이룰 수 있는가?

지함의 머릿속엔 황진이의 쓸쓸한 뒷모습이며 기생 선화의 자조적인 웃음이며 정휴의 발버둥 같은 것들이 동시에 뒤얽혀 깊은 그늘을 만들었다.

부지런한 걸음으로 양지현을 지나 꼴깍재에 올라서자 저녁놀을 받아 불그스름한 미륵뜰이 눈앞에 훤하게 펼쳐졌다. 살아 진천, 죽어 용인이라더니 그런 말이 나올 법하게 주변 땅이 편안한 구릉 지대였다.

미륵뜰은 제법 넓고 기름져 보였다.

"땅이 이만하면 큰 갑부가 있을 만하군요."

"자네 장기가 나왔구만. 자네처럼 물산에 관심이 많은 선비는 또 처음일세."

홍주목에서 농부들과 얘기를 자주 나눈 뒤로 지함은 늘 물산에 관심이 많았다. 농부들이 워낙 양반들에게 빼앗기는 양도 적잖지만 더 큰 문제는 물산이 부족하고 이웃 현끼리 교통이 잘 안 된다는 점이었다. 물산을 잘 알아서 뭘 해야겠다는 생각은 아니면서도 그때의 버릇 때문인지 어느 고장 말만 나오면 그곳 물산이 뭐고 소출량은 어떤지 유심히 살피게 되곤 했다.

꼴깍재 길을 따라 조금 비껴돌자 마루턱에 자그마한 주막 하나가 외로이 저녁놀을 지키고 서 있었다. 지함 일행은 잠시 목이라도 축이고 이곳 소식도 들을 겸 바쁜 걸음을 멈추었다.

흰머리가 듬성듬성 돋기 시작했지만 살집은 아직도 탄탄해 보이는 중년의 주모가 나타났다. 그가 서둘러 갖다주는 막걸리를 한사발 들이키고 나자 지함은 대뜸 주모에게 물었다.

"주모, 미륵뜰에서 제일가는 갑부가 누구요?"

"저 황토재 안 진사지요."

주모의 목소리는 체구답게 굵직한 게 언뜻 들으면 힘깨나 쓰는 장부의 음성 같았다.

"몇 석거리나 된답디까?"

"들리는 말로는 만석군이라고 한답디다만 난 그 집 구경도 못했수."

만석군은 하늘에서 낸다는 말도 있지만 실제로 만석군이란 전국에서도 손가락에 꼽힐 만큼 드물었다. 아무리 미륵뜰이 넓다지만 만석에는 부족할 텐데 뭔가 이상하다고 지함은 생각했다. 저 너른 미륵뜰보다 더 많은 땅을 가진 살림이란 걸 지함으로서는 본 적이 없고 상상도 가지 않았다.

"선생님, 만석이라는 게 도대체 얼마나 많은 것인지 상상이 안 됩니다. 이런 땅에서도 그런 거부가 나올 수 있습니까?"

지함이 못내 궁금하여 화담에게 물었다.

"있을 수 있지. 물산만 보지 말고 그 물산을 움직이는 건 사람이라는 걸 한번 생각해 보게."

"무슨 말씀이신지요?"

"미륵뜰이 비록 넓기는 하나 그것으로 만석이 안 된다면 그이는 딴 방법으로 그런 물산을 모으는 것 아니겠는가."

"물산을 모은다구요? 그러면……."

"허허허, 그만 가보세. 가보면 알 수 있을 터이니."

화담은 이미 그런 사실을 알고 있는 것처럼 말했다.

지함은 주모에게 길을 물었다.

"황토재 안 진사 집까지 예서 얼마나 걸립니까?"

"황토재까지는 이십 리니까 사내들 걸음으로야 금방이지요."

그래도 날이 저물어가고 있었다.

이른 봄해는 짧아서 아직은 붉은 노을이 하늘을 덮고 있지만 금세 어둠이 닥쳐올 듯했다.

"자, 그만 일어서지요."

지함과 박지화는 막걸리 사발을 내려놓았다. 화담도 들고 있던 막걸리 사발을 내려놓고 자리를 털었다. 한 잔 가득한 막걸리가 조금도 줄지 않은 채였다.

"참, 선생님은 약주 한 모금 안 드셨습니다."

"목이 마르지 않으니 그렇지……."

박지화가 화담에게 물었으나 화담이 아무렇지도 않다는 듯이 대답했다.

청명이 지난 산하는 온통 연록색이었다. 남쪽으로 내려갈수록 연록색은 조금씩 짙어져갔다. 단풍 색깔이 하루가 다르다고 하더니 봄의 신록은 시시각각이 달랐다. 산등성이 하나만 넘어도 색깔의 차이가 느껴질 정도였다.

죽음이 머지않은 화담은 일행의 맨앞에 서서 들의 정취를 흠뻑 들이마시며 걸음을 재촉했다.

14. 화담의 임종

정휴는 봉선사에서 지함을 이별한 뒤 곧장 금강산으로 들어갔다.
그러나 봉선사를 떠나면서부터는 낮에 대로를 걷기도 힘들었다. 곳
곳에서 유림(儒林)들이 진을 치고 앉아 지나가는 승려를 잡아다가
몰매를 주거나 아예 종으로 잡아가는 경우가 허다했다.

태조 이성계를 이은 그의 후손들은 억불숭유(抑佛崇儒) 정책을 써
불교에 대해 극심한 탄압을 일삼았다. 유림이나 관헌들은 불교를 사
교(邪敎)로 단정하여 닥치는 대로 사찰을 불태우고 불상을 파괴했
다. 승려는 노소를 막론하고 강제 환속을 시킴으로써 불교의 씨를
말리려고까지 했다.

이렇게 불교를 탄압한 것은 이성계의 반역 행위를 고려의 국교이
던 불교계에서는 인정하지 않았기 때문이다.

이성계가 정치 이념으로 유교를 내세워 신봉하고 장려하는 과정
에서 수많은 칼이 불교계에 꽂히고, 그때마다 불교는 잎을 잃고 가

지가 꺾이고 밑동마저 썩는 수난을 당해야만 했다.

때마침 명종이 인종의 왕위를 잇자마자 왕후가 된 문정왕후는 갑자기 숭불 정책을 펴서 여기저기서 유림들의 상소가 빈번해지고, 상소가 받아들여지지 않자 유림들이 직접 나서서 절을 불태우거나 중을 잡아가기도 했던 것이다.

정휴는 길을 돌고 돌아서 고청봉(孤靑峰) 명초 스님이 말해 준 서암(瑞巖)을 찾아 금강산으로 들어갔다. 그러나 금강산에 있는 사찰마다 텅텅 비어 썰렁한 바람만이 불고 있었다.

정휴는 공부에 인연이 없음을 탄식했다. 선지식은 고사하고 도반(道伴)마저 만나기 힘들었으며, 정휴 자신도 늘 관원을 피해 다니는 형편이었다. 세상은 양반 놀이에 미쳐 돌아가고 있었고, 불가는 폐허가 되어가고 있었다.

아무리 정휴가 도첩(度牒)을 가지고 있다 한들 그걸 인정해 줄 유림은 아무도 없었다.

"아무리 난세라도 선지식은 계시련만……."

정휴는 텅 빈 바랑을 짊어지고 터덜터덜 산자락을 누비고 다녔다. 정휴가 방장 명초가 가리킨 대로 굳이 금강산을 찾은 것은 금강산에 수도를 돕는 기운이 많다는 얘기를 객승한테서 얼핏 들은 적이 있기 때문이었다. 그러나 이미 선지식이 없는데 아무리 영기가 가득한 산인들 수도처가 될 수는 없었다.

그래도 정휴는 계속 금강산을 오르내리고 골짜기로 오락가락하면서 서암을 찾아 헤맸다.

그러던 어느 날 지친 발도 풀 겸 나무 그늘에 앉아 있는 정휴 앞에 젊은 걸승이 한 명 지나갔다. 이 걸승과 이 얘기 저 얘기 나누다가 정휴는 서암에 대한 소식을 들었다.

"그렇습니까? 그 스님이 물한리라는 곳에 계시다구요?"

신심이 다시 솟구친 정휴는 단숨에 유점사 계곡을 타고 넘어가 물한리라는 곳으로 찾아갔다. 산 넘고 물 건너는 것이 전혀 힘든 줄 모르고 첩첩산중을 들어간 것이다.

서암 대선사는 물한리라는 산골로 숨어들어 오두막을 짓고 머리를 길러 신분을 감추고 있었다. 그리고 시봉 들던 여신도를 부인으로 삼고 나무 장사를 하면서 탄압이 완화되기만을 기다렸다. 가사 장삼조차 걸치지 않고 그저 나무꾼의 형상을 하고 있을 뿐이었다.

"소승 문안드립니다."

"어디서 온 수좌시오? 이런 산중으로 나무꾼을 찾아오는 스님도 다 있군."

"계룡산 용화사에서 왔습니다."

"그러면 명초 화상이 보낸 것이로구면. 원, 쓸데없는 업을 짓고 있구면. 이름이나 한번 들어봅시다."

"정휴입니다."

"법명인가?"

"아니옵니다. 아직 행자이옵니다."

"그런데 왜 나무꾼을 찾아왔는가? 명초가 가르침을 주지 않던가?"

"나무하고 밥만 지었습니다. 정말로 세상의 이치를 꿰뚫는 도를 배우러 왔습니다. 선지(禪旨)를 가르쳐주신다면 몇 해라도 정성껏 시봉하며 배우겠습니다."

"방이 없네."

"제가 만들지요."

"무얼 먹고?"

"이래봬도 힘은 장사입니다."

마침내 서암 문하로 입문한 정휴는 우선 초가 한 칸을 엮었다. 나무를 켜서 기둥을 세우고 풀을 베어다 하늘을 가리고 흙을 물에 개어 벽을 발랐다. 그리고 소나무 가지를 잘라 지게를 맞춰 당장 땔나무를 하기 시작했다.

지방 토호들이 논밭을 다 차지하고 산마저 마구잡이로 빼앗아가 백성들은 땔감조차 마음껏 구하지 못했다. 덕분에 나뭇값이 뛰어 나무 장사가 썩 잘 되었다.

그래서 정휴는 밥값뿐 아니라 스승을 모실 생각으로 쉬지 않고 땔나무를 해서 장에 내다 팔았다.

사는 게 훨씬 좋아진 서암이었지만 정휴에게는 더욱 철저히 일만 시켰다. 마치 그것이 서암이 할 수 있는 일의 전부인 것처럼 늘 일만 시켰다.

정휴도 처음에는 스승의 깊은 속을 몰랐기에 그저 황송한 마음으로 나날을 보냈다.

정휴가 이따금 도를 물을라치면 서암은 요리조리 발뺌을 했다.

"스님, 뭐를 도라고 이르는 것입니까?"

"오늘은 기운이 다 해서 말할 수가 없으니 다음에 이야기하자."

간혹 던진다는 말이 정휴를 실소케 하는 정도였고 눈을 부릅뜰 만한 대화는 일절 나누지 않았다. 다만 "제 공부는 제가 하는 것이지 남이 해주는 게 아니다"라고만 덧붙일 뿐이었다.

정휴의 생각은 그렇지 않았다. 정휴가 알고 싶은 것은 조계(曹溪)의 법맥을 이었다는 서암 화상의 비상한 법문이었다. 뭔가 화끈한 감격을 줄 만한 강한 충격을 원했다.

정휴는 그 나름대로 좌선을 열심히 하면서 서암의 가르침만을 고

대했다.

그럴 때마다 들려오는 것은 나무하러 가자는 말뿐이었다. 더구나 이따금 서암이 부인과 나누는 평범한 시속의 대화를 엿들을 때마다 정휴는 더욱 초조해졌다.

"그놈의 도는 어떻게 생겼길래 이다지도 소중히 감춰둔단 말인가?"

정휴는 마침내 불만을 품게 되었다. 속았다는 생각도 해보고 서암이 가짜라는 생각까지 들었다.

정휴는 금강산에서도 깊고 깊은 골 물한리에 들어간 지 반년이 되던 어느 날, 서암이 홀로 산에 오른 사이 하산을 결심하고 말았다.

빈 바랑을 들쳐메고 산길을 내려가는 정휴의 가슴은 미어지는 듯했다.

정휴가 낙심한 발걸음으로 길을 가고 있는데 뒤에서 벼락 같은 소리가 들려왔다. 서암이었다.

"행자야, 행자야. 나 좀 보고 가라."

메아리가 우르르 계곡을 울리면서 화가 잔뜩 나 있는 정휴를 흔들었다.

"쳇, 도는 꽁꽁 숨겨두고 보여주지도 않으면서."

정휴는 산마루를 올려다보았다.

그때 또 한 번의 메아리가 정휴의 귀를 마구 흔들어댔다.

"도 여기 있다. 옛다, 도 받아라!"

서암이 무엇을 집어던지는 시늉을 해 보였다.

정휴는 서암을 이별하고 떠나오는 동안 가슴이 무너져 내리는 절망으로 다리의 힘이 쭉 빠졌다.

옛다, 도 받아라?

도가 손아귀에 있다는 말인가? 도가 던져서 받는 것이란 말인가?

정휴는 계룡산 명초에게서도, 나무꾼 서암에게서도 심한 배신감을 느꼈다. 그 배신감이 정휴를 더욱 절망시켰다. 그들에게서 도를 배워보겠다고 일만 하며 보낸 세월이 아깝기 그지없었다.

산허리를 돌아 계곡을 타고 내려가다가 정휴는 바위에 걸터앉아 울분으로 떨리는 마음을 가라앉혔다.

그때, 정휴의 눈에 한 진인의 모습이 들어왔다.

커다란 반석 위에 가부좌를 하고 좌선 중인 그 진인은 머리를 길다랗게 늘어뜨리고 이따금 깍지 낀 손을 이마께까지 들어올렸다 내리곤 했다.

하기사 금강산에만 그렇게 수도중인 도인이 수십 명도 더 되었다. 그중에는 승도 있고 속도 있기는 했으나, 대개는 선가 수련을 하는 사람들이었다. 옷 차림새로 보아 반석 위에 앉아 있는 사람은 선가 진인임에 틀림없었다.

정휴는 그를 지나쳐 가면서 금강산을 떠나 송도에 있는 지함이나 만나보고 다시 공주 고청봉으로 돌아가리라 마음먹었다.

그때였다.

"여보시오, 정휴 스님."

반석 위에 있던 바로 그 진인이었다. 고개를 돌려 정휴를 바라보는 그는 얼굴 가득히 웃음까지 띠고 있었다.

"아니, 북창 선생……."

"허허허, 오랜만이오."

정휴는 반석 위로 뛰어올라가 북창 정염의 손을 덥석 잡았다. 그 사이에 나이가 더 들었을 텐데도 혈색은 오히려 더 붉었다.

"그렇지 않아도 금강산에 있으리라는 것은 이미 알았지만 두루 알아보질 못했었소. 그래, 그동안 득도한 게 있을 것이니 내게도 나누어주시지요."

"아닙니다. 저는 스승 복이 없어서 늘 찾아만 다니는 신세입니다. 다시 고청봉으로 돌아갈까 합니다. 여태 나무꾼 노릇만 하다 갑니다."

"나무꾼?"

"그렇습니다. 제 얘기 좀 들어보십시오."

정휴는 북창에게 그동안 있었던 산중 생활을 낱낱이 말했다.

이야기를 다 듣고 난 북창은 무릎을 탁 치면서 정휴를 나무랐다.

"바로 그것이오. 어째서 굴러온 도를 발로 차버리셨소. 아깝네, 아까워요. 그걸 가지고 왔어야지. 이미 명초 그 스님이 가르쳤고, 서암 그 스님이 다시 또 가르쳤건만 스스로 걷어찼군요."

"아니, 말로 주는 도를 어디다 담아 옵니까, 지고 오란 말씀이십니까?"

"아니오. 먹고 자고 일하고, 그것이 다 도 아니겠소. 스승의 뜻을 아직도 모르고 있군요. 이보시오, 정휴 스님."

"예."

"잃는 것이 얻는 것이오. 허탈해 할 것 없소. 스님은 그저 자꾸 버리기만 하면 도에 이를 수 있소. 스님은 이미 스님에게 찾아왔던 부처를 문전박대했으니 다음에 손님으로 올 때는 꼭 알아보고 안으로 모셔 들이시오. 무슨 얘기인지 알아들으시겠소? 자꾸 버리시오. 무슨 말인지 알 것인즉, 용맹 정진하시오."

"……."

"이제, 어디로 가시겠소?"

"그저 뛰쳐나온 몸이 갈 데가 어디 따로 있겠습니까? 저를 거두어

주십시오."

"나는 내 한 몸 거두기도 바쁘다오. 지금 이지함 그 친구가 송도 화담 산방에 있으니 그리 가보시오. 길이 열릴 것이오."

정휴는 북창 정염을 이별하고 발길을 돌려 송도로 향했다. 금강산을 벗어나니 바람도 한결 부드러워졌다. 벌써 춘광(春光)이 완연해지기 시작했다. 이따금 아지랑이가 꿈틀거리는 곳도 있었다.

봄이 왔다.

정휴가 송도에 이른 것은 화담 일행이 송도를 떠난 지 이레 만이었다. 그래서 정휴가 겨우 화담 산방을 찾았을 때는 산방에 아무도 없었다. 정휴는 다시 산아래 동네로 내려가 화담의 소식을 물었다.

"화담 선생은 학인들하고 천하를 둘러보신다며 길 떠난 지가 벌써 이레가 다 되었습니다. 지금은 아마도 한양에 계실 겁니다."

산방을 아주 잘 안다는 송도 농민이었다.

"혹 어떤 학인들하고 다니는지 아시면……?"

"원, 스님두. 그걸 어찌 안다오? 그저 화담 선생이 몸이 불편해지자 산방을 폐쇄하고 유람이나 한번 돌아오겠다고 떠난 것을."

정휴는 앞이 막막해졌다.

지함, 도대체 지함이 무엇이길래 왜 자신은 늘 그를 찾아헤매는지 정휴 자신도 알 수 없었다.

정휴는 지친 걸음으로 계곡을 빠져나갔다.

정휴가 한참 길을 가고 있는데 뒤에서 정휴를 부르는 소리가 들려왔다.

"여보시오, 젊은 스님."

정휴가 뒤를 돌아다보니 백발이 성성한 노인이 서 있었다.

"혹 정휴 스님 아니시오? 이지함을 아는……?"

"예, 그러합니다만 노인장께서는 뉘신지요?"

"허허허, 바로 보았군. 내가 화담이오."

"예? 학인들하고 한양으로 내려가셨다던데……?"

"맞소. 그런데 몸이 너무 불편해서 나는 돌아왔소이다. 아마도 지함 그 학인을 찾아온 듯한데 산방에 올라가 차나 나누십시다."

올라가는 길에는 본 적이 없는데, 화담은 정휴의 등 뒤에서 홀연히 나타난 것이다.

정휴는, 화담이 어느 집엔가 들렀다가 화담 산방을 찾는 객승이 있다는 걸 알고 화담이 자기를 불렀으리라고 생각했다. 그런데 이름은 어찌 알고, 이지함을 안다는 건 또 어떻게 알았을까? 설혹 지함에게 정휴의 이름을 들었다치더라도 한 번도 본 적이 없는 자신을 어떻게 알아본 것일까?

그러나 정휴는 그런 의문을 지워버리고 화담을 따라 산방으로 올라갔다.

화담은 손수 물을 받아 찻물을 끓였다. 찻물이 파랗게 우러나자 화담은 찻잔을 내어놓고 찻물을 따랐다.

"마시게."

"예."

"한양까지는 잘 갔는데, 몸이 몹시 불편해져서 어떻게 해볼 도리가 없었네. 일생에 단 한 번도 제 나라 땅을 다 밟아보지도 못하다니, 참으로 부끄럽네. 이제 내가 있을 날도 며칠밖에 남지 않았다네."

"왜 그런 말씀을 하십니까?"

"내 별을 보게나. 태사성이 빛을 잃었다네. 내가 곧 기운을 잃고 쓰러질 것이라네."

"……."

"사람으로 났으니 사람의 몸이 낡으면 버려야 할 것은 버려야 하지 않겠는가. 다 버리고 버려도 제 마음만 꽉 붙들고 있으면 된다네. 자네, 예까지 왔으니 내 심부름 좀 한 가지 해주시게나."

"무슨 심부름이시온지……?"

"내가 『홍연진결(洪然眞訣)』이라는 책을 쓰고 있는데, 아직 마무리가 덜 되었다네. 그걸 마저 마치거든 자네가 이지함에게 전해 주게. 그걸 쓸 사람은 바로 그 사람이니."

"예, 선생님 말씀대로 따르겠습니다."

화담은 마음이 편해졌는지 조용히 차를 마셨다.

정휴는 화담 산방에 바랑을 풀고 화담의 시중을 도맡았다. 아직 봄이라고는 하나 노인네가 견디기에는 조석 날씨가 싸늘하여 정휴가 산방에 불을 지폈다.

화담이 『홍연진결』을 다 쓴 것은 꼭 하룻만이었다. 이미 태사성을 본 뒤로 틈틈이 쓰던 것을 여행을 떠나며 덮어둔 것이므로 마무리가 쉬웠던 것이다.

정휴는 그 책을 받아 지함에게 전해 주는 대로 공주 고청봉 명초에게 돌아가리라 마음먹었다.

화담은 정휴에게 책을 건네주고 정휴의 손을 꼭 잡았다.

"이 책을 이지함에게 전하게. 아마도 내년 봄 3월 여드레 유시에 산방으로 다시 돌아올 것이니 그때 꼭 전하도록 하게. 그리고 여보게, 자네가 내 옷 좀 땅에 묻어주고 떠나게. 아무리 못쓰게 된 옷이라도 함부로 두어 썩게 둘 수야 없지 않는가?"

"무슨 말씀이시온지?"

"허허, 이 사람. 모르는 척 말고 내 몸 좀 땅에 묻어달란 말일세.

내가 자리는 봐두었으니 자네는 그저 땅이나 파고 흙이나 덮어주면
그만일세."

화담은 곧바로 일어나 화담 산방 뒤뜰로 걸어갔다.

"여길세. 여기에 내 시신을 묻어주게."

화담은 그뿐, 다시 산방으로 들어갔다.

"자, 나는 임종삼매(臨終三昧)에 들겠네."

화담은 가부좌를 틀고 조용히 앉아 숨을 골랐다.

정휴는 화담이 한참 동안 기적을 보이지 않자 계곡을 내려가 화담
의 집을 찾았다. 집에는 부인인 듯한 노인과 장성한 아들 부부가 살
고 있었다.

"저어, 산방에서 왔습니다. 화담 선생께서 곧 입멸하신다 합니다."

"뭐라구요?"

화담의 아들이 깜짝 놀라며 달려나왔다.

"아니, 한양 가신 아버님이 언제 돌아오셨단 말이오? 집에는 소식
도 없이, 뭔가 잘못 아신 게요."

그렇게 말하면서도 화담의 아들은 부리나케 산방 쪽으로 달려올
라갔다. 다른 식구들도 우르르 그의 뒤를 따라 산으로 올라가고, 그
소식을 들은 이웃들도 뒤를 따랐다.

정휴가 산방에 올라가보니 화담은 이미 숨을 거둔 뒤였다. 그런데
도 화담은 손끝 하나 흐트러지지 않은 채 가부좌를 꼿꼿이 유지하고
있었다. 아들이 정휴와 함께 화담의 시신을 뉘고 가부좌 튼 다리를
풀어 길게 펴놓았다.

병오년(1546년), 화담 계곡에 봄빛이 짙어가는 청명날이었다. 정휴
는 화담 선생이 남긴 이야기를 가족에게 전하고 묘자리를 마련했다.

장사를 다 지낸 정휴는 공주 고청봉으로 발길을 돌렸다. 어쩌면 스승 명초 스님도 입적했을지 모른다는 생각이 불현듯 머리를 스치고 지나갔다.

15. 방장 명초의 비밀

공주 고청봉의 용화사에서는 마침 방장 명초의 법석이 열리고 있었다. 수좌 여남은 명, 그리고 그 뒤로 신도 몇이서 반가부좌를 틀고 앉아 귀를 기울였다.

정휴는 설법이 열리고 있는 법당 측문을 열었다.

설법을 하던 명초와 법당에 들어서던 정휴의 시선이 잠시 마주쳤다. 정휴는 합장을 하고 삼배를 올렸다. 정휴를 잠깐 돌아본 명초는 설법을 계속해 나갔다.

"환신(幻身)이 나고 죽는 것을 따라 옮겨다니는 것이 사람의 한 평생이라. 평생 싸움질만 하다 가는 것 같소이다. 업은 끈질기게 나를 따라오고 나는 악착같이 도망치려 하고…….

잘들 있으시오. 내가 죽은 뒤에 요란하게 장사를 치르거나 세속에서 하는 대로 예를 갖추지 말아주시오. 슬피 울며 눈물을 흘리거나 남의 조문을 받아서도 안 되오. 그런 사람은 내 제자가 아니니……."

명초는 죽음을 앞두고 최후 설법을 하는 중이었다. 정휴는 고개를 뚝 떨구었다. 화담 산방을 떠날 때 들었던 예감이 맞은 것이다.

명초는 정휴를 깨우치기 위하여 얼마나 애썼던가. 정휴는 지난 날 명초가 휘둘렀던 매서운 채찍이 그리웠다. 그러나 명초는 지금 대중에게 임종을 고하고 있었다.

한 수좌가 일어나 명초에게 문답을 청했다.

"큰스님, 돌아가시면 어디로 돌아가시는 것입니까?"

"생도 사도 없는 곳, 시작도 끝도 없는 곳, 그런 곳이라고 이르는 게 고인들의 말씀이었네. 그러나 나는 그렇지 않다네. 평생 공부만 하고도 성불을 하지 못했으니 어느 신도집 황소로나 태어나야겠네. 그래서 금생에서 평생 시주만 받아먹고 살며 지은 빚을 갚고 싶네."

제자들은 죽음을 선언한 명초에게 다투어 질문을 퍼부었다.

한 수좌가 나섰다.

"큰스님, 보따리를 다 풀어주고 가십시오."

"내가 가진 보따리를 다 풀라고? 이리 오게. 자네에게만 몰래 전해 줌세."

질문을 던진 수좌가 법상으로 다가갔다. 명초가 그의 귀에 입을 대었다. 그러고는 아무 말도 하지 않았다. 그래 놓고 수좌에게 물었다.

"들었는가?"

"예? 아무것도 못들었는데요?"

"자, 그럼 다시 한 번 보게."

명초, 이번에는 그 수좌의 눈을 똑바로 바라보며 눈을 끔쩍거렸다.

"보았는가?"

"아무것도 못 보았습니다. 말씀을 해주셔야 듣고, 무언가 내보이셔야 보지요."

"예끼, 이놈!"

명초가 주장자를 들어 그 수좌의 등줄기를 철썩 내리쳤다.

"자, 그만들 두거라. 설법을 마치련다."

명초는 법상을 내려 섰다. 시자승이 어깨를 부축하여 법당을 나갔다. 명초는 법당을 나서다가 뒤를 돌아보면서 정휴를 찾았다.

"못난 것. 방장으로 오너라."

명초가 방장으로 돌아가자 수좌들은 다비 준비다 제물 준비다 해서 바쁘게 움직였다.

정휴는 방장으로 가서 무릎을 꿇었다.

"그래, 서암에게서 도를 구했느냐?"

"아직 미망이 깊습니다."

"못난 녀석. 내가 갈 길이 머니 네 녀석에게 말해 주마."

"……."

"난 네 삼촌이니라."

"예?"

"놀라지 말고 들어보거라. 끝까지 말을 하지 않으려고 했다만, 기왕에 네 녀석이 여기에 나타났고, 또 서암이 지극하게 가르쳐주는 도마저 받지 못하는 찌그러진 그릇이니 할 수 없이 토설한다. 신분에 연연하여 제 공부 하나도 못 하는 어리석은 녀석. 네가 심충익을 알렷다."

"예. 저의 주인이셨습니다."

"주인? 네 주인은 너니라."

"하오나……."

"그 자는 너의 원수니라."

"예?"

"반정이라는 말 들어보았느냐?"

"연산군을 몰아낸 사건 말씀이시옵니까?"

"그렇다. 정민(丁民), 네 아버지의 함자다. 의금부 도사였던 네 아버지는 그때 모반 사건을 알고 대궐을 지키고 있었다. 그러나 그때에는 네 아버지 말고는 왕을 지키려는 사람이 없었다. 신하들이 일제히 돌아서버린 것이다. 그러나 네 아버지는 끝까지 왕에게 충성해 궁성을 지켰다."

"……."

"그때 중종의 인척인 심충익, 그러니까 너의 옛주인인 그가 반역의 무리를 이끌고 쳐들어왔다. 반역, 그렇다. 그때까지는 그것이 반역이었다. 네 아버지는 왕을 위해 끝까지 싸우다 심충익의 칼에 맞아 죽었다."

"……."

정휴는 그의 출생 비밀이 풀리고 있다는 놀라움과 아버지 정민의 비극적인 죽음으로 감정이 뒤엉켰다.

"그 뒤 심충익은 오히려 우리 집안을 반역의 무리라고 지목하여 모두 잡아들였다. 그때 나는 이미 입산한 몸이라서 잡혀가지 않았다. 그러나 너와 너의 어머니, 할머니와 할아버지는 모두 끌려가 종이 되었다. 할머니와 할아버지는 어느 집인가 권신의 집에 하사되었는데 아직도 어디 계신지 찾아내지 못했다. 이미 이 세상을 뜨신 지 오래 되었을 게다.

너와 네 어머니는 그 사건이 일어난 지 십수 년 만에야 찾았다. 내가 용화사에 있으면서 시주를 다니다가 우연히 보령에서 너희 모자를 찾은 것이다. 네 얼굴은 알아보지 못했지만 네 어머니 얼굴은 금세 알아볼 수 있었다.

그 뒤로 보령에 자주 다니면서 네 소식을 물어보곤 했다. 네가 심충익의 배려로 공부를 한다는 것도 이미 알고 있었다.

그리고 이건 너도 알아야겠기에 하는 말이지만……."

"무엇 말씀이십니까?"

"심충익의 막내딸을 아느냐?"

"아옵니다. 심명 애기씨요."

명초는 잠시 눈을 감았다 떴다.

"그 아이는 네 친동생이니라."

"예?"

"그걸 심충익이 말해 주지 않더냐? 네 어머니도 말하지 않았을 텐데 그 사람인들 말했을 리 없다만……. 그래도 심충익 그 사람이 대인은 대인이니라. 원래 종에게는 성도 내리지 않는 법인데, 그 이가 네 이름은 원래 쓰던 대로 내버려두었다. 또 네 동생의 이름은 네 아버지가 쓰는 대로 외자로 지어주었으니 하는 말이다."

"그래서 심충익 대감이……."

"그 이가 무슨 언질을 주었더냐?"

"아닙니다. 심 대감이 임종을 앞에 두고 저를 불러서는 막내딸을 따로 들어오라고 했습니다. 그런데 말을 하지 못한 채 숨이 끊어졌습니다. 그래서 무슨 말을 하려던 것인가 하여 미진했었는데 지금 듣고 보니……."

"심충익이 네 어머니를 취하여 그 딸을 두었느니라."

명초가 눈을 감았다.

죽음을 눈앞에 둔 노승이건만 조금도 쇠하지 않은 모습이었다. 정휴와 마주앉은 명초는 서슬퍼런 방장의 기개는 간 데 없고, 인자한 삼촌의 얼굴로 정휴를 바라보고 있었다.

"휴야."

"예. 큰스님."

"삼촌이라고 부르거라."

"…… 삼촌."

명초의 두 눈에 물기가 비쳤다.

"이 일을 들어 행여 무슨 일을 도모하지는 말거라. 네가 누구의 자식이든, 누구의 조카이든 그것은 다 환영에 불과하니라. 너는 단지 너일 뿐이다. 자, 그만 하자. 나는 더 이상 세상에 머물 수가 없구나. 나를 따라오너라."

명초는 주장자를 들고 일어나 방장을 나섰다. 정휴도 명초의 뒤를 따라 방장을 나왔다.

용화사는 명초의 임종을 준비하느라 몹시 분주했다.

명초는 경내의 그런 모습을 물끄러미 바라보았다.

"가자."

명초는 고청봉으로 올라갔다. 가는 길에 커다란 바위를 만난 명초는 바위에 앉아 잠시 쉬었다.

"휴야. 난 이 산에서 수십 년을 살았다. 이 산의 덕을 그렇게 많이 본 게지. 내가 비록 신도집 황소로 태어나 일을 하겠다고 말했다만 그건 다음 생의 몸이고, 이번 생의 몸은 따로 보시할 데가 있다."

"임종하시겠다는 겁니까?"

"그렇다."

"물은 강으로 바다로 흐르고, 나는 내세로 흐른다."

"어디에서 임종하실 겁니까?"

"산으로 올라가 반석이라도 있으면 누워 있을란다. 그러면 까마귀도 와서 나를 먹을 것이고, 벌레도 와서 나를 먹을 것이다. 고청봉에

298

터를 잡고 사는 온갖 생명들이 와서 나를 먹고 주린 배를 조금이나마 채울 것이다. 그게 참으로 보시다운 보시니라."

"삼촌."

"마지막으로 내가 너에게 오계를 내리마. 이로써 비구 250계를 받아라."

"하오나……"

"하오나, 뭐냐? 어리석은 것. 아직도 미망을 떨치지 못해서 주저하느냐? 평생 행자로 보낼 것이냐? 계를 받겠느냐, 받지 않겠느냐?"

정휴는 땅바닥에 무릎을 꿇고 앉았다.

정휴의 머리 위로 명초의 오계가 준엄하게 떨어져내렸다.

"첫째, 생명을 죽이지 말라."

"예. 받들어 지키겠나이다."

"생명을 죽이지 말라 함은 함부로 정을 움직이지 말라는 뜻이다. 하늘이 낸 생명은 저마다 업을 가지고 있는 것, 제 스스로 존재하는 이치가 있으니 함부로 생명을 끊어서는 안 된다. 호랑이가 짐승을 잡아먹는 것도 제 이치이고, 악한 사람이 착한 사람을 못살게 구는 것도 다 저희끼리 이치가 있는 법, 함부로 나서서 생명을 다치게 해서는 안 된다. 그러므로 생명의 문제는 절대로 소홀히 판단하거나 결정하지 말아야 한다. 하물며 네 손으로 생명을 다치게 하거나 죽여서는 더더욱 안 된다."

"그렇게 지키겠습니다."

"심충익의 집안에 원한을 가져서는 안 된다."

"예."

"둘째, 훔치지 말라."

"예. 받들어 지키겠나이다."

"훔치지 말라 함은 네 죄를 쌓지 말라는 것이다. 너 아닌 것은 하나도 가질 생각을 해서는 안 된다. 네가 가진 것이 많을수록 네 업이 자꾸 무거워지는 것이다. 이 세상에 네가 가질 것이라곤 도밖에 없다. 나머지는 다 쓸데없는 것이니라. 다른 것을 취하면 그것은 도적질이니라."

"그렇게 지키겠습니다."

"그 다음 세 번째. 음행하지 말라."

"예. 받들어 지키겠나이다."

"마음이 삿되어 행하는 것은 다 음행이니라. 목이 말라 물을 찾고, 배가 고파 먹을거리를 찾아 헤매는 것도 지나치면 음행과 다를 바가 없느니라. 제 여자가 아닌 사람을 취하는 것만이 음행이 아니다. 남녀의 교접이란 번식을 하기 위함인즉, 그밖에 쾌락으로 쓰는 것은 다 음행이니라."

"그렇게 지키겠습니다."

"다음 네 번째. 거짓말하지 말라."

"말을 거꾸로 하거나 뒤집는 것만이 거짓말이 아니니라. 제가 터득하지 못하고 남이 깨달은 것을 입으로만 전하는 것도 다 거짓말이니라."

"예. 받들어 지키겠습니다."

"마지막 다섯 번째. 술을 마시지 말라."

"예. 받들어 지키겠나이다."

"이는 한 순간도 정신을 놓지 말라는 뜻이니라."

"그렇게 지키겠습니다."

"이렇게 다섯 가지 계를 금강 같은 의지로 지키겠느냐?"

"예. 명심하여 받들어 지키겠나이다."

"이로써 비구 250계를 준 것으로 한다. 그만 내려가거라. 나는 간다."

"스님."

명초는 산꼭대기로 난 길을 따라 걸어갔다.

정휴는 두어발 따라가다가 그만두었다.

명초는 이미 자기가 죽을 날까지 알고 스스로 육신 보시를 하려는 것이었다. 그런 명초의 숭고한 뜻을 하찮은 인간의 정으로써 방해할 수는 없었다.

정휴는 명초의 뒷모습이 보이지 않을 때까지 서 있었다. 마침내 명초가 숲속으로 사라지자, 정휴는 용화사 계곡을 내려갔다.

용화사에 이르자 주지가 정휴에게 달려와 방장 명초의 거취를 물었다.

"이보게, 정휴 행자. 큰스님은 어디 계신가?"

"저도 모릅니다."

"모르다니. 자네하고 함께 고청봉으로 올라가셨다는데?"

"그래도 저는 모릅니다. 큰스님은 떠나셨습니다. 어디로 가셨는지 저도 모릅니다."

"그러면 아주 가셨단 말인가?"

"돌아오시지 않습니다."

정휴의 말을 듣고 난 주지는 허겁지겁 수좌들을 불러모아 고청봉으로 올려보냈다. 명초의 시신이라도 찾으려는 것이었다.

정휴는 승방으로 들어가 바랑을 풀었다. 아무래도 내년 봄까지는 용화사에서 나야 할 것 같았다. 지함이 운수를 떠났다고 덩달아 다닐 수도 없었다. 그러기보다는 차라리 용화사에서 차분히 경전이나 탐독하다가 때가 되면 화담 산방으로 올라가리라 작정했다.

밤이 늦어서야 고청봉으로 올라갔던 수좌들이 빈손으로 내려왔다.

이튿날, 주지는 또다시 수좌들을 고청봉으로 올려보냈다.

정휴는 승방에 앉아 『육조단경』을 펴놓고 읽었다. 그러나 글씨가 눈에 잘 들어오지도 않고, 억지로 몇 줄 읽어도 뜻이 잡히지 않았다.

수좌들은 여전히 명초를 찾지 못하고 돌아왔다.

명초는 열흘이 지나도록 발견되지 않았다.

그동안에 정휴는 경전을 보아도 심란하고, 좌선을 해도 잡념만 계속 들어 마음을 제대로 잡지 못했다.

명초가 어디에서 스스로 몸을 던져 짐승의 밥이 되었는지, 열흘이 지나자 걱정이 되기 시작했다. 그렇지 않아도 정휴의 머리 속은 아버지와 어머니, 그리고 심충익과 심충익의 막내딸 심명에 대한 생각으로 복잡했다.

그때 문득 정휴는 화담 서경덕이 지함에게 전해주라던 책이 머리에 떠올랐다. 책의 주인이 비록 따로 있긴 하지만 정휴는 그 책의 내용이 궁금하기도 하고, 자신의 혼란스런 마음을 가라앉혀 보리라 생각해 조선종이에 꼭꼭 싸두었던 책을 꺼냈다.

'『홍연진결(洪然眞訣)』, 이지함에게 주는 책'이라고 겉장에 씌여 있었다.

정휴는 책의 겉장을 넘겼다.

그때였다. 갑자기 경내가 소란스러워졌다.

"뭐라고? 큰스님 유골이라고?"

주지가 깜짝 놀라서 큰소리로 대답하고 있었다.

정휴는 얼른 『진결』을 바랑에 다시 싸넣고 승방을 나섰다.

대웅전 앞 뜰에 웬 처사 두 사람이 서 있었다. 주지는 그 사람들 하고 이야기를 하는 참이었다.

"연천봉 근처에서 발견했습니다. 주장자를 보아 하니 명초 스님인 것 같아서 뫼시고 왔습니다."

"그런데 이미 이렇게 뼈만 남아 있더란 말인가?"

"돌아가신 지가 오래 된 모양입니다. 그사이에 산짐승들이 그냥 두었겠습니까? 이게 웬 떡이냐 하고 포식했겠지요."

대웅전 앞에는 처사들이 수습해다 놓은 명초의 유골이 놓여 있었다. 살이란 살은 모두 온데 간데 없고 하얀 뼈다귀만 남아 있었다. 그것도 짐승들의 이빨자국이 나있는 통뼈들이었다. 잔뼈 정도는 짐승들이 다 씹어먹은 모양이었다.

주지는 그래도 다비식을 해야 한다면서 부지런히 수좌들을 몰아 장작을 쌓고 제사 올릴 준비를 했다.

명초의 유언이 있었던지라 주지는 간소하게 다비식을 치렀다. 사정을 알 리 없는 주지는 정휴를 행자로만 보고 의식에 끼지 못하게 했다. 대신 뒤에서 심부름을 하도록 시켰다.

다비가 끝나자 정휴는 승방에 들었다.

가까운 혈육이 떠나갔는데도 왜 눈물이 나지 않는지 정휴는 스스로도 이해할 수 없었다. 그 대신에 다비식을 하는 동안 내내 『진결』만 눈에 어른거렸다.

정휴는 『진결』을 다시 펴들었다. 그때 문이 열리면서 명초의 유골을 수습해온 두 처사가 들어왔다.

"스님, 주지 스님이 이 방으로 들라기에 들어왔습니다. 오늘 하루만 묵었다가 다시 신원사 계곡으로 돌아가겠습니다."

"그러시오."

정휴는 등을 돌리고 앉아 『진결』을 읽기 시작했다.

『진결』은 온통 알아들을 수 없는 말로 씌어 있었다. 정휴는 한문으로 된 문장은 읽지 못하는 것이 거의 없었지만 웬일인지 화담의 『진결』은 하나도 읽을 수 없었다. 이렇게도 읽어보고 저렇게도 읽어보았지만 정휴는 단 한 줄도 읽어내지 못하고 책장만 마구 넘겨댔다.

"스님, 무슨 책인데 읽지는 않으시고 그렇게 책장만 넘기십니까?"

"아, 아니오."

정휴는 얼른 책장을 덮었다.

"홍연진결?"

그 중의 한 사람이 겉장에 적힌 제목을 보고 말했다.

"진결이라? 그렇다면 비결서 아니오? 아니, 스님께서 비결서를 읽으십니까?"

"비결서를 우리 같은 술사(術士)들만 읽으라는 법이 있나? 절간에서 더 많이 읽힌다네. 그나저나 그 책은 누가 지은 것이오?"

"그, 그게…… 어쨌든 이 책 주인은 따로 있소."

"스님, 그러지 말고 우리 통성명이나 합시다. 난 전우치(田禹治)라고 하오. 계룡산에 들어와 벌써 십 년이 넘었건만 앞이 까마득하기만 하오. 차라리 명초 스님 문하에서 공부나 할 걸 그런 것 같소이다."

"난 남궁두(南宮斗)요. 주역에 관심이 많아 그쪽 공부를 하고 있는데 아직 좋은 스승을 만나지 못하고 있소이다."

정휴는 하는 수 없이 이름을 댔다.

"난 정휴요. 법명은 자성. 난 원래 이 절로 입산했지만 여기저기 떠돌다가 한 보름 전에야 돌아왔소."

"그동안은 어디 계셨구요?"

전우치가 물었다.

"금강산에 있었소."

"금강산이면 산기운이 좋아서 우리 술사들이 몹시 좋아하는 산인데, 한소식 하신 모양이지요? 그런 책도 다 구하시고?"

이번에는 남궁두가 말했다.

정휴는『홍연진결』을 꼭 붙잡고 두 사람의 눈치를 살폈다.

"스님, 비결서라는 것은 흔한 것이오. 하물며 이름없는 비결서까지 합하면 그 수가 엄청날 것이오. 그리 대단한 것도 아닐 터이니 한 번 구경만 합시다. 우리가 가지고 있는 것도 보여드리리다."

남궁두가 그의 짐에서 책을 몇 권 꺼냈다.

『신읍지(神邑誌)』, 『궁을천가(弓乙遷歌)』, 『답천보록(踏千寶錄)』이었다.

"이것 말고도 엄청나게 많이 있습니다."

실제로 비결서라는 이름으로 민간에 유포된 책은 흔한 것이었다. 세종대의 서운관(書雲觀)에서 소장하던 것만 해도 부지기수였다. 그래서 세종은 이러한 음양서, 참위서가 너무 많이 돌아다니면 민심이 흉흉해진다고 하여 모두 분서(焚書)하라는 엄명을 내리기도 했었다.

그후 세조 때에도 근절되지 않자 세조는『고조선비사(古朝鮮秘詞)』, 『대변설(大辯說)』, 『조대기(朝代記)』, 『주남일사기(周南逸士記)』, 『지공기(誌公記)』, 『표훈천사(表訓天詞)』, 『삼성밀기(三聖密記)』, 『도선비기(道詵秘記)』 등 열일 곱 종을 금서로 묶어 단속했다. 그리고 그뒤 성종은 열두 가지를 더 금서 목록에 추가했다.

이러한 비결서는 신라 적부터 고려, 조선 시대를 막론하고 끊임없이 민간에 유포되어 왔다. 더구나 갖은 질병과 기아가 극심하던 조선 중기에는 그러한 비결서가 더욱 많이 나돌 수밖에 없었다.

정휴도 화담의 비결서가 궁금하기는 했다. 도대체 처음부터 무슨 말인지도 모르게 적혀 있는 글이 답답하기만 했던 것이다. 정휴는 그들이라면 무슨 뜻인지는 알 수 있으리라고 생각했다.

"그렇다면 대강만 살피시고 주시오. 이 책은 분명히 주인이 따로 있소이다."

정휴가 가지고 있던 책을 방바닥에 내려놓았다.

남궁두가 그 책을 집어 들었다.

"음, 파자(破字) 해자(解字)를 해야 알겠군. 한참 보아야 무슨 말인지 알겠는 걸. 첫줄은 알겠군. 후천 대환난? 이게 무슨 말인가?"

"글쎄, 찬찬히 보아야 알겠군. 워낙 어려운 내용이라서."

두 사람은 고개를 갸웃거리면서 책장을 넘겼다.

이윽고 책을 다 넘긴 두 사람은 정휴에게 책을 다시 돌려주었다. 그런 다음 남궁두가 정휴에게 말했다.

"스님, 지금 당장에는 뜻을 풀기가 영 난해하군요. 제가 앞장 몇 줄만 따로 베꼈다가 해석해 보겠습니다. 비결이 원래 주인만 읽을 수 있도록 써놓았다지만 한참 들여다보면 알 수 있을 것입니다. 나중에 풀게 되면 알려드리지요."

정휴는 그 말에 귀가 솔깃했다. 책을 넘겨주는 것도 아니고 몇 줄 적어 뜻을 풀기만 하는 것쯤은 화담에게도 지함에게도 그리 누가 될 일은 아니라는 생각이 들었다.

"그러시오."

남궁두는 『진결』 첫장을 베꼈다.

"나중에 인연 닿거든 알려주시오. 난 이 절에 오래 묵지는 않을 것이오."

정휴가 말하자 남궁두가 받았다.

"우린 신원사 계곡에 있으니 언제라도 만날 수 있다오. 그런데 스님은 어느 절로 가시렵니까?"

"절이 아니라 고향에 한번 갈까 합니다. 제 동생을 찾아……"

"원 스님두. 출가를 하셨으면 그만이지 속가는 왜 찾습니까? 허허허. 괜한 소릴 제가 했군요."

"두 분 이제 쉬십시오. 노사의 유골을 짊어지고 오시느라 고생하셨을 터이니……"

"그렇지 않아도 졸음이 새록새록 밀려옵니다."

전우치가 그렇게 말하고는 자리에 벌렁 누웠다. 그러고는 눕자마자 코를 골기 시작했다.

"이런 민한 친구. 병법에는 그렇게 재주가 많아도 수마(睡魔)에는 꼼짝 못하는군. 스님. 저도 그만 쉬겠습니다. 아참, 그런데 그 책의 주인이라는 분은 누굽니까?"

"예, 홍주 사람 이지함이라고 합니다. 화담 산방의 학인이었는데 화담 선생이 몹시 아끼는가 봅니다."

"그래요? 화담이라면 모르는 사람이 없지요. 그런 분이 아끼는 제자라면 대단한 분이겠군요. 그런데 화담 선생은 지금?"

"돌아가셨습니다. 돌아가시면서 이 책을 이지함, 그 분에게 전하라 하셨습니다. 제가 이 선비와 잘 아는 사이라서……"

"그렇습니까? 저희 두 사람은 스승도 없이 계룡산 골짜기에서 하늘만 바라보며 수련을 하고 있답니다. 여기저기서 책을 구해다가 읽고 있지만 도무지 진도가 없습니다. 이러다가는 늙어 죽기 전에 아무것도 못 이룰 것 같습니다. 비결서까지 전해주는 스승이 있는 이 선비는 얼마나 좋겠습니까? 이 선비는 지금 어디에 있습니까?"

"팔도를 유람중이랍니다."

"저도 그분을 스승으로 모시고 싶습니다. 화담 선생이 총애하는 제자라면 필시 도력이 깊을 터이고……"

"실은 내가 승복을 입고는 있으나 나도 그분의 제자나 마찬가지지요. 벌써 오래 전부터 그분이 아니고는 마음이 불안하여 글 한 줄 읽혀지지 않고, 아무리 훌륭한 스님을 은사로 두어도 도무지 눈이 열리지 않습니다."

"허허, 그렇다면 저도 어서 빨리 뵙고 싶군요. 언제 뵙게 됩니까?"

"내년 삼월이나 되어야 뵙게 될 것 같소이다."

남궁두는 거듭 지함에 대해서 물었다.

정휴는 남궁두가 묻는 대로 지함의 이력을 말해주었다.

"그분은 복도 많소이다. 북창 같은 이는 우리 술사들 사이에서도 이름이 높은 분인데 그런 분을 스승으로 두고 또 화담 산방에도 들어가셨다니……"

남궁두는 거듭 정휴에게 청을 했다.

"스님, 꼭 약조를 하셔야 합니다. 저희 두 사람도 이지함 선비의 문하에 입문할 수 있도록 주선해 주십시오."

"그러지요. 내년에 제가 화담 산방으로 올라갈 때 아예 같이 가십시다. 제가 어차피 보령에 갔다가는 이곳 용화사로 돌아와야 할 터이니."

"고맙소."

어느새 두 사람은 말까지 놓아가며 이야기꽃을 피웠다.

이튿날 남궁두와 전우치는 신원사로 떠나가고 정휴는 계룡산에서 겨울을 지내려던 생각을 접고 보령으로 길을 떠났다.

"정휴 스님, 잘 다녀 오시게나. 스승님을 뵙고 못 뵙고는 스님 손에 달려 있다고 너무 위세 마시게. 하하하."

남궁두가 섭섭한 듯 발을 떼지 못했다.

"걱정 말게. 보령에 갔다가는 곧 돌아올 것이니. 내가 일차 신원사 계곡으로 찾아가리다. 그간 베끼신 거나 잘 들여다보시게나. 허허허."

"원, 두 사람이 하룻밤 사이에 무슨 일을 저질렀기에 이리도 정이 깊어졌담."

전우치가 불퉁거리자 남궁두와 정휴가 껄껄 웃으면서 발걸음을 떼어 놓았다.

정휴는 공주에서 칠갑산을 넘어 청양으로 갔다.

청양에서는 장곡사에 여장을 풀고 하룻밤을 지냈다. 이튿날 청양에서 대천 가는 길을 잡아 꼬박 하루를 걸은 끝에 정휴는 보령 땅을 밟았다.

보령은 정휴에게는 고향이나 다름없었다. 아니, 그렇게 여기고 살았었다. 삼촌인 명초가 그의 내력을 이야기해주기 전까지는 그렇게 믿었다. 아버지도, 얼굴은 비록 보지 못했지만 종이었을 것이라고 생각했다. 행여 금부의 도사일 줄은 꿈에도 생각하지 못했다. 그러나 이제 와서 자신의 신분이 밝혀졌다 한들 무슨 대수가 있을까. 같은 배를 빌어 태어난 심충익의 막내딸을 만나는 것도 하등 의미가 있을 게 없다. 차라리 만나지 않고, 그대로 묻어두는 것이 그 동생에게도 마음 편한 일인지 모른다.

그러나 핏줄이 자꾸 당겼다. 조선 천지에 단 하나밖에 없는 혈육, 그 혈육이 보령에 있다는 것만으로도 정휴의 발걸음은 저절로 그리 향했다.

정휴가 심 대감 집의 대문을 두드리자 낯익은 종이 나와 문을 열었다.

"아니 정휴 아닌가?"

"그렇소, 형님."

"아이구, 이놈아. 면천을 했으면 멀리 가서 잘 살 일이지 하필 천한 중이 되었냐?"

"제 소견이 이렇게 좁지 않았습니까."

"쯧쯧쯧. 그래 여긴 웬일인가?"

"마님 뵌 지도 오래 됐고, 어머니 산소도 찾을 겸해서……"

정휴는 동생 이야기를 대놓고 말할 수는 없었다.

"들어오너라. 내당에 마님이 계시다."

정휴가 내당에 들어서자 문이 열렸다.

심 대감 부인이었다.

"마님."

정휴가 합장을 했다.

"자네, 스님이 되었군. 어째 명초 스님이 안 오신다 했더니 자네가 대신 오는군."

"명초 스님이 계시던 용화사에 출가했습니다. 명초 스님은 보름여 전에 열반하셨습니다."

"저런. 우리 집안을 잘 보살펴 주셨는데……"

정휴는 동생의 안부를 묻고 싶었지만 얼른 말이 나오지 않았다.

종도 물러가고, 마침 내당에는 심 대감 부인과 단둘이 있게 되었다. 심 대감 부인은 회갑을 치른 나이라서 내당에 들어도 흉이 될 리 없었다.

정휴는 숨을 한번 크게 들이쉬고 입을 떼었다.

"저, 마님. 드릴 말씀이 있습니다만."

"그런가? 들어오게. 남녀칠세 부동석이라지만 할망구와 스님 사이인데 누가 뭐랄라구? 호호호."

정휴는 내당으로 들어가자 곧 심 대감 댁 막내딸 이야기를 꺼냈다.

"마님, 명(明) 아가씨가 안 보입니다."

"출가했다네."

"예? 어디로요?"

"홍주로 갔다네."

"누구한테요? 뭐하는 사람인가요?"

"지금 홍주목에서 판관 노릇을 하고 있다네."

"그렇습니까?"

"그런데 명이는 왜 묻나?"

"궁금해서지요. 안 보이길래……"

정휴가 우물쭈물 얼버무리기는 했지만 부인의 눈초리가 갑자기 매서워졌다.

"자네, 명초에게서 무슨 얘길 들은 게로군."

"……"

"언젠가는 이럴 줄 알았지. 그 요망한 중이 입 하나 봉하지 못하고 발설하다니."

"그러면 명이 아가씨가 제 동생이 맞습니까?"

"그게 명이에게 무슨 도움이 되겠는가? 내가 본시 그 아이를 귀여워해 주지는 못했어도 그 아이를 망치고 싶지는 않네. 알겠는가?"

"하오나, 마님. 제겐 하나뿐인 혈육입니다. 다 죽고 이제는 저희 남매밖에 없습니다."

"아비가 다르니라."

정휴는 눈물을 뚝뚝 흘렸다.

"그래도 명이 아가씨는 제 동생입니다."

"무슨 망발이냐. 너 하고는 아무 관계도 없다. 그 애를 망치지 말 거라."

"왜 관계가 없습니까, 마님."

"첩 없는 양반이 어디 있더냐? 그 아이는 엄연히 대감께서 낳은 아이이니, 한 점 혈육에 대한 정이 있다면 그 아이를 괴롭히지 말거라."

"만나고 싶습니다. 만나서 제 동생이란 사실을 알리고 싶습니다."

"씨가 다르면 같은 밭에서 나는 곡식이라도 다 다른 법이야. 밭이 한밭이면 보리가 벼가 되고, 무가 배추 된다더냐!"

정휴는 조용히 자리를 물러났다. 가슴 속에서 진한 눈물이 밀려나왔다.

정휴는 어머니 무덤을 찾아 산으로 올라갔다.

잡초가 무성했다. 정휴가 돌보지 않았으니, 종 무덤에 벌초를 해줄 사람이 따로 있었겠는가.

"어머니, 왜 제게 말씀을 안 하셨습니까? 종노릇이 얼마나 힘들었는지 아십니까? 왜, 왜 숨기셨습니까? 심 대감 딸을 낳았다는 게 뭐가 그리 큰 죄라고……."

정휴는 어머니의 산소에서 내려와 홍주로 발길을 돌렸다.

홍주. 그의 운명이 새로이 열리고 새 삶이 시작된 땅이다.

16. 그 땅을 보고 인물을 보라

황토재는 말 그대로 붉은 흙 투성이었다. 한양에서부터 숨가쁘게 걸어온 지함 일행이 황토재에 도착했을 때는 이미 저녁 나절. 희미하게 남아 있던 몇 조각 노을마저 검은 어둠 속으로 빨려들었다.

황토재는 그 어둠 속에서도 고집스럽게 제 붉음을 간직하고 있었다. 마을은 오십여 호쯤 되었다.

집집에서 풍겨나오는 구수한 쌀밥 냄새가 골목을 넘실거렸다. 마을 전체가 궁색하지 않은 살림살이를 꾸려 가고 있는 듯 집집마다 연기가 오르지 않는 집이 없었다. 여느 시골이라면 간신히 보리죽으로 때울 춘궁기인데도.

"안 진사라는 이가 제법 덕이 있는 모양이군요."

지함이 먼저 말을 꺼냈다.

"그걸 어찌 아는가?"

"보십시오. 집집마다 연기가 오르지 않는 굴뚝이 없고, 이밥냄새가 진동하고 있지 않습니까? 제가 고향에 있을 때 농사짓는 이들과 가까이 지내본 적이 있습니다만 요즘이 가장 힘든 시기이지요. 제 고향은 바다가 가까이 있어 초근목피로 연명할 정도는 아니었습니다만, 고기를 잡아도 하루 두 끼를 채우기가 어려웠지요. 만석지기라면 이 동네 사람들 모두 안 진사의 땅을 빌어 부치고 있을 겁니다. 그들이 굶주리지 않는다면 안 진사의 덕이 높은 게지요."

"그럴 듯한 얘길세. 그렇다면 우리 같은 객들도 그냥 내치지는 않겠구만."

안 진사의 집은 금세 찾을 수 있었다.

마을 어귀의 성황당을 조금 지나자 단출한 농가들 사이에 그리 크지 않은 기와집이 들어서 있는 게 보였다. 사람을 위압하는 커다란 솟을대문 대신 드나들기 편한 작은 대문이 한쪽에 나 있고, 다른 쪽에는 수레가 드나들 수 있는 큰 사립이 있었다.

일행은 안 진사 집 대문을 두드렸다.

조금 전 지나온 부연 길마저 어느덧 어둠 속으로 완전히 가라앉고 있었다.

"뉘십니까?"

"이분은 전국을 유람중이신 송도의 화담 선생님일세. 안 진사께 그렇게 전하게나."

박지화가 화담을 가리키며 근엄하게 말했다.

"우선 안으로 드시지요."

종의 말씨는 유순했다. 몸가짐 또한 공손했다.

지함 일행이 종이 안내해 준 방으로 들어서기도 전에 어둠을 밟아 오는 힘찬 발자국 소리가 들려왔다. 안 진사였다.

"화담 선생님이시라구요? 산골에 묻혀 사는 한낱 이름 없는 선비

올습니다만 선생님의 고명은 저도 익히 들은 바가 있습니다. 이렇게 누추한 곳을 찾아주셔서 영광입니다."

문앞에서 머리를 조아리는 안 진사는 마흔서넛쯤 되어보였다. 둥그스름한 얼굴, 초승달 모양의 갸름한 눈. 위엄서린 선비의 모습이라기보다 들판의 농부처럼 소탈해 보였다.

각자 통성명을 하고 인사를 나누었다.

어느새 준비를 했는지 저녁상이 들어왔다. 보리며 조가 적지 않이 섞인 밥과 시래기국, 김치와 된장 찌개, 밑반찬 서너 가지에 자반 구이가 한 접시 올랐을 뿐 만석군 살림 치고는 간소한 상차림이었다. 여염집보다 크게 나을 것이 없었다.

시장기가 돈 지함과 박지화는 얼른 숟가락을 집어들었다. 그러나 화담은 상을 받고도 먹을 생각을 않고 가만히 앉아만 있었다.

"선생님, 진지 잡수십시오."

박지화가 숟가락 쥔 손을 상 밑으로 내리면서 화담에게 말했다.

"아, 아닐세. 난 생각없네. 주막에서 마신 술이 아직 거나하구면."

"술도 안 드셨잖습니까?"

"향이 좋으면 향기로 마실 수도 있는 게지."

"선생님, 도력이 높으면 허기도 지지 않게 됩니까? 저는 아무리 애를 써도 배고픈 것은 이겨내기 힘듭니다."

"맛있게 들게. 난 그저 냄새만 맡아도 배가 부르이. 어서 들게나."

화담이 뒤로 물러나 앉으면서 말했다. 그제서야 지함과 박지화는 안 진사가 내어온 저녁을 들었다.

"안 진사께서는 전답(田畓) 말고도 하시는 일이 또 있습니까?"

화담이 안 진사에게 물었다.

"만석군이라는 소문을 들으신 모양입니다그려. 사람들이란 원래

남의 살림을 부풀리기 좋아하는 법입니다만, 크게 틀린 말은 아닙니다."

지함이 단단히 흥미를 느낀 듯 밥은 먹는 둥 마는 둥 숟가락을 든 채로 안 진사에게 물었다.

"그렇지만 미륵뜰이 모두 진사님의 손에 있다 한들 수천 석에 지나지 않을 텐데요?"

"그렇소. 난 장사를 합니다."

"장사요? 양반이?"

입 안 가득히 밥을 문 박지화가 놀란 얼굴로 물었다.

"그렇습니다. 논에서야 고작 몇 천 석을 수확할 뿐이지요. 장사로 얻는 이익이 농사로 얻는 이익보다 훨씬 큽니다. 그 때문에 이 근동 양반가에서는 저를 상종 못할 상놈으로 제쳐놓았습니다마는……."

"장사를 하더라도 그만한 이익을 남기기가 쉽지 않을 텐데 무슨 장사를 하시지요?"

장사라면 지함도 일가견이 있었다.

어머니 무덤 앞에 방죽을 쌓은 돈도 어린 나이에 소금장사를 해서 벌어들인 것이고, 화담 산방에 갈 여비도 남대문 저자에서 나막신을 팔아 마련한 것이다.

"장사란 결국 유통이지요. 이쪽에서는 많이 나고 저쪽에서는 안 나는 걸 이리저리 옮겨 이득을 취하는 것이 장사입니다.

장사의 이치가 그렇다는 것이고, 저는 그리 큰 장사를 하는 것도 아닙니다."

무던하기만 해 보이던 안 진사의 선한 눈빛이 폭풍우 몰아치는 바다처럼 힘차게 일어서고 있었다.

"제가 하는 일은 고작해야 이곳 용인, 안성, 이천에서 나는 물산을 제 때에 사들여 저장했다가 철이 지난 후에 파는 일이지요. 이곳 땅이 온통 차진 황토라서 땅굴을 파면 제법 좋은 창고가 된답니다."

그건 바로 지함이 나막신을 팔 때 써먹은 수법과 비슷했다. 일시적인 매점을 넘어서서, 제 철에 사 두어 저장했다가 철 지나 팔면 더 큰 이득을 얻는 것은 당연한 일이다. 반농반상(半農半商)의 안 진사가 만석군이 된 비결이 바로 이것이었다.

"지금은 시작일 뿐입니다. 우리나라에서 생산되는 물산(物産)은 우리나라에서 소비됩니다. 왜국에서 넘어오는 물산이 가끔 남쪽 부두에 닿는다고 하지만 소량이고, 명에서 건너오는 것도 보석이나 책자 정도에 지나지 않습니다. 그러므로 조선에서 쓰는 물산은 조선에서 나는 것으로 충당해야 합니다. 적으면 적은 대로, 많으면 많은 대로 이 땅 안에서 풀어야 하는 것입니다.

바로 이런 이치로 물산을 골고루 분배하는 일이 무엇보다 중요합니다. 내륙에 사는 백성들은 소금 한 말 사기가 하늘의 별따기이고, 이천에서 나는 도자기는 함경도나 경상도까지 골고루 미치지 못합니다. 이렇게 막힌 상로(商路)를 잘 뚫어놓으면 부르는 게 값일 정도로 높은 물건값을 낮출 수 있습니다.

저는 장차 큰 유통을 생각하고 있습니다. 장사는 천민이나 가난하고 무식한 양민이 할 일이라는 양반들의 생각이 가장 큰 문제입니다. 곡식은 농부들의 피땀없이 저절로 자라지 않으며, 생산되는 물산을 방방곡곡 옮기지 않으면 나라 살림을 제대로 꾸려나갈 수 없습니다. 나라도 임금도 살림이 잘 되어야 비로소 존재할 수 있는 것 아닙니까.

살림은 나라의 핏줄이올시다. 피가 돌지 않으면 사람이 죽고, 나라의 경제가 막혀 있으면 백성들이 도탄에 빠집니다. 저는 여기 황토재를 전국의 물산이 들어오고 나가는 심장부로 만들 것입니다.”

스쳐듣고 지나갈 만한 가벼운 이야기가 아니었다. 참으로 대단한 포부였다. 지함은 안 진사의 말에 공감했다.

조선에는 물산 지역 제도라는 정책이 있어서 현 안에서 모든 것을 자급자족해야만 했다.

조선의 군현 제도란 군현마다 자급자족하는 독자적인 경제 단위였으며 생활도 마찬가지로 제약되어 있었다. 교통이 불편한 상황에서 공물(貢物), 진상(進上)도 자체에서 해결해야 했다. 그래서 산간 지역에 자리잡은 군현에서도 해산물을 구할 수 있도록 바다까지 길다랗게 경계를 지어주기도 했고, 바다 쪽에 자리잡은 군현에는 토산물을 얻을 수 있도록 내륙까지 길게 경계를 이어주기까지 했다. 그러나 이렇게 해도 군현을 관장하는 수령이 물산에 대해 관심이 없거나 무능하면 자원을 개발하지도 못한 채 사장시키는 경우가 많았다.

현마다 잘 되는 곡식이 다르고 나는 물산이 다른데도 다른 현과 유통할 수 있는 길이 꽉 막혀 있었다. 그래서 부유한 현은 더 넉넉해지고 가난한 현은 어쩔 도리 없이 나날이 가난해질 수밖에 없었다. 그러니 자연 유랑민이 생겨났다. 이사조차 마음대로 할 수 없기 때문에 다른 현에 가서도 제대로 붙박고 살 수 없었다. 그러니 자기 현을 떠난 이들은 이 현 저 현 떠돌아다니면서 목숨을 부지해야 했다.

현과 현 사이에 관의 이름으로 물산을 교류할 수는 없었지만 장사꾼이 물건을 사거나 파는 것은 규제하지 않았다. 즉 소시(小市)는 누구에게나 자유롭게 허용되었지만 대규모로 이루어지는 상행위, 즉 대시(大市)는 조정에서 직접 감독하고 통제했다. 그래서 한양에서는 대규모 상가인 운종가를 두고 아흔 개의 상점을 세웠다. 이들 상점에서 나오는 이익은 나라와 반분하도록 했다. 그러나 이 상점들에게도 한 가지 품목만 지정해주고 그 이상은 팔지 못하도록 했다. 이러한 형태의 대시는 평양, 송도 같은 데에나 몇 개 있을 뿐 작은 군현에는 소시밖에 없었다.

이같이 유통의 제한은 여기저기에서 부작용을 일으켰다.

안 진사는 그 틈을 꿰뚫어보고 있었던 것이다.

"하지만 안 진사. 말씀이야 어떻든 결국 안 진사는 매점매석(買占買惜)으로 돈을 벌어들이는 것 아니오? 백성의 주머니를 털어서 얻은 재물은 아무리 많이 모은다고 한들, 결국은 백성들에게 빚을 지는 것과 매한가지입니다."

화담이 정색을 하고 말했다. 듣기에 따라선 얼마든지 비난으로 들을 수도 있을 만한 말이었다. 그러나 안 진사는 전혀 흔들림이 없었다. 그만큼 그는 자신에 차 있었다.

"그 말씀은 옳습니다. 그러나 이 나라에서 몇 백 석, 몇 천 석 한다는 부자 치고 백성의 피땀을 훔치지 않은 자가 어디 있습니까? 아니, 어쩌면 양반, 상놈을 가르는 제도부터가 이미 양반의 도둑질을 눈감아 주는 것 아니겠습니까? 저는 내버려두면 그 지방에서 썩거나 곯게 될 것을 가져다가 요긴하게 쓰는 것 뿐입니다."

안 진사의 말에는 거침이 없었다.

조용히 귀를 기울이고 있던 화담이 번쩍 고개를 들었다.

박지화는 곁에 들어서는 안 될 사람이라도 있는 것처럼 주위를 두리번거렸다. 그러나 안 진사는 그런 것에는 아랑곳하지 않고 쩌렁쩌렁 울리는 목소리로 말을 이었다.

"어차피 세상이 불평등한 바에야 저 역시 그걸 이용해서 돈을 벌고 있을 뿐입니다. 다른 양반들은 양반이랍시고 제 몸은 하나도 놀리지 않고 그저 걷어들이고 있지만, 저는 그래도 제 수족을 움직여 벌어들이는 겁니다.

미륵뜰에 나가서 지나가는 사람을 붙잡고 한번 물어보십시오. 이 근동에서 제 땅을 빌려 농사짓지 않는 사람이 없습니다. 허나, 적어도 저는 그 사람들에게 하루 세 끼 밥은 건너뛰지 않도록 해주고 있습니다.

그래도 저한테 도적이라고 하신다면 어쩔 수 없이 받아들이겠지만, 어쨌든 다른 도둑보다는 양심적이지 않습니까? 선생님께서는 뭐라 하실 말씀이 있으시겠지요. 그러나 저는 그런 도둑질을 통해 돈을 벌어 굶주리는 백성들의 허기를 채워주고 있다고 자부하고 있습니다. 제 말이 틀렸다면 말씀을 해 주십시오."

화담은 아무 말없이 안 진사의 이야기에 귀를 기울였다. 화담으로서는 대답하고 싶지 않은 물음이었다. 어딘지 불편한 기색마저 있었다. 화담의 심기를 눈치 챘는지 안 진사는 자리에서 일어났다.

"원로(遠路)에 피로하실 텐데 제가 그만 눈치없이 눌러앉았나 봅니다. 편히 쉬십시오."

화담은 안 진사를 붙잡지 않았다. 그러나 지함은 안 진사의 뒤를 따라나섰다.

"결례가 안 된다면 창고 구경을 하고 싶습니다."

"결례랄 게 뭐 있겠소. 따라 오시지요."

어두운 달빛을 밟으며 안 진사는 후원을 가로질러 걸었다. 그리고 자그마한 문을 밀치고 들어섰다. 널찍한 마당 끝에 높지 않은 언덕이 있었다. 그 언덕 아래에 창고가 있었다.

창고 앞에서 체구가 큼직한 장정 서넛이 나지막한 목소리로 잡담을 주고 받다가 안 진사를 보자 황급히 고개를 숙였다.

"문을 열게."

철커덕.

차가운 쇳소리가 긴 통로를 통해 메아리쳤다. 오래도록 소리가 울리는 것을 보니 창고가 꽤 깊은 모양이었다.

"횃불을 이리 주게."

안 진사는 그리 큰 키가 아니었다. 그러나 횃불을 들고 앞장 선 안 진사의 모습은 준마를 타고 들판을 달리는 장수처럼 듬직해 보였다.

가운데에 웬만한 수레가 들락거릴 수 있을 만한 통로가 뚫려 있고 그 양쪽으로 창고가 줄을 지어 있었다. 안으로 들어갈수록 창고는 땅 속으로 점점 깊어 갔다. 서늘한 기운이 등줄기를 파고들었다.

쌀을 가득 재놓은 큰 창고를 몇 개 지났다. 몇 섬이나 되는지 셀 수 없을 만큼 어마어마한 양이었다.

"이쪽은 마늘과 인삼이라오. 다른 지방에서 사들인 특산물이지요. 마늘과 인삼은 보관이 간편하고 값이 비싸서 몇 배 이득이 남는다오."

지함은, 입술과 눈썹을 잔뜩 휘며 웃고 있는 안 진사를 다시 한 번 쳐다보았다.

대단한 배짱과 자신감이었다. 대대로 내려오는 장사꾼 집안도 아닌 양반 출신. 다른 사람들의 눈총을 무릅쓰고 이만한 장사를 하려면 안 진사의 말마따나 경제의 흐름에 대한 확신 없이는 불가능한 일이었다. 이에 비하면 화담을 찾아가기 위해 나막신을 팔았던 지함의 수단이야 잔재주에 불과했다.

"이쪽을 보시겠습니까? 감과 사과, 배라오. 저것들은 보관하기가 어렵다오. 내 나름대로 이런저런 시험을 해보았지만 신통한 결과를 얻지는 못했지요. 그래도 부잣집 제사에 오를 만큼은 남는다오. 부잣집을 노리고 하는 것이니 이문이 제일 크지요. 내 장사 중에 쌀을 빼고는 헐벗은 백성의 주머니를 노리는 장사는 거의 없다오. 쌀조차 양민들이 먹기에는 너무 비싸고. 이렇게 생각하며 저 자신을 위로하고 있지요."

이야기를 주고 받을수록 지함은 안 진사의 깊이에 빠져들었다.

"이 창고를 짓는 데만도 돈이 엄청나게 들었다오. 지금은 이 창고 덕분에 몇 배 더 벌어들이긴 하지만…… 이 선비라고 하셨소? 한 잔 더 하시겠소?"

"좋습니다."

두 사람은 창고에서 나와 사랑채로 건너갔다. 좀 전에 저녁상을 받았을 때 만석꾼 살림치고는 너무 조촐하다 싶었는데 사랑의 세간살이 역시 여느 선비들의 방과 다를 바 없이 질박했다. 불도 많이 지피지 않았는지 방 안에 기분좋을 만큼 서늘한 냉기가 흘렀다.

탁자 위에는 난초 치듯이 보리며 벼를 친 그림이 몇 장 흐트러져 있었다. 그리고 그 속에 선이 복잡하게 그어져 있는 그림이 섞여 있었다.

"이게 뭡니까?"

"아, 감과 사과, 배를 제대로 보관할 수 있을까 해서 이런저런 궁리를 하며 설계를 해보던 중이오."

무슨 말인지 선뜻 와 닿질 않았다. 지함의 어리둥절한 표정을 보자 안 진사는 너털웃음을 터뜨렸다.

"이해가 안 되실 게요. 몇 년 동안 물산을 저장하다 보니 품종마다 다 제 나름의 온도와 습기가 있어야 보관이 잘 되더군요. 그것을 알아내고 그에 맞는 환경을 만들어 주느라 숱하게 썩히기도 했지요. 땅을 깊이 파면 습기와 온도가 달라지지 않겠소? 혹 더 서늘하면 감을 제대로 보관할까 해서 창고를 더 파들어가려고 했던 거지요."

지함은 고개를 끄덕였다. 아무리 뜯어봐도 서글서글한 농사꾼으로밖에 보이지 않는 안 진사가 거대한 바위처럼 느껴졌다.

"진사 어른께서 그처럼 우리나라 물산의 흐름을 훤히 꿰뚫고 있으니 배울 바가 많습니다. 또한 과실 하나하나에도 그 기가 어떠한지 파악하고 계신 것도 놀랍습니다. 저도 이런 쪽에 관심이 많아서 궁리를 많이 해 보았습니다만 어르신의 높은 생각에는 미칠 바가 못 됩니다."

"이 선비께서는 벼슬을 안 하실 생각이시오?"

안 진사는 자신의 얘기에 열심히 귀를 기울이는 지함에게 호감을 느낀 모양이었다.

"벼슬 생각은 버린 지 오래입니다. 집안 대대로 가문의 체통이 서서 제 조카와 아들까지 부지런히 학문을 닦는 터이기는 하나 저는 뜻을 버렸습니다. 저의 형님도 지방 군수를 끝으로 모든 관직을 떠나 홀홀히 사시기로 했습니다."

"허허. 무슨 까닭인지는 모르나 여기도 은자 한 분이 나셨구만. 나도 진사에 합격은 했으나 벼슬에 오를 뜻은 버렸소. 그리고 양반들은 천한 짓이라고 손을 내젓는 장사에 뜻을 세웠지요. 그런데 이 선비께서는 무엇에 뜻을 세우셨소?"

지함은 그저 안개처럼 희미한 미소를 피워올릴 뿐이었다. 자신이 무엇에 뜻을 세웠는지, 너무나도 분명한 안 진사의 야망 앞에 서자 갑자기 생각조차 나질 않았다. 더구나 한때는 대과에, 그것도 장원 급제한 적이 있었다는 이력조차 무색해졌다.

"허허. 화담 선생의 문하로 들어가셨다면 세운 뜻이 무엇인지 짐작하겠소. 그런데 학문을 하는 사람이 장사에는 왜 그리 관심이 많소?"

"학문이라는 게 대체 뭐겠습니까? 사람들이 어디서 오고 어디로 가는지, 무엇을 해야 하는지를 알려 주는 게 학문 아니겠습니까? 제

가 경제에 관심을 갖게 된 것은 주변에 굶주리는 백성들을 보고 나
서였습니다.

진사 어른의 말씀을 듣고 나니 놀라운 점도 많습니다만, 한 가지
의문이 생기는군요."

"의문이라니요?"

"일단 물산의 흐름이 막혀 있는데서 오는 폐단은 저도 인정을 합
니다. 그러니 그 물길을 터 주어야 한다는 말씀이셨지요?"

"그렇소."

"지금까지 말씀을 듣자니 진사 어른은 단지 돈을 벌기 위해서만
장사를 하시는 건 아닌 듯합니다. 장사를, 이 세상의 잘못을 뜯어고
치는 방책의 하나로 생각하신 듯합니다. 그렇다면 진사 어른께서는
우리 백성들이 굶주리는 까닭이 무엇 때문이라고 생각하십니까?"

안 진사는 별로 길지도 않은 턱수염을 소중하게 어루만졌다. 그의
작은 눈이 장난감을 앞에 둔 아이처럼 반짝였다.

"세상 일이란 학문처럼 단순하고 명백한 것이 아니오. 모든 것이
뒤섞여서 나같이 미천한 사람의 눈으로 원인을 캔다는 것은 불가능
한 일이지요. 나도 나름대로 이유를 생각해 봤소만, 내 생각이 옳은
것인지 그른 것인지 자신이 없다오. 이런 얘기를 꺼내기만 해도 양
반이란 사람들은 풍병 난 노인네처럼 몸을 떨면서 도망치기 바쁩디
다. 내 얘기를 한 번 들어보시겠소?"

화담과 함께 마신 술도 제법 됐건만 안 진사는 거침없이 잔을 들
이켰다. 자세는 조금도 흐트러지지 않았다.

지함이야 지난 날 북창 정염한테서 선가 수련을 받았으니 그렇다
쳐도, 안 진사는 타고난 술꾼인 모양이었다. 지함의 질문을 알아듣
지 못했을 리 없는데 수염 위로 흘러내린 술 방울을 툭툭 털어낸 안

진사는 뜻밖에도 자신의 어린 시절 이야기로 거슬러 올라갔다.

안 진사의 이름은 명진. 황토재에 몇 대째 뿌리를 내리고 살아온 함양 안씨 집안의 종손이었다. 말이 양반이지 안 진사가 향시에서 진사가 된 것만도 집안의 커다란 경사일 만큼 벼슬과는 인연이 없는 집안이었다. 그의 아버지 역시 핏줄은 어쩔 수 없었는지 향시에 몇 번 응시를 했던 모양이나 생원시(生員試)에 겨우 합격한 것이 고작이었다.

벼슬에 대한 꿈을 이루지 못한 그의 아버지가 매달린 것은 땅이었다. 대대로 내려오던 몇 백 석 살림에 그악스럽게 매달린 아버지는 땅을 늘리는 데도 억척이었다. 보릿고개만 되면 창고에 있는 곡식을 내어 농민들에게 돌리는 게 일이었다. 그래 놓고는 가을이면 5부도 넘는 고리와 함께 원금을 거두어들인 것이다. 갚을 재주가 없어 뵈는 집에서는 땅 문서를 빼앗아 왔다. 땅이 없는 집에서는 기둥뿌리를 뽑아와 집칸을 늘려가는 데 썼다. 그래서 그의 집에는 기둥과 서까래의 아귀가 제대로 맞지 않아 구멍이 숭숭 나 있는 방이며 창고가 해마다 늘어갔다.

철이 들면서부터 어린 명진이의 머리 속에서 떠나지 않는 것이 있었다. 그것은 진달래 꽃이 무성하게 피어나고 두견새 울음이 애간장을 끓일 무렵이면 더욱 생생하게 되살아났다.

보릿고개 때만 되면 소작인들은 그의 집으로 몰려와 양식을 달라고 통사정을 했다. 그러나 그의 아버지는 이들에게 대문조차 열어주지 않았다. 그러면 사람들은 밤이 새도록 대문을 두드리며 울부짖었다.

어느 해던가, 흉년이 들어 미륵뜰의 절반도 건지지 못하던 해였다.

어느 여인이 점심 나절부터 문을 두드리기 시작했다. 아이에게 먹일 젖이 말라서 그러니 밥 한 술만 달라는 것이었다. 그런데 그렇게 밤새워 문을 두드리던 사이에 여자의 품에 안겨 있던 젖먹이는 끝내 숨을 거두었다. 그 때문에 실성을 한 여자는 그 후로 매년 두견새 울음과 함께 그의 집을 찾아오곤 했다. 한 번 오면 밤이고 낮이고 아이의 이름을 애절하게 부르며 집을 빙빙 맴돌았다. 명진은 그 질기디질긴 울음소리와 함께 봄을 맞고 나이를 먹어갔던 것이다.

"무슨 일이 있어도 과거에 급제해서 벼슬길에 올라야 한다. 가문을 일으켜 세워야지."

아버지는 늘 이렇게 명진을 다그쳤다.

그의 집에 대대로 내려오는 상제라는 종이 있었다.

상제가 하는 일은 주로 농기구며 온갖 연장들을 만들고 고치는 일이었다.

어린 명진은 하루 종일 상제 옆에 쪼그리고 앉아 그가 일하는 모습을 지켜보며 시간을 보냈다.

상제는 일을 할 때면 곁에 명진이가 있는 줄도 모를 만큼 열중했다. 그러다가 간혹 허리를 펴서 곧 눈물이 터질 듯이 젖은 눈으로 하늘을 올려다보곤 했다.

"도련님, 엊저녁에 그 소리 들으셨는가요?"

어느 날, 여느 때같이 일을 하다 말고 하늘을 한참 동안 올려다본 상제가 명진에게 물었다.

"무슨 소리?"

명진은 상제 옆에서 작은 막대기를 깎아 꼬챙이를 만들며 능청스럽게 되물었다. 명진은 상제가 무엇을 묻는 건지 뻔히 알고 있었다. 그러면서도 웬지 그 말에 냉큼 대답하기가 싫었다.

"그 여자가 또 왔었구만요. 밤새도록 죽은 아이 이름을 부르지 않던가요?"

명진은 민망해서 먼산을 바라보았다. 산불이라도 난 것처럼 산에는 진달래가 지천으로 피어 빨갛게 타오르고 있었다.

"도련님은 잠이 깊이 들었던가 보네요. 저는 그 울음소리 때문에 잠을 설쳤는데……."

명진이라고 못들었을 리 없었다. 가슴을 후벼파는 여인네의 울부짖음으로 명진 역시 잠을 이루지 못했다.

이제 겨우 열 살, 소학을 얼마 전에 끝낸 명진의 얕은 생각으로도 부모를 나쁘다 해서는 안 될 것 같았다. 여자의 울부짖음이나 상제의 슬픈 목소리는 듣기가 싫었다. 그런 소리를 듣고 있노라면 자꾸만 아버지가 나쁜 사람으로 느껴졌던 것이다.

"도련님은 모르실 거구만요. 이런 부자집에서 양반님네 외동아들로 태어났으니 아실 리가 없겠지요. 저는 그 여자만 생각하면 일손이 잡히질 않아요. 가슴에 구멍이 뚫린 것처럼 찬 바람이 솔솔 부는구만요. 세상에 제 자식을 굶겨죽인 어미 마음이 오죽하겠어요. 사람 사는 게 뭔지……. 저도 착하게 살면 다음 세상에는 도련님처럼 복을 타고 태어날까요?"

그때 명진은 일부러 상제의 말을 피해 딴 얘기만 했다.

명진은 하루종일 시늉으로만 글을 읽고 있다가 잠시 쉬는 시간이면 상제한테 달려가곤 했다. 상제가 들일을 하러 미륵뜰에 나가 있을 때면 명진도 그리로 갔다.

겉옷을 훌훌 벗어던지고 일을 하는 상제의 비쩍 마른 등짝에 굵은 땀방울이 흘러내렸다. 그런 모습을 보고 있자면 뭔지 알 수 없는 슬픔이 명진의 가슴을 울리곤 했다.

손재주가 좋은 상제는 노래에도 제법 소질이 있었다. 상제의 목소

리는 원래 처량한 봄비처럼 추적추적했다. 그러나 노래가락을 뽑을
때면 봄바람에 휘날리는 수양버들가지처럼 낭창거렸다. 그러다가
홍수로 불어난 강물처럼 거칠고 요란하게 넘실거리기도 했다.

찐득 찐득 찐득아
무얼 먹고 살았나
오뉴월 염천(炎天)에 쇠부랄 밑에
디룽대룽 달렸다가
길 가는 행인(行人)이 찔끔 밟아서
꺼먼 피가 찔끔 났다네.

울뚝 불뚝 이 머슴아
무얼 먹고 살았나
양반 구멍 똥구멍에 늘어붙어서
방귀 뽕뽕 뀔 때마다
땅바닥을 뒤져뒤져
이러구러 한 세상
이내 목숨 끈질기네

피를 발라 눈물 발라
방아 찧고 까불러서
누구 입에 드나 보자
천석 만석 밥도 짓고 떡도 찧어
대감 먹고, 마님 먹고, 도련님 먹고
사또 입엔 백 석이오,

이방 입엔 오십 석,

서생(鼠生) 입엔 열 석이오

이내 목숨 질긴 목숨

머슴 입엔 빈 됫박

명진은 논두렁에 앉아 상제의 노래를 들었다. 상제의 노래를 들을 때면 명진은 자신이 양반의 자식이 아니라 천민의 자식인 듯 처량한 기분이 들었다.

장가갈 나이가 되도록 명진의 공부는 진전이 없었다.

마침내 그의 아버지는 결단을 내렸다. 때마침 나귀를 타고 찾아온 손님에게 거래를 청했다. 멀리 경상도 안동에 사는 친척이었는데, 그에게 상제를 팔아버린 것이다. 명진네가 상제를 내주고 대신 받은 것은 비쩍 마른 나귀 한 마리였다. 상제가 나귀 한 마리와 맞바뀌어 팔려간 것이다.

"저 녀석이 일도 잘하고 심성도 발라서 데리고 있으면 제 밥벌이는 할 것이오."

"아무리, 그래도 일 잘 하는 나귀 만할까?"

"내 아들놈 공부 좀 시키려면 떼어놓아야 합니다. 말 못하는 나귀 한 마리가 더 필요하지, 말하는 나귀는 필요 없습니다."

그 친척에게 아버지는 떠맡기다시피 해서 상제를 팔아버렸다.

빈 몸으로 떠나는 상제에게 아버지는 여비 한 푼 보태주지 않았다. 상제는 다 해진 가외옷 한 벌과 부엌일 하는 계집종이 아버지 몰래 싸준 주먹밥 한 덩어리를 고이 짊어지고 집을 떠났다.

"안돼. 가지 마."

명진이 비가 내리는 마당으로 내려서서 상제의 손을 부여잡았다.

순간 아버지의 손이 명진의 목덜미에 척 달라붙었다.

"어서 가거라. 이제 네 주인은 내가 아니다."

아버지는 상제를 매정하게 떠밀었다. 명진은 힘없이 돌아섰다.

"아버지, 그깐 나귀가 뭐라고 사람을 나귀 한 마리에 파는 것이옵
니까? 예? 아버지."

명진이 울음을 터뜨렸지만 아버지는 눈썹 하나 꿈쩍 않고 팔린 마
소를 돌아보듯 떠나가는 상제를 무심히 바라보았다. 그러면서 들썩
거리는 명진의 어깨를 꽉 눌렀다. 그 무게를 명진은 먼 훗날까지도
잊지 못했다.

상제는 빗물이 질척하게 고여 있는 마당에 그대로 주저앉아 명진
에게 큰절을 올렸다.

"도련님, 이제는 맘 잡고 과거 공부를 하세요. 도련님 혼자 우리
같은 미천한 것들을 귀히 여겨주신다고 세상이 달라지는 것은 아니
구만요. 세상이 다 그리 돼 있는 걸 어찌 하겠습니까? 멀리서라도 도
련님이 과거에 급제하시기를 빌겠습니다."

안씨 집안 대대로 내려오던 물림종 상제가 눈물을 뿌리며 명진에
게서 떠나갔다.

상제가 팔려간 뒤로 명진은 기운을 잃고 아무것도 하지 못했다.
사람을 나귀 한 마리에 팔다니, 명진은 그 생각만 나면 몸서리를 쳤
다. 그런데도 상제가 떠나가면서 해준 말이 명진의 머리 속에 남아
윙윙거렸다. 혼자 기를 써봐야 세상은 달라지지 않는다던 상제의 말
을 떠올릴 때마다 명진은 깊은 절망에 빠지곤 했다. 하기야 명진이
특별히 이런 세상을 바꿔야 한다든지, 어떻게 해보아야겠다고 생각
한 것도 아니었다. 그저 상제 같은 사람과 아버지 같은 사람이 이 세
상에 함께 존재하는 것이 답답할 뿐이었다.

상제가 떠난 뒤 명진은 몇 해가 가도록 마음을 잡지 못했다. 그리고 잘 하지도 못하던 술을 가까이 했다. 달빛이 밝으면 달빛이 좋아서, 가을비가 내리면 비에 젖어서, 살구꽃이 흩날리면 꽃에 취해서. 명진은 아버지가 꾸짖는 소리도 듣는 둥 마는 둥 늘 술을 마시며 세월을 보냈다.

명진이 진사라는 이름을 얻게 된 것은 순전히 중풍으로 누운 늙은 아버지를 위해서였다. 되든 안 되든 죽기 전에 과거라도 한번 봐주었으면 원이 없겠다는 아버지의 청을 차마 뿌리칠 수 없었다.

명진은 스물이 넘어서야 수원에서 열리는 향시를 보러갔다.

거리에는 어디나 상제같이 행색이 초라한 사람들로 붐볐다.

명진은 관아 근처의 허름한 객주집에 들었다.

독방을 청하지 않고 봉놋방에 짐을 풀었다. 잠이 오지 않아 뒤척거리고 있을 때 장사꾼인 듯 싶은 패거리가 우르르 몰려들어왔다.

"이봐, 김 가야. 난 아주 폭삭했는데, 자넨 어떤가?"

"난 운이 좋았다네. 진천에서 지고 온 대추 닷 말을 곱절로 이문을 남겼지. 이것 보게."

김 가라는 장사꾼이 허리춤에 차고 있던 전대를 풀어보였다. 그는 한차례 빙 돌리면서 전대를 내 보이고는 이내 허리춤에 매달았다.

"자넨 왜 폭삭했다는 건가?"

"젠장, 내가 잉어 한 이십여 마리를 이고지고 오지 않았겠는가. 제기랄, 수원에는 잉어가 왜 그리 흔해 빠졌는지……."

"그걸 몰랐나? 여기서 한양이 멀지 않으니 진상하는 잉어를 모두 여기서 기른다네. 그래야 죽지 않은 싱싱한 잉어를 대궐까지 갖다바칠 것 아닌가. 그러니 이곳에 잉어를 기르는 양어장이 흔할 수밖에. 쯧쯧쯧."

"하이고, 내가 그걸 무슨 재주로 알았것는가. 우리 공주에서는 금싸라기보다 더 귀한 것이라서 응당 여기도 그러려니 하고 있는 돈 없는 돈 다 긁어 모아서 스무 마리나 샀는데…… 여기쯤 오면 더 비싼 값을 받을 수 있으려니 했건만…… 잉어가 다 죽어가서 헐값에라도 팔아야 하는데…… 애고 아까워라."

장사꾼들은 국밥을 앞에 놓고 후루룩 마셔대며 손해본 사연, 횡재한 사연을 왁자지껄 떠들어댔다.

명진은 장사꾼들이 하는 얘기에 넋을 잃고 귀를 기울였다. 여기저기 고을 이름이 튀어나오고, 그때마다 특산물 이름이 나왔다. 뭐는 어디가 비싸고, 어디에서는 싸다는 얘기가 거침없이 줄줄 나왔다.

다음날 명진은 열흘에 한 번 열리는 저자로 나가 보았다. 엊저녁 장사꾼들의 얘기에 흥미가 당긴 때문이었다. 코 앞에 닥친 향시 따위는 다 잊어버리고 명진은 시장을 꼼꼼하게 훑고 다녔다. 그리고 이것저것 가격이며 산지 따위를 물어보았다. 워낙 물건값에 어두워서 잘 알 수는 없었지만 명진은 모든 게 흥미로웠다. 마늘이나 인삼 따위의 값이 용인이나 안성보다 훨씬 비싸다는 것도 알게 되었다.

그런 물산들은 대부분 장사꾼들이 등에 지고 다니는 것이었다. 그래서 명진은 달구지를 써서 대규모로 옮긴다면 웬만한 논농사보다 나을 성싶었다. 게다가 저자의 물건이라는 것이 너무나 보잘 것 없었다. 전국의 산지와 물산을 파악하고 물량을 잘 조절한다면 얼마든지 큰돈을 벌 수 있다는 생각이 들었다.

명진은 그때 처음으로 세상이 크긴 크다는 생각을 했다. 용인에 살면서는 흉년이면 흉년인가 보다 해서 덜 먹고 덜 쓰는 수밖에 없었다. 내 고장이 흉년이면 온 세상이 다 흉년일 것만 같았기 때문이었다. 풍년이 들 때도 명진네는 그저 날이면 날마다 먹어 없애느라고 애를 썼고, 그래도 남아 썩을 것 같으면 장사꾼을 불러 헐값에라도 팔거나 빈민 구휼이랍시고 소작 부치는 사람들에게 나누어 주었다. 그러나 장사꾼들의 얘기로는 그렇지 않았다. 어느 지방에서는 어느 작물이 흉작인데 어디에서는 풍작이었다. 고장마다 사정이 영 다른 것이었다.

명진은 그 넓은 세상의 여러 물산을 헤아려보았다. 모자란 건 많은 데서 가져오고, 많은 것은 모자란 데로 보낼 수가 있지 않은가. 그 일을 누가 할 것인가. 그렇게 큰일을 봇짐장수들에게 맡길 수야 없지 않은가.

그때 명진은 처음으로 장사를 해야겠다는 포부를 품었다.

과거를 어떻게 치렀는지 기억도 나지 않을 만큼 명진은 장사에만 정신을 쏟다가 용인으로 돌아왔다.

명진은 용인 구석구석을 돌아다니며 지역 특산물과, 생활에 꼭 필요하지만 용인에서는 나지 않는 것들, 즉 소금이나 생선 같은 것들을 조사하고 다녔다. 물론 아버지는 명진이 용인의 선비들과 어울려 시나 읊으러 다니는 줄 알고 있었다.

그리고 이듬해 일 년 동안은 경기도와 충청도 일대를 돌아다녔다. 그러고 다니면서 명진은 이들 내륙 지방의 소금값이 턱없이 비싸고, 또 한양에서는 몇 배나 비싼 값에 팔리는 마늘이나 인삼이 산지에서는 헐값에 팔려 농사짓는 사람들이 겨우 입에 풀칠이나 할 정도라는 것을 알았다.

때마침 아버지가 오랜 병을 이기지 못하고 세상을 떴다. 혈육으로서 슬프지 않을 리야 없었다. 그렇지만 덕분에 명진은 오래도록 생각만 해오던 장사를 시작할 수 있었다.

"시작은 그런 뜻으로 했소만 결국은 내 주머니를 채운 꼴이 되고 말았소이다."

안 진사는 자신의 긴 이야기를 마치면서 씁쓸하게 웃었다. 그러나 지함은 안 진사가 결코 자기 주머니만 채웠다고 생각하지는 않았다. 그건 동네에 들어오면서 본 마을의 상(象)에서 이미 알아차린 일이었다.

"어쩌면 그때 생각보다 더 큰 것을 보신 것이 아닌가요?"

지함은 두 손으로 안 진사의 빈 잔에 술을 채웠다. 침침한 방 안 가득 그윽한 술향기가 맴돌았다.

안 진사는 껄껄 웃으며 지함의 잔을 받아 들었다. 깊은 뱃속에서 울려나오는 듯한 안 진사의 독특한 웃음소리는 생긴 모습처럼 사람을 편하게 만드는 힘이 있었다.

"그렇게 봐주시니 고맙구려. 더 큰 뜻인지는 모르겠으나 새롭게 깨달은 것은 있소. 상제 그이의 말대로였소. 나 혼자 무엇을 할 수 있겠소?"

그토록 온화하던 눈빛이 어쩌면 이렇게 일순간에 매서워질 수 있는지 신기한 일이었다. 안 진사의 눈빛은 가을밤 막 떠오른 샛별처럼 빛나고 있었다.

"나는 좀더 근본적인 것을 생각하게 되었소. 세상을 바꾸어 보려는 생각이오. 처음에는 장사를 때려치우고 한양으로 가서 성균관을 들어가든지 대과를 볼까 생각도 했지요. 그러나 차츰 장사의 폭을 넓히면서 세상을 바꾸는 데 제일 중요한 것은 경제를 휘어잡는 것이란 생각이 듭디다. 이건 아직도 먼 훗날의 가정일 테지만 한번 생각해 보시오.

상놈들이 돈을 두둑히 번다면 어찌 되겠소. 상놈들이 양반에게 머리를 조아리는 것은 양반이 무서워서가 아니오. 목숨줄이 잡혀 있기 때문이지요. 양반들에게 허리를 숙이지 않으면 부쳐 먹을 땅을 한 뼘도 구하지 못하기 때문이오. 양반에게 굽실거리지 않아도 먹고 살 수 있는 때가 온다면 아무도 양반을 대접하지 않게 될 것이오. 당신 같은 사람들은 위에서 세상을 개혁하려 하지만 나는 아래서부터 바꾸기로 한 것이지요."

"세상이 바뀌리라 믿으십니까?"

그건 안 진사에게만 묻는 말이 아니라 지함 자신에게도 묻는 말이었다.

화담 계곡에서 막막한 하늘을 올려다볼 때마다 지함은 알지 못할 힘에 짓눌렸다. 그리고 인간의 왜소함에 끝없이 좌절하곤 했다.

한 인간의 힘으로 과연 이 복잡한 세상을 바꿀 수 있는 것인가?

저 광활한 우주에 비하면 인간은 개나 소와 다를 바 없는 한낱 미물에 지나지 않는다. 그러한 인간이 이 거대한 우주의 진리를 깨달을 수 있는가? 그것이 진정으로 가능한 일인가?

"그러는 이 선비는 왜 벼슬을 마다하고 떠돌고 있습니까?"

"제 견문이 얕은 까닭인지는 모르겠으나 아직은 아무것도 믿지 않습니다. 벼슬을 마다하는 것은 그것으로 아무것도 할 수 없음을 아는 까닭이지요."

"나는 믿소. 언젠가 이 세상은 분명히 달라질 것이오. 보시오. 세상은 나날이 달라지고 있지 않소? 고작해야 육십 년을 채우지 못하는 인간의 눈에는 그 변화가 보이지 않을지도 모르나, 물이 끊임없이 흐르듯 인간 세상도 변하고 있소."

"어떻게 변한단 말씀입니까?"

"보시오. 고려 왕조도 조선 왕조도 마치 자신들이 세상을 바꿔온

양 얘기하오. 그러나 왕조가 대체 세상에 무슨 변화를 일으켰소? 권력을 잡기 위해 무고한 사람들을 희생시켰을 뿐이오. 왕조는 바뀌어도 백성들이 살아가는 꼴은 하나도 바뀌지 않았소."

환청일까.

지함의 귀에 명세의 음성이 낭랑히 들려왔다.

"보게나. 왕조는 바뀌어도 백성들은 똑같이 살아가고 있네. 그래서 사관은 왕이 아니라 백성 앞에 진실을 기록해야 하는 법일세."

지함은 주위를 둘러보았다. 온화한 얼굴로 자신을 바라보는 안 진사와 그윽한 술향기, 어느 틈으론지 새어들어오는 꽃샘바람에 흔들리는 불빛뿐이었다.

오래도록 잊고 있던 아린 추억이 봄볕 물들은 먼 들판의 아지랑이처럼 가물가물 피어올랐다.

명세, 민이…… 가슴을 쥐어뜯던 처절한 고통도 이제는 아련해지고 남은 건 막막한 그리움뿐이다.

이렇게 세월은 흘러가는가. 남은 사람은 또 남겨진 대로 흘러가는가. 봄밤의 정취 탓일까, 가슴이 미어질 듯 온갖 상념이 지함의 가슴 속으로 밀려들었다.

"백성들이 살아가는 이치가 뭐겠소? 모든 고통은 먹고 사는 문제에서 비롯되는 것이오. 백성들의 굶주린 배를 채워야 하오. 그것이 내가 생각하는 첫 번째 일이오."

지함의 기분을 아는지 모르는지 안 진사의 열띤 이야기는 계속 이어졌다.

그러고 보니 고집 센 안명세나, 안 진사 모두 같은 안씨다. 지함은 고개를 세차게 흔들었다. 눈앞에 아른거리는 민이의 복숭아빛 얼굴을 털어버리고 싶었다.

안진사는 몇 시간째 술을 마시면서도 자세 하나 흐트리지 않고 갈수록 열변을 토했다.

지함은 흐트러진 옷매무새를 새삼스레 여몄다.

"물론 쉬운 일은 아닐 것이외다. 허나 의심하진 않소. 전국 방방곡곡 내 발길이 미치지 않은 곳이 거의 없을 거외다. 발이 부르트도록 천지를 뛰어다니면서 물산의 흐름을 살피고 지역마다 다른 기술을 배우고 익히고 있소이다. 내 두 눈으로 보고, 내 두 발로 직접 뛰면서 생긴 믿음이오.

전국 유람을 하는 중이라 하셨소?"

"그렇습니다."

"무엇을 위해서요?"

"사람들, 사람들이 무엇을 생각하고 어떻게 살아가는지 보기 위해서지요."

"그렇다면 사람들만을 보아서는 안 될 것이오. 그들이 무엇을 먹고 입고 살아가는지, 경제가 어떻게 흘러가는지를 보시오. 금산에서 인삼이 나고, 한산의 모시가 유명하고, 전주에서는 한지가 많이 나오. 이천에서는 좋은 도자기가 많이 나고, 강진에서는 백자가 나지요. 풀 한 포기, 나무 한 그루도 저절로 나는 것이 아니라 땅을 보아 나는 것이오. 물산도 이럴진대 사람인들 안 그렇겠소? 그 땅을 보면 인물도 볼 수 있을 것이오. 거기에 아마도 이 선비가 찾는 답이 있을 거외다."

어느새 부옇게 동이 터오고 있었다. 하인들이 발소리를 죽이고 마당을 오고가는 자잘한 소리가 정겹게 들려왔다.

두 사람이 모이면 그 중 하나는 스승이라고 했다. 비록 술자리이긴 했지만 지함은 안 진사와 나눈 대화가 화담의 강의를 듣는 것과 같은 기분이었다. 지함은 안 진사의 말을 하나도 놓치지 않으려고 계속 긴장의 끈을 놓지 않았다.

"진사 어른 덕분에 궁금증이 많이 풀렸습니다. 그러면 진사 어른은 앞으로 무엇을 하실 생각이신지요?"

"한잔 더 드시겠소이까?"

지함이 잔을 내밀자 바닥이 난 술병을 완전히 기울여 술잔을 채우며 안 진사는 말을 이었다.

"무엇보다 농사 기술을 더 익히려고 하오. 장사를 시작한 지 벌써 십여 년이 가까워오지만 장사야 앞으로 하고 싶은 일을 하기 위해 배운 것일 뿐이오."

웬일인지 말끝에 안 진사는 깊은 한숨을 내쉬었다. 얼굴에도 잔뜩 근심이 서려 있었다.

"그런데 왜 수심이 있어 보이십니다."

"해도 안 되면 어쩔 수 없는 일이지만 해보지도 못하는 게 아닌가 싶소."

"무슨 말씀이신지요?"

"본시 양반이란 것들이 제대로 학식이나 있으면 다행이지만 그나마도 없을 땐 남의 험담이나 늘어놓는 것으로 소일하지 않소? 내가 장사를 시작할 때부터 인근 양반네들 사이에 말이 많았지요. 그때야 뒷전으로 흘려버리고 말았지만 만석지기나 한다는 말이 나돌고부터는 사정이 좀 심각해졌소. 시기 정도가 아니라 모함이 따르기 시작하니까요."

기우만은 아닐 것이다.

세상살이란 어찌 이리 원칙이 없다는 말인가. 진실을 말하는 자가 죽음을 당하고, 백성을 진정으로 염려하는 자가 무시당하거나 모함을 당하는 세상. 이런데도 사람들은 왜 세상에 대한 미련을 버리지 못하는 것인지…… 아니 지함 자신부터.

"이제 물러가 봐야겠습니다. 진사 어른도 잠시 눈을 붙이셔야지요. 좋은 말씀 많이 들었습니다."

"별말씀을. 촌에서 늘 적적하게 지냈는데 이렇게 말이 통하는 이 선비를 만났으니 외려 내가 감사해야지요. 내가 너무 말이 많았나 보오. 이해하시구려. 먼 길에 피곤한 사람을 붙들고 실례가 많았소이다."

뜨락으로 내려서자 서늘한 새벽 기운에 조금씩 달아오른 취기가 일시에 사라졌다. 어둠이 가시고 여명이 깃들었다.

지함은 갑자기 바다가 그리워졌다. 홍주목에 있을 때는 신새벽을 달려 바다를 보러가곤 했었다. 기실은 바다에 대한 그리움이 아니라 민이에 대한 사무친 그리움이지만. 바다를 보지 못한 것이 벌써 언제 적부터인가.

짙은 새벽 안개가 걷혀가는 잔잔한 바다, 늘 차분하던 정휴의 얼굴, 이제는 곁을 떠나버린 명세와 민이…… 그리운 얼굴들이 머리를 스쳐갔다.

"지금껏 얘기를 나눈 겐가?"

희끄무레한 그림자가 다가왔다.

화담이었다. 낯선 곳이라 잠에서 일찍 깬 모양이었다.

"벌써 기침하셨습니까? 편히 주무셨는지요?"

지함은 화담에게 아침 인사를 올렸다.

"안개가 자욱한 걸 보니 날씨가 좋을 모양일세. 이런 날은 봄이 달음박질로 오겠구만."

"새벽 공기에서도 제법 봄냄새가 나는 것 같습니다."

"그래. 나와 함께 동리 구경을 하지 않겠나?"

"예."

두 사람은 안 진사의 집을 벗어나 소작인들이 사는 마을로 걸어나
갔다.

"이곳엔 수기(水氣)가 많은 모양이구만."

"강도 없고 시내도 변변치 않던데요."

"보게나. 안개가 유독 진하지 않은가? 수기가 많은 곳에서는 안개
도 짙은 법이지."

성황당에 걸린 만장이 칙칙하게 바람결에 따라 흔들거렸다.

그곳에서 향민인 노파가 쓰러질 듯 절을 하고 있었다.

"쯧쯧. 절을 한들 무슨 소용이 있다구……. 나무도 인간도 모두 기
의 모임일 뿐, 그 무엇도 인간의 짐을 대신 덜어주지는 않는다네. 모
두가 헛된 바람이지."

"그러나 선생님. 그렇게 해서라도 마음의 고통을 덜게 된다면 그
또한 고달픈 백성에겐 고마운 일 아니겠습니까?"

"마음의 고통을 던다는 게 뭔가? 임시 방편일 뿐 아닌가? 도의 흐
름을 스스로 감지할 수 있을 때, 인간이 우주 만물과 하나임을 알아
차릴 때, 그때에서야 비로소 온갖 고통에서 온전히 벗어날 수 있는
것일세. 그렇지 않는 한 모든 것이 헛되고 고통스러울 뿐이지."

지함은 입을 다물었다. 가슴 속에선 뭔가 끓어오르는데 그걸 말로
표현할 길이 없었다. 언제 적부터인가 지함은 화담의 이런 태도가
불만스러웠다. 화담의 말을 듣고 있노라면 먹고 마시고 화내고 웃고
사는 인간의 삶이 대체 무엇인지, 기가 무엇인지 더 애매해졌다. 도
든 기든 인간의 소소한 삶에서부터 출발하는 것이 아닌가. 그 모든

것을 접어둔, 그것을 외면하고 돌아앉은 도가 무슨 소용이 있는가.

"안 진사와 무슨 얘기를 나눴는가? 안 진사의 얘기에 너무 빠지지 말게. 그가 예사 장사꾼이 아닌 것은 분명하네만, 그러나 사람은 먹고 마시는 것만으로 사는 게 아닐세. 먹고 마셔야 생명을 보존할 수 있는 것이 인간이네만 인간은 그것을 뛰어넘을 수 있기에 만물의 영장이 아니겠는가."

"하지만 선생님……."

"평소 자네의 고민이 많이 풀렸겠구만. 하지만 좀더 두고 생각해 보세. 백성들의 입에 고기나 물려주고 쌀밥이나 넣어주는 게 궁극은 아닐세. 난 자네가 안 진사를 통해 더 큰 것을 보길 바라네."

"무슨 말씀이신지요? 안 진사는 굶주리고 헐벗은 백성을 위해 물산을 더 싸게 대줍니다. 적고 모자란 것은 더 많이 구해다 주려고 애씁니다."

"그 마음을 나무라는 것이 아닐세. 체(體)가 같다고 용(用)이 같은 것은 아닐세."

"그렇다면, 백성들이 잘 살 수 있으려면 무엇이 필요하다는 말씀이십니까?"

"엉키고 맺힌 것은 비단 물산만이 아니란 말일세."

지함은 입을 다물었다.

엉키고 맺힌 것은 물산만이 아니다……. 그렇다면 무엇이 또 엉키고 맺혀 있다는 것인가.

도대체 화담은 왜 유람을 권했단 말인가. 무엇을 보고자 하는가.

지함은 새벽 이슬에 바지를 적시며 잔풀이 돋은 논두렁을 천천히 걸었다. 발목의 서늘한 감촉이 가슴께까지 올라왔다. 밤 사이의 피로가 어딘가로 다 빠져나가버린 느낌이었다.

"매점매석이나 배워가지고는 쓸 데가 없네."

화담이 다시 말을 이었다.

"안 진사는 물산의 흐름을 바로 잡는 것이 경제라고 했습니다."

"그건 장사꾼의 얘기, 도인은 그렇게 말하지 않는다네."

"그럼 뭐라고 합니까?"

"마음 장사를 해야지."

"마음 장사라구요?"

"제 마음을 들여다보아도 맺힌 곳이 있고, 풀린 곳이 있다네."

"갑자기 왜 장사에서 마음 이야기로 들어가십니까?"

"도인은 마음을 다스리는 사람이고, 장사꾼은 물산을 다스리는 사람이기 때문이네. 어느 지방에서는 어떤 물산이 많이 난다, 그러니까 모자라는 땅으로 옮겨 주어야 한다. 옳은 말일세."

"인물도 보라고 했습니다. 그 땅을 보면 인물을 알아볼 수 있다고 했습니다."

"그 지방에서 어떤 인물이 나는가, 그래서 물산이 이리저리 흐르면서 백성들의 생활을 윤택하게 하는 것처럼 인물도 그렇게 하라. 물산을 잘못 유통시키면 부작용이 생기듯 인물이 너무 한쪽에 몰리거나 너무 적으면 반드시 일이 생긴다. 옳은 말일세. 그러나 이 또한 정치를 하는 대신들이나 할 말이네."

"그렇다면 저희는 어떻게 해야 합니까?"

"마음을 살펴야지. 사람마다 그 마음을 내는 밭이 다르니 마음도 다르네. 그것이 곧 운명일세."

"경제가, 인물이 운명이라구요?"

"백성의 마음이 어디로 흐르는가를 보게. 민심이 있는 곳에 하늘이 있다네. 우리네 마음 속에는 10간이라는 하늘이 있고, 12지라는 땅이 있네. 10간에 응하여 12지가 어떤 얼굴을 하는가 살피게. 그것이 마음을 유통시키는 장사꾼이네. 10간이 천문이요, 12지가 지리라면 그 지리에서 마음이 생산된다네. 그 10간12지가 조화를 부려 사람을 화나게도 하고, 즐겁게도 하고, 긴장하게도 하고, 포악하게도 하고, 착하게도 하네. 마음 하나에 이렇게 얽힌 사연이 많다네. 마음이 곧 운명을 지어가는 것이니 그 마음을 잘 들여다보아야지."

"어떻게 그 마음을 보리까?"

"그것을 살피게. 그 12지의 묘리를. 그래서 주유를 하는 것이고, 물산을 보는 것이고, 인물을 보는 것이라네."

"안 진사처럼 물산을 흐르게 하듯이 마음을 흐르게 하리까?"

"아무렴. 백성이 곧 하늘이라네. 그 이치를 알면 도에 이를 수 있네."

"천문, 지리, 물산, 인물, 하늘⋯⋯."

"자네는 마음의 장사꾼이 되게. 그래서 용기가 나지 않는 땅에는 용기를 북돋워주고, 지혜가 필요한 땅에는 지혜를 주게. 그러려면 어떤 땅에 뭐가 많고 부족한가 알아야 하네."

"명심하겠습니다."

"해가 돋는구만."

동쪽 하늘이 붉게 물들기 시작했다.

태양은 거칠 것 없이 탁 트인 너른 들판을 온통 붉은빛으로 적셨다. 태양은 조금씩 조금씩 하늘로 솟구쳐 올랐다.

"산이 없어 허전한 들판을 일출이 채워주는구만. 그러고 보면 자연은 얼마나 조화롭고 넉넉한가. 무엇 하나 치우침이나 부족함이 없지 않은가."

화담이 떠오르는 태양을 지긋한 눈길로 바라보며 말했다.

평야의 일출은 산중에서보다 더 붉고 뜨거웠다. 둥실 떠오르는 태양도 훨씬 크고 넉넉했다.

"사람도 그렇다네. 생김새도 성격도 제 각각이지만 그 본성은 마찬가지일세. 오묘하지 않은가."

지함은 궁금한 게 많다. 화담에게 여쭐 말도 많다. 그러나 아직은 시간이 있다. 무엇보다 찬란한 아침놀에 젖은 가슴이 뛰고 있잖은가.

새벽 안개까지도 아침 노을에 물들고, 화담의 흰 도포자락도 붉게 물들었다.

화담은 안개에 옷이 축축히 젖을 때까지 움직일 줄을 몰랐다.

안 진사는 지함의 손을 붙들며 이별을 아쉬워했다. 이틀을 더 묵는 동안에 두 사람은 어느덧 형님 아우가 되어 있었다.

"아우님, 한양 가는 길에 꼭 한번 들리시게. 다음에는 아우님의 팔도주유 얘기를 좀 들어야 하지 않겠나."

하룻밤에 만리장성을 쌓고 정분난 남녀처럼 두 사람은 손을 놓을 줄 몰랐다.

"그만 떠나야겠네. 벌써 안개가 흩어지고 있구만."

황토벌을 가득 메웠던 안개가 햇살이 떠오르자 서서히 사라지고 있었다. 안개가 꼬리를 흔들며 사라지는 것을 연신 들여다보며 박지화가 길을 재촉했다.

안 진사는 꼭 쥐고 있던 지함의 손을 놓았다. 그러고는 지함의 소매 속으로 돈꾸러미를 밀어넣었다.

"형님. 이러시지 않아도 됩니다."

벌써 화담에게 노잣돈을 넉넉히 챙겨준 안 진사였다. 혹 지함이 돈을 되돌려줄까 싶었는지 안 진사는 저만큼 뒤로 물러섰다.

"사람 일이란 모르는 것일세. 선생님이 돈이라도 잃어버리시는 날에는 어찌 하려는가. 내 성의니 받아두게나."

그동안 안 진사가 얼마나 외로웠는지 지함은 느낄 수 있었다. 장사꾼으로 나선 양반을 곱게 보아줄 양반들이 물론 없거니와, 평민들조차도 안 진사를 괴이한 양반으로만 생각하고 있을 터였다.

"자, 그럼. 안녕히 계십시오."

화담은 용인을 벗어나는 곳까지라도 말을 태워주겠다는 안 진사의 호의를 끝내 뿌리쳤다.

17. 신라에서 찾아온 아내

 일행은 며칠 사이 놀랍게 무르익은 봄들로 나섰다. 사람의 영혼을 홀릴 듯 아지랑이가 들녘에서 아른거렸다. 세 사람은 바쁠 것도 없었으므로 아지랑이에 흠뻑 취하며 천천히 걸었다. 길가의 꽃송이 하나까지 놓치지 않으며 더 짙은 봄을 찾아 남쪽으로, 남쪽으로 향했다.
 용인을 지나자 바로 안성이었다. 사람들의 느릿느릿한 말투나 거칠 것 없는 풍경이 용인과 크게 다르지 않았다.
 "용인이나 안성은 땅빛깔에 황색이 많다네. 수(水)가 많은 게지. 이 지방은 웬만한 한발에도 먹을 물 걱정은 안할 듯하지 않은가."
 화담이 누런 황토를 한 줌 집었다. 손바닥에 금세 황톳물이 배어 들었다.
 "선생님, 흙의 성질도 저마다 다릅니까?"
 지함이 묻자 화담이 대답했다.
 "아무렴. 음 속에 양이 있고, 양 속에 음이 있는 법이니 흙도 마찬가지라네. 토(土)가 토토(土土)만 있다면 질그릇은 무엇으로 만들고, 주춧돌은 무엇으로 놓겠는가. 목토(木土), 화토(火土), 금토(金土), 수토(水土)가 다 다르다네. 이 흙은 수토(水土)라 할 수 있다네. 그러니 경기미 맛이 좋고, 안성배가 별미 아닌가."

"사람도 마찬가지겠군요. 양양(陽陽)한 남자는 너무 뻣뻣해서 못쓰고, 음음(陰陰)한 여자는 너무 가늘어서 못쓰는 이치입니까?"

"그렇다네."

"선생님, 양음(陽陰)과 음양(陰陽)이 더불어 있는 사람은 남자입니까, 여자입니까? 혹 남자의 성기가 달린 여자가 있다고도 하는데……."

박지화가 머리를 긁적이며 물었다.

"강양약음(强陽弱陰)의 남자라야 그 기품을 살릴 수 있고, 강음약양(强陰弱陽)의 여자라야 그 아름다움이 돋보이지. 강양강음(强陽强陰)이나 약양약음(弱陽弱陰)인 사람은 큰 구실을 못하는 법……."

화담의 말에 박지화가 껄껄 웃었다.

"선생님, 이제 어디로 가지요?"

"예까지 왔으니 천안 삼거리를 지나 자네를 낳은 땅 홍주 좀 구경하세. 천안 삼거리는 삼남의 호걸들이 운집하고 온갖 물산이 다 모이는 길목이니 재미난 볼거리도 많을 테고, 홍주 땅은 무슨 기를 품은 땅이길래 안명세 사관이나 자네같은 반골을 생산해 냈는지 보고 싶네."

"참, 선생님두. 저는 반골(反骨)이 아니라 정골(正骨)입니다."

"아무렴. 사시(斜視)로 보면 다 비뚤어졌으니 그렇게 보이는 것일 뿐. 맞네, 자네 말이 맞네. 허허허."

일행은 해거름에 천안 삼거리에 도착했다.

주막에 들러 짐을 풀자 앳된 처녀가 밥상을 안고 들어왔다. 열대여섯 살이 될까 싶은 어린 처녀였다. 화담이 그 처녀를 보더니 고개를 갸웃거렸다. 처녀도 화담의 눈길을 굳이 피하지 않고 가만히 서 있기만 했다.

"이곳에서 일하는가?"

"아니옵니다. 아버님이 군역을 받아 한양 가시던 길에 몸이 불편한 저를 이곳에 의탁시켜 주셨습니다."

"아버님의 이름자를 대보게."

"박(朴)자, 구(九)자, 전(全)자. 아홉 구에 온전할 전입니다. 소녀는 고요할 정에 구슬 옥, 정옥(靜玉)이옵니다."

"허, 참. 알겠네. 이만 물러가 보게."

처녀는 머리를 갸웃거리며 부엌으로 돌아갔다.

"왜 그러시옵니까, 선생님."

"글쎄, 나도 모르겠네. 내가 망령이 난 듯하이. 갑자기 정분(情分)이 솟구치니 나도 알 수 없네. 거, 참…… 내 바람 좀 쐬고 들어오겠네."

"아니, 진지라도 잡숫고……."

박지화가 말을 다 맺기도 전에 화담이 문을 나섰다.

"참, 이상하네. 그렇지 않은가? 한양을 떠나면서부터는 음식을 전혀 들지 않으시니…… 지금도 굳이 마다하실 이유가 없는데. 저렇게 자리를 피하시는구만. 용인을 떠난 지가 얼만데…… 난 아주 뱃가죽이 등짝에 늘어붙은 것같은데."

지함은 그제서야 퍼뜩 그 사실에 의심이 생겼다. 박지화의 말은 사실이었다. 화담은 밥상을 앞에 놓고도 계속 딴전만 피우고, 술잔도 드는 듯 마는 듯 하다가 결국 한 모금도 마시지 않고 내려놓곤 했다.

"도력이 깊으시니까 그러신 게지. 우리나 드세."

박지화가 어정쩡하게 결론을 내리고는 밥을 먹기 시작했다. 그러나 그렇게 쉽게 단정할 일이 아니었다. 아무리 단전 수련이 깊고 솔잎이나 알곡으로 생식을 하는 화담이라 할지라도 물 한 모금 마시지 않고는 그렇게 오래 견딜 수 없을 것이기 때문이었다. 소식(小食)을 하거나, 며칠 절식하는 것이야 지함도, 박지화도 능히 하는 일이다.

"그렇다면 기(氣)만 잡숫고도 저렇게 원기왕성하신 건가?"

지함이 혼잣말로 중얼거리자 박지화가 고개를 끄덕였다.

"알 수 없지. 선생님이 선가 수련을 한 지도 40년이 넘었으니 그럴 만도 하지 않은가. 신선술에 다 나오는 섭생이니 믿어두세."

"그러지요. 그런데 아까 그 밥 나르는 처녀에게 이름은 갑자기 왜 묻고, 또 왜 허둥대시는지 모르겠습니다."

"나이가 아무리 드셨어도 젊은 처자를 보면 그럴 법도 한 게 아닌가?"

"아닙니다. 천하절색 황진이를 만나서도 저토록 흥분하시지는 않았습니다. 흥분이 뭡니까, 목석같지 않으셨습니까? 그런데 오늘은 참 이상하시지요, 형님?"

"그러게 말일세. 이따 여쭤 보세."

"그러지요."

화담은 땅거미가 짙게 깔려서야 주막에 돌아왔다.

"이제 오십니까? 어딜 다녀오셨습니까?"

박지화와 지함이 일어나며 화담을 맞아들였다.

"내가 기이한 인연을 다 겪네그려. 자네 지함이, 나가서 아까 그 처녀 좀 들어오라고 하게."

"예? 예, 그러지요."

지함이 남새를 다듬고 있던 정옥이란 처녀를 불러왔다.

처녀가 방으로 들어와 앉자 화담이 낮은 목소리로 물었다.

"처녀는 나를 보고 느끼는 바가 있으렷다?"

처녀는 금세 얼굴이 빨개지더니 이내 눈을 내리깔고 모기 만한 소리로 대답했다.

"예, 저도 모르게 어디서 뵌 듯하고, 오랫동안 그리던 임을 만난 듯 반갑기도 하고, 한켠으론 서럽기도 하고……."

"허허허. 나도 그러하다네. 허허허, 세상 이치가 오묘하다 했거늘 이럴 수도 있을까. 그래, 처녀의 생일 좀 들어봅시다."

처녀는 화담에게 생일이며 생시를 또박또박 일러주었다.

화담은 붓을 들어 널찍한 한지에 처녀의 명조를 옮겨 적고 생각에 잠겼다. 지함은 멀찍이 앉아서 화담이 쓴 처녀의 명조를 내려다보았다.

庚申 戊寅 丙申 癸巳(경신 무인 병신 계사)

수기(水氣)를 가진 남자가 셋이나 기웃거리고 있었다. 그것도 12년 만에 차례로 바뀌는 것이다. 주막에 몸을 둘 팔자임에 틀림없었다. 비록 미색(美色)이긴 하나 남자 손을 많이 타서 중심을 잃을지도 모르는 것이다.

"알았네. 자네 아버님이 내년이면 돌아오긴 하겠네만 오른쪽 다리를 잃겠구먼. 군역(軍役)을 나간다는 게 본디 알 수 없는 일, 그간 이곳에서 잠자코 기다리면 돌아오실 걸세."

처녀는 고개를 끄덕이고는 수줍은 웃음을 살짝 띠며 일어섰다.

지함은 모를 일이라고 생각하며 고개를 저었다. 사주를 보았으면 짤막한 덕담이라도 해 주어야 할 것을, 화담은 엉뚱한 말을 던지고는 처녀를 내보낸 것이다.

처녀가 나가자 지함이 화담에게 여쭈었다.

"선생님, 바람 잘 날 없는 뒤웅박 팔자이옵니다."

"인간지사 다 뒤웅박 신세, 어디로 구를지 누구는 아는가?"

"그런데 왜 그 처녀에게 유달리 마음을 쓰십니까? 인물이 곱긴 해도 절색은 아니옵고, 그렇다 한들 천하의 화담 선생님께서……."

지함이 말끝을 흐리자 화담이 멀거니 천장을 올려다보며 말했다.

"여보게들, 내가 한 가지 일러둘 게 있네. 화담 산방에서 미처 하지 못한 이야기이네. 운명을 본다는 게 뭔가? 그 사람의 맺히고 풀린 것을 더듬어 보자는 것 아닌가?"

"그렇습니다, 선생님. 그것은 마치 물산이 넘치고 모자란 것을 다스리는 경제(經濟)와 같은 것으로 알고 있습니다."

"그렇지. 완도에서는 김이 많이 나나 완도 사람들은 그 김을 다 먹지 못하네. 제주에서 말이 많이 나니 제주 사람들이 다 타고 다녀도 남네. 이렇게 고을마다 제각기 특산물이 있는 것이니, 그것은 곧 토질이나 기후 때문일세. 그 고을에 어떤 기운이 많이 뭉치어 있느냐에 따라서 잘 자라는 게 있고, 잘 크지 못하거나 열매를 맺지 못하는 경우가 있다네. 이것은 단지 곡식이나 짐승뿐이 아닐세. 사람도 그 기운을 받아 품성이 달라지니 고을마다 인심이 다르고 성정이 다른 게 다 그 소치라네."

"참으로 옳으신 말씀이십니다. 그 이치를 안 진사도 알고 있었습니다."

지함이 화담에게 고개를 숙이며 말했다.

"내가 용인의 안 진사를 자네들에게 보인 것은 그 한 예를 알려준 것이네. 일국(一國)의 왕은 인재를 골고루 등용하는 것이 제일이고, 치산(治山), 치수(治水)를 잘 하는 것이 그 다음이라. 왜냐하면 물산이 잘 흐르지 않으면 곤궁한 백성이 많이 나기 때문일세. 게다가 물산이 한곳으로 괴면 돈도 함께 뭉치는데, 돈이 뭉치면 그 해악이 인명(人命)에 미치므로 경계해야 하네."

"예, 그 말씀은 알겠습니다마는……."

'내가 안 진사를 보인 것은'이라니? 지함은 더럭 의심이 생겼다. 안 진사는 용인으로 가면서 우연히 만난 사람에 지나지 않았다. 안 진사란 존재를 처음 안 것이 꼴깍재 주막에서 아니었던가. 그런데 화담의 말은 무엇인가. 지함은 뭔가 이상하다고 생각했으나 화담의 속내를 얼른 짚어내지 못했다.

"그 처녀의 일은……?"

박지화가 넌지시 화담의 말길을 틀었다. 화담은 박지화의 질문을 받고 잠시 생각하는 듯하더니 곧 그 사연을 밝혔다.

"저 아이는 지난 날 나와 인연을 나누었던 여자일세.

젊은 날이었지. 나는 나이 열네 살이 되어서야 비로소 학문을 시작했다네. 집안이 무척 곤궁하기 때문이었지. 소작을 붙이는 신세였으니 한가하게 글 읽을 시간이 나지 않았지.

같은 마을에 역시 소작이나 붙이는 가난한 집이 있었는데, 그 집에 한 처녀가 있었네. 나는 그 처녀와 정분이 나서 좋아 지냈지. 나이가 들어가면서 나는 주경야독으로 학문에 힘쓰면서 그 처녀와 필경에는 혼인하리라 작심하고 있던 터에 그만 일이 틀어졌다네.

그 집이 어찌나 가난한지 처녀를 송도의 권세가에게 첩으로 팔아 버렸다네. 남은 식구라도 먹고살아야 하니까."

"저런……."

박지화가 혀를 찼다.

지함은 잠자코 귀를 기울였다.

"그런데 그 처녀는 첩으로나마 편하게 지낼 줄 알았는데, 그게 아니었다네. 머리 올린 지 닷새만에 대감이 정변에 얽혀들어 목이 날아가고 말았다네. 졸지에 서방을 잃은 이 사람, 얼마 안 가서 그 집안에 내려오는 하인하고 눈이 맞아 정을 나누었는데, 그만 일이 터지고 말았지. 아이를 생산했던 게야. 그래서 체통을 목숨보다 더 귀하게 여기는 그 가문에서 그 사람과 하인, 그리고 핏덩이를 한꺼번에 죽여버렸다네."

"그렇게 살다 죽는 사람도 있군요."

박지화가 혀를 끌끌 찼다.

지함은 어느새 화담의 말끝으로 올라앉은 민이를 또 생각하고 있었다. 혼사를 눈앞에 두고 역적의 가문으로 낙인 찍혀 식구들이 이리저리 찢어지고, 혼자 남은 몸으로 첩이 된 민이. 그러다가 원수와 함께 염병에 걸려 분연히 자결해버린 민이. '그렇게 살다 죽는 사람'은 화담에게만 있는 게 아니었다.

그런데 그 얘기를 굳이 왜 꺼내는 것인지 지함은 화담의 속뜻을 헤아릴 수 없었다. 도대체 그것이 지금 무슨 소용이란 말인가.

"선생님, 그렇다면 이 주막의 처녀가 그때 그 처녀하고 닮은 데라도 있다는 것입니까?"

박지화가 몹시 궁금한지 화담을 채근했다.

"닮은 게 아니라 바로 그 여자일세."

"예?"

"예?"

이지함과 박지화가 모두 깜짝 놀랐다. 선가에는 별난 일이 많다지만 참으로 희한한 일이다.

"아니, 이미 죽었다면서요? 어떻게 다시 살아났지요?"

박지화가 마치 괜한 농을 한다는 듯이 화담을 흘겨보았으나 화담은 정색을 하고 차분히 말했다.

"그 처녀의 환생이 바로 아까 그 정옥이란 처녀일세."

"예? 전생의 여인이 돌아왔다구요?"

박지화가 놀라면서 반문했다. 지함은 그제서야 화담의 말이 어디로 가고 있는지 알아차리고는 숨을 죽이고 귀를 기울였다.

"그 처녀와 아이까지 낳았던 하인이 바로 저 사람의 아버지로 인연이 맺어졌다네."

"처녀를 첩으로 들였던 양반은요?"

"곧 나타날지 이미 나타났는지 모르겠네. 함께 죽은 핏덩이도 다시 나타나겠지. 그렇게 세상은 돌고 도는 것이니 인생은 손해도 없고, 이익도 없는 것 아닌가. 공수래 공수거(空手來空手去), 남는 것은 오로지 정신 하나일세. 백척 간두(百尺竿頭)에 서도 그 하나만 꼭 잡고 있으면 잃을 것도 없고, 얻을 것도 없다네."

"선생님, 저 처녀가 젊은 시절의 그 처녀였다는 걸 어떻게 보셨습니까?"

박지화가 아직도 믿겨지지 않는다는 듯이 또 물었다.

"자네도 머지 않아 숙명통(宿命通)이 열릴 걸세."

"선생님, 그렇다면 그 처녀와 나누었던 더 먼 옛날의 사연까지 짚으실 수 있으신지요?"

지함이 조심스럽게 물었다.

"그야 그럴 수 있지. 정옥이란 저 처녀, 내가 젊어서 만났던 이름은 가희였네만, 실은 내가 신라 적에 함께 산 적이 있었다네. 그때나 지금이나 가난은 떨어지지 않아서, 그때도 몹시 가난한 서라벌 백성으로 혼인을 했지. 고려 적 송도만큼이나 서라벌도 처녀들이 드세었지. 한참이나 좋아지내다가 겨우 혼인을 하여 몇 밤이나 잤는지, 그 여인이 그만 알지 못할 돌림병으로 횡사했다네. 그 연이 지금까지 이어져 오는 것이네. 인연이란 이렇게 질긴 것이고, 사람이 맺은 인연으로 가장 길게 이어지는 것은 연정(戀情)일세. 남녀 화합처럼 오래가는 업(業)이 없으니 이생 저생 옮겨다니면서도 울고불고 함께 가는 게 이 인연이라네."

지함과 박지화는 아무 말도 꺼내지 못했다. 그런 그들에게 화담이 강설인지 푸념인지 모를 이야기를 계속해나갔다.

"내가 저 아이를 보니 지난 일이 어렴풋이 짚이는 게 있었다네. 그래서 사주를 보자고 한 것이었지. 꼭 49일만에 환생했으니 생일하고 들어맞다네. 게다가 지함 자네도 보았지만 그 애 명조에 남자 셋이 도사리고 있지 않던가. 지함 자네가 그 명조를 보면서 앞으로 어떻게 살아갈 목숨인지 살피는 동안 난 그 반대로 더듬어 올라갔네. 이 명조가 어디에서 나왔을까. 전생이 어땠길래 이런 명조가 나온 것일까. 이 명조의 전생은 무엇인가. 그러다 보니 내 기억 속에 묻혀 있던 가희라는 비운의 여인이 나타났던 게야."

"스승님, 사주로 전생을 헤아립니까?"

지함이 놀라 물었다.

"그렇지 않고서야 어떻게 남의 운명을 감정한단 말인가. 그가 지나온 길이 무엇인지도 모르고 함부로 앞날을 논하면 안 되네. 어떤 사람을 앉혀 놓고 운명을 감정할 때, 이렇게 하여 재물을 모으고 저렇게 하여 귀해질 것이다, 그러니 이렇게 하라 저렇게 하라, 위험한 짓일세. 남의 운명을 감정하는 사람은 그 사람을 있는 그대로 살피는 데 먼저 애를 쓸 것이요, 언사는 뒤에 풀어도 늦지 않는다네."

"그렇습니다. 명심하겠습니다."

"그 사람이 어디에서 온 사람인가, 전생에는 무엇을 경험하고, 무엇을 발원하던 사람인가. 운명을 감정하기 전까지는 어떻게 살아왔는가, 이 사람의 목표는 부귀인가 영화인가, 무엇을 도와줄 수 있는가를 각별히 살펴야하네. 운명을 관찰한다는 것은 모름지기 업(業)을 풀이하는 것이요, 업이란 전생(前生)의 열매일세. 그 열매 속에 들어 있는 씨앗이 지금의 인생일세. 지나간 생에 맺은 열매대로 다시 봄이 오고 여름이 온다네. 어떤 싹을 틔우고 어떤 잎을 피우고, 어떤 꽃을 피울지 이미 그 열매 속 씨앗이 다 갖추고 있네. 우리는 그 씨앗을 보고 이건 대추나무로군, 이건 사과나무로군, 이건 아욱이고 저건 배추로군 하면서 감정을 하는 것이라네.

그러므로 지혜로운 도사(道師)는 그런 데까지 생각을 뻗쳐야 하는 법, 자네들도 이를 명심하게. 내가 실없이 주막의 아녀자를 희롱한 것은 아닐세."

이튿날 아침 화담은 이른 새벽부터 지함과 박지화를 깨워 길을 떠났다. 화담은 어제 만난 그 처녀를 다시 볼 생각도 하지 않고 휘이휘이 걸음을 재촉했다. 더는 인연을 이을 필요가 없다고 생각했는지 모르는 일이었다.

일행은 천안에서 온양, 예산을 지나 저녁나절에 홍주에 이르렀다.

홍주. 지함이 태어나고, 명세가 태어나고, 민이가 태어난 땅이다. 화담이 무슨 생각으로 홍주를 찾는 것인지 지함은 알 수 없었다.

갈림길에서 지함은 잠시 망설였다. 곧장 가면 명세의 옛집을 거쳐 지함의 집이 나오고, 돌아가면 좀 멀기는 하나 명세의 집을 거치지 않고 갈 수 있었다. 돌아가자는 마음과 달리 지함의 발길은 어느새 명세의 옛집을 향했다. 명세가 서울로 떠나기 전까지는 무던히도 드나들던 집이다.

멀리 기울어가는 봄 햇살에 명세네가 살던 집의 지붕이 보였다. 잡초가 무성하게 나 있었다. 지함의 심장은 걷잡을 수 없이 뛰기 시작했다. 용인에서만 해도 지나가버린 고통인 줄 알았었다. 그러나 막상 명세와 함께 어린 시절을 보낸 고향집에 들어서자 그때의 상처가 조금도 아물지 않은 채 아프게 쑤셔왔다. 잊은 듯하면 다시 살아나고, 잊은 듯하면 다시 떠오르고…… 그렇게 평생토록 찾아들지도 모르는 일이다.

때마침 불어오는 산들바람에 새 잎을 돋아낸 잡초가 지붕을 녹색으로 물들이며 물결쳤다.

역적의 집이라고 아무도 들어와 살지 않은 것일까, 명세네가 한양으로 떠난 다음부터 누구도 살지 않은 듯했다. 버려진 집은 자신의 주인들에게 닥친 고난의 세월을 그대로 뒤집어쓴 채 허망하게 스러져가고 있었다. 민이가 늘 곁에 붙어서서 먼 산을 바라보던 자그만 후원문도 바람과 비에 삭을 대로 삭아서 간신히 형체만 유지하고 있었다.

지함이 손으로 살짝 밀치자 문은 쉽게 열렸다.

무엇엔가 이끌리듯 지함은 후원으로 들어섰다. 바닥이 훤히 드러난 연못은 그 위로 흙먼지가 켜켜이 쌓여 연못이었다는 것조차 알아볼 수 없었다. 민이가 그토록 정성을 들여 손질하던 후원에 꽃은 간데 없고 잡초만 무성했다.

아, 지함은 불현듯 발걸음을 멈추고 탄성을 내질렀다. 마른 연못가에 홀쩍 자란 모란이 여느해 봄처럼 고결한 붉은 꽃잎을 활짝 피우고 있었다.

어디선가 까르르 웃어대는 민이의 웃음소리가 들려왔다. 민이의 웃음소리를 따라 지함은 천천히 걸음을 옮겼다. 후원의 정자였다. 삐그덕거리는 계단을 살짝 밟아 올랐다. 바람이나 쏘일까 싶어 명세를 찾으면 명세는 언제나 이 정자에 앉아 글을 읽거나 꽃이 만발해 있는 뜨락을 내려다보곤 했다.

민이의 냄새, 싱그러운 들꽃 향기…….

"이보게. 게서 뭐하는 겐가?"

지함은 낯선 목소리에 정신이 번쩍 들었다. 머리가 희끗희끗한 노인네가 잡초를 밟고 서서 지함을 올려다보고 있었다.

민이는 어디로 갔을까? 들꽃은? 민이가 읊어주던 옛 시가 아직도 귓바퀴를 타고 돌았다.

"빈 집으로 들어가더니 나올 생각을 않더구만. 예가 누구 집인가?"

낯선 노인의 모습이 점차 익숙한 형체로 다가왔다. 화담이었다. 그래도 지함은 민이를 찾는 듯 두리번거리며 주위를 살폈다.

소리없이 바람이 일었다. 커다란 모란 꽃잎이 그 바람에 가늘게 몸을 떨었다.

봄기운이 완연한 오후인데도 지함은 난데없는 한기에 몸을 떨었다.

한기를 간신히 참으며 낡은 나무계단을 내려온 지함은 모란꽃 앞에 섰다. 민이가 그토록 좋아하던 모란, 이 후원 가득 붉게 타오르던 모란…….

"봐요, 오라버니. 당당하죠? 진달래처럼 수줍지도 않고 개나리처럼 요사스럽지도 않아요. 한여름의 뜨거움을 예감하는 붉음으로 저홀로 당당하고 조용해요."

그래. 민이야. 사람은 가고 없어도 꽃은 해마다 피고 지는구나. 네가 쏟은 정이 아직 남아서 이 모란은 여전히 꽃을 피우는 것일 테지.

지함은 후원을 가로질러 대문 쪽으로 걸었다. 방마다 문살은 부서

지고 찢겨진 창호지가 이리저리 굴러다녔다.

처마 밑에 길게 늘어진 거미줄을 보며 지함은 마침내 참았던 눈물을 한방울 떨구었다. 기억 속에 남아 있는 명세와 민이의 모습은 생시 그대로 맑고 또렷했다. 그런데도 두 사람의 추억이 깃든 것들이 모두 누추하고 쇠락한 것이 지함은 서글펐다.

"선생님, 모든 기(氣)는 서로 통하고 연결되는 모양입니다. 사물과 생명 사이에도 말입니다. 잡초가 돋은 지붕, 먼지 끼고 무너져 앉은 정자, 들풀이 무성한 후원, 그 모든 것들이 이 집 주인의 지나간 세월을 고스란히 담고 있습니다. 집도 그저 집이 아니군요. 사람의 얘기가 담긴 집이 어찌 그저 사물일 뿐이겠습니까?"

"그렇다네. 바로 그것일세. 사람은 우주 만물과 어울려 살며 결국은 우주가 되는 것일세. 어느 하나도 저 혼자 버려진 것은 없다네. 내가 곧 우주이며 이 집 또한 우주일세."

세 사람의 발길이 닿은 곳의 풀들이 바닥에 누워 자그마한 길이 되었다. 언제고 지워지지 않을 지함의 가슴 속 깊은 상처처럼.

민이와 명세가 없는 홍주목은 이제 지함에게 아무 의미도 없는 고장이 되고 말았다. 지함의 어린 시절이 묻어 있는 곳이긴 하지만 그 시절은 명세 남매의 죽음과 더불어 사라져 버렸다. 그 시절의 꿈마저 모두.

화담은 이런 나를 미리 보고 정옥이란 어린 처자를 보여준 것일까. 전생에서 찾아온 사람, 그이가 이제 와서 무슨 소용인가. 얼굴도 다르고 목소리도 다르고 예전에 대한 기억조차 모두 잊어버리고 있지 않은가.

"다 제 정분을 찾아다니는 것이라네."

화담이 지함에게 말했다. 지함은 깜짝 놀랐다. 화담은 지함의 속을 훤히 들여다보고 있었다.

"선생님……."

"가세. 그런 정이 바로 업을 일으키는 씨앗이라네."

화담이 지함의 등을 밀었다.

지함은 그가 살던 옛집으로 갔다. 집에서 여장을 푼 지함은 홍주에 뿌리를 내리고 사는 친척들에게 인사를 하기 위해 혼자 집을 나섰다.

그리움이 너무 깊으면 남아 있는 추억마저 바래버리는 것일까. 마을 초입의 늙은 느티나무며 길가의 돌멩이 하나에 이르기까지 눈에 익지 않은 것이 없건만 꿈결인 듯 모든 게 낯설기만 했다. 너무나 서먹해서 정말 고향에 온 것인지 의심스러울 정도였다.

병들어 자리에 누운 당숙은 지함이 큰 절을 올리는 데도 팽 하고 돌아눕더니 눈길 한번 주지 않았다. 워낙 괴팍한 양반이니 너무 괘념치 말라고 당숙모가 민망해 하며 변명을 했다.

한양으로 떠나기 전까지만 해도 문중에서 지함을 가장 아끼던 당숙이었다. 생각해 보면 얄팍하기만 하던 지함의 지혜를 높이 사 문중을 크게 일으켜주길 기대했으나 거렁뱅이가 다 돼 떠돌아다니는 모습을 보았으니 실망이 클 만도 했다.

그러나 당숙이나 문중을 위해 시간을 낼 수 있을 만큼 지함 자신의 삶이 넉넉하지 않은 것을 어쩌겠는가.

문중 어른들은 예전과 달리 지함을 뜨악하게 대했다. 그래도 지함은 문중 어른들을 빠짐없이 찾아뵙고 인사를 여쭈었다.

고향도 오래 있을 곳이 아니었다. 어머니의 품처럼 늘 포근하기만 하다고 여겨오던 고향이었다. 그런데 다 자란 지금에 와서 고향은 그저 낯선 고을보다도 더 생경할 뿐이었다.

"명리를 따지다 보면 고향을 떠나야 되는 사람이 많이 있네. 고향의 기가 이미 충분히 그 사람에게 배어 들었기 때문이지. 고향이 줄게 없어서가 아니라 충분히 주었기 때문이라네. 더 받을 게 없으니 반가울 게 없는 게지. 고향을 원망하지 말게."

어깨가 축 늘어진 지함을 화담이 그렇게 위로했다.

"저는 어머님, 아버님도 기억하지 못합니다. 너무 일찍 세상을 떠나셨습니다. 그래서 고향을 남달리 생각했는데……."

"부모님도 마찬가지라네. 그분들이 일찍 돌아가셔서 자네에게 정을 주지 못한 것 같지만 자네는 이미 받을 것을 다 받은 것이라네. 더 그리워하지 말게나. 사람 사는 이치를 너무 따지다보면 성정이 메말라진다네. 가야 할 앞길을 두고 자꾸 지나온 뒷길을 돌아보지 말게나. 자네가 길을 가지 누가 대신 가겠는가? 자네가 가는 거야. 자네가 사는 거야."

지함은 화담이 왜 홍주에 오자고 했는지 알 수 없었다.

화담이 여행을 하는 이유가 무엇인가. 왜 나를 자꾸만 새로운 인연 속으로 빠뜨리는 것일까. 박지화는 그저 유람이나 하도록 내버려두면서 내게는 쉴새없이 이것저것 문제를 던지는 화담. 그의 속뜻이 무엇이란 말인가.

화담은 오랜만에 바다나 구경하자며 지함과 박지화 두 사람을 이끌고 바다로 나갔다.

마침 바닷가에는 고기잡이배 한 척이 출항 준비를 하고 있었다. 어부는 화담보다도 더 나이가 들어보이는 백발 노인이었다. 그는 큰 그물을 혼자서 거두고 있었다.

"여보게들, 이왕이면 고기잡는 구경도 해보는 게 어떻겠는가?"

화담이 어부가 그물을 말아 배에 싣는 모습을 보며 물었다.

"노인장, 노인장!"

화담은 지함과 박지화의 대답은 듣지도 않고 어부를 불렀다. 무릎 위로 바지를 걷어올린 어부는 낑낑거리며 배를 밀고 있었다.

"아니, 선생님. 뱃길을?"

박지화가 화담에게 물었다.

"뱃길 한번 가보는 것도 좋을 것일세."

"선생님, 하루 이틀이라도 이곳에 더 머물면 어떨까요?"

지함이 그대로 홍주를 떠나기에는 아쉬워서 머뭇거렸다.

"고향과 부모는 떠나 사는 게 사람 사는 이치라네. 여보시오, 노인장!"

화담이 다시 소리치자 어부가 뒤를 돌아보았다.

"우리 좀 태워주지 않으시려우?"

"그야 맘대로 하시오만 이 배는 멀리 떠납니다. 이곳으로 돌아오지 않습니다."

노인의 목소리는 백발이 무색하게 우렁찼다.

"어디로 가는 길이시오?"

"전라우도 해남으로 간다오."

"마침 잘됐습니다그려. 저희도 그쪽으로 가려던 참인데."

화담은 있지도 않은 말까지 해가면서 지함과 박지화를 재촉했다.

화담은 서두르는 기색이 역력했다. 아쉽기는 했으나 지함은 배에 올랐다.

세 사람이 배에 오르자 노인은 노를 젓다가 바람을 보아 돛을 올렸다.

세 사람은 서로 편한 대로 자리를 잡고 각자 자신의 바다를 들여다보았다.

조금 전에 떠나온 육지가 어느새 모습을 감추어버리고 세상에는 끝없이 너른 바다와 배 한 척, 그리고 태양뿐이었다. 흰 구름 몇 점이 천천히 흘러갔다. 자그마한 돛이 육지에서 불어오는 잔바람에 배를 잔뜩 부풀렸다. 깊이를 알 수 없이 검푸른 바다는 파도도 없이 잔잔했다. 이따금 갈매기들이 떼를 지어 날아다니며 노인의 목소리와 비슷하게 탁하고 무거운, 그러나 힘찬 울음을 토해내곤 했다.

화담이 갑자기 홍주를 떠나자고 한 이유야 어쨌든 지함은 피곤했다. 오랜만에 찾은 고향이건만 오히려 마음만 무거웠기 때문이다.

봄빛이 따사롭고 바람조차 없는 바다, 지함은 까무룩히 잠이 들었다.

18. 화담이 살아 있다

정휴는 부지런히 걸어서 홍주에 이르렀다. 갈 곳은 옛집밖에 없었다. 옛집에는 친구 재청이 살고 있었다.

농사채도 없이 날품을 파는 그에게 정휴는 용화사로 떠나면서 전답을 넘겼었다.

"아니, 정휴 자네?"

"재청이, 자네 여전하군."

"이 선비 하고 같이 내려온 겐가?"

"아닐세. 혼자 왔네."

"그래? 이 선비도 지금 홍주에 와 있다네."

"아니, 홍주에 들렀단 말인가?"

"쯧쯧. 모르고 있었군."

"지금 이 선비는 어디 있나?"

"집에 있을 걸세."

"가 보겠네. 내 곧 다시 옴세."

정휴는 뛰다시피 하여 지함의 옛집으로 갔다. 그러나 빈 집이었다.

정휴는 옆집으로 달려가서 대문을 두드렸다. 지함의 친척이 사는 집이었다.

"이지함 선비가 지금 어디 있소?"

"방금 바다로 갔습니다. 저희 집에 들렀다가요."

정휴는 황급히 바다로 향했다. 지함이 가는 바다라면 뻔하다.

두 사람은 가끔 바다로 가서 파도가 일렁이는 모습을 바라보곤 했었다. 지함은 그 바다가 그리웠던 거라고 생각하면서 정휴는 부지런히 걸었다.

그러나 바닷가에는 그물을 손질하는 어부만 몇몇 있을 뿐이었다.

"아니, 어디로 갔을까?"

정휴는 어부들에게 가서 물었다.

"저, 혹시 이지함 선비가 여기에 왔었습니까?"

"예. 그런데 세 분 모두 배를 타고 떠났다우. 저기, 저기 보시우. 배가 손톱만하게 보이지 않소?"

수평선을 타고 출렁이는 배가 한 척 있었다. 누가 탔는지는 보이지도 않았다.

"어디로 간답디까?"

"전라우도 해남이라고 하더이다."

전라도 해남. 홍주에서는 뱃길로도 까마득한 곳이다.

그런데 세 분? 정휴는 어부가 세 분이라고 말한 게 생각났다.

"저, 세 분이라고 하셨소?"

"맞소. 세 분이었소."

"어부까지요?"

"원, 스님두. 이지함 선비, 그리고 젊은 사람 또 한 명, 그리고 노인네 한 명, 그리고 어부가 탔다우."

"노인이라구요?"

"예. 그 노인이 자꾸 배를 타자구 해서 떠나들 갔지요."

"……?"

일행이 셋이라? 정휴는 지함이 박지화와 함께 유람을 하는 것으로 알고 있었다. 그런데 그사이 또 한 사람이 합류한 듯하다. 누구일까? 어부들이 노인이라고 지칭한 그 사람은 누구일까? 정휴는 궁금한 생각이 들었다.

간발의 차이로 지함을 놓친 정휴는 할 수 없이 재청에게 돌아갔다.

"만나지 못했나?"

"벌써 떠났다네."

"급하긴. 그저 옛날이나 지금이나 마음 내키면 잠시도 기다리지 못한다니까."

"여보게. 이 선비가 누구하고 왔었는가?"

"어떤 노인하고 젊은 사람 한 명, 그렇게 셋이었다네."

"정말인가?"

"정말이지 않고?"

"노인의 풍모가 어떻던가?"

"하얀 도포를 입고, 머리도 하얗고, 수염도 하얀 노인이었지."

풍모로 보면 화담과 비슷하다. 그러나 화담일 리는 없다.

"누굴까?"

"글쎄…… 난 잘 모르겠네. 그게 뭐가 그리 중요한가?"

"하긴 그렇네."

정휴는 공연히 마음이 켕겼으나 지함과 일행이 된 노인에 대한 의

문을 애써 지워버렸다.

정휴가 홍주에 온 이유는 따로 있었다. 이지함을 만나기 위해서가 아니라 동생 명이를 만나려는 것이다.

"저어, 재청이. 내가 자네에게 부탁할 일이 있네."

"뭔가?"

"홍주목에 아는 사람이 있는가?"

"아전을 한 명 아네."

"그러면 그 사람에게 말해서 내 편지 좀 전해주겠나?"

"그러세. 그 대신 그 녀석에게 술값은 좀 두둑히 내놓아야 할 것일세."

"여부가 있나."

정휴는 서찰을 적어 재청에게 건네주었다. 홍주목 판관의 부인이 되어 있는 동생 심명에게 보내는 편지였다.

그대는 내 동생이오. 알고만 있으시오. 내 말을 믿는다면 서찰을 보내 주시오.

정휴는 그 이유를 서찰에 낱낱이 적어 재청에게 주었다.

"난 주막에 있겠네."

"내 집에서 묵지 그러나."

"아닐세. 번거롭게 하고 싶지 않네."

정휴는 관아 근처의 주막에 여장을 풀었다.

이틀이 지나자 재청이 주막으로 찾아왔다.

"미안하이. 많이 기다렸지?"

"그래, 서찰은 전했나?"

"전하기는 했는데 답신은 아직 받지 못했네."

정휴는 그럴 만도 하다고 생각했다. 생전 처음으로 자신의 신분을 알게 되었는데 누가 선뜻 믿으려 할 사람이 있겠는가.

"어쨌든 고맙네."

"그런데, 이 선비 말일세. 아주 거지가 다 되었더군그래."

"무슨 말인가? 거지라니?"

"아, 그 안명세 도련님이 참수당하고 민이 아가씨하고 정혼했다가 깨졌다면서? 그래서 그만 머리가 돌아버렸나보지 뭐."

"머리가 돌다니?"

"그렇지 않구서야 벼슬도 못하고 그렇게 거지처럼 쏘다니겠나?"

"자네도 참. 그이의 뜻은 워낙 깊어 나도 모른다네. 함부로 힐난하지 말게."

"어디 나만 그러는 줄 아는가? 홍주 사람이 다 입방아질일세. 어려서는 신동이라고 소문났던 선비가 벼슬도 못하고 거지꼴이 되어 떠돌아다닌다고."

두 사람이 이야기를 나누고 있는데 밖에서 정휴를 찾는 소리가 들렸다.

"정휴 스님, 혹 계시오?"

정휴가 문을 열고 보니 남궁두와 전우치였다.

"아니, 자네들 여기 웬일인가?"

"아이구, 여기서 찾게 되는구면."

"어서 들어오게."

"그럼, 난 그만 가네. 답신이 오면 곧 가지고 옴세."

"그러게. 수고해 주게. 일간 나도 한번 자네 집에 들름세."

재청이 떠나가자 정휴는 두 사람을 방으로 들어오게 했다.

"그래, 예까지 무슨 일인가? 내게 볼 일이 있는가, 아니면 우연히 들렀는가?"

"일부러 찾아왔다네."

"무슨 일로?"

"내가 그 『비결』을 풀었네. 보세. 여기 있네. 하도 놀래서 보령까지 단숨에 갔다가 자네가 홍주로 떠났다는 말을 듣고 이리로 달려왔네. 주막이란 주막은 다 뒤졌네. 마침 주막에 들기 다행이지 다른 데 있었더라면 만나지도 못할 뻔했네그려."

남궁두가 내민 종이에는 화담의 『홍연진결』을 푼 내용이 적혀 있었다.

두 차례 병란이 차례로 올 것이니 첫째 병란에서 수백만 명이 죽을 것이요, 둘째 병란에서 또 수백만 명이 죽으리라. 임금이 한양을 버리고 도망갈 것이며, 한양의 궁궐에는 왜구가 앉을 것이다. 오랑캐의 발 아래 우리 왕이 엎드리로다.

병란은 그치지 않아서 이 두 병란보다 더 큰 난이 이어지리니……

"내가 베껴가서 푼 내용은 여기까지일세. 이 다음에는 더 큰 난이 일어난다고 되어 있었네. 그렇다면 큰일 아닌가. 어서 이지함 선비를 찾아가 이 책을 보이든가, 아니면 우리라도 읽고 풀어서 대환난에 대비해야 할 걸세. 자네는 이 책에 얼마나 엄청난 이야기가 적혀 있는지 모르네."

남궁두가 몹시 흥분하여 떠들었다.

"두가 흥분하는 것은 나도 이해하네. 만일 이 책에 왕조의 흥망과 정세의 부침이 자세히 나왔다면 보통 책이 아니네. 그것이 또 화담 선생이 쓴 것이라면 허투루 쓰지도 않았을 것이고."

전우치도 남궁두를 거들었다.

"그 책을 가지고 이지함 선비를 찾아가세."

"안 되네. 화담 선생님은 내년 삼월에 전하라고 했네."

"일부러 그때까지 기다렸다가 전하라는 말씀은 아니지 않겠는가? 그 전이라도 이지함 선비를 만나면 전해줄 수 있는 게 상식 아니겠는가?"

"그렇긴 하네만, 미리 전할 바에야 화담 선생께서 지함 형님이 당신 밑에서 수학하고 있을 때 줄 수도 있었을 것이네. 그때 전해야 하는 이치가 따로 있을 것이네."

"원, 답답한 사람. 화담이 돌아가시면서 지함이 산방에 언제쯤 온다고 한 것은 기다리면 그렇다는 것이고, 쫓아가서 주면 그게 그거 아니겠는가."

그도 그럴 듯하다고 정휴는 생각했다.

"그러세. 이 책이 그렇게 엄청난 내용을 담고 있는 책이라면 그렇게 하도록 하세. 마침 지함 형님이 이곳 홍주에 왔다 갔다고 하니 멀리 가지는 못했을 걸세."

"혹 만나지 못한다면, 우리에게 보여주게. 시간이 많이 걸리긴 하나 우리가 풀 수는 있다네."

"안 되네. 반드시 지함 형님에게 전해야 하네. 내가 약속한 것이네."

"알았네. 어서 이지함 선비에게 전하기로 하세."

세 사람은 곧 의견을 모았다.

"허나, 하루만 더 여기서 묵고 떠나세."

"왜 그러나? 당장이라도 떠나지 않고?"

남궁두가 재촉했다.

"아니네. 내 여동생을 꼭 만나고 가야 하네. 오늘은 여기서 밤을 보내세."

세 사람은 『진결』 이야기로 다시 들어갔다.

그때였다.

갑자기 창을 꼬나든 나졸들이 주막에 들이닥쳤다.

"역적은 포승을 받아라!"

"이게 무슨 짓인가?"

"물을 게 있으면 관아에 가서 물으시오."

세 사람은 영문도 모르고 오라에 묶여 관아로 끌려갔다.

세 사람을 앞에 꿇어앉힌 판관이 눈을 부릅뜨고 소리쳤다.

"너희가 진정 역적 모의를 했더냐!"

"역적 모의라니요?"

"왕이 한양을 떠나고, 오랑캐에게 무릎을 꿇어야 한다고 너희가 떠들지 않았느냐?"

아마도 주막에서 세 사람이 하는 얘기를 누군가 엿듣고 밀고한 모양이었다.

"아닙니다. 우린 단지 책 한 권을 놓고……."

"무슨 책이더냐?"

정휴는 하는 수 없이 화담의 비결서를 내놓았다.

"이런 괘씸한 것들. 요망한 중과 술사들이 모여서 민심을 교란하고 있구나. 당장 하옥하라."

정휴와 전우치, 남궁두는 꼼짝없이 하옥되었다.

"도대체 무슨 벌을 주려고 이런담. 자네, 남궁두. 우리 일진 좀 짚어보게. 이러다가 역적으로 몰려 죽는 건 아닌가?"

"재수 없는 소리 말게. 난 겁이 나서 내 일진은 못 짚겠네. 그냥 기다리세."

"젠장. 제 것은 보지도 못하면서 남의 것은 어찌 그리 잘 봐."

"제 눈으로 제 얼굴을 보는 놈도 있나?"

이튿날 세 사람은 다시 마당으로 끌려가서 문초를 당했다.

결국 책은 빼앗기고 세 사람은 각각 곤장 열 대씩을 맞고 풀려났다.

역적 누명은 벗었지만 지함에게 전해야 할 책이 없어진 것이다.

정휴는 난감했다. 책을 도로 찾아야 하지만 찾을 길이 막막했다.

재청이 주막으로 다시 찾아왔다.

"아직도 전갈이 오질 않네."

"그간 난 죽을 뻔했네."

"웬일로?"

"지함 형님에게 전하라고 화담 선생이 내게 맡긴 책이 있는데, 그걸 판관에게 빼앗겼다네."

"그런가? 그 참, 이상한 일도 다 있군. 이 선비와 함께 돌아다니는 노인 말일세."

"새삼 그 노인은 왜?"

"누군지 알아냈네. 이 선비에게 책을 전해주라고 했다고? 화담 그 양반이?"

"그렇다네."

"이 선비와 함께 다니면서 왜 자네에게 그걸 전해주라고 했다는 건가? 잃어버려도 괜찮을 듯 싶네."

"무슨 말인가?"

"화담이라고 말했지 않은가? 그분이 이 선비하고 함께 이곳에 왔었다네."

"뭐라고? 화담 선생이 이곳에 오셨다고? 그분은 이미 돌아가셨는데 도대체 그게 무슨 말인가?"

"나야말로 무슨 말인가 도통 못알아 듣겠네. 멀쩡히 살아서 돌아다니는 사람을 돌아가셨다니……."

"화담 선생은 돌아가셨다네. 내 손으로 묻기까지 했단 말일세."

"허 참, 이곳 사람들에게 물어보게. 본 사람이 나만이 아닐세. 자네가 하도 이상하게 여기길래 내가 누군가 하고 알아보았더니 다들 화담이라고 하더군."

"이보게, 재청이. 자네하고 입씨름할 시간이 없네. 어서 이 서찰을 현감 부인에게 전해주게. 이번에는 실수가 없어야 하네."

"그러지. 그런데 자네가 왜 자꾸 판관 부인에게 서찰을 띄우는지 알 수 없네."

"그럴 일이 있으니 전해만 주게."

"알았네. 난 가네."

재청이 물러가자 정휴는 재청의 말을 되새겨 보았다.

화담이 지함과 함께 홍주에 왔었다?

도대체 무슨 일이란 말인가? 죽은 사람이 무덤을 가르고 다시 나왔단 말인가? 아니면 내가 묻은 사람이 딴 사람이란 말인가? 그렇다면 그 책은 무엇인가?

그럴 리가 없다. 있을 수가 없는 일이다. 화담은 분명히 죽었다. 『홍연진결』을 지함에게 전해주라고 이르고 세상을 뜨지 않았던가.

"여보게, 정휴. 자네 무슨 생각으로 판관 부인에게 서찰을 보낼 겐가?"

남궁두가 걱정스럽게 물었다.

"두고 보세."

이튿날 재청이 화담의 『진결』을 가지고 왔다. 그러나 서찰은 없었다.

"이게 어떻게 된 건가?"

"판관 부인이 자네 편지를 전해준 그 아전에게 이걸 전하더라네."

"서찰은?"

"그렇지 않아도 그걸 물었더니 책이나 전하라고 하더래."

정휴는 판관 부인이 그의 동생이라는 사실을 믿어 준 것이라고 생각했다. 그렇지 않고서야 판관이 빼앗은 『진결』을 빼돌릴 리가 없다.

"편지는 받지 않아도 되네. 서로 알고만 있으면 되네."

"무슨 말인가?"

"아니네. 하여튼 재청이, 자네. 고생 많았네. 수고해 준 그 아전하고 술이나 나누게."

정휴는 엽전 꾸러미를 재청에게 건넸다.

재청이 나가자 정휴는 남궁두와 전우치에게 길을 떠나자고 했다.

"형님이 해남으로 떠나셨다네. 우리도 그리로 가세. 부지런히 걸으면 만날 수 있을 걸세."

"어서 가세."

세 사람은 해남을 향해 떠났다. 뭐가 뭔지 알 수 없지만, 해남에 가면 무슨 곡절인지 알 수 있으리라 믿었다.

19. 바다를 읽는 어부

가도가도 바다는 끝이 없었다.

검푸른 바다와 하늘과 간혹 황혼 속으로 떼지어 나는 갈매기. 그 밖에는 아무 것도 보이지 않았다.

해가 지고 나면 배는 어둠 속으로 흘러갔다. 바람이 일 때마다 돛이 펄럭이는 소리가 위안이 되기도 했다. 그러나 바람조차 없을 때에는 소리도 빛도 없는 바다의 밤.

도인들이 말하는 무극(無極), 바로 그것이었다.

막막한 바다를 떠돌기 열흘째, 갈증보다 더 참을 수 없는 것은 뭍에 대한 그리움이었다. 민이에 대한 그리움마저 하찮은 것으로 여겨질 만큼 바다에서 느끼는 외로움은 뼈에 사무쳤다. 처음엔 갓 말을 배우기 시작한 어린애처럼 흥에 겨워 떠들어대던 박지화도 시간이 지날수록 점점 말을 잃어갔다. 은빛으로 퍼덕이는 생선을 잡아 올려 회를 먹던 짜릿한 감동도 사라졌다.

바람이 몹시 부는 날에는 배가 요동을 하여 심한 배멀미에 시달리

기도 했다. 수십 년 묵은 가슴 속 찌꺼기가 남김 없이 목구멍을 타고 올라왔다.

폭우가 내리는 날이면 지함과 박지화는 아무 데라도 꼭 잡고 버티었다. 그런 중에도 늙은 어부는 아무렇지도 않다는 듯이 돛을 느슨하게 늦추었다 팽팽하게 당겼다 하면서 여유있게 배를 부렸다.

이상한 것은 화담이었다. 화담은 바람이 몰아쳐도, 비가 들이쳐도 놀라지 않았다. 어떤 때에는 굵은 빗줄기를 맞으면서도 피할 생각도 하지 않은 채 뱃바닥에 그대로 앉아 있기도 했다.

지함이나 박지화는 이따금 그런 화담을 보곤 깜짝깜짝 놀랐다. 두 제자는 그래도 괜찮으시냐고 걱정했지만 화담은 늘 자네들이나 조심하게 하면서 태연했다. 그러면 제 몸 하나 추스리기도 힘에 겨워 두 사람은 더이상 묻지도 못했다.

바다는 제멋대로였다. 어떤 때는 배를 한입에 집어 삼킬 듯 으르렁댔고 어떤 때는 순한 소처럼 얌전하기도 했다. 검은 구름이 몰려와 폭풍우가 몰아치다가도 금세 구름이 걷혀 맑은 하늘이 드러나기도 했다.

때로 불쑥 튀어나온 육지의 끄트머리가 거무스름하게 떠올랐다. 육지 한 조각만 보아도 땅에 대한 그리움이 간절해졌다. 물을 빼앗긴 열병 환자처럼 육지에 대한 그리움이 자꾸만 깊어져갔다.

수십 년간 짠 바닷바람과 싸워온 늙은 어부의 얼굴은 파도가 일지 않는 바다처럼 잔잔했다. 화담도 마찬가지였다.

"무슨 생각을 하시오?"

지함과 박지화가 난간을 붙잡고 누런 위액을 다 토해낼 때도 본체만체하던 어부였다. 어부는 내내 말을 잊어버린 게 아닌지 의심스러울 정도로 고집스럽게 침묵했었다. 그런 어부가 방금 사라져버린 육지 쪽을 멍하게 바라보고 있는 지함에게 뚬벅 물어왔다.

"아무것도……."

마침맞게 북쪽에서 불어오는 바람을 가득 안은 돛이 팽팽하게 부풀었다. 무뚝뚝하던 어부가 웬일로 입가에 커다란 주름을 접으며 웃었다.

"그럴게요. 바다에 나오면 처음엔 뭍이 그리워 미칠 지경이 된다오. 그러나 시간이 지나면 잡념이 모두 없어지지. 꼭 내가 바다가 된 것 같은 기분이라오. 그렇지 않소, 젊은이?"

어부가 박지화를 보고 장난스레 물었다.

"글쎄요. 아직은 그런 지경에까지는 이르지 못한 모양입니다. 노인장께서는 늘 이렇게 혼자 다니십니까?"

"웬 걸요. 과년한 딸 애가 하나 있어 그 놈과 늘 함께 다니지요. 고기를 잡을 때는 같이 다니는데 이번에는 짐을 나르는 길이라 해남에 내려놓고 왔지요."

"노인장께서는 어디 사십니까?"

"이 배가 내 집이라오."

어부는 낡은 뱃전을 거친 손으로 어루만졌다.

"이놈도 이젠 나처럼 늙었구려. 지금은 원귀가 된 집사람을 만나 몇 년을 씨름하며 이 배를 지었는데……. 그 뒤로 한시도 이놈과 떨어져 본 적이 없소. 이놈이 나를 먹여 살렸지요. 이놈이나 나나 이제 갈 날이 머지 않은 것 같소이다만……."

아직 어부의 어깨는 건장해 보였다. 노를 젓는 팔뚝심도 젊은이 못지 않았다. 깊은 주름이 잡힌 얼굴도 아직은 혈색이 붉었다.

"무릇 생명 있는 것이 다시 어둠으로 돌아간다는 것, 그것은 모든 사물의 이치이지요."

멀미도 하지 않고 묵묵히 앉아 바다만 바라보고 있던 화담이 두 사람의 이야기에 끼어들었다.

"그렇소. 그러니 아쉬울 것도 미련을 둘 것도 없지요. 고기를 낚는 것도 농사를 짓는 것과 같은 이치라오. 농부가 정성을 기울여 씨를 뿌리고 하늘의 도움으로 열매를 거두듯이 어부도 하늘의 도움을 입어야 하고 고기에게 정성을 기울여야 하는 것이지요. 고기를 잡아 목숨을 부지하는 것이 어부라지만 어부만큼 고기를 아끼고 바다를 아끼는 이도 또한 없을 것이오.

내 평생 부끄러움 없이 정성으로 살아왔으니 죽음인들 두렵겠소. 때로 죽음을 생각하면 오히려 마음이 편해진다오."

어부는 뜻밖에도 달변이었다. 화담도 스승의 말을 새겨듣는 학생처럼 어부의 말에 귀를 기울였다.

"옳습니다. 죽음은 꼭 다른 생명 하나를 잉태하고 키우지요. 씨앗이 죽어 새로운 생명을 자라게 하고 고기가 죽어 사람을 살찌우듯이 말입니다."

어부와 화담은 빙그레 미소지었다. 죽음을 앞둔 자들만이 나눌 수 있는 교감이었다.

"그래 어디를 가는 중이시오?"

"팔도를 유람하고 있습니다."

"좋겠구만요. 나는 이 나이 먹도록 별로 가본 데가 없습니다. 물건을 실어나르느라 마포나 제물포를 몇 번 가본 적은 있지만 그런 일감도 흔치는 않지요.

내가 본 세상은 이 바다가 전부올시다. 세상이 바다인지 바다가 세상인지 요즘은 그것도 잘 모를 지경이오. 잔잔할 때나 성난 파도가 밀려올 때나 나는 그저 이 배의 난간만 꼭 붙들고 견디어왔소.

세상 사는 일이 그와 다를 바가 무어 있겠소? 누구에게나, 어디에나 폭풍우도 있고 맑은 날도 있고, 애를 쓰며 견디다 보면 한 세상 가는 거 아니겠소? 사람의 한평생이란 게 결국은 바다 위를 떠도는 돛단배입디다."

화담은 미소를 빙그레 머금었다.

"바다 위에서 평생을 보내셨다더니 노인장, 수(水)를 그대로 닮으셨구료."

"수(水), 수(水)라. 그렇지요. 그런데 이 수(水)는 좀 별납니다. 다른 수 하고 다르지요."

"수면 수지 다른 수도 있습니까?"

박지화가 물었다.

어부가 대답하기 전에 화담이 먼저 끼어들었다.

"그렇지 않다네. 목수(木水)가 있고, 화수(火水)가 있고, 금수(金水)가 있고, 토수(土水)가 있다네. 바다는 수수(水水)지. 순(純) 수(水)란 뜻일세. 순수(純水)는 도(道)를 닮아서 옛 현인들은 물을 관하는 것으로 수도를 대신했지. 우리 선가의 핵심이야."

"순수, 참 말도 잘 지으십니다. 난 그런 말은 모르오. 단지 뭍에서 흘러드는 제 각각의 물줄기가 제 얼굴을 버리고 하나가 되어 바다를 이룬다는 것을 알고 있을 따름이오."

"제 얼굴을 버리고 하나가 된다, 그것이 도 아니고 무엇이겠습니까."

화담이 뱃전에 밀려드는 물결을 물끄러미 바라보면서 말했다. 그의 수론(水論) 강의가 시작되었다.

"물이 흘러가는 모양을 놓고 옛 사람들은 '법(法)'이라는 글자를 생각해냈습니다. 법(法)이 무엇인가. 천지(天地) 우주(宇宙)가 흘러가는 이치올시다. 물에도 생노병사(生老病死)와 생장염장(生長斂藏)이 있습니다. 물은 비에서 생기는 것입니다. 땅 속으로 스며든 물은 시내를 이루기도 하고 조그마한 샘물이 되기도 하여 마치 어린 아이가 자라는 모양과 같습니다. 강이 되기까지 자라는 것이지요. 그것이 바다에 이르러 하나가 되기까지, 바다라는 것으로 모일 때까지 염(斂)을 하는 것이지요. 장(藏)이란 바다 그 자체입니다.

물도 죽어서 하늘로 올라갑니다. 그렇다면 물은 어떻게 죽는가. 물을 그릇에 담아 햇볕에 내어놓으면 줄어들지요. 그것을 물이 죽는다고 합니다.

물이 죽는다면 영원히 죽느냐, 그것은 아닙니다. 모양이 변하는 것일 뿐입니다. 언젠가는 비가 되어 다시 태어납니다. 환생하는 것이지요. 물이 윤회하는 것입니다."

"물은 살아도 죽고, 죽어도 산다? 사는 것도 아니고 죽는 것도 아니로군요. 하하하."

어부가 껄껄 웃었다.

"그렇소이다. 사람 사는 것도 바로 그 이치 아니겠소?"

"그걸 들켰구료. 나만 그 생각을 하나 보다 했지요. 그래서 나는 어디로 갈까 그 생각을 했지요. 나는 어부이니 목숨줄이 닳으면 바다에 몸을 던질 생각이오. 바닷고기들이 나를 먹여 살렸으니 이제 내 몸으로 그놈들 한 끼 먹이가 될까 하오."

어부가 그렇게 말하자 화담도 지함도, 박지화도 모두 바다를 바라보았다.

어부의 얼굴에는 바다같이 깊고 깊은 미소가 잔잔하게 떠오르고 있었다.

어부는 바다였다. 바닷바람과 내리쬐는 태양에 그을린 어부의 검은 얼굴은 바다와 같은 가없는 깊이와 고독을 담고 있었다.

어부는 불쑥 입을 열었던 것처럼 갑자기 입을 다물고 암청색 맑은 바다 위로 낚싯대를 드리웠다.

천길 낚싯대를 바다에 드리우니
한 줄기 바람에
벌떡 일어서는
만경창파(萬頃蒼波)

고요한 밤
물이 차서 고기 아니 무나니
공연히 배 한 척만 띄웠구나
빈 배 가득 달빛만 싣고
노를 저어 돌아가니
어디서 들려오나
갈매기 소리

어부가 천천히 시를 읊으면서 낚싯대를 잡았다.

얼마 지나지 않아서 줄이 팽팽해졌다. 어부는 어디서 그런 힘이 솟는지 힘차게 줄을 당겼다. 고기가 제법 큰지 낚싯대가 활처럼 휠 뿐 고기는 올라오지 않았다.

어부는 낚싯대를 놓치지 않으려고 안간힘을 다해서 줄을 당겼다. 기력이 쇠진해서인지 더 당길 힘을 내지 못했다.

드넓은 바다, 세상에는 오로지 땀을 뻘뻘 흘리며 낚싯대에 온 정신을 집중하고 있는 어부 한 사람뿐인 듯했다. 어부는 줄을 당겼다 풀었다 하며 고기가 지치기를 기다렸다.

아무도 감히 어부를 도울 생각을 내지 못했다.

얼마나 지났을까.

낚싯대가 무겁게 아래로 가라앉았다. 찰나, 어부는 온 힘을 모아 줄을 획 당겼다. 바닷물이 힘차게 출렁거리며 어린애 몸통만한 옥돔 한 마리가 저문 햇살에 번득이는 모습을 드러냈다.

"이놈, 제법 힘이 좋구나. 하마터면 내가 네게 잡힐 뻔했구나."

어부는 손주의 엉덩이를 토닥이듯 옥돔의 몸통을 두어번 툭툭 쳤다.

"허허. 어부께서는 고기하고도 얘기를 나누시는군요. 도인이십니다."

화담이 기분좋은 너털웃음을 터뜨렸다.

다음날부터는 견디기가 훨씬 수월했다. 멀리 육지가 바라보여도 더 이상 가슴이 울렁거리지 않았다. 시시각각으로 표정을 바꾸는 바다. 그저 물을 마시고 밥을 먹는 것처럼 자연스럽게 느껴졌다.

그토록 더디 흐르던 시간이 쏜살같이 지나갔다.

정들자 이별이라더니, 겨우 바다를 느낄 만하다고 생각했는데 벌써 전라우도에 이르렀다. 해남이 지척이었다.

어부는 해안만 보고도 어디 쯤인지 금세 알아차렸다.

마지막 아침이 밝았다. 배는 날이 밝자마자 잡아올린 고기로 만선이 되었다.

멀리 해남 부두가 보였다. 수십 척의 고깃배들이 잔잔한 파도에 흔들리고 있었다.

부두가 가까워오자 어부는 돛을 내리고 노를 저었다. 부두가 큰 탓일까, 고기 썩는 냄새며 갯냄새가 섞여 비릿한 내음이 진동했다.

악취라고 하기엔 살갑고, 그렇다고 향그럽지도 않은 냄새였다.

닻을 내리자마자 어디선가 젊은 처녀가 치맛자락을 걷어붙인 채 달려왔다. 큰 키에 넓은 어깨며 튼튼한 발목이 날렵했다. 바닷바람을 받고 자란 탓인지 얼굴이 검게 그을려 있었다. 해남에 두고 왔다는 어부의 딸인 듯했다.

처녀는 어부에게 허리를 꾸벅 숙이면서 씩 웃는 것으로 인사를 마쳤다. 처녀는 별 말도 없이 싱글싱글 웃으며 어부가 잡아올린 고기를 부산하게 함지에 담았다.

처녀는 고기를 담은 함지를 머리에 이고 왔던 길을 달려갔다.

어부는 그물을 정리하고 배를 단단히 묶은 후 지함 일행을 돌아보았다.

"신세 많이 졌습니다."

화담은 두 손을 맞잡고 정중하게 인사를 올렸다.

"덕분에 외롭지 않게 왔소이다. 구경들 잘 하고 가시오. 이 또한 인연이겠지요."

일행은 아쉽게 뒤돌아섰다.

그때였다.

"여보시오들,"

어부도 역시 이별이 아쉬웠던 것일까. 어부의 목소리가 일행을 불러세웠다.

"화순 운주사엘 들러보시오. 거기서 천불천탑(千佛千塔)을 쌓고 있는 이가 덕이 높다고 들었소. 도인은 도인을 만나야 한다면서요?"

"화순이라구요?"

"예서 이틀이면 갈 수 있습니다. 사연도 기구하니 유람하는 사람들이 찾을 만한 곳이오."

"그렇지 않아도 어디로 갈까 고심하던 참이었는데 좋은 곳을 일러 주시니 고맙소이다. 부디 몸조심하시오."

화담이 어부에게 정중하게 인사를 했다.

때마침 어부의 딸이 빈 함지를 옆에 끼고 숨을 헐떡이며 달려왔다.

"왜 이리 빨리 오느냐?"

뚝뚝한 어부의 말투는 딸에게라고 다르지 않았다.

"고기가 좋아서 비싸게 불렀는데도 금방 동이 났어요."

처녀는 전대를 꺼내 어부에게 속을 보였다.

"웬 돈이 이렇게 많으냐?"

"부르는 게 값이었는 걸요."

딸은 아직도 가쁜 숨을 헐떡이며 신바람난 목소리로 말했다.

"난 어부지 장사꾼이 아니다. 가서 제값만 받고 나머지는 돌려주고 오너라."

어부의 음성은 별로 크지 않았다. 노기띤 음성도 아니었다. 딸은 큰 입술을 비쭉 내밀어 보이더니 이미 가버렸을지도 모르는 사람들을 향해 달려갔다.

부둣가는 생선을 사고 파는 사람들의 악다구니와 걸쭉한 농지거리로 왁자지껄했다. 청량한 오월의 햇살에 함지박에 수북히 담겨 있는 생선 비늘이 반짝거렸다.

"그대들은 아무래도 선생을 잘못 찾은 모양일세."

느닷없는 화담의 탄식에 지함과 박지화는 무슨 말인가 하여 귀를 세웠다.

"저 어부 양반이 나보다 훨씬 도에 가깝지 않은가. 내가 스승으로 모셔야 할 분일세."

자조의 말이었지만, 말과 달리 화담의 표정은 밝기만 했다.

"어부가 권해준 대로 화순으로 가보세. 일찌기 그런 소문을 들어 궁금하게 여기고 있던 터, 가보면 좋은 인연이 기다리고 있을 걸세."

한낮의 해가 제법 따갑게 내리쬐고 있었다.

20. 두륜산

길은 어디로든 뻗어 있었다.

화순 가는 길을 잡자면 해남에서 강진, 장흥, 보성을 지나야 했다. 높은 산도 없이 넓기만 한 들길은 어디를 밟아도 좋을 듯이 넉넉했다.

"힘이 하나도 드는 것 같지 않습니다, 선생님."

박지화가 휘적휘적 팔을 내저으면서 기운차게 걸었다.

"뱃길이 몹시 지루했던 게로군."

화담 역시 조금도 지친 기색이 아니었다.

멀지 않은 곳에 품이 넉넉한 산이 하나 나타나자 화담이 걸음을 멈추고 오랫동안 바라보았다.

"선생님, 산이 좋군요."

지함이 넌지시 화담의 의중을 떴다.

"그렇다네. 저 산은 왕조가 몇 번 바뀌어도 전란이나 변고를 겪지 않을 곳이야."

"무슨 산입니까?"

"두륜산일세. 전에 내가 지리산 산천재(山天齋)로 남명 조식(南冥曹植)을 찾아간 적이 있었는데, 그곳에 있는 영남의 선비들이 그렇게 자랑하더군. 지금은 벼슬을 그만두고 낙향한 면앙정(俛仰亭 宋純), 그리고 우리 산방을 다녀간 정개청(鄭介淸)을 그때 다 만났지."

"남명이라면 선생님께서 젊은 시절에 법담(法談)을 나누셨다는 그분 말씀이군요?"

박지화가 물었다.

"그렇지. 방계들끼리 어울린 거지. 그 시절에 두륜산까지 와서 밤새 말씨름을 하고 간 적이 있었지. 도에 미친 때라 객기 좀 부린 거지."

"처음 오시는 곳이 아니로군요."

"도라는 것이 본시 구름이나 물을 닮아서 그걸 구하려는 사람 또한 이리저리 흘러다녀야 하는 법인데, 난 그렇지 못했네. 겨우 황해도, 전라도, 충청도를 돌아본 정도라네."

"두륜산에서는 무슨 말씀을 나누셨습니까?"

지함이 물었다.

"내가 남명을 만난 것은 내 나이 마흔이 훨씬 넘어서였지."

화담은 길을 걸으면서 천천히 자신의 옛 일을 풀었다.

서경덕이 마음 속으로 정혼했던 가희 처녀, 바로 천안의 객주집에서 만났던 정옥이란 처녀의 전생. 처녀가 대가집 첩으로 팔려가자 서경덕은 농사도 집어치우고 혼자 끙끙 앓았다. 사랑하는 사람을 빼앗긴 고뇌가 서경덕의 마음밭에 새로운 싹을 틔웠다. 서경덕은 그때서야 비로소 자기 자신을 돌아보고, 세상을 바라보기 시작했다.

서경덕은 그때 처음으로 책을 잡았다. 따로 서당에 나갈 형편이 못 되었으므로 혼자서 읽고 스스로 터득해야 했다. 혹 뜻이 막히거나 분명하지 않을 때는 며칠이고 그 구절을 되뇌었다. 스승이 있었다면 금방 물어 보고 깨칠 수 있었지만, 스승이 없는 서경덕은 스스로 깨달아야 했다.

그 뒤 서경덕은 나이 마흔한 살이 되어 향시에 나갔다. 어머니의 간곡한 권유가 있었기 때문이다.

서경덕은 향시의 생원과에 붙어 성균관에 입학했다. 이때 이미 성균관의 직강(直講)이 되어 성균관생들을 가르치고 있는 면앙정 송순을 만났다.

스승인 송순은 제자인 서경덕보다 나이가 세 살이나 어렸다.

송순은 벼슬길에 일찍 들어섰지만 날개 잃은 해동청이었다.

송순은 대과에서 그를 장원으로 뽑아주고 훗날을 기다리라던 대사헌 조광조(趙光祖)의 언약을 기대하고 있었다. 조정에 파벌간의 알력이 심해서 혼자 힘으로는 벼슬길을 순조로이 걸을 수가 없기 때문이었다. 그러나 얼마 후 조광조가 사화로 실권을 잃고 유배지에서 끝내 사사(賜死)되었다. 그후 송순은 미관 말직에 오래 머무르거나 한직(閑職)을 전전해야 했다.

학인들과 본시 출신부터 달라서 성균관 공부에 영 취미를 못 붙이던 늙은 학생 서경덕, 그리고 높은 벼슬길에 오를 생각은 언감생심 내기도 어려운 신세가 되어버린 직강 송순. 두 사람은 강의가 끝나면 스승과 제자라는 형식적인 관계를 던져버리고 벗이 되어 다시 만났다. 두 사람은 만나기만 하면 세상을 비판하고 시류를 걱정했다.

얼마 안 가 서경덕은 기어이 성균관을 자퇴하고 송도로 가버렸다. 송순은 그런 서경덕을 말리지 않았다. 송순 역시 권력 다툼에 진저리가 나 있어 머지 않아 한양을 뜨리라 마음 먹고 있던 중이었다. 송순도 끝내 벼슬을 버리고 낙향했다.

송순은 성균관을 버리고 지리산으로 들어갔다. 지리산에는 성리학의 대가 남명 조식이 머무르고 있었다. 조식 역시 벼슬을 버리고 지리산에 산천재를 차려 후학을 지도하고 있었다. 그때 영남의 선비들은 물론, 이미 조식의 고명을 들은 호남의 대선비들까지 산천재에 몰려들었다. 송순 역시 조식의 산천재에 머물면서 도학을 토론했다.

송순은 조식에게 서경덕을 소개했고, 서경덕은 그 인연으로 지리산 산천재를 찾아가 조식과 학문을 논하고 법담을 나누었다. 그 이후 조식과 서경덕 두 사람은 더없는 지기가 되어 서찰을 주고 받으면서 교분을 쌓아갔다. 어떤 때는 지리산에서 나라를 걱정하고, 어떤 때는 속리산에서 만나 몇날 며칠이고 이야기를 나누기도 했다. 그러던 중 조식이 앞장선 가운데 두 사람이 두륜산을 오른 적이 있었던 것이다.

"두륜산에서 남명과 나눈 얘기를 다 하자면 한 달도 더 걸릴 걸세. 머지 않아 그이들을 찾아갈 것이니 그때 가서 또 이야기함세. 저 산을 넘어야 해남이네."

화담은 길을 재촉했다.

일행은 두륜산 등성이에 올라섰다. 해남이 바로 눈 앞에 펼쳐져 있었다. 선선한 바람이 가파른 오르막길을 걸어올라온 나그네들의 땀을 식혀주었다.

고갯마루 나무 그늘 아래 장사꾼 차림의 사내 서넛이 짐을 풀어놓고 편하게 앉아 있었다.

"어디로 가시는 선비님들이시다요?"

그들은 자기들끼리 무슨 얘기 끝엔가 웃음꽃을 터뜨리더니 낯선 사람들에게 이무럽게 말을 붙여왔다.

"화순에 가오."

"여가 해남인게 아직 멀었구만이라. 초여름이라도 걷자니 덥지라? 근디 워디 사시는 선비님들이라요?"

장사꾼은 말끝을 살짝 말아올려 반말인지 존대말인지 구별이 안 가게 은근슬쩍 얼버무렸다.

"팔도를 떠도는 나그네올시다."

"아따, 팔자가 좋은 양반님들이시구만요잉."

불쑥 말을 내뱉고는 실실 눈치를 살피는 품새가 양반 앞에서 말을 함부로 했다 싶은 모양이었다. 옆 사람의 난처한 처지를 감싸주려는 듯 곁에 앉아 있는 사내가 말을 냉큼 받았다.

"참말로. 마누라고 자식 새끼고 다 팽개쳐뿔고 더도 말고 한 일 년만 이 선비님들 뒤를 쫓아가 뿔끄나 어쩌끄나."

　　한많은 이 세상, 야속한 님아.
　　정을 두고 몸만 가니 눈물이 나네.
　　……

옆에서는 청승맞은 노래가락까지 뽑아올리고 있었다. 정말로 자기네 신세가 한스러운 것인지 아니면 할 일 없이 유람이나 하고 다니는 팔자 좋은 양반들에 대한 야유인지 알 수가 없었다. 적의 가득한 눈길을 뒤통수에 받을 때처럼 지함은 온 몸에 소름이 돋아났다.

"선비님들. 요 고개 이름이 뭔지 아시요?"

"초행이니 알 까닭이 있겠소."

"해남 사람들은 요 고개를 아침 고개라고 부르는디, 워째서 아침 고개냐 허먼, 선비님들이 지나온 길에서 오른쪽으로 쪼매 들어가먼 화내리라고 여흥 민씨들 마실이 있다 이것이요. 여흥 민씨 세도가 월매나 쎈지 해남 현감 모가지를 좌지우지 흔다요. 그래논께 현감들이 아침이면 새복같이 요 고개를 넘어 여흥 민씨헌티 문안을 올릴라고 쌔가 빠지게 달려간다고 혀서 요 고개가 아침 고갠디, 해남에 오는 현감마다 다 고 모양 고 짝이니 현감들이 일을 지대로 헐 수 있것소."

　"우리 양반님들 백성 다시리는 거시 다 고 모양이제 머. 워디라고 다르것는가. 내 전번에 화순으로 소금을 팔러 가다가 사람을 하나 만났는디 영광으로 굴비를 구하러 간다고 안 허것는가. 차림새를 봐 헝께 영광꺼정 다님서 고런 귀한 생선 구해 묵을 처지도 아닌디 말이여. 그래 물어봉께 공물로 바칠라고 그런다등마. 공물이란 거시 뭔가. 고 지방서 나는 특산물을 나랏님헌티 바치는 것인디 원에 앉았는 것들이 즈그 마을서 머가 나는지도 몰르고 품목을 정했단 말이 아니것다고."

　"누군지는 몰라도 그 위인 안 돼얏그마이. 보나 안 보나 불알 두 쪽만 덜렁 찬 빈털터릴 것이 뻔하던디⋯⋯."

　"글씨. 그거시 내 말이시. 한 마실에 떨어진 공물인디 워쩌것어. 찢어지는 살림에 마누라 머리도 팔고 여름 넘길 보리쌀도 팔고 그래 갖고 돈을 모았다대."

　"야야. 집어치거라. 그런 얘기 내동 해봤자 머리만 아픙께. 힘없는 무지랭이가 워쩌것냐. 나 죽었다 글고 살아야제. 집어치고 또 가봐야 안쓰것다고. 팔자 좋은 양반님네를 만나 갖고 시간만 잡아묵었네. 자, 싸게싸게 가드라고."

　장사꾼들은 앞다투어가며 왁자지껄 자기네 신세를 한탄했다.

한동안 입담좋게 지껄여대더니 장사꾼들은 솜씨좋은 말만큼이나
잽싸게 짐을 꾸렸다.

"여보시오."

지함이 느닷없이 맨 마지막으로 꾸물거리며 일어나는 장사꾼을
불러세웠다. 수염을 텁수룩하게 기른 사내였다.

"시방 지를 부르셨소?"

"그렇소이다."

"먼 일로 그러신당가?"

"생년월일을 한 번 대보시겠소?"

"뜬금없이 생년월일은 뭣에다 쓰실라고라우."

"앞날을 좀 봐드리리다."

앞날이라는 말에 지게를 짊어지던 장사꾼들이 흥미가 당기는지
일손을 멈추었다.

"아니, 버젓한 사대부 집안의 서방님 같은디 대쪽이라도 가르실란
당가?"

"구미가 당기면 좀더 머물렀다 가시구려."

"지대로 짚을 줄 아신다면야 시간이 좀 걸린다고 한들 아깝것소?"

"허허허, 믿어 보시구려. 제대로 짚지도 못하는 걸 나서겠소? 엉터
리로 봤다가 가는 길에 내 욕을 얼마나들 해댈지 뻔히 알고 있소이다."

"웜매, 시방 이거시 되로 줬다가 말로 받는 꼴 아니드라고이. 선비
나리도 말심 좋기가 구렁이 담 넘어가듯 하시요이."

곁에 있는 양반들 들으라고 양반 욕을 실컷 했던 장사꾼들이 배실
배실 웃으며 다시 자리를 잡고 앉았다.

"지부텀 봐주실라요, 선비 나리?"

"아니오. 처음 물었던 양반부터 봅시다. 걱정이 많으신 듯하

니……."

"윔매? 시초만 뽑는 것이 아니고 점도 보는갑네. 쪽집게요, 쪽집게."

본인은 정작 시름 깊은 얼굴로 말이 없는데 옆에 앉았던 점박이가 무릎을 치며 거들었다.

"아따, 쪽집게는 먼 쪽집게여. 나라도 이 친구 걱정 많은 것은 알 것그만. 얼굴을 척 보라고. 시방 우리 집에 우환이 꽉 들어찼소, 그 라고 안써졌는갑네."

팔자 좋은 양반님네라며 은근히 비꼬던 자그마한 사내였다. 그는 이미 지함에 대한 배타심을 버린 다른 사람들과 달리 깐죽거리고 나섰다.

"허허. 바로 그거요. 쪽집게가 달래 쪽집게겠소. 누구나 가만히 살 피면 다 알 수 있는 일인데……. 남들이 무심히 스쳐 지나는 것을 침 착하게 알아보면 그게 바로 쪽집게지요."

지함이 너무 쉽게 자기 말을 인정해 버리자 사내는 좀 머쓱한지 숱이 적은 뒷머리를 긁적거렸다.

"아따, 오래 살다 봉께 쓸 만한 양반을 볼 날이 다 있네이. 선비 나 리 허시는 말씀 족족이 다 명언이구만, 명언이라."

"생일이 어떻게 되시오?"

"계유년 계해월 무자일 정사시그만이라."

지함은 땅바닥에 나뭇가지로 생년월일을 써놓고 곰곰이 생각에 잠겼다.

"찢어지게 가난했구려. 기미(己未) 때 운이 돌아 치부를 하여 장차 거부가 될 상이오. 다만 화기(火氣)가 부족하여 고생할 것이니 화기 를 생해주는 목(木)을 늘 곁에 두시오. 장사를 하더라도 나무나 종이 를 다루는 것이 좋겠소."

"아따 징하게 좋은 소리구마. 그게 참말이다요?"

"참말이오."

"이보게나. 가야 할 때가 됐네. 벌써 해가 기울고 있구만."

장사꾼들 앞날을 풀어주느라 정신이 팔려 있던 지함은 화담이 부르는 소리에 그제사 고개를 들었다.

그러고 보니 해가 서쪽으로 꽤 기울어져 있었다. 동그랗던 그림자도 훌쩍 키가 커져 있었다. 햇살 때문인가, 어쩐지 화담의 안색이 그리 좋아 보이지 않았다.

"그러시지라. 지들도 후딱 가봐야 쓰것그만이라. 그란디 선비님들은 워디워디 가신다요? 기왕 유람 다니시는 거라믄 지가 사는 강진에도 볼 것이 많은디요. 해남에서 멀지 않지라. 묵을 것이사 변변치 못혀도 지들이 심을 모다 정성껏 대접도 해드릴 것이고. 시간이 나면 가는 길에 꼭 한번 들려주시씨요이. 지 이름은 오천석이구만요. 소금장시 오천석하먼 이름값도 못하는 장사꾼이라고 금방 찾을 수 있을 것이구만요."

사내는 그동안 정이라도 들었는지 아니면 고마움 때문인지 아쉬움에 미적거렸다.

"시간이 나거든 그렇게 하지요. 그러나 내 말을 마저 듣고 가야지, 그냥 가면 안 됩니다."

"먼 말씸이시다요? 거부가 된다고 하셨응께 그걸로 다 됐지라."

"아니오. 축기(縮氣)만 알고 방기(放氣)를 모르면 거부가 되어도 돈에 치어 죽습니다. 뭐든지 과하면 불급만 못한 것. 아무리 돈이라도 지나치게 많으면 해가 되는 것이오."

"무신 말씸인지 도통 모르것네. 돈이사 많을수록 존 것이제."

길을 가자던 화담이 잠자코 지함이 하는 소리에 귀를 기울였다.

"뭐든지 기가 과하면 부작용을 일으킵니다. 금기도 그러하니 금이 과하면 목이 죽습니다. 이걸 잘 하는 사람은 저걸 못하고, 저걸 못하는 사람은 이걸 잘 합니다. 그렇게 이것저것 꿰어맞추다 보면 누가 더 잘난 것도 없고, 누가 못난 것도 없지요."

"고러코롬 어렵게시리 말씀허실 게 아니라 쉽게 해주시지라."

"방기를 잘 하라는 것이오. 들어오는 돈을 꼭 잡고만 있지 말고, 잘 쓰라는 말이오. 자기에게 부족한 쪽을 메꾸는 데 쓰시오."

"오매. 돈은 버는 것보담 쓰는 것이 더 중하다 이 말씀이시지라."

"그렇소. 돈은 누구나 벌 수 있는 것이오. 그러나 축기를 하고 방기를 하는 것은 사람이 하는 것이오. 즉, 그것을 꼭 쥐고 놓고는 사람이 하는 것이라오. 쥐는데 힘을 쓴 만큼 놓는데도 소홀히 하지 마시오. 그렇지 않으면 기에 치여 오래 살지 못합니다."

"명심하것소."

"그것이 거부가 가는 가장 높은 길이오."

"아이고, 선비님. 함자라도 알려주셔야 안 쓰것소."

짐짓 내리 대하듯 하던 선비 나리란 호칭이 어느새 선비님으로 바뀌어 있었다.

"이름을 알아서 무엇하겠소. 만나야 할 사람이라면 언젠가 다시 만나게 되겠지요."

"그래도 사람 정이 그런 게 아니구만요."

장사꾼들은 무거운 짐까지 다 짊어진 채 이름을 알려줄 때까지 움직이지 않을 기세로 버티고 서 있었다.

"성은 이씨, 이름은 지함이오. 그럼, 잘들 가시오."

장사꾼들은 떠들석하니 목청을 높이면서 고개를 내려갔다.

화담이 빙그레 미소를 지었다.

"지함, 자네 제법일세."

"그저 선생님의 기론을 이야기한 것뿐입니다."

"그래도 돈을 벌고 쓰는 것을 축기다 방기다 하고 설명한 것은 아주 좋았네. 바로 그것일세. 백성들은 눈앞에 있는 것만 보아 진실을 모를 뿐 누구나 기를 쓰듯 하다 보면 부자도 될 수 있고 신선도 될 수 있는 거라네. 그것을 자네 같은 사람들이 이끌어야 하는 걸세."

화담은 처음으로 지함의 근기를 칭찬했다.

박지화는 내심 지함이 부러웠지만 화담의 말을 굳이 탓할 마음이 없었다. 다만 해가 저물어가므로 길을 어서 떠나자고 재촉했다.

"선생님, 서두르셔야겠습니다. 화순까지 갈 길이 멉니다."

"그러세. 우리도 그만 일어나세."

세 사람은 자리를 털고 일어났다. 앞서 간 장사꾼들은 어찌나 걸음이 빠른지 벌써 자취가 보이지 않았다.

고갯마루를 내려가니 해남이 한눈에 다 들어왔다.

"산은 백번을 돌고

비단을 땅에 비뚜름히 두른 듯

물은 천 굽이 굽이치네."

지함은 저도 모르게 시 한 수를 읊조렸다. 고려 명종 때의 시인 김극기가 해남 땅을 두고 읊은 시다.

"김극기의 시구만. 저길 보게."

화담이 발 아래 펼쳐진 해남을 가리키며 발걸음을 멈추었다.

"땅 생김이 어떤가?"

해남은 바다가 가까운데도 사방으로 기세 좋은 산이 뻗쳐 있다. 그리고 그 산 안쪽으로 드넓은 평야가 펼쳐져 있다. 바다에 닿아 수기를 넉넉히 받으면서, 그 수기를 적절히 조절할 목기가 버티고 있는 것이다.

"무엇 말씀이십니까?"

박지화가 찬찬히 둘러볼 생각은 하지 않고 성급하게 물었다. 그는 이론에는 밝지만 덤벙거리느라 천문이나 지리를 제대로 짚지 못했다.

"산 이름이야 모르겠으나 마치 옥녀가 병풍을 둘러치고 앉아 비파를 타고 있는 형세로군요. 그러니까 둘러서 있는 산세를 청룡과 백호, 현무로 볼 수 있겠습니다."

"그렇네. 그러니 연안 이씨니 여흥 민씨니 하는 세도가가 발흥하는 것일세."

"그럴 법도 하군요."

"모든 게 기의 얽힘일세. 어떻게 하면 사람이 그 얽힘을 훌훌 벗어날 수 있겠나? 어떻게 해야 진정 자유를 구하겠는가?"

화담은 질문을 던져 놓고는 앞장서 갔다.

"선생님."

지함이 앞서가는 화담을 불러세웠다.

"벗어나는 방법이 무엇입니까?"

"도를 아는 것이지."

"저 많은 백성들이 언제 다 도를 닦아 벗어납니까? 이런 세상은 쉽게 끝나지 않을 겁니다. 지금까지도 그래왔듯이."

화담은 암벽 같은 뒷모습을 보인 채 대답이 없었다.

"선생님, 그렇다면 그동안 백성들은 끊임없이 고통에 신음해야 하는 것입니까?"

화담은 묵묵히 걷기 시작했다.

"이보게나. 도란 아는 것조차 어렵다네. 그런데 온 백성을 구하는 법을 어찌 당장 알겠나. 급하게 생각하지 말게. 언젠가 때가 오지 않겠나?"

버티고 서서 대답을 기다리고 있는 지함을 박지화가 잡아끌었다. 지함은 박지화의 손에 이끌려 앞서간 화담을 따라 걷기 시작했다.

앞장서서 걷고 있는 화담의 발길이 두륜산 자락을 돌아 다시 해안으로 향하고 있었다.

"선생님, 화순은 강진으로 해서 가는 게 빠릅니다. 강진으로 가려면 이쪽 길로 들어서야 합니다."

박지화가 화담에게 여쭈었다.

"알고 있다네. 하지만, 그리 가자고 약조한 바가 있는 것도 아니니 돌아돌아 발길 닫는대로 가세."

화담은 그렇게 말하면서 길을 바꾸어 들었다.

"그래도 이쪽으로 가면 한참 돌아야 할 텐데요?"

"빨리 가자고만 한다면 바로 송도로 가는 게 가장 빠른 길이네."

화담이 두 사람의 의견은 묻지도 않고 길을 바꿔 걸었다.

"쳇, 언제는 우리 말에 귀 기울인 적이 있으시던가."

박지화가 나직한 소리로 지함에게 말했다.

"쳇. 선생님이 가자시는 대로 가보지요. 그러게 안 진사도 보고 어부도 만난 것 아닙니까?"

"그럼 여기서 갈라질 수도 없으니 따라가지 않구. 무슨 좋은 일을 꾸미시려구 번번이 길을 바꾸시는지."

"어서 따라가십시다."

지함이 부지런히 화담을 따라가자 박지화도 하는 수 없이 뛰다시피 걷기 시작했다.

그때 정휴 일행은 해남 항촌 마을에 닿고 있었다.

홍주를 떠난 정휴와 전우치, 남궁두는 다시 보령으로 가서 거기에서 대천, 서천으로 갔다. 장항에서 금강을 나룻배로 건너 이리, 김제, 나주, 영암을 거쳐 해남에 들어선 것이다.

사람이 아무리 빨리 걸은들 빠른 배를 이길 수는 없었다. 그래서 세 사람은 밤잠도 안 자고 부지런히 길을 걸었다.

정휴 일행이 항촌 마을에 닿았을 때였다. 그늘을 넉넉하게 드리우고 있는 정자나무가 있어 전우치가 잠시 쉬어가자고 청했다.

세 사람이 가쁜 숨을 몰아 쉬고 있는데 두륜산을 넘어온 장사꾼 셋이 정자나무 그늘로 들어섰다.

"워매, 이 양반들도 팔도 유람 나선 것이구마. 세월 참 조오타."

장사꾼 가운데 한 사람이 입을 삐죽거리며 말했다. 다른 사람도 정휴 일행을 힐끗 바라보면서 어깨에 메고 있던 봇짐을 내려놓았다.

정휴 일행은 지치기도 해서 아무도 장사꾼의 말에 대꾸를 하지 않았다.

"하이고, 말이 말 같지 않은개비요이. 남산골에서 오신 한량들이셔서 말씀도 없으셔이."

장사꾼이 계속 이죽거리자 정휴가 하는 수 없이 한마디하고 나섰다.

"여보게, 그만 하게나. 우린 사람을 찾느라고 바쁘고 또 지금 몹시 피곤하네. 어서 길을 가야 한다네."

"바쁘기사 우리만큼 바쁘실까? 기왕지사 쉬는 길에 쪼깨 말이나 붙여볼라구 그랬지라. 근디 워떤 사람을 찾는 행차시길래 세 명씩이나 몰려다닌당가요?"

"알 것 없소."

전우치가 불편한 심기로 한마디 던졌다.

"하이구. 매정도하시요잉. 두륜산에서 본 선비들 하곤 영 씨알머리가 다르구마. 안 그런가, 오천석이."

"고만 하드라구. 이 선비님 같은 분들이 쪼매 간 거라. 원래 상놈하고는 상종도 안 허는 게 양반의 도리 아니당가."

정휴는 오천석이라는 장사꾼이 이 선비라고 말한 것에 귀가 번쩍 트였다.

"지금 이 선비라고 했소?"

"그거야 우리네 일이고마. 왜 묻는 것이요이?"

"우리도 이 선비라는 사람을 찾고 있소이다."

"아이고, 조선 천지에 쎄고 쎈게 이 선빈디 워떤 이 선비 말씀이지라?"

"정휴 스님, 그만 두고 길이나 떠나세."

전우치가 자리를 털고 벌떡 일어났다. 그러자 정휴가 장사꾼들에게 한마디 더 물었다.

"혹 두륜산을 넘어왔다면 노인 한 분 하고 젊은 사람 둘이서 다니는 걸 못 보셨소?"

"그냥 가자니까 그러네. 이 사람들하고 노닥거릴 시간이 없네. 어서 가세. 이러는 사이에 다른 길로 빠지면 어쩌는가?"

남궁두가 정휴를 끌었다.

"아이고, 그 선비님 성미도 급혀라. 시방 스님이 말헌 게로 생각이 나는건디, 쪼기 조 두륜산 마루에서 어떤 양반들을 만났는디 바로 그 말이라. 노인 양반 한 명, 그렇지. 선생이라고 부르더마. 그이하고 젊은 사람 둘. 그 젊은 선비 말인갑네, 자네 운수 봐준 그 선비 이름이 뭐랬더라……?"

"지자 함자라고 하지 않았던가."

"그렇지라. 이지함 선비라고 했지라."

"뭐요? 이지함?"

정휴가 눈을 번쩍 떴다. 전우치도 걸음을 멈추고 뒤를 돌아보았다.

"그이가 지금 어디 있소?"

"이 선비를 찾는 게라우? 딱도 하셔라. 그렇다면 여그서 잠시 낮잠을 한 잠 꽉 자뿌리면 저절로 올거시오. 우리네 걸음이 워낙 빠르니께 못해도 한 점쯤 있으면 이리로 올꺼구마."

"삼인행에 거 뭐시라. 필유아사라. 세 사람 가는 데에 선생 하나가 있어라. 이 말 아시지라? 정만 쪼께 나누어 쓰다보마 이런 일도 생기는 거구마. 자, 우린 가드라구."

장사꾼 일행은 다시 봇짐을 짊어지고 길을 떠났다.

정휴는 그제야 안심을 하고 그늘에 다시 앉았다.

"다행이네. 이 선비가 멀지 않은 곳에서 오고 있다니 해거름 안에는 만날 수 있겠네."

"그런데 노인이라는 분은 누군가? 이 선비 하고 같이 다닌다는 분 말일세."

남궁두가 물었다.

"글쎄. 나도 모르겠네. 홍주 친구는 그이가 바로 화담이라고, 제 눈으로 똑똑히 보았다고 했는데 나는 도무지 믿을 수가 없네."

"그래도 혹시?"

"혹시가 뭔가? 이미 돌아가신 분이 살아계시다니, 말도 안 되는 소릴세."

"기다려 보세. 화담 선생인지 아닌지 곧 알 수 있을 것 아닌가."

세 사람은 그늘에 앉아 이지함 일행이 오기를 기다렸다.

전우치는 벌써 그늘에 눕고, 남궁두는 털썩 주저앉아 다리를 뻗었다. 정휴만 두륜산을 바라보면서 초조하게 지함 일행을 기다렸다.

화담이 살아 있다니…… 말이 안되는 소리다. 화담은 분명 정휴의 손으로 직접 묻었다. 그런데 화담이 살아 있다니. 이 책『홍연진결』도 엄연히 있지 않은가. 그분이 살아계시다면 굳이 내게 그 일을 부탁할 까닭이 없잖은가.

정휴는 기다리기로 했다. 이지함을 만나기만 하면 곧 풀릴 의문이다.

〈2권에 계속〉

※ 가나다순

권율(權慄), 남궁 두(南宮斗), 남사고(南師古), 박순(朴淳), 박지화 (朴枝華), 서경덕(徐敬德), 송순(宋純), 안명세(安明世), 유정(惟政), 윤원형(尹元衡), 이산보(李山甫), 이산해(李山海), 이산휘(李山輝), 이순신(李舜臣), 이지번(李之番), 이지함(土亭 李之菡), 임꺽정(林巨正), 전우치(田禹治), 정개청(鄭介淸), 정순붕(鄭順朋), 정렴(鄭磏), 정작(鄭碏), 정철(鄭徹), 정휴(丁休), 조식(曺植), 조헌(趙憲), 황진이(黃眞伊), 허엽(許曄)

권율(權慄) : 1537(중종 32)~1599(선조 32)

영의정 권철의 아들이자, 삼개나루 시절 이지함의 토정에 드나들며 배운 이항복의 장인. 임진왜란이 일어나던 해에 광주 목사로 제수되어 전란중임에도 임지로 떠났다. 전라도를 제외한 남부, 중부 지역이 차례로 함락되고, 한양마저 왜군의 손에 들어가자 전라도 순찰사와 방어사가 한양 수복군을 모집했는데, 이때 권율도 이 부대에 참여했다. 그러나 이 한양 수복군은 용인 지역에서 대패해 권율은 남원으로 퇴각, 독자적으로 의병 1천 명을 모집해 이치에서 전투를 벌여 임진왜란 사상 관군으로서는 첫 승리를 했다. 이때부터 각지에 흩어져 싸우던 의병들이 관군 편제로 들어오기 시작, 전세가 달라지자, 권율은 전라 감사로 승진하고, 이때 한양 재수복을 위해 의병 1만 명을 모집했다. 권율의 부대는 수원을 거쳐 행주산성까지 북상, 행주대첩으로 불리는 대승을 거둬 왜군의 기세를 꺾고 임진왜란을 완전히 진압하는 기틀을 마련했다.

남궁 두(南宮斗) : 1526(중종 21)~1620(광해군 12)

조선 중기 단학파(丹學派)의 한 사람. 애첩과 당질 간의 간통 사건으로 두 사람을 살해하고 입산하여 도사가 되었다. 『해동이적(海東異蹟)』에 의하면 도교의 방술에 뛰어난 노승을 만나 신선술을 익혔다. 『지봉유설』에 따르면 90살이 되도록 늙지를 않았고, 언제나 명산 대천을 떠돌아다녀 사람들은 그를 지선(地仙)이라고 불렀다 한다.

남사고(南師古) : 생몰년 미상

조선 중기의 학자, 도사. 호는 격암(格庵). 역학, 참위, 천문, 관상, 복서 등 모든 학문에 두루 통달했다. 일찍이 이인(異人)을 만나 공부하다 진결을 얻어 비술에 정통하게 되었고 앞일을 정확하게 예언했다. 명종 말기에 이미 1575년에 나타날 동서 분당을 예언하고, 임진년에 백마를 탄 사람이 남쪽으로부터 조선을 침범하리라 했는데 왜장 가토가 백마를 타고 쳐들어왔다. 자신의 생사 문제까지 예언했던 그는 저서로 『격암유록』, 『남사고비결』, 『남격암십승지론』 등을 남겼다.

특히 정감록 사상의 특징인 십승지지, 이른바 재난이 일어날 때 피신처인 열 군데의 보길지(保吉地)를 구체적으로 예언, 기술했다.

박순(朴淳) : 1523(중종 18)~1589(선조 22)

호는 사암(思菴). 1565년 대사간이 되어 윤원형을 탄핵함으로써 척신 일당의 횡포를 제거한 주역이 되었다. 1572년(선조 5), 영의정에 올라 약 15년간 재직했다. 이이가 탄핵되었을 때 그를 옹호하다가 도리어 사헌부와 사간원의 탄핵을 받고 스스로 관직에서 물러나 은거했다. 일찍이 서경덕에게서 학문을 배워 성리학에 박통하고 특히『주역』연구가 깊었다 한다. 또한 문장이 뛰어나 글씨를 잘 썼으며 시에 능했다. 중년에 이황을 사사하고, 만년에 이이, 성혼과 깊이 사귀었다.

박지화(朴枝華) : 1513(중종 8)~1592(선조 25)

호는 수암(守庵). 서경덕의 문하에서 수학했다. 유불도에 통달했다. 저서로『수암유고』,『사례집설(四禮集說)』등이 있다. 어떤 기록에는『동의보감』편찬에 참여했다고도 한다.

서경덕(徐敬德) : 1489(성종 20)~1546(명종 1)

호는 화담(花潭). 어머니가 공자의 사당에 들어가는 꿈을 꾸고 잉태하여 낳았다 한다. 18세 때『대학』의 치지재격물(治知在格物) 조를 읽다 '학문을 하면서 먼저 격물을 하지 않으면 글을 읽어서 어디에 쓰리오'라고 탄식하고 천지 만물의 이름을 벽에다 써붙여 두고 날마다 궁구하기를 힘썼다. 31세 때 조광조에 의해 채택된 현량과에 응시하도록 추천을 받았으나 사양하고 개성 화담에 서재를 세우고 연구와 교육에 힘썼다.

성리학을 연구해 독자적인 기일원론(氣一元論)의 학설을 제창했다. 그는『태허설』에서 우주 공간에 충만해 있는 원기를 형이상학적인 대상으로 삼고 그 기의 본질을 태허라 했다.

서경덕의 학문과 사상은 이황과 이이 같은 학자들에 의해 그 독창성이 높이 평가되었으며, 한국 기 철학의 학맥을 형성하게 되었다. 저서로『화담집』이 있으며,「원이기(原理氣)」,「이기설」,「태허설」등에 그의 사상적인 면모를 밝혀주는 대표적인 글이 실려 있다.

송순(宋純) : 1493(성종 24)~1582(선조 15)

호는 면앙정(俛仰亭). 1533년 김안노가 권세를 잡자 귀향해 면앙정을 짓고 시를 읊으며 지냈다. 김안로가 사사(賜死)된 뒤 수많은 관직에 등용, 파직되기를 수차례 거듭했다.

송순은 성격이 너그럽고, 특히 음률에 밝아 가야금을 잘 탔고, 풍류를 아는 호기로운 재상으로 알려져 있다. 그의 문하로 박순, 기대승, 고경명, 정철 등이 있다. 면앙정은 41세 때 담양의 제월봉 아래에 세운 정자로 호남 제일의 가단(歌壇)을 형성했다. 그는 『면앙정삼언가』, 『면앙정제영』 등 수많은 한시와 국문시가인 『면앙정가』 9수, 단가 20여 수를 지어 조선 시가 문학에 크게 기여했다.

안명세(安名世) : 1518(중종 13)~1548(명종 3)

이지함의 벗. 정순붕(鄭順朋) 등이 을사사화를 일으켜 많은 현신(賢臣)들이 숙청되자, 자세한 전말을 춘추 필법에 따라 직필한 특정기를 작성했다. 1548년(명종 3) 이기 등이 자신들의 행위를 정당화시키기 위해 이른바 『무정보감(武定寶鑑)』을 찬집할 때 을사년 당시 그와 함께 사관으로 있던 한지원(韓智源)이 시정기의 내용을 옮겨 적어, 정순붕에게 밀고함으로써 체포되어 국문을 당했다. 문제가 된 시정기에는 인종의 장례식 전에 윤임 등을 죽인 것은 국가적인 불행이라는 지적과, 이기 등이 무고한 선비들을 처형한 사실, 그리고 이를 찬반하던 선비들의 명단 등이 들어 있었다. 안명세는 국문을 당하면서도 소신을 굽히지 않고 당당하게 이기, 정순붕의 죄악을 폭로하고, 사형에 임해서도 의연한 모습을 남겼다. 1567년 선조가 즉위하면서 신원(伸寃)되어 직첩(職牒)을 다시 돌려받았다.

유정(惟政) : 1544(중종 39)~1610(광해군 2)

호는 송운(松雲), 혹은 사명(四溟). 묘향산에서 청허의 정법을 받고, 금강산 등지를 다니며 수도했다. 1592년, 왜구가 침입하자 승군을 모집, 순안에서 서산대사 청허 휘하에서 활약했다. 승군을 통솔해 명나라 장수와 함께 평양을 회복했으며, 권율을 따라 영남 의령에 주둔하는 등 전공이 많았다. 1604년 국서를 받들어 일본에 가서 도쿠가와 이에야스(德川家康)에게 '두 나라 백성들이 오랜 전란에 시달려 내가 그 고난을 구제하러 왔다'고 하자 도쿠가와도 신심을 내어 강화 조약을 맺고, 포로 3천 5백 명을 내주었다. 법랍 55세로 해인사에서 열반했다.

윤원형(尹元衡) : ?~1565(명종 20)

중종의 계비인 문정왕후의 동생이다. 세자(뒤에 인종)를 폐위하고 문정왕후의 소생인 경원대군 환을 세자에 책봉하려는 모의를 진행해 세자의 외숙인 윤임과 알력이 생겨 외척간의 세력 다툼이 시작되었다. 인종이 8개월 만에 죽고, 11세의 나이로 명종이 즉위하면서 문정왕후의 수렴청정이 시작되자 이를 계기로 득세했다.

윤임 일파를 숙청하기 위해 이기, 정순붕, 임백령 등과 함께 음모를 꾸몄는데, 즉 '임금(인종)의 병환이 위중할 때 윤임이 장차 제 몸이 보전되지 못할 것을 알고, 계림군 유(留)를 세자로 세우려 했다'는 내용이었다. 이에 문정왕후는 윤임, 유관, 유인숙 등을 사사했는데, 이 사건이 을사사화이다. 이어 1547년 양재역 벽서 사건을 계기로 송인수, 이언적, 정자 등 윤임의 잔당을 모두 숙청했다. 영의정에 올라 온갖 영화를 누리던 중 1565년 문정왕후가 죽자 실각하여 관직을 삭탈당하고 강음에 유배되던 중 죽음을 당했다.

이산보(李山甫) : 1539(중종 34)~1594(선조 27)

호는 명곡(鳴谷). 이지함의 셋째형인 지무(之茂)의 아들. 작은아버지인 지함을 사사했다. 임진왜란이 일어나자 선조를 호종하고, 요양에 머물면서 진군하지 않는 명나라 장수 이여송을 설득해 조선으로 들어오게 하는 데 큰 공을 세웠다. 또한 군량을 조달하기 위해 북도와 삼남 지방의 도검찰사로 나갔는데, 지난 날의 선정에 감복해 도민들이 적극 협조했다 한다. 1594년 대기근이 들자 동궁의 명을 받고 밤낮으로 구휼에 힘쓰다가 병을 얻어 죽었다. 성품이 소박하고 정직해 이해득실에 마음이 흔들리지 않았다.

이산해(李山海) : 1539(중종 34)~1609(광해군 1)

호는 아계(鵝溪). 이지함의 둘째형 지번(之蕃)의 아들이다. 어려서부터 작은아버지인 지함에게 학문을 배웠다. 1561년 식년문과에 병과로 급제해 승문원에 등용된 후 여러 관직을 거쳐 1570년 동부승지가 되었다. 도승지, 대사간, 형조판서를 거쳐 1589년 영의정이 되었다. 1592년 임진왜란 때 왕을 호종했으나 탄핵을 받고 파면되기도 했다. 북인이 분당될 때 대북파의 영수로 영의정에 올랐으며, 선조가 죽자 원상(院相)으로 국정을 맡았다. 어려서부터 총명해 신동으로 불렸으며, 특히 문장에 뛰어났다. 이이, 정철과 친구였으나 당파가 생긴 뒤로 멀어졌다.

이산휘(李山輝) : ?~1580(선조 13)

이지함의 둘째아들. 소설 속에서는 유일한 아들처럼 나와 있으나, 실제로 이지함은 장남 산두(山斗), 세째 산룡(山龍), 넷째 산겸(山謙)을 두었으나 불행히도 장남은 스무 살 나던 해에 죽고, 둘째 산휘는 이지함이 죽은 해에 삼년상을 치르던 중 호환을 당해 죽고(임진왜란 때 의병장으로 활약했다는 기록도 있음), 세째 산룡 역시 산휘가 죽던 해 열두 살 나이에 죽었다. 그리고 넷째 산겸은 중봉 조헌을 따라 금산벌에서 칠백 의병의 한 명으로 분투하던 중 전사했다. 이러한 이유로 이 소설에는 주로 산휘가 등장하게 되었다.

이순신(李舜臣) : 1545(인종 1)~1598(선조 31)

이순신은 충효와 문학에 뛰어났을 뿐 아니라 시재(詩才)에도 특출났으며 정의롭고 용감하면서도 인자한 성품을 지니고 있었다. 47세 때 전라좌도 수군 절도사가 된 그는 왜침이 있을 것에 대비해 좌수영을 근거지로 전선(戰船)을 제조하고 군비를 확충하고, 군량 확보를 위해 해도에 둔전을 설치할 것을 조정에 요청하기도 했다. 1592년 5월 옥포대첩을 필두로, 당항포, 한산대첩에서 대승을 거두었으나 원균 등의 고발로 한양으로 압송되는 수모를 겪었다. 백의종군하던 중 다시 수군 통제사로 임명되고 명량해전에서 왜군과 대결, 크게 승리했다. 1598년 노량에서 퇴각하는 적선에게 맹공을 가하던 중 적의 유탄을 맞고 죽었다.

이이를 통해 임진왜란을 방비하라는 소식을 받았다 한다. 또한 뛰어난 조선(造船) 기술자인 나대용을 만나 거북선을 주조했으며, 전쟁 중 건조의 중책을 그에게 맡기기도 했다.

이이(李珥) : 1536(중종 31)~1584(선조 17)

조선 중기의 학자, 정치가. 호는 율곡(栗谷). 어려서부터 어머니인 사임당 신씨(師任堂申氏)에게 학문을 배우고, 전후 아홉 차례의 과거에 모두 장원하여 '구도장원공(九度壯元公)'이라 일컬어졌다. 29세에 호조좌랑에 처음 임명된 후 예조좌랑, 이조좌랑 등을 역임하고 47세에는 이조판서에 임명되었다.

성혼(成渾), 이황(李滉)과 교분을 맺어 학문을 논했다. 이이는 16세기 후반의 조선사회를 '중쇠기(中衰期)'로 판단해 일대 경장(更張)이 요구되는 시기라 했다. 대표적인 저서로『격몽요결(擊蒙要訣)』이 있다.

이지번(李之蕃) : ?~1575(선조 8)

지함의 둘째형. 맏형 지영(之英)이 있었으나 일찍부터 장자 노릇을 했다. 선조 때의 영의정 산해(山海)의 아버지이다. 천문 지리에 모두 정통했다. 인종 때 문음으로 추천되어 벼슬길에 올랐으나 당시 윤원형이 권력을 잡아 횡포하므로 벼슬을 버리고 단양 구담에 집을 짓고 수양하며 세월을 보냈다. 항상 푸른소(靑牛)를 타고 강가를 오르내리고 또 칡넝쿨로 줄을 만들어 구담의 양쪽 벽에 붙들어 매고 날아가는 학을 만들어 매달아 타는 모습에 신선이라 불렸다. 말년에 청풍 군수를 지냈다.

이지함(土亭 李之菡) : 1517(중종 12)~1578(선조 11)

기인(奇人).『토정비결(土亭秘訣)』의 저자. 호는 수산(水山) 또는 토정(土亭). 색(穡)의 후손이며, 현령 치(穉)의 아들이다. 어려서 아버지를 여의고 형인 지번(之蕃) 밑에서 글을 배우다 뒤에 서경덕의 문하에 들어가 커다란 영향을 받게 되었다. 후일 수리(數理), 의학,

복서(卜筮), 천문, 지리, 음양, 술서(術書) 등에 달통하게 된 것도 서경덕의 영향으로 볼 수 있다.

1573년(선조 6) 주민의 추천으로 조정에 천거되어 청하(靑河 : 지금의 포천) 현감이 되었고, 재직 중 임진강의 범람을 예견해 많은 생명을 구한 것은 유명한 일화이다. 이듬해 사직하고 고향에 돌아갔으나 1578년 아산 현감으로 다시 등용되어 부임한 즉시 걸인청(乞人廳)을 만들어 걸인들을 구제했으며, 노약자와 기인(飢人)을 구호했다.

생애의 대부분을 마포 강변의 흙담 움막집에서 청빈하게 지냈는데 그 때문에 '토정'이라는 호가 붙게 되었다. 토정이 의학과 복서에 밝다는 소문이 퍼지자 찾아오는 사람의 수효가 많아지고 1년 신수를 보아달라는 요구가 심해짐에 따라 책을 지었는데 그것이『토정비결』이라고 알려져 있다. 전국의 산천을 두루 다니며 명당과 길지를 점지했으며『농아집(聾啞集)』을 저술해 난을 구제하는 데 도움이 되도록 했다. 당대 성리학의 대가 조식(曹植)이 마포로 찾아와 그를 도연명에 비유했다는 이야기도 유명하다.

저서에『월령도(月影圖)』와『현무발서(玄武發書)』가 있는데, 지금도 해독하는 이가 거의 없다.

임꺽정(林巨正) : ?~1562(명종 17)

양주의 백정 출신. 척족 윤원형, 이량 등이 발호하고, 여러 해 흉년이 계속되어 관리들의 수탈이 횡행하는 틈을 타 도둑의 괴수가 되었다. 황해도 구월산을 본거지로 해 황해도, 경기도, 강원도 일대의 부잣집과 관아를 습격해 재물을 백성에게 나누어주었다. 5도의 군졸들이 임꺽정의 무리를 잡기 위해 혈안이 되었지만 백성들의 도움으로 수많은 위기를 모면했다.

1562년 구월산에 숨어 있던 임꺽정은 결국 남치근에 의해 체포되어 죽음을 당했다.

전우치(田禹治) : 생몰년 미상

조선 중기의 기인, 환술가. 『지봉유설(芝峯類說)』에는 본래 서울 출신의 선비로 환술과 기예에 능하고 귀신을 잘 부렸다고 한다. 또 『오산설림(五山說林)』에는 죽은 전우치가 산 사람에게 두보의 시집을 빌려가고, 『어우야담』에는 사술(邪術)로 백성을 현혹시켰다고 해 신천옥에 갇혔는데, 옥사하자 태수가 가매장시켰고, 이를 뒤에 친척들이 이장하려고 무덤을 파니 시체는 없고 빈 관만 남아 있었다고 한다.

정개청(鄭介淸) : 1529(중종 24)~1590(선조 23)

호는 곤재(困齋). 어려서 영주산에 들어가 10년간 성리학뿐 아니라 천문, 지리, 의약, 복서 등의 잡학을 공부했다. 1589년 정여립의 모역 사건에 연루되어 죽음을 당했다.

정순붕(鄭順朋) : 1484(성종 15)~1548(명종 3)

호는 성재(省齋). 명종이 즉위해 문정왕후가 수렴청정을 하자 윤원형, 이기 등이 을사사화를 일으키는데, 이기 등과 어울려 음모를 꾸며 많은 사람을 죽이고 귀양보냈다. 을사사화의 공로로 유관(柳灌)의 가족들을 노비로 삼았는데, 그중 갑이(甲伊)라는 여종이 주인 유관의 원수를 갚기 위해 염병을 전염시켜 정순붕을 죽게 했다 한다. 여기에 나오는 갑이를 소설에서는 민이로 바꾸어 등장시켰다.

정염(鄭礦) : 1506(연산군 11)~1549(명종 4)

조선 시대 중종 때의 유의(儒醫). 호는 북창(北窓). 내의원 제조 정순붕의 아들이다. 어려서부터 천문, 지리, 의서, 복서 등에 두루 능통했다. 그 중에서도 특히 약의 이치에 밝았는데, 1544년 왕의 병환에 약을 짓기 위해 내의원 제조들의 추천을 받아 입진(入診)하기도 했다. 그가 일상 경험한 처방을 모아 편찬한 것이라는 『정북창방(鄭北窓方)』이 있었으나 유실되었다.

『동의보감』 집필에 참여한 정작의 친형이기도 하다. 북창이 원래 선가에 밝고 의학에 뛰어난 데다가 정순붕의 큰아들로서 스스로 관직을 버린 점을 살려, 소설에선 토정의 스승으로 설정했다.

정작(鄭碏) : 1533(중종 28)~1603(선조 36)

호는 고옥(古玉). 좌의정 정순붕의 아들이며, 북창 정염의 동생이다. 평소 학문에 정진하던 그는 을사사화를 주도한 아버지가 세인의 지탄을 받게 되자 술로 세월을 보냈다. 특히 서예에 뛰어나 초서와 예서를 잘 썼으며, 의술에도 뛰어나 1596년에 허준과 함께 『동의보감』을 편찬했다. 특히 『동의보감』의 「내경」은 그의 저작으로 알려져 있다.

정철(鄭澈) : 1536(중종 31)~1593(선조 26)

호는 송강(松江). 10세 되던 해 을사사화로 유배를 당한 아버지를 따라 관북, 정평 등의 유배지를 전전했다. 그 이후 담양에서 송순, 기대승 등에게 시와 학문을 배웠다. 1580년 강원도 관찰사가 되어 「관동별곡」과 「훈민가」 16수를 지어 시조와 가사 문학의 대가로 재질을 인정받았다. 창평에서 은거 중 「사미인곡」과 「속미인곡」, 「성산

별곡」등 가사와 시조, 한시 등 많은 작품을 지었다. 후에 서인의 영수로 권력을 차지하지만 결국 동인의 모함으로 사직하고 강화에서 은거하다 죽었다.

정휴 (丁休) : 1523(중종 18년)~1591(선조 24)

실존 인물 서기(徐起)를 가공한 인물. 서기는 충청도 보령의 한미한 집안에서 태어나 어린 시절 몹시 어렵게 살았다. 제자백가와 선학(禪學)을 주로 익히다가 이지함을 만나 비로소 유학을 접하게 되었다. 이때부터 수년간 이지함의 집을 매일 오가며 학문을 익히고, 나중에는 이지함의 천거로 이중호의 문하에 들어가 배웠다.

주로 이지함과 함께 팔도 주유를 하는 등, 유명 인사들과 담론을 나누고 지리를 탐구했다.

지리산에 들어가 용맹 전진을 하던 중 충청 감사의 초청으로 지금의 충청, 호남, 영남의 선비들을 가르쳤다. 중국에 세 번 들어가 주자의 영정을 가져오는 등 선진 문물을 받아들이는 데 앞장서 천문기기를 직접 만들기도 했다. 토정의 제자를 자처했던 조헌과는 막역한 사이로 자주 만났으며, 조헌은 나중 임진왜란이 일어나기 전 서기를 대장으로 하는 수비군을 만들어야 한다고 주장하기도 했다. 서기의 큰아들 홍덕은 무과에 올랐다가 임진왜란 중 전사했다(본문에 묘사된 정휴의 소설적 내용과 서기는 관련이 없음).

조식(曺植) : 1501(연산군 1)~1572(선조 5)

호는 남명(南冥). 평생 과거에 응시하지 않고 학문 연구에만 열중했으며, 지리산 덕천동에 산천재를 짓고 강학에 더욱 힘썼다. 그는 의리 철학 또는 생활 철학을 표방, 특히 실천 궁행을 강조했다. 일상

생활에서도 철저한 절제로 일관해 불의와는 일절 타협하지 않고, 독서할 때마다 몸에 긴요한 것이 있으면 이를 기술, 편찬했다. 경상좌도의 이황과 같은 시대에 살면서 경상우도를 대표하는 대유학자로 쌍벽을 이루었다.

조식의 대표적인 문인으로는 최영경, 정구, 곽재우, 정인홍, 김우옹, 김효원 등이다. 이들은 한국 유학사에서 다음의 세 가지 특징을 지니고 있다. 첫째, 대부분 은둔적인 학풍을 지녔다는 점이다. 둘째, 지리산을 중심으로 한 진주 등지에서 학문에 정진하면서 유학을 진흥시킨 지역 문화의 기수들이었다. 셋째, 국가의 위기 앞에 문인으로 앞장서 전쟁에 참여했다.

이지함은 조식과 여러 차례 만나 담론을 나눈 것으로 알려져 있다.

조헌(趙憲) : 1544(중종 39)~1592(선조 25)

호는 중봉(重峰). 토정 이지함의 제자가 되기를 청했었다. 이후 이지함의 각별한 사랑을 받았다. 이이, 성혼의 문인이다. 임진왜란이 일어나자 옥천에서 의병 1천 6백 명을 모아, 영규의 승군과 합세해 청주성을 수복했다. 그러나 충청도 순찰사 윤국형의 방해로 의병이 강제 해산당하자, 7백 명의 남은 병력을 이끌고 금산으로 행진, 영규의 승군과 합진해 전라도로 진격하려던 왜군과 전투를 벌였으나 중과부적으로 모두 전사했다. 조헌이 7백 의사로 최후 대첩을 벌일 때 이지함의 유일한 아들(당시 네 아들 중 세 명은 이미 타계)인 산겸이 함께 싸우다가 전사했다.

황진이(黃眞伊) : 생몰년 미상

중종에서 선조 때의 유명한 기생. 용모가 출중하며 가창뿐 아니라

서사(書史)에도 정통하고 시가에도 능했다. 당시의 대학자 서경덕을 사숙해 그의 정사를 자주 방문, 당시(唐詩)를 정공(精工)했다. 그가 지은 한시로는 「박연」, 「영반월(詠半月)」, 「등만월대회고(登滿月臺懷古)」 등이 전하고 있으며, 시조로는 「청산리 벽계수야」, 「동짓날 기나긴 밤을」, 「내 언제 신이 없어」 등 여섯 수가 남아 있다.

황진이의 작품은 주로 연석이나 풍류장에서 지어졌고, 또한 기생의 작품이라는 제약 때문에 후세에 많이 전해지지 못한 것으로 추측된다. 현전하는 작품은 5, 6수에 지나지 않으나 기발한 이미지와 적절한 형식, 세련된 언어 구사가 뛰어나다.

소설에 나오는 것처럼 서경덕과 맺은 일화가 일부 전해져 온다.

허엽(許曄) : 1517(중종 12)~1580(선조 13)

호는 초당(草堂). 어려서 나식(羅湜)으로부터 『소학』, 『근사록』 등을 배웠고, 서경덕의 문인으로 학문을 익혔다. 벼슬을 30년 간이나 지냈으면서도 생활이 검소했다. 이지함과 동문 수학한 사이로 서로 친분이 있었다.

나는 이 작품을 쓰기 전에 『잃어버린 형제들』이라는 습작 소설을
쓰고 있었다. 백 년이 넘는 몽골 제국 시대에 이 땅을 떠나 원나라로
끌려간 수십만의 고려 여인들, 임진왜란 때 사무라이에 유린당하거
나 일본으로 잡혀 간 수십만의 조선 여인들, 병자호란 때 청나라 공
물로 희생돼 성적 수모를 당하고 돌아온 '화냥(還鄕)년' 수십만, 일제
강점기에 이 땅에 태어나 동남아로 사이판으로 떠돌다가 목숨을 떨
군 이십여만 명의 일본군 위안부.

나는 우리나라가 전란을 겪을 때마다 항상 적국의 노리개가 되어
한스러운 삶을 살다가 떠나간 수많은 여인을 생각해 보았다. 그리고
이러한 우리나라 여인의 수난사를 보면서 역사도 윤회하는 것이 아
닌가 하는 의구심이 들었다.

이때 만난 인물이 토정 이지함이었다.

해마다 정초가 되면 우리나라 사람들을 『토정비결』 앞에 모여들게

하는 토정 이지함. 그는 이 작은 책 한 권을 통해 우리 민중에게 무슨 말을 하려고 했을까? 연초마다 『토정비결』로 한 해 운수를 점치는 세시풍속이 오백여 년 동안 끊기지 않고 이어진 힘은 어디에 있는 것일까?

토정 이지함은 『토정비결』의 저자, 기인, 점술가로만 알려져 있다. 물론, 토정이 인간의 운명을 손바닥 들여다보듯 훤히 알고, 수십 수백 년 앞을 미리 내다본 기인이자 점술가인 것은 사실이다. 그러나 토정의 진면목은 『토정비결』이라는 자신의 명저에 가려 제대로 드러나 있지 않다.

토정은 우리나라 최초로 자본주의 경제를 시도한 경제학자이자 수학자이고, 지리학과 천문학을 탐구한 과학자였다. 그리고 토굴 속에 살며 빈민과 고통을 함께 나누고 이들을 구제하기 위해 힘쓴 빈민 운동가이기도 했다.

토정의 이러한 행적이 더욱 빛나는 것은, 그가 당시에 설움을 받아 울분이 쌓여 있던 천민도 아니고, 세력에서 소외돼 항거의 기회만 엿보고 있던 몰락 양반도 아닌, 좋은 가문 출신의 전도양양한 선비였다는 점 때문이다.

그는 고려 말의 대학자인 목은 이색의 7대손이다. 그의 형 지번은 청풍군수를 지냈고, 조카 산해는 북인의 영수로 영의정을 지냈으며, 산보는 이조판서를 지냈다. 그와 절친했던 율곡 이이는 당대의 정치와 학문의 중심에 있었고, 같은 화담 산방 출신인 좌의정 박순은 그를 적극 지원했다.

또 정휴, 남궁두, 정개청, 서치무, 남사고 등 이후 우리나라 도맥(道脈)을 이어간 출중한 역학자들이 모두 그의 제자였다.

토정은 이렇게 권력의 핵심에 둘러싸여 있으면서도 자기 자신은 철저하게 야인 생활을 해나가면서 내우외환의 고통 속에서 허덕이는 민중을 구제하기 위해 온갖 노력을 기울였다.

박지원의 소설 『허생전』의 주인공이기도 한 그는 물산과 지리를 파악하여 처음으로 유통 개념을 생각해 내었다. 즉 한 지역에서 많이 나는 물산은 다른 지역으로 유통시키고, 그 지역에서 모자라는 것은 또다른 지역에서 수입해 들이는 것이었다. 이 경제 이론은 현대 경제학으로 보면 당연하고도 아주 초보적인 수준에 불과하지만, 토정이 살던 조선 중기에는 시대적으로나 제도적으로나 상상하기조차 어려운 것이었다. 더구나 그 경제 이론의 배경이 지리학과 기론(氣論)에 근거를 두고 있다는 점에서 지금도 주목할 만한 가치가 있다.

토정은 경제라는 사회의 흐름을 파악하는 한편, 인간 개개인의 운명에도 깊은 관심을 기울였다. 어떤 사람은 왜 부모를 일찍 잃고 어떤 사람은 왜 병으로 평생 고생하는가, 어떤 사람은 왜 하는 일마다 잘 풀리는데 어떤 사람은 왜 하는 일마다 방해를 받아 막히기만 하는가?

토정은 이 문제를 해결하고 옳은 방향을 제시하기 위해, 민중 속으로 뛰어들어 수십 년 동안 민중의 이야기를 듣고, 그들의 삶을 직접 관찰했다. 그리고, 여기서 집대성한 인생사의 모든 문제와 방향을 기론적 관점으로 풀어, 인간 개개인이 스스로의 길을 찾아 나갈 수 있도록 도와주는 운명 지침서 『토정비결』을 지었다.

『토정비결』은 요행이나 횡재를 가르치진 않는다. 안 될 때에는 준비를 철저히 하며 때를 기다리고, 잘될 때에는 보름달도 언젠가는 기우는 이치를 깨달아 겸허하게 살라고 충고하며 인내와 중용과 슬기를 가르치고 있다.

그리고 토정이 참으로 온몸을 바쳐 풀려고 했던 문제가 또 있었다. 그것은 한민족의 기를 고르게 잡는 일이었다. 끊임없는 외세의 침입과 내분으로 한민족이 겪고 있는 고통의 수레바퀴를 멈추게 하기 위해 그는 필사적으로 노력했다. 이 문제를 놓고 토정과 화담, 율곡 그리고 은둔 역학자가 벌이는 대토론은 시대와 공간을 초월하여 오늘날에도 실감나게 다가온다.

선천(先天)과 후천(後天)으로 하늘의 도수(度數)가 갈리는 혼돈기에 태어나 파란만장한 삶을 산 토정 이지함.

나는 이 소설을 쓰기 위해 자료를 읽는 동안 우리나라에는 한양의 왕을 중심으로 한 정사(正史) 위에 또다른 거대한 힘이 존재하고 있었다는 것을 알게 되었다. 바로 역사의 뒤에 은둔하여 국운을 걱정하고 미래를 대비하기 위해 노심초사하는 도인들이 부지기수로 있었다는 것이다.

이 소설을 읽고 나면 독자들은 조선 팔도의 역학자들이 임진왜란 수십년 전부터 이 난을 예방하기 위해 하늘과 대결하며 목숨까지 버려가며 숨막히게 노력한 까닭을 알게 될 것이다. 그리고 율곡의 십만양병설이 어디에서 나왔으며, 이순신에게 거북선을 발명해다 바친 사람이 누구인지, 칠백 의병과 함께 장렬히 전사한 의병장 조헌의 스승이 누구인지도 알게 될 것이다.

나는 이러한 맥이 지금도 면면히 이어져 내려오고 있음을 확신한다. 그 맥을 이은 사람들이 지금 어느 산중에 숨어서 하늘을 향해 기도하고 있을지도 모른다. 마치 구한말의 의인 증산 강사옥이 하늘을 뜯어고쳐 이 나라를 바로잡겠다고 스스로 이승을 떠나갔듯이.

1991년 10월
이재운

소설로 못다한 토정비결 이야기

백성에 대한 토정 이지함의 끝없는 사랑이 『토정비결』이라는 혈관을 통해 흘러나왔을 뿐, 『토정비결』 그 자체가 목적은 아니다. 그는 가난하고 핍박받는 백성들에게 꿈과 용기 그리고 위안을 주기 위해 『토정비결』을 지었을 뿐이다.

『토정비결』이 등장하고 보급되던 시기는 숱한 사화(士禍)와 사회적 모순, 부조리 속에서 서민들이 믿고 의지할 게 전혀 없던 시대적인 상황과 밀접한 관련이 있다. 불교는 철저히 파괴되었고, 도교는 흔적도 없이 사라졌으며, 유교는 어용 학문으로 전락했다. 무당마저 백정, 갖바치나 다름없이 취급되던 시기에 『토정비결』이 등장했다.

이런 점은 토정 이지함이 『토정비결』을 지을 때 참조한 것으로 알려진 『주역(周易)』이 형성되던 고대 중국의 사회현상에서도 유사점을 찾을 수 있다.

주역은 춘추시대로부터 진한(秦漢)에 이르는 동안 점진적으로 이루어졌다. 춘추시대는 중국의 역사상 변화와 변혁이 가장 치열하게 일어난 불안한 시대였다. 사회제도는 고대 봉건제에서 군현제로 바꿰었으며, 묵은 씨족제도가 무너지면서 기성 귀족계급의 급진적인 몰락을 가져왔기에 사회에는 지도 계급의 소강 상태가 빚어낸 혼란으로 가득 차 있었다. 어떤 의미에서는 무법천지와 같기도 했다.

정치적으로는 주나라 왕조의 권위가 땅에 떨어져서 나라 전체를 통치할 중앙권력이 부재한 상태였기에 소위 춘추 전국시대라는 중국 사상 보기 드문 군소 집단의 끊임없는 투쟁과 여러 부족국의 부침이 거듭되었다. 진나라가 권력을 장악하기까지는 소위 칠웅(七雄)이 무력으로 대치하여 흥망성쇠를 장기 두듯, 바둑 두듯 되풀이했다. 그 칠웅이 다투는 틈바구니에서 살아야 하는 서민 생활은 참혹하기 그지없었다. 장정들은 열다섯에서 예순살까지 끝없이 징집당하고 매년 치르는 전쟁에 군비를 내야 했기 때문이다.

그런 전쟁과 무력 투쟁 속에서 백성을 지도하고 인도할 어떤 사상이나 가치관도 존재하지 않았다. 낡은 가치관이 주왕조의 몰락과 함께 영향력을 잃어버리게 되었고, 그렇다고 아직 새로운 가치관이 정립된 때도 아니었다.

춘추 전국시대의 혼란한 사회 양상이나 세태의 변화가 중국인으로 하여금 그 변화를 느끼게 했고, 그것이 주역을 만들게 된 배경이 되었다. 그러나 만일 모든 변화를 그대로 무질서한 채 받아들이고, 그래서 그 무질서 속에 백성들을 방치했다면 역사는 방향감각을 잃어버려 혼돈에서 깨어나질 못했을 것이다.

공자를 비롯하여 『주역』을 만든 사람들은 이런 시대적 상황을 고려하고, 그들이 처한 변화에 대응하는 논리로서 『주역』의 원리를 찾아낸 것이다. 『주역』은 그 변화하는 혼란 속에서 살아남기 위한 길을 찾기 위해 자연발생한 것이다. 이는 시대적 요청이었으며, 결코 태평성대에는 찾아보기 힘든 일이었다.

『주역』에 달통한 유생들이 『주역』이 단순한 점서라기보다는 사상을 넓히는 책이요, 또한 도리를 가르치는 책이라고 하는 까닭도 바로 여기에 있다.

이와 마찬가지로 『토정비결』 역시 그 괘를 읽고, 단순히 점을 쳐보는 것이 아니라, 그것을 통해서 인생의 교훈을 생각해 보는 하나의 계기를 마련해 준다는 데 의의가 있는 것이다.

『주역』과 마찬가지로 『토정비결』 역시 선비들이 파당으로 갈라져 죽이고 죽고 하던 참혹한 사화의 한가운데서 만들어졌다. 이 시기는 진나라의 분서(焚書) 못지않은 선비들의 환난기였다. 조정(朝廷)이 안민(安民)은 안중에 두지 않고 권력투쟁에다 살생만 일삼았으니 백성들을 이끌어줄 길잡이가 있을 리 만무했다. 유학과 성리학의 연마가 그들의 업이었던 유신(儒臣)들이 벌인 피나는 싸움에서 백성들이 보는 사회 윤리나 가치관은 말이 아니었으며, 조정에 대한 신뢰는 거의 찾아볼 수 없었다. 이런 상황 속에서 『토정비결』은 탄생한 것이다.

『토정비결』의 괘를 유심히 살펴보면 『역경(易經)』처럼 운명 판단의 도구보다는 윤리적인 실천 강령이나 도덕률을 모은 것이 아닌가 하는 의심을 갖게 될 것이다. 그 안에는 유교와 불교, 도교, 그리고 무속에 입각한 인간의 행동 준칙을 설명하는 부분이 많아 교육적인 가치가 오히려 높다.

또 우연의 행운이나, 졸지에 졸부가 되는 것이나, 불운에 관한 것보다도 행운에 관한 것이 더 많은 것 등은 그 당시 가난하던 서민들의 일상생활에 한 가닥 희망을 주는 기능을 했다고 볼 수 있다. 허망한 투기심이나 우연을 바라는 사행심을 조장했을지도 모르지만 그나마 점괘에서 희망을 얻고 마음의 위안으로 삼았던 것이다.

가난과 악정과 혼란과 부조리 속에서 백성이 믿고 의지하고 또한 그들을 이끌어줄 사상이나 가치관이 없던 때에 토정비결은 한편으론 그들에게 덕을 쌓고 선을 취하며 악을 멀리할 것 등 삶의 기본적인 모형을 제시해 주는 스승으로서, 한편으론 희노애락(喜怒愛樂) 등 인생의 고달픔을 위로해 주고 희망을 불어넣어주는 서민의 벗으로서 그들이 걷는 험한 인생길을 함께 걸어왔던 것이다.

첨단과학시대를 부르짖는 2000년대에 들어섰는데도 『토정비결』은 여전히 사랑을 받고 있다. 토정 이지함은 아마 그의 저서가 21세기가 되도록 베스트셀러가 되리라고는 상상하지도 못했을 것이다. 그런 만큼 조선시대 중기의 험난한 사회상이 아직도 고쳐지지 않았다는 뜻이다.

『토정비결』을 뒤따르는 사주니 점이니 하는 것들도 더 성황이다. 역술인 20만, 무당 30만이라는 말도 있다.

국민을 분열시키고, 사회를 파탄시키고, 민족의 미래를 어지럽히는 모리배들이 정권을 잡고 있는 한, 『토정비결』은 더욱더 끈질기게 살아남을 것이다. 『토정비결』이 이 땅에서 사라지는 그날은, 법과 원칙과 상식과 정의가 통할 때일 것이다.

2001년 여름
이재운

제4판에 붙여

『소설 토정비결』이 출간된 지 어언 14년이 지났습니다. 세상 모르던 시절, 용기 하나만 믿고 쓴 소설이 독자들의 과분한 사랑을 받았습니다. 덕분에 저는 그 힘으로 『천년영웅 칭기즈칸』, 『연암 박지원』, 『음양화평지인-소설 사상의학』, 『갑부』, 『청사홍사(靑史紅史)』, 『이재운 삼국지』, 『하늘북소리-소설 정역』 등 많은 소설을 집필하고, 특히 소설 토정비결 2부에 해당하는 『당취(黨聚)』(전5권)를 10년 만에 완성하면서 이번에 『소설 토정비결』 1, 2부를 함께 출간하게 되었습니다.

『소설 토정비결』은 이번으로 4판에 이르렀는데, 초판이나 2판에서 잘못됐던 것을 몇 군데 고쳤습니다.

『소설 토정비결』과 『당취』를 통해 조선시대 중기를 살았던 우리 조상들의 고단한 삶과 드라마틱한 인생 역정을 감상하시고, 이로써 현대를 살아가는 지혜를 조금이나마 가져가시거나 위안을 얻으신다면 더 바랄 게 없겠습니다.

앞으로 더 좋은 작품으로 독자 여러분을 찾아뵙겠습니다.

2005년 가을
이재운

제5판에 붙여

　『소설 토정비결』이 2부 격인 『당취』와 함께 새 얼굴로 단장했습니다. 세 권이던 것을 두 권으로 묶었습니다. 그동안 이 소설은 각 권 100쇄 이상 총 400쇄 넘게 찍었기 때문에 이번에 정성껏 다시 만든 것입니다.

　더구나 이 소설의 초판 1쇄를 발행한 해냄출판사에서 다시 내게 되어 더욱 기쁩니다. 『소설 토정비결』은 저에게도 의미가 있는 소설이지만 해냄출판사에도 매우 의미가 있는 소설이기 때문에 제자리를 찾은 기분입니다.

　이 소설을 통해 독자 여러분께서 미래를 개척하는 용기와 지혜를 얻으신다면 더 바랄 게 없겠습니다. 출간 18년이 되도록 꾸준히 사랑해 주신 독자 여러분께 깊이 감사드립니다.

2009년 초
이재운

소설 토정비결 1

초판 1쇄 1991년 11월 20일
초판 87쇄 1993년 12월 20일
2판 1쇄 1993년 12월 31일
2판 13쇄 2000년 2월 10일
3판 1쇄 2001년 8월 18일
4판 1쇄 2005년 11월 15일
5판 1쇄 2009년 3월 10일
5판 4쇄 2018년 12월 5일

지은이 | 이재운
펴낸이 | 송영석

펴낸곳 | (株)해냄출판사
등록번호 | 제10-229호
등록일자 | 1988년 5월 11일

04042 서울시 마포구 잔다리로 30 해냄빌딩 5·6층
대표전화 | 326-1600 **팩스** | 326-1624
홈페이지 | www.hainaim.com

ISBN 978-89-7337-454-0
ISBN 978-89-7337-453-3(세트)